Jean Egen

Die Linden von Lautenbach

Eine deutsch-französische Lebensgeschichte

Aus dem Französischen von Claude-Gérard Benni

Rowohlt Taschenbuch Verlag

Die französische Originalausgabe erschien
unter dem Titel «Les tilleuls de Lautenbach»
bei Éditions Stock, Paris
Umschlaggestaltung Susanne Heeder
(Foto: Archiv für Kunst und Geschichte, Berlin)

48.–51. Tausend Juni 1999

Veröffentlicht im Rowohlt Taschenbuch Verlag GmbH,
Reinbek bei Hamburg, Juni 1986

Vom Autor durchgesehene und autorisierte Ausgabe
Gesetzt aus der Sabon (Linotron 202)
Gesamtherstellung Clausen & Bosse, Leck
Printed in Germany
ISBN 3 499 15767 5

Professor Alfred Kastler gewidmet,
Nobelpreisträger für Physik und Autor der
«deutschen Lieder eines französischen Europäers»,
der dieses Buch über einen kleinen
Elsässer liebt und schätzt.
Es ist die Geschichte einer Entdeckung:
Deutsche und Franzosen sind nicht dazu bestimmt,
einander bei der Gurgel zu packen, sondern
einander die Hand zu reichen.

Jean Egen

Vorwort des Autors zur deutschen Ausgabe

Dieses Buch ist die Geschichte einer elsässischen Familie. Ich habe es auf französisch verfaßt; in dieser Sprache habe ich schreiben gelernt. Ich freue mich, daß es auf deutsch erscheint; durch den Dialekt habe ich in dieser Sprache zu träumen begonnen. Während meine Mutter mich mit deutschen Märchen und Liedern wiegte, brachte mir mein Vater die Liebe zu Frankreich bei. Eine Liebe, die durchaus gerechtfertigt gewesen wäre, wenn sie sich nicht auf den Haß gegen die Deutschen gegründet hätte. Alle Franzosen meiner Generation, die nach dem Ersten Weltkrieg geboren wurden und die gerade das zwanzigste Lebensjahr erreicht hatten, als der Zweite Weltkrieg ausbrach, waren mehr oder weniger angesteckt von den Lügengeschichten, die ihnen von Schriftstellern, Journalisten und sonstigen Vertretern der nationalen Intelligenz eingetrichtert wurden. Selbstverständlich besaß die deutsche Intelligenz ebenfalls Dummköpfe, da der Krieg ja kaum zur geistigen Entwicklung beiträgt. Jedenfalls steht fest, daß ich die Deutschen für niedere Säugetiere hielt, die sich von Schwarzbrot und Schweineschmalz ernährten. Ich wußte, daß sie von ekelerregenden Sekretionen befallen waren, und ich zweifelte nicht an den Behauptungen Doktor Bérillons, laut denen deutscher Urin zweimal so giftig sei wie französischer.

Ich verfügte auch über subtilere Urteile, wie jene Definition, die ein priesterlicher Freund meines Vaters wohlgefällig zitierte: «Der Deutsche ist ein Wilder, der lacht, wenn er jemanden schlägt, und heult, wenn man ihn schlägt.» Es war jedoch eine Zeichnung, die meine Abneigung auf die Spitze trieb. Sie stellte einen kleinen Jungen dar, der mit der linken Hand die rechte begräbt. Die Deutschen, die sich meisterlich auf die Verstümmelung von Kindern verstehen, hatten sie ihm soeben abgehackt. Eine um so eindrucksvollere Zeichnung, als sie aus der Hand (ich müßte eigentlich sagen dem Fuß) des hervorragenden Malers Poulbot stammte, des zartesten und geistreichsten Künstlers von Montmartre.

Und nun die Gefühle, die die Deutschen in mir erregten, als Onkel Fuchs mir Deutschland offenbarte. Ein von Dichtung, Musik und herrlichen Wäldern rauschendes Deutschland. Ich verwarf sehr rasch die Erfindungen des Hasses, um mir die Lehre der Liebe anzuhören, wie sie von Lenau, Haydn und den anderen Freunden meines Onkels verkündet wurde. Nach etwa zehnjähriger Vertrautheit bildeten die französische und die deutsche Kultur in meiner elsässischen Seele das harmonischste Paar. Es hätte genügt, meiner Phantasie freien Lauf zu lassen, und schon hätte Werther Madame Bovary geheiratet, Hans Castorp seinen Lehnstuhl im Salon der Familie Verdurin aufgestellt – dies mit dem Segen Goethes, Flauberts, Prousts und Thomas Manns.

Mein Vater wunderte sich, einen so deutschfreundlichen Sohn zu haben, und sagte mit einer Mischung aus Humor und Bedauern, daß er das nicht verdient habe. Man wird in dieser Erzählung sehen, daß er doch ein oder zwei Gründe hatte, deutschfeindlich zu sein. Eigentlich war sein Manichäismus nicht durchweg primär. Verlief für ihn die Grenzlinie zwischen Guten und Bösen notwendigerweise zwischen Franzosen und Deutschen, so nahm er eine zweite Trennung vor, indem er das Deutschland der Geigen von dem der Trommeln unterschied, das Deutschland der Dichter und Musiker von dem der Pickelhauben und der dicken Bertha, und später setzte er dann das Deutschland von ‹mehr Licht› dem von ‹Nacht und Nebel› entgegen.

Als ich achtzehn Jahre alt war, ließ er seine Vorurteile verstummen und schenkte mir einen vierwöchigen Ferienaufenthalt in einer badischen Familie. Vater Rustenholz war ein braver Biedermann. Als einer, der in Verdun gerade noch davongekommen war, hatte er eine wenig erfreuliche Erinnerung an die Hölle der Schützengräben. Er versuchte, seinen Pazifismus mit seiner Bewunderung für Hitler in Einklang zu bringen. «Unser Führer hat uns das beste Heer der Welt geschmiedet», sagte er. «Wehe dem, der sich an Deutschland heranwagt. Sei aber unbesorgt, Kleiner, niemand wird es wagen. Wenn unser Führer für den Krieg rüstet, dann nur, weil er den Frieden will.»

Ich kam nach Frankreich zurück voll beruhigender Gedanken,

die ich am Familientisch zum besten gab. Da Deutschland das stärkste Heer der Welt besitzt, erklärte ich, kann die Welt ruhig schlafen. Mein Vater zog die Augenbrauen hoch. Ich nahm ihm alle Zweifel: «Deutschland hat sich nur mit so starken Waffen ausgerüstet, um die Schurken zu entmutigen, die es angreifen möchten. Es ist eine Abschreckungswaffe, wenn du verstehst, was ich sagen will ...» Eigentlich glaube ich nicht, daß ich diesen Ausdruck gebrauchte, aber ich hatte zumindest diesen Gedanken.

Die Augenbrauen meines Vaters kehrten in ihre normale Lage zurück. «Ich verstehe», sagte er, «aber ich habe dabei nur ein Bedenken.» – «Was für eines?» fragte ich. – «Ein Kenner sagte einmal: Das einzige, was man mit Bajonetten nicht tun kann, ist, sich darauf setzen.» Dieses Bild beeindruckte zutiefst die Vorstellungskraft meines jüngeren Bruders, der zusammenzuckte. Mein Vater beschwichtigte ihn: «Sei ruhig! Hitler wird diese Beweisprobe den nationalsozialistischen Gesäßen ersparen, und die Bajonette werden dorthin zielen, wohin sie die Tradition ruft, auf die Brust der Franzosen. Und die ist selbstverständlich ein Muster von Tapferkeit und wird deshalb dem Aufprall standhalten.»

Man weiß, was geschah. Die Brust der Franzosen machte Papas Vorhersage zunichte, die Tapferkeit unserer Truppen schlotterte in den Knien, und die Bajonette trafen nur den Rücken von einigen, die im Sprint ungeübt waren. Es ist hinfällig zu erwähnen, wie glänzend der deutsche Sieg war. Es ist auch bekannt, wie es den Siegern in Stalingrad erging und wie in Hamburg oder in Dresden ihre Frauen und Kinder durch die Verteidiger von Recht und Freiheit in brennende Fackeln verwandelt wurden.

Ich muß gestehen, daß ich im September 1939 den Einmarsch in Polen schlecht aufnahm. Es war ein Land, aus dem Onkel Fuchs – wie man später noch sehen wird – wunderbare Erinnerungen mitgebracht hatte. In meiner Empörung darüber, von Hitler und Vater Rustenholz getäuscht worden zu sein, fühlte ich, wie meine Abneigung gegen das Deutschland der Trommeln und des Militärs wieder auflebte, und ich zog aus, es zu bekämpfen, mit Novalis und Lenau in meinem Tornister.

Mein Haß wurde noch einmal auf die äußerste Spitze getrieben, als im September 1944 die SS meinen Kameraden Victor Kuntzmann festnahm und ihn an einem Waldrand erschoß. Als Student der rue d'Ulm[1] stand ihm die glänzendste Laufbahn bevor. Die Mörder erlaubten seiner Mutter, die Leiche des Hingerichteten zu identifizieren. Es war eine im Doubs exilierte Elsässerin, und ich sehe, ich höre sie noch heute, wie sie den gräßlichen Anblick ihres von Kugeln durchlöcherten Kindes beschreibt. Ihr Schmerz war wie Feuer, ihr Blick brannte, ihre Stimme prasselte wie Flammen und verwandelte ihre Worte in Schreie ...

Einige Wochen später erlebte das Gebiet von Montbéliard, wo sich das Drama abgespielt hatte, die Befreiung. Unter Aufsicht marokkanischer Soldaten arbeiteten deutsche Gefangene an der Instandsetzung einer gesprengten Brücke. Es waren ganz junge Soldaten, Kinder, deren Fleisch der Nazi-Moloch noch verzehrte, bevor er krepierte. Es war im Dezember, und es herrschte eisige Kälte, als einer dieser Unglücklichen in den Doubs fiel. Er war in Lebensgefahr durch Unterkühlung, als ihn seine Kameraden aus dem eiskalten Wasser zogen. Er wurde auf den gefrorenen Boden gelegt, und während die von den Marokkanern angetriebenen Gefangenen ihre Arbeit wiederaufnahmen, blieb er daliegen und zitterte am ganzen Körper in seinen triefenden Kleidern. Sein Blut begann zu gefrieren, als Mutter Kuntzmann an ihm vorüberkam. Sie eilte zu dem Unglücklichen, kniete neben ihm nieder, hüllte ihn in ihren Schal, rieb ihm das Haar und schenkte ihm Worte der Zärtlichkeit und Gesten des Mitleids.

Als die Marokkaner, die einfachen Gemütes waren, sie Deutsch sprechen hörten, verdächtigten sie die Frau, mit dem Feind zu paktieren, und entfernten sie schonungslos. Einige Augenblicke später erlebte der Befehlshaber der Truppe, wie seine Bürotür von einer kleinen schwarzgekleideten Frau aufgerissen wurde. Sie teilte ihm mit erschütterter Stimme mit, daß sich am Ufer des Doubs ein Deutscher in Lebensgefahr befinde und daß man ihn unbedingt retten müsse. Der Offizier hätte fast geantwortet, daß er nicht von so weit hergekommen sei, um die Deutschen dem Tod zu entreißen, sondern um sie hineinzuschicken. Aber der Blick von Mutter

1 Metonymie für die ‹Ecole normale supérieure›, die Schule, in der von Jaurès bis Pompidou, von Bergson bis Sartre und von Romain Rolland bis Alfred Kastler die französische Republik ihren Nachwuchs an geistigen Größen ausbildet.

Kuntzmann untersagte jeglichen Scherz. Sie erhielt einen Jeep und zwei Soldaten, die sie zu dem Unglücklichen fuhren, der mit klappernden Zähnen und blaugefrorenem Gesicht am Boden lag. Sie nahm ihn mit nach Hause, badete und frottierte ihn und gab ihm zu essen; erst nachdem sie ihn mit warmen Wollsachen aus dem Schrank ihres ermordeten Sohnes bekleidet hatte, brachte sie ihn seinen Wärtern zurück. «Sie sind Elsässerin?» hatte der durch ihren Akzent aufmerksam gewordene Offizier gefragt. «Ja», hatte sie geantwortet, «und ich kann es nicht mehr ertragen, daß Franzosen und Deutsche sich gegenseitig töten. Nein, Herr Offizier, ich kann es nicht mehr ertragen.»

Die deutsch-französische Aussöhnung war auf ihrem Höhepunkt angelangt, als Mutter Kuntzmann ihren Sohn im großen Frieden der Toten wiederfand. Aber sie war eine der ersten gewesen, die dafür ein Beispiel gab. Zu ihrer Erinnerung lege ich dieses Buch in den Geschenkkorb der Freundschaft.

Übersetzung: Maryse Staiber

Préface de l'auteur à l'édition allemande

Ce livre est l'histoire d'une famille alsacienne. Je l'ai rédigé en français, c'est la langue dans laquelle j'ai appris à écrire. Je suis heureux qu'il paraisse en allemand, c'est la langue dans laquelle, par le biais du dialecte, j'ai commencé de rêver. Tandis que ma mère me berçait de contes et de chansons germaniques, mon père m'inculquait l'amour de la France. Amour qui eût été tout à fait légitime s'il ne s'était fondé sur la haine des Allemands. Tous les Français de ma génération, celle qui vit le jour après la première guerre mondiale et fêta ses vingt ans quand éclata la seconde, ont été plus ou moins contaminés par le bourrage de crânes auquel s'étaient livrés des écrivains, des journalistes et autres représentants de l'intelligentsia nationale. Il va sans dire que l'intelligentsia germanique avait ses imbéciles elle aussi, la guerre ne contribuant guère au développement de l'esprit. Toujours est-il que je tenais les Allemands pour des mammifères inférieurs qui se nourrissaient de pain noir et de saindoux. Je les savais affligés de secrétions nauséabondes et je ne doutais pas des affirmations du docteur Bérillon qui soutenait que l'urine allemande était deux fois plus toxique que le pipi français.

Je disposais aussi de jugements plus subtils comme cette définition que se plaisait à citer un religieux ami de mon papa: «L'Allemand est un sauvage qui rit quand il vous frappe et hurle quand vous le frappez.» Mais c'est un dessin qui avait mis le comble à mon aversion: il représentait un marmot enterrant, de la main gauche, la main droite que les Allemands, experts en mutilation d'enfants, venaient de lui couper. Dessin d'autant plus impressionnant qu'il était de la main (je devrais dire du pied) de l'excellent Poulbot, le plus tendre et le plus spirituel des artistes de Montmartre.

Voilà quels sentiments m'inspiraient les Allemands quand mon oncle Fouchs me révéla l'Allemagne. Une Allemagne ruisselante de poésie, de musique et de prestiges sylvestres. Je rejetai très vite les inventions de la haine pour écouter la leçon d'amour donnée par Lenau, Haydn et les autres amis de mon oncle. Après quelque dix ans d'intimité, la culture française et la culture allemande formaient dans mon âme alsacienne, le plus harmonieux des couples. Il eût suffi que je laisse aller ma fantaisie pour que Werther épouse Madame Bovary et que Hans Castorp installe sa chaise-longue dans le salon des Verdurin. Avec la bénédiction de Goethe, Flaubert, Proust et Thomas Mann.

Mon père s'étonnait d'avoir un fils aussi germanophile et disait, avec un mélange d'humour et de regret, qu'il n'avait pas mérité ça. On verra dans ce récit qu'il avait quand même une ou deux raisons d'être germanophobe. A dire vrai, son manichéisme n'était pas tout à fait primaire. Si la ligne de partage entre bons et méchants, passait nécessairement pour lui entre les Français et les Allemands, il opérait un second clivage en distinguant l'Allemagne des violons de celle des tambours, l'Allemagne des poètes et des musiciens de celle des casques à pointe et des grosses Berthas, en attendant d'opposer l'Allemagne du *mehr Licht* à celle de *Nacht und Nebel* ...

Lorsque j'eus dix-huit ans, il fit taire ses préjugés pour m'offrir un mois de vacances dans une famille badoise. Papa Rustenholz était un fort brave homme. Rescapé de Verdun, il avait gardé un souvenir peu réjouissant de l'enfer des tranchées. Il essayait de concilier son pacifisme avec son admiration pour Hitler: «Notre Führer nous a forgé a meilleure armée du monde, disait-il. Malheur à qui voudrait s'attaquer à l'Allemagne. Mais sois tranquille, fiston, personne n'osera s'y frotter. Si notre Führer prépare la guerre, c'est parce qu'il veut la paix.»

Je revins en France, rempli de pensées rassurantes que je servis à la table familiale. Puisque l'Allemagne a la plus forte armée du monde, expliquais-je, le monde peut dormir tranquille. Mon père arrondit le sourcil. Je lui ôtai ses doutes: «L'Allemagne ne s'est donné des armes si puissantes que pour décourager les scélérats qui voudraient l'agresser. C'est une force de dissuasion, si tu vois ce que je veux dire ...» A dire vrai, je ne crois pas que j'employai cette expression mais l'idée y était.

Le sourcil de mon père reprit sa position normale. «Je vois, dit-il, il n'y a qu'un ennui.» – «Quel ennui?» demandai-je. – «Un connaisseur a dit: La seule chose qu'on ne puisse pas faire avec des baïonnettes, c'est de s'asseoir dessus.» La formule frappa l'imagination de mon jeune frère, qui eut un haut-le-corps. Mon père le rassura: «Sois tranquille! Hitler épargnera cette épreuve aux derrières nationaux-socialistes et les baïonnettes iront où la tradition les appelle: vers les poitrines françaises. Qui sont, bien entendu, des modèles de vaillance et qui, par conséquent, résisteront au choc.» On sait ce qu'il advint. Les poitrines déjouèrent les pronostics de papa, la vaillance de nos troupes passa dans les jarrets et les baïonnettes ne rencontrèrent que quelques dos dont les possesseurs ne savaient pas sprinter. Il est inutile de rappeler combien la victoire allemande fut éclatante. On sait aussi comment les vainqueurs se retrouvèrent à Stalingrad et comment, à Hambourg ou à Dresde, leurs femmes et leurs enfants furent transformés en torches ardentes par les défenseurs du droit et de la liberté.

Il me faut dire qu'en septembre 1939, j'avais mal accepté l'invasion de la Pologne, pays dont l'oncle Fouchs avait rapporté – on le verra plus loin – de merveilleux souvenirs. Outré d'avoir été trompé par Hitler et papa Rustenholz, je sentis renaître mon aversion pour l'Allemagne des militaires et je partis la combattre en emportant Novalis et Lenau dans mon havresac.

Ma haine atteignit encore une fois son comble lorsque, en septembre 1944, les SS arrêtèrent mon camarade Victor Kuntzmann et l'exécutèrent au coin d'un bois. Elève de la rue d'Ulm[1], Victor était promis au plus brillant destin. Les assassins autorisèrent sa mère à *reconnaître* le corps du supplicié. C'était une Alsacienne exilée dans le Doubs et je la vois, je l'entends encore décrire l'affreux spectacle de son enfant criblé de balles. Sa douleur était comme du feu, elle brûlait dans son regard, elle crépitait dans sa voix, transformant ses paroles en cris …

Quelques semaines plus tard, le Pays de Montbéliard, où s'était déroulé le drame, se trouvait libéré. Surveillés par des soldats ma-

1 Métonymie désignant l'Ecole normale supérieure qui est le vivier où, de Jaurès à Pompidou, de Bergson à Sartre et de Romain Rolland à Alfred Kastler, les républiques françaises recrutent leurs grands hommes.

rocains, des prisonniers allemands travaillaient à réparer un pont dynamité. C'était de tout jeunes soldats, de ces enfants dont l'ogre nazi s'était offert la chair avant de crever. On était en décembre et il faisait un froid polaire lorsqu'un de ces malheureux tomba dans le Doubs. Il était au bord de l'hydrocution lorsque ses camarades le retirèrent de l'eau glacée. On l'étendit sur le sol gelé et tandis que les prisonniers, harcelés par les Marocains, reprenaient le travail, il resta là, tremblant de tout son corps dans ses vêtements gorgés d'eau. Son sang commençait à charrier des glaçons lorsque maman Kutzmann vint à passer. Elle se précipita vers le malheureux, s'agenonilla près de lui, le couvrit de son châle, lui frictionna les cheveux, lui prodiguant les paroles de tendresse et les gestes de pitié.

L'entendant parler allemand, les Marocains, dont l'âme était simple, la soupçonnèrent de pactiser avec l'ennemi et l'éloignèrent sans ménagement. Quelques instants plus tard, le commandant de compagnie vit la porte de son bureau forcée par une petite femme vêtue de noir qui lui apprit, d'une voix bouleversée qu'il y avait un Allemand en danger de mort sur la berge du Doubs et qu'il faillait absolument le sauver. L'officier faillit répondre qu'il n'était pas venu de si loin pour arracher les Allemands à la mort mais pour les y envoyer. Mais le regard de maman Kuntzmann interdisait toute plaisanterie. Elle obtint une jeep et deux militaires qui la conduisirent auprès du malheureux aux dents claquantes et au visage violacé. Elle l'emmena chez elle, le baigna, le frictionna, le nourrit et ne le rendit à ses geôliers qu'après l'avoir revêtu de chauds lainages pris dans l'armoire du fils assassiné. «Vous êtes Alsacienne?» avait demandé l'officier, averti par son accent. «Oui, avait-elle répondu, et je ne supporte plus que Français et Allemands s'entretuent. Non, Monsieur l'Officier, je ne le supporte plus.»

La réconciliation franco-allemande battait son plein quand Maman Kuntzmann rejoignit son fils dans la grande paix des morts. Mais elle avait été l'une des premières à donner l'exemple et c'est en souvenir d'elle que je dépose ce livre dans la corbeille de l'amitié.

Jean Egen

Der Tod im Elsaß

Meine Großmutter hieß Anastasia. Sie starb am 5. Juli 1931 im elsässischen Lautenbach. Ihre Kinder umstanden das Bett, die Freunde füllten das Haus. Das ganze Dorf erlebte mit ihr den Todeskampf.

Meine Mutter hieß Barbara. Sie starb am 30. Juli 1975, einsam unter Kranken, die sie nicht kannte, in einem Saal des Pariser Lariboisière-Spitals. Als sie morgens gegen zwei Uhr ihr Leben ausgehaucht hatte, wurde sie diskret in die Leichenhalle gebracht. Der Morgen graute, und erst dann stellte ihre Nachbarin fest: Nummer zwölf hatte ihr Bett verlassen und war also gestorben.

An dem Morgen des Sommertages, an dem die Großmutter in die Finsternis eingeht, öffnet mein Vater die Fensterladen, und das Licht flutet mit solcher Heftigkeit und Macht in mein Schlafzimmer, daß ich mir die Fäuste in die Augen bohren möchte. Mein Vater bewundert den Himmel, sagt, daß er nirgendwo so blau sei und daß er weiß Gott in Neapel, Algier, Colombo, Singapur oder Saigon schöne Himmel erlebt habe. «Aber das kannst du mir glauben, mein Söhnchen, es gibt keinen Himmel, der es mit dem Lautenbacher Himmel aufnimmt, so leuchtend, so liebreizend – indessen, es ist nicht die Zeit, ins Blaue zu schauen. Der Großmutter geht es nicht gut, wir wollen zur Kirche gehen und den Rosenkranz beten; du willst doch nicht, daß der liebe Gott uns die Großmutter nimmt, gelt?» Klar, daß ich das nicht will; ich will, daß der liebe Gott uns die Großmutter läßt, und wenn schon so viele Gebete notwendig sind, um ihn zu erreichen, dann macht mir doch ein Rosenkranz keine angst; wohl sind es fünfzehn Vaterunser und hundertfünfzig Gegrüßet-seist-du-Maria, ohne die ‹Gloria-Patris› einzurechnen, aber ich will kein einziges auslassen, dessen kann Großmutter sicher sein …

Zunächst aber habe ich Hunger, Hunger auf die Butterbrote, die sie mir schmierte, bevor der liebe Gott sie krank machte; und auf die Butter goß sie noch von diesem schwarzen Honig, den die elsässischen Bienen aus dem Wald holen. «Du hast recht», sagt mein Vater, «frühstücken wir zuerst, das gibt uns Kraft für den Rosenkranz.» Essen ist für Papa nicht minder heilig als beten. «Ein guter Appetit», sagt er, «tröstet über alle Übel hinweg.» Wir steigen also in die Küche runter, da riecht es schon gut, die alte Elisa schüttet gerade das kochende Wasser über den Kaffee. Sie hat ein Glasauge und einen schwierigen Charakter. Sie grüßt meinen Vater und schneidet mich sichtbar, ich bin es aber gewohnt, das geht schon Monate so, seit dem Ostersonntag, als ich sie eine Wildsau genannt habe. Das ist ein Einfall meines Vetters Pauli gewesen, der kleine Lump hatte gesagt: «Kumm, m'r tien's Elisi verseckla, du versteckst dich in der Hundehütte neben dem Waldi, und wenn sie dann vorbeikommt, um die Hühner in den Stall zu treiben, dann sagst du, ‹'s Elisi isch a Wildsöj›, dann glaubt sie, der Waldi hat es gesagt, und sie prügelt ihn, und wir lachen dazu.»

Ich bin damit gar nicht einverstanden gewesen, so dumm war die Elisa auch wieder nicht, der Waldi liebte es nicht, wenn man in seine Hütte stieg, einmal hätte er mich beim Versteckspielen fast aufgefressen. Aber Pauli hat mich ausgelacht: «Bist du ein Franzose oder nicht? Ein Franzose verkneift sich doch nicht vor der Elisa oder dem Waldi!»

Ich fühle mich also herausgefordert; nichts geht mir über die nationale Ehre. Ich klemme mich neben Waldi in die Hundehütte, mein Wagemut läßt ihn ohne Worte, er zieht den Schwanz ein, um mir Platz zu machen. Und als Elisa vorbeikommt, nenne ich sie mit hohler Stimme eine Wildsau. Sie bleibt ratlos stehen. Waldi hat begriffen, daß er irgendwie kompromittiert werden soll, er bellt ganz wütend. Elisas Hand dringt in mein Versteck, findet mein Haar und schleppt mich an den blonden Büscheln vor das Familiengericht, nämlich vor den festlichen Tisch, an dem mein Vater, meine Mutter, mein Onkel und meine Tanten das köstliche Menu vertilgen, zu dem sie Großmutter an Ostern und bisweilen auch an anderen Feiertagen einlädt; denn die Gastwirtschaft, die sie betreibt, das *Café-Restaurant du Centre*, ist die lustigste in ganz Lautenbach. «Ratet einmal», brüllt Elisa, «was mir dieser Lausejunge gerade gesagt hat!» Sie brüllt, weil es im Saal laut hergeht, man sitzt schon über fünf Stunden und ißt und trinkt und lacht, und die Bäuche schwellen, und die Seelen weiten sich. «Ratet, wie er mich genannt hat, dieser Filou», wiederholt die Elisa, und jeder überlegt: Alte Ziege? Alte Kuh? Alte Hexe? ... Elisas Kopf wackelt ‹Nein›, aber ihr Blick besagt, daß man sich auf der richtigen Fährte befinde. Und dann greift Onkel Fuchs ein: «Da dieses Buben Blick so scharf ist wie seine Zunge, wäre ich nicht erstaunt, wenn er die Klägerin eine Wildsau genannt hätte.» – «Gewonnen», sagt Elisa und wendet sich an meine Mutter: «Man spielt sich als Französin auf und erzieht seinen Jungen wie einen Schwob[1].»

Mama steht auf, sie ist ganz bleich geworden, und ich lächle schon ob der nun fälligen Zurechtweisung Elisas. Aber die Zurechtweisung geht auf meine Wange nieder, es brennt ganz schön, ich denke an den gegeißelten Jesus, versuche in Würde das Schluchzen zu verbeißen, doch eine Träne rollt; Großmutter sieht es, steht nun ihrerseits auf, wischt mir mit dem Schürzenzipfel über das Gesicht und drängt mich mit gelindem Druck zu Elisa hin: «Bitt um Verzeihung und gib ihr einen Kuß.» Aber Elisa ist empört, sie erklärt, die Beleidigung sei unverzeihlich: sie verweigert den Kuß und zieht sich in ihre Küche zurück.

So ist das damals gegangen, nur daß mich Großmutter sitzen hieß, mir eine riesige Portion ‹Vacherin›[2] auf den Teller schaufelte und zugunsten ihrer alten Magd eine Verteidigungsrede in mein Ohr flüsterte: «Du mußt sie verstehen, kein Mann und keine Kinder, es ist ein Unglück für eine Frau, es trocknet das Herz aus ... Mag sein, sie verzeiht dir deine Frechheit jetzt nicht. Aber du wirst ihr sogleich ihre Verhärtung verzeihen und mir versprechen, daß du sie nicht mehr beleidigen wirst.» Ich habe es zwischen zwei Löffeln Eiskuchen geschworen. Und habe Elisa weiterhin eine Wildsau genannt, zwar nicht öffentlich und mit lauter Stimme, sondern vorsichtshalber nur im geheimen ... Und nun, bei dem Honigbrot, begreife ich plötzlich, daß ich den Schwur gebrochen habe, die Gewissensbisse steigen auf, ich lege mein Brot aus der Hand, stürze auf Elisa zu und sage bebend, daß ich von ihrem

1 *Schwob* (plur. Schwowa), von Schwabe, eine im Elsaß keineswegs böswillige Bezeichnung für die Deutschen insgesamt.

2 Eiskuchen mit Schlagsahne.

Unglück weiß, kein Mann und keine Kinder und das Herz, das vertrocknet. «Ich weiß, Elisa, daß es dein Fehler nicht ist, wenn du so schlecht bist, und deshalb verzeihe ich dir.» Elisa erstarrt mit offenem Mund, ihr sehendes Auge wird so glasig wie das andere. «Was sagt er, dieser Lauser, was will er mir verzeihen?» Ich schalte darauf sofort um: «Nein, Elisa, ich bitte dich um Verzeihung, ich werde niemals mehr sagen, daß du eine Wildsau bist, niemals mehr!»

Und nun schüttelt es mich so stark, daß ich in Heulen ausbreche; und das Wunder geschieht: Elisa auch. Selbst aus ihrem Glasauge fließen die Tränen. Nun bittet sie mich um Verzeihung, küßt mich, drückt mich an sich; sie hat eine haarige Warze im Gesicht und mehrere Hühneraugen, die haarige Warze kitzelt mich, ich springe in die Höhe und nieder auf ihre Hühneraugen, der Schmerz muß unerträglich sein, Elisa wird käsig im Gesicht; nun wird sie mich erwürgen, ich schreie wieder: «Verzeihung, Erbarmen», sie sagt: «Nein, nein, es ist nichts» und streichelt mir das Haar, ich sei das beste Kind der Welt, und auch das höflichste. Und sie stürzt aus der Küche, um sich irgendwo auszuweinen. Papa staunt. Daß Elisa in Zärtlichkeit verfließt, ist für ihn ein Wunder, das wahrscheinlich den Engeln zuzuschreiben ist, welche an Großmutters Bett wachen. Irgendwie muß sich ihre Anwesenheit wohltuend auf dieses Haus auswirken, Wellen der Güte schweben wohl durch die Räume. Papa mag recht haben, ich empfinde das anders. Einmal habe ich im Kino einen Afrika-Film gesehen, da starb einer im Busch. Rings herum warteten schwarze Vögel in den Bäumen. Das hat mit Engeln nichts zu tun, diese sind rosarot und übrigens unsichtbar, aber so kommt es mir doch vor: die Engel lauern auf Großmutters Seele, und ich befürchte das Schlimmste. Ich will rasch mit meinem Butterbrot fertig werden, damit wir gehen und Gott bitten, er möge seine Engel zurückrufen.

Papa scheint nicht allzu besorgt. Er ißt seinen Speck. Alle möglichen Länder hat Papa besucht, alle Sorten von Schweinen hat er gekostet, und man darf ihm also glauben, wenn er behauptet, es gäbe von Yorkshire bis Bayern, von China bis Japan keine Schweinerasse, die es mit den Schweinen aus Großmutters Zucht aufnehmen kann, was den Geschmack angeht. Aber in dieser Frage bin ich selbst auch bewandert und weise deswegen auf die Rolle hin, die Onkel Nicolas hier spielt. «Richtig», sagt Papa, «dieser Speck ist auch Onkel Nicolas' Kunstwerk, niemand räuchert ihn so gut wie er.» Papa sagt es erstens, weil es wahr ist, und zweitens, weil Onkel Nicolas soeben die Küche betritt. Dieser liebt es, wenn seine Räucherkunst gewürdigt wird. Er lobt unseren Appetit, worauf Papa erklärt, wir müßten uns stärken, auf den Rosenkranz hin. «Man betet nie zuviel», bekräftigt Onkel Nicolas, und daß der Appetit nicht vorzeitig vergehe: «So schluck doch noch a Schnapsala, das macht das Gebet inbrünstiger; was trinkst du, einen Kirsch, Quetsch oder einen Himbeer?» Schnaps am Morgen, das mag Papa sonst nicht, aber es gibt eben Umstände ... Und da er zu seinem Speck schon einen Schoppen Sylvaner getrunken hat – das sei der beste Wein dazu, sagt er – und nun das Frühstück mit einem Himbeergeist abgeschlossen hat, betritt er die Kirche in einem Zustand größter Inbrunst. Ich selbst habe einen Tropfen Himbeergeist auf ein Stück Zucker bekommen, und mir leuchtet auch so etwas wie eine kleine Sonne in der Brust.

Vor dem Muttergottesaltar knien sie schon, die Justine, die Albertine, die Eugenie und andere von Großmutters Nachbarinnen. Sie beten deutsch, und das ist mir wirklich lästig.

Einmal habe ich Papa gefragt, warum die Elsässer in dieser Schweinesprache beten. «So soll man nicht sagen, so darf man nicht sagen», antwortete er und schien eher unglücklich. Na ja, aber da waren doch Bismarck, Wilhelm, Ludendorff, alle Pickelhauben und dicke Berthas, war das vielleicht keine schweinische Gesellschaft? Und waren das vielleicht keine Schweinemanieren, das Elsaß zu stehlen, Vetter Jules mit Gas zu vergiften, die Kathedrale von Reims zu bombardieren? Das gab Vater um so leichter zu, als er selbst mir eine solche Beurteilung eingeflößt hatte, aber er setzte sogleich hinzu, nicht alle Deutschen seien ‹Boches›[1] und es gäbe unter ihnen nicht nur Dichter, Denker und Musiker, sondern auch noch den Albertus Magnus, die heilige Gertrud, die heilige Hildegard, anders gesagt, Leute, die niemals einen Franzosen getötet hätten. «Eben in deren Sprache beten die Elsässer», fügte Papa hinzu. Wohl sei es für Franzosen nicht eigentlich normal, aber eines Tages würden sie schon französisch beten, da sei kein

1 Schimpfname für die Deutschen.

Zweifel, man müsse ihnen nur Zeit lassen, überhaupt Französisch zu lernen, in den achtundvierzig Jahren, die sie unter preußischem Joch verbracht haben, hätten sie dazu kaum Gelegenheit gehabt.

Könnten die Elsässer aber inzwischen, so hatte ich weiter gefragt, nicht elsässisch beten? Papa hatte sich am Kopf gekratzt. Keine Sprache lag ihm so am Herzen wie das Elsässische, er konnte Französisch, Deutsch, Griechisch, Latein, Annamitisch. Das Elsässisch, so konnte er sagen, übertreffe sie alle an Wohlklang in der Phonetik und Bildhaftigkeit im Wortschatz. Das wußte ich selbst: Eines Tages hatte ich unter dem Tisch gespielt und gehört, wie Onkel Nicolas und der Lehrer alle Bezeichnungen für das ‹Spätzchen› zusammensuchten, sie waren schon bei neununddreißig angekommen, und die Liste wäre wohl viel länger geworden, wenn nicht gerade die Postmamsell, die ihre Mahlzeiten bei Großmutter einnahm, die Wirtschaft betreten hätte. «Was erzählen Sie sich Schönes, meine Herren?» hatte sie gefragt. Die beiden Philologen waren darob gar nicht in Verlegenheit geraten, da in Paris gerade die Regierung gestürzt war. «Wir waren gerade dabei, die neue Regierung zu bilden», hatte der Lehrer gesagt, indem er sein Notizbuch sorgsam verwahrte. «Und wir haben schon neununddreißig ‹Mit-Glieder›», hatte Onkel Nicolas hinzugefügt. «Ihr Männer denkt eben nur an die Politik», hatte die hübsche Beamtin erwidert, worauf die beiden protestiert hatten, sie interessierten sich auch für viele andere Dinge, Dinge, die die Postmamsell wohl auch sehr interessant finden würde ...

Ich meinerseits fand auch vieles interessant, deshalb spielte ich unter dem Tisch mit meinen Bleisoldaten. Jeden Tag, fünf Minuten nach dem Mittagsgeläute, kam die Postmamsell zum Essen und setzte sich auf die Lederbank, die den vornehmeren Hintern vorbehalten war, und beim Hinsitzen nahm sie ihr Kleid unten am Saum, hob es anmutig hoch und setzte sich, damit nichts zerknittert wurde, direkt auf ihr Höschen, und das war ein Schauspiel, das mich immer stark erregte. Aber zurück zum elsässischen Dialekt. «Das Elsässische», hatte einmal mein Vater gesagt, «ist eine wunderbare Sprache, gerade so reich an lieblichen Ausdrücken wie an wüsten Reden. Du kannst damit ein freundschaftliches Gespräch führen, ein saftiges Sauerkrautgericht in den Himmel loben, Autonomisten und Volksvertreter verfluchen.» – «Aber weißt du, Junge», hatte mein Vater gesagt, «wenn man mit Damen oder mit dem Herrgott sprechen will, dann paßt das Elsässische nicht ganz. Dann ist es nicht vornehm genug. Alles in allem, Hochdeutsch ist dann doch besser.»

Ehrlich gestanden, das Hochdeutsche ist mir weniger fremd, als man glauben könnte. Onkel Fuchs hat mir deutsche Lieder und deutsche Gedichte beigebracht. Praktisch verstehe ich es ohne große Mühe, gut genug jedenfalls, daß ich jetzt in der Kirche die Feststellung treffen kann: Die Albertine, die Eugenie und die anderen haben die Sterbegebete in Angriff genommen. Sie flehen das Heilige Herz Jesu an: *«... alle Sünder, die jetzt im Todeskampf liegen und heute noch sterben werden, zu reinigen in deinem Blute.»* Kurz gesagt, die dunklen Eulen spedieren die Großmutter vorzeitig ins Jenseits, und daß sie die Abschreibung in der Sprache der Verlierer von 14/18 vornehmen, setzt ihrem Defätismus nur noch die Krone auf.

Hingegen wir, Vater und ich, wir bleiben zuversichtlich. Wir knien vor der Statue der heiligen Theresa von Lisieux nieder, das ist eine gute französische Heilige, und beten unseren Rosenkranz in der Sprache der Sieger. Fest entschlossen sind wir, bei Gott durchzusetzen, nicht daß er die Großmutter im Blute Seines Sohnes reinige – mit ihren zwölf Kindern und einem Leben der Arbeit und der Liebe bedarf sie einer solchen Wäsche nicht, würde Vater wohl sagen –, sondern daß er das Äderchen schnellstens ausflicke, das, wie gesagt wird, in ihrem Hirn geplatzt ist.

Ich bete mutig drauflos, die Augen auf die hübsche Heilige gerichtet. Jedoch, sie hat schöne rosarote Wangen, und diese lassen meine Gedanken abgleiten zu den Meyer-Mädchen hin. Das sind neunjährige Zwillinge, in die meine elf Jahre verliebt sind. Sie haben blonde Locken, blaue Augen, je einen Kirschmund; und weiße Höschen haben sie auch, man sieht es, wenn sie Seil springen. Ob die heilige Theresa von Lisieux auch ein weißes Höschen hat?

Kaum gedacht, pflügt mir die Verzweiflung mit scharfer Schar das Herz um. Was muß doch der Teufel ein schlechtes Individuum sein, daß er mir jetzt gerade solche Gedanken schickt! Ich schließe die Augen ganz fest, um die Heilige nicht mehr zu sehen, mit ihren übertrieben rosigen Wangen. Ich konzentriere mich auf die Großmutter, die sehe ich jetzt, ganz bleich in ihrem großen Bett, mit dem rinnenden Äderchen, das in ihrem Kopf geplatzt ist.

Mit fliegenden Sinnen und noch immer geschlossenen Lidern werfe ich mich Jesus zu unsichtbaren Füßen, hänge mich an sein ungreifbares Faltenkleid, zitternd der Leere entgegengestreckt, in der ich ihn anwesend vermute, und ich bete wie ein ganzes Frauenkloster. Er möge die Großmutter nicht in sein Paradies holen, wo er doch schon Engel genug habe. Er möge sie im Lautenbacher Paradies belassen, wo sie ja selbst der liebe Gott ist, ein lieber, guter Gott im grauen Kleid, der fabelhafte Eiskuchen mit Schlagsahne macht und der in den Augen ein mildes, so mildes Licht hat, daß man darin zergehen möchte.

Daß Lautenbach ein Paradies ist, das hat Papa gesagt. Es gäbe nichts Schöneres auf der Welt, und er muß es ja wissen, er war einmal in Tonking. «Glücklich, wer wie Joseph eine schöne Reise tat», zitiert der Lehrer beim Abendtrunk mit Papa, wobei er, wie ich später lernen werde, ein auf den Odysseus bezogenes Gedicht von Joachim du Bellay [1] abwandelt. «Und besonders glücklich», geht Papa darauf ein, «ja, besonders glücklich, wer die Along-Baj, die Tempel von Angkor und das Grab des Kaisers Kai-Dinh gesehen hat und dann in Lautenbach die elsässische Lieblichkeit wiederfindet, sie wiederfindet im *Café-Restaurant du Centre*, zwischen dem Lehrer und dem Bäcker sitzend, ja, ihr wißt nicht, Freunde, wie einen zwischen Hanoi und Tuyen Quang die Sehnsucht nach Riesling und Münsterkäse peinigen kann.»

Das *Café-Restaurant du Centre* ist der Stolz meiner Großmutter. Ihr Name prangt über dem Eingang ‹Veuve Edouard Herrgott, propriétaire› [2]. Herrgott, das heißt deutsch eben Herr Gott, und das ist auch ganz richtig für jemanden, der ein Paradies verwaltet. An der Theke zelebriert Onkel Nicolas. Er ist Junggeselle. Der Krieg hat ihm die Beine zermalmt, sie sind krumm geblieben, aber das Gemüt hielt stand, gekräftigt durch Weißwein und Schnaps. Die Küche ist Elisas Reich. Diese ist fünfundsiebzig und schon fünfzig Jahre im Dienst der Großmutter. Neben der Gaststube ist auch ein Kramladen mit Heften, Federschachteln, Hosenträgern,

1 Französischer Dichter der Renaissance.
2 «Witwe Edouard Herrgott, Besitzerin».

Bleistiften, Schnürsenkeln und Trauerkarten, denn bei Witwe Herrgott ist alles zu bekommen. Hinter dem Haus gibt es noch einen kleinen Bauernhof, dort zieht Onkel Nicolas zwei Kühe, drei Schweine, einige Dutzend Hühner und etliche Kaninchen groß, deren Fleisch dank Großmutters Genius und Elisas Kochkunst zu Wunderwerken verwandelt wird, die täglich die Sinne ihrer Gäste und Freunde erfreuen. Noch weiter hinten kommt ein großer Obstgarten, darin die schöne Jahreszeit Markt hält mit Kirschen, Pfirsichen, Johannisbeeren, Himbeeren, Äpfeln, Birnen, Zwetschgen, Mirabellen, das alles zwischen Juni und Oktober, und wenn dann das Fest zu Ende ist und der Schnee über Dächer und Felder kommt, hebt die Freude auf dem Speicher an, wo Pflaumen, Nüsse und Haselnüsse dörren.

Es ist normal, daß im Paradies auch eine Kirche steht, sie ist aus rotem Sandstein, mächtig und stark, und doch auch wieder zart, acht Jahrhunderte schauen auf das Haus Herrgott herab. Papa und der Lehrer sprechen von einem ‹Juwel der romanischen Baukunst›. Großmutter hütet die Schlüssel; diese sind in der Wirtshauskasse verwahrt, und da ein elsässischer Pfarrer eine viel zu bedeutende Persönlichkeit ist, als daß er den Türschließer spielen könnte, besorgt das die Großmutter oder Onkel Nicolas.

Wenn die Kirche leer ist, schleiche ich mich mit den kleinen Kameraden hinein, wir spielen Gottesdienst, wir halten improvisierte Predigten von der Kanzel herab, wir glucksen vor Freude, wenn wir im Beichtstuhl unflätige Dinge durch das Gitter flüstern: «Ich klage mich an, unanständige Reden geführt zu haben. – Was für unanständige Reden, mein Sohn? – *Lack dü mich am Arsch.*» Wie mein Vater sagt, steht auf dem Gebiet der Obszönität das Elsässische zur Schriftsprache wie der Amazonas zum Dorfbach. «Mein Vater, ich klage mich an, gegen das Reinheitsgebot gesündigt zu haben. – Mit wem denn, mein Sohn? – Mit der Tochter des Güschti – Himmel, die ist doch erst elf! Was hast du ihr getan, mein Sohn? – Ich habe ihr das Höschen ausgezogen, und dann habe ich ihr Kinder gemacht. – Wieviel Kinder, mein Sohn? – Das werde ich in neun Monaten erfahren, aber es werden mindestens zwölf sein. – Gut, mein Sohn, als Buße wirst du zwölfmal das Lied singen, *‹'s kummt a Frauj vu Melhüsa›*.» Das Lied ist auch wieder ganz schön unanständig, aber uns kleinen Elsässern ist es so geläufig wie irgendein Kinder- oder Kirchenlied, und was tut es also, wenn wir es beim Spielen singen, das ist keine große Sünde. Anders, schlimmer, ja schrecklich ist es, wenn dieses Lied mir jetzt mitten im Rosenkranz einfällt, samt dem Höschen der Postmamsell, den Höschen der Meyer-Mädchen, jenem der Güschti-Tochter, ja dem Höschen der heiligen Theresa!

Wieder schlägt die Scham über mir zusammen, ich höre die Muttergottes, wie sie zu ihrem Sohn spricht: «Also dieser Junge, der ist direkt ein Scheusal, er denkt nur an solche Ungeheuerlichkeiten, mit den Lippen betet er, aber im Geiste gibt er sich den schlimmsten Sakrilegien hin, er verdient es nicht, daß du seine Großmutter rettest! ...» Ach, es ist wahr, daß ich ein Scheusal bin! Würde ich nicht damit Papa in seiner Andacht stören, so würde ich mir mit Fäusten an die Brust schlagen, daß es nur so dröhnte. Aber Gott heißt nicht Elisa, diesmal wäre wohl meine Reue von keiner Wirkung, er würde eher seiner heiligen Mutter glauben, warum soll ich also weiterbeten, diesen Rosenkranz beendigen, es bleiben ohnehin noch an die sechzig ‹Gegrüßt-seist-du›? Ich werfe meinem Vater einen flehenden Blick zu, er wird aufmerksam auf meine Not, er sieht nicht, daß es die Seele ist, er glaubt, es sei die Blase, er macht mir ein Zeichen zu gehen, ich eile davon, ganz hinten in der Kirche schaue ich zurück, ob mich niemand beobachtet, und dann steige ich die Turmtreppe hoch.

Sie ist steil und gefährlich, aber ganz oben wartet der Himmel. Dort ist, zwischen Uhr und Glocken, der schönste Platz in meinem Paradies. So oft ich kann, steige ich hinauf, beim höchsten Fenster kauere ich mich in einen Sonnenstrahl und betrachte die Welt, wie sie ganz unten liegt. Da ist der Dorfplatz, da sind die Linden, der Brunnen, das ganze Dorf duckt sich unter den glänzenden Panzer der Dächer. Das Tal öffnet sich nach Süden, und wie das Rad eines Pfaues entfaltet sich der Fächer der Matten, der Gärten und der Rebenhalden. Die Vogesen machen einen runden blauen Rücken, sie sind die sanftesten Berge der Schöpfung.

Papa sagt, wenn der liebe Gott sich neige, um sein Werk zu betrachten, so ruhe sein Blick weder auf dem Himalaya-Gebirge noch auf den Niagara-Fällen, sondern vornehmlich auf dem Bergdorf Lautenbach. «Ja, mein Sohn, auf unserem demütigen Dorf, und dann ruft er die Engel herbei: ‹Kommt, Kinderchen, schaut mal, wie schön das ist›; und die Engel kommen aus allen Himmelsecken herbei, und ihre Augen leuchten wie Saphire, deshalb ist der Himmel so blau, verstehst du?»

Ich verstehe sehr wohl, ich kann sogar sagen, daß dieses Wunder jedesmal geschieht, wenn ich auf den Turm steige. Als würde der liebe Gott darauf warten, daß ich auf dem Turm bin, um mit den himmlischen Chören auf den Altan seines Paradieses zu treten. Wo sollte denn sonst diese unaussprechliche Freude herrühren, die mich umgibt, wenn nicht aus seiner hochheiligen Anwesenheit? Diese Freude, die ich verspüre, ist so groß, daß ich mich fast der heiligen Familie zugehörig fühle, und nur ein letzter Rest an Demut (und Vorsicht) hindert mich daran, auf den Fenstersims zu treten und ins Blaue davonzufliegen. Papa sagt auch immer, im Elsaß strebe alles dem Himmel zu, die langhälsigen Weinflaschen, die langbeinigen Störche, die raketenförmig gebauten Tannen und – vom Straßburger Münster bis zur Stiftskirche in Lautenbach – alle elsässischen Kirchtürme. Drang nach dem Unendlichen, nennt Papa das. Da wir Elsässer eingeklemmt seien zwischen Rhein und Vogesen, seien wir von Natur aus geneigt, dem blauen Himmel zuzustreben. Dieser Drang ist es wahrscheinlich, der mich das Glück im Kirchturm suchen läßt. Heute aber warte ich vergebens darauf, daß es einmal mehr ausbricht.

Meine Seele wiegt wie Blei, und das himmlische Blau, anders gesagt, der Blick der Engel, läßt unbeschreibliche Angst in mir aufkommen. Ich weiß sehr wohl, wohin sie blicken, nämlich auf das Dach, unter welchem meine Großmutter im Todeskampf liegt. Sie lauern auf ihre Seele. Ich weiß wohl, daß ihre Absichten die besten sind, aber ich kann nicht umhin, an die Unglücksvögel zu denken, die ich im Kino gesehen habe. Wie sieht eigentlich eine Seele aus? Was geschieht, wenn sie den Körper verläßt? Werde ich eine Flamme, einen Dunst, eine weiße Taube erblicken? Kann ich die Seele nicht aufhalten, wenn sie an mir vorbeizieht? Mein Gewissen keift drauf los: «Die Seele deiner Großmutter, du Schlingel, die hättest du mit dem Rosenkranz auffangen können wie mit einem Lasso, aber du hast sie schon bei den ersten ‹Gegrüßet-seist-du› losgelassen, also hör auf zu flennen.» Wie aber könnte ich das, wenn die Reue mein Herz durchbohrt? Während die Linke die Tränen wischt, die mir über das Gesicht laufen, holt sich meine

Rechte aus der Hosentasche den Rosenkranz, und nun schicke ich wieder mein Gebet gen Himmel. Wenn es nur rechtzeitig ankommt! Ich bete in feurigem Eifer, wild darauf bedacht, nicht mehr zu stocken.

Aber was riecht denn da plötzlich so gut? Meine Nase wittert erregt. Sollte denn ... Ja, natürlich, das kommt von unten, aus dem Dorf, das steigt aus allen Küchen, es ist ja Sonntag! Am Sonntag ehrt das Elsaß den Herrgott in allen Kirchen und Tempeln, mehr aber noch in allen Küchen und Stuben. Sonntag ist Eß-Tag. Das Mahl beginnt immer auf eine sehr einfache Weise, mit einer Fleischsuppe. Diese ist Tradition. Für diesen Tag backen die Bäkker die ‹Bangala›, und diese ‹Bengelchen› sind lange, fast schwarz gebrannte Semmeln, die die Fleischbrühe bernsteinfarben machen. Zum Rindfleisch aus der Suppe wird Meerrettich gereicht, wohl wird dieser mit Sahne gemildert, aber es brennt dennoch wie Phosphor im Mund, er beizt die Stirnhöhlen, man spürt feurige Tränen in den Augen, der Genuß ist fast nicht durchzustehen; aber es ist eben ein Genuß. Meerrettich ist nur das ‹enfant terrible› unter den vielen Salaten, die zum unerläßlichen Geleit eines ehrlichen Suppenfleisches gehören: rote Radieschen, schwarzer Rettich, Selleriewurzel, Kresse, Tomaten, Gurken und andere Rohkost, die dem Geschmackssinn schmeicheln und ihn auf Kommendes vorbereiten.

An hohen Festtagen kommen im zweiten Gang Fleischpastete, Forellen oder Rheinsalm. An gewöhnlichen Sonntagen gibt es nur ein zweites Fleischgericht, Braten, Huhn oder noch Hasen-, Reh-, Wildschweinpfeffer, wenn Jagdzeit ist. Gewöhnlich gibt es Nudeln dazu, aber keine aus der Fabrik, ‹Salbschtg'machti›, von der Hausfrau selbst ausgerollt und geschnitten, zum Trocknen aufs Bett gelegt, und davon bleibt keine einzige übrig.

Dann kommt der Käse, nur eine Sorte, denn Papa sagt, der Münsterkäse sei ein König, der mit keinem teile. Onkel Nicolas sagt, der Geschmack des Münsterkäses komme von einem Jungfernwässerchen. Was eine Jungfer ist, weiß ich nicht, und als ich Onkel Nicolas frage, sagt er mir, daß es sich um eine ziemlich seltene Art von jungen Mädchen handle, so selten wie der vierblättrige Klee. Ob es welche in Lautenbach gäbe, will ich wissen, der Onkel darauf: ja, aber sie seien am Aussterben, besonders seit Onkel Edouard und der Seppi vom Militär heimgekommen sind. Ob die Postmamsell gewöhnlicher oder seltener Klee sei, habe ich dann noch wissen wollen, und Onkel Nicolas antwortete mir, der Seppi begleite die Postmamsell wohl allzuoft in den Wald, als daß sie das vierte Kleeblatt noch hätte. Darauf habe ich sogleich begriffen, was er sagen wollte, nämlich, daß der Seppi mit der Postmamsell im Wald Kinder macht, wie der Pauli und die kleinen Mädchen, die er in die Scheune lockt. Alle wissen, daß der Seppi ein ‹Maidlaschmecker› ist, dessen Nase bei jedem Düftchen in Erregung gerät, aber ich habe dann nicht weiter gefragt, in meinem Alter sollte man eigentlich von den Geheimnissen der Zeugung noch nichts wissen. Und Onkel Nicolas bekräftigt, was er vom Münsterkäse gesagt hat: «Jede dieses Namens würdige Käserei hält sich eine Jungfer, die ihr Wässerchen auf den Käse versprüht.» Ich habe versucht zu protestieren: «Onkel Nicolas, du erzählst mir wohl Märchen?» Da hielt er mir den Münsterkäse, der auf dem Tisch thronte, unter die Nase: «Meinst du?»

Sicher war ich eben nicht, und der Duft stieg mir mächtig wild in die Nasenlöcher und schien dem Onkel recht zu geben, der inzwischen einen Lobgesang angestimmt hatte: «Die Wucht seines Aromas ist nur der Feinheit des Geschmacks ebenbürtig.» Onkel Nicolas ist wie Papa. Er hält Reden, wo sich die Gelegenheit findet, bei Münsterkäse, Wein oder Schnaps ist seine Eingebung besonders wortreich und blumig. Was er sagt, verstehe ich nicht immer, aber die Worte behalte ich: «Ein stark dialektischer Käse, erweckt Abneigung und Wollust in einem, Genuß und Pestilenz ... deutscher Duft, französischer Geschmack, typisch elsässischer Käse.»

Mich stört der Duft nicht, und den Geschmack finde ich herrlich. Elsässerwein ist dazu etwas schmalbrüstig, man gibt Burgunder oder Algerier, feurig, in den Kopf gehend. Papa sagt, solcher Wein sei für den Münsterkäse geschaffen wie die Hand des braven Mannes für die Rundungen der schönen Maid. Bevor er sich solcher Lyrik hingibt, schaut er allerdings, ob ich außer Hörweite bin. Aber, bei aller Sorgfalt: Unter den Tisch schaut er nie, wohin mich nebst den von Geheimnis umwobenen Schätzen der Postmamsell auch eine allgemeine Neigung zum Versteckstsein zieht. Gerade deshalb habe ich Papa oft das harmonische Verhältnis zwischen Münsterkäse und Wein derart auslegen gehört.

Wenn dann der Käse verschwunden ist und seine ätherischen Elemente verduftet sind, kommen die Obstkuchen oder der Eiskuchen, ‹Vacherin› genannt, die das Mahl krönend beschließen. Das wird alles vom frühen Morgen an hergerichtet, keine Küche, wo nicht die Hausfrau emsig schafft, kein Herd, auf welchem nicht die Fleischsuppe brodelt, keine Röhre, in der nicht ein Fleisch gart. Und die Kuchen duften, und der Geist des Münsterkäses weht, eine gastronomische Liturgie am Rande der religiösen, die herrlichen Küchendüfte mischen sich zum Weihrauch, so eindringlich, daß ich jetzt meine Nase nicht daran hindern kann, sie zu würdigen. Und so aufmerksam wird sie, meine Nase, daß ich mich dabei ertappe, in das ‹Gegrüßet-seist-du› die Hoffnung einfließen zu lassen, es möge bald Tischzeit sein.

Es rumort im Kirchenturm, jetzt schlägt die Stunde, neun hohle Schläge, düster wie Leichengeläute. An einem Abend im letzten Herbst, der Nebel näßte einem die Seele, habe ich einmal gesehen, wie sich Großmutter bekreuzigte, als der Stundenschlag auf das Dorf niederpolterte. «Jetzt kündigt sich der Tod an», hat sie gesagt. Das wollte ich nicht gelten lassen, sie jedoch lächelte: «Aber doch! Der Tod streift um die alten Leute, mit jeder Stunde nähert er sich etwas mehr, eines Tages wird er seine Hand auf meine Schulter legen, und wir werden uns trennen müssen.» Ich geriet noch mehr in Aufregung. Sollte der Tod kommen und die Großmutter bedrohen, würde ich ihn schon davontreiben. Wie denn? Ja, mit dem Gebet, so sehr würde ich zum lieben Gott beten, ich wußte von Papa, daß er die Gebete der Kinder immer erhört. Großmutter fragte: «Wie denn wirst du beten?» – «Tag und Nacht! Und aus allen Kräften!» Meiner Großmutter stieg das Herz in die Augen: «Bist du aber ein gutes Kind!»

Nun aber betrachtet das gute Kind seinen ‹Nuschter› [1], den Rosenkranz. Einmal mehr ist das gute Kind zwischen zwei Körnern steckengeblieben. In irgendeinem Hühnerhof kräht plötzlich der Hahn. Die Botschaft ist für mich. Der heilige Petrus und ich, wir sind beide große Schweine. Er hat Jesum verraten und ich die Großmutter. Es bleibt mir nur das heiße, reuige Weinen. Mein Gejammer weht bis unter die Glocken und läßt ihre bronzenen Röcke

1 Von «Paternoster».

erklingen. Das ergibt einen Klang, der meinen Schmerz davonträgt, so daß er wohl bis in die fernsten Sternbilder wahrnehmbar ist. Und doch fühle ich es sehr deutlich: Gott hat sein Ohr von mir gekehrt.

Drunten in der Kirche, vor dem Bild der heiligen Teresa, betet Papa brav seinen Rosenkranz ab und fragt sich zwischendurch, wo der Erbprinz wohl stecke. Mit elf Jahren braucht man für ein Pipi doch keine Stunde! So groß wird seine Sorge, daß er die Mutter Gottes und ihren hochheiligen Sohn bittet, ihn zu entschuldigen, er steckt seinen Rosenkranz ein und geht auf die Suche. Jedoch, niemand hat mich gesehen. Man sucht im Haus, im Garten, in der Scheune. Dort findet man den Pauli mit dem Marthala. Er tut, als spiele er Gemüsehändler, in Wirklichkeit spielt er Arzt, so lullt er immer die Mädchen ein, denen er Kinder machen will. Und er ist es, der mich bei Papa verpetzt: «Ich weiß, wu d'r Schangi isch.» Schangi, oberelsässisch, kommt von Jean, ein höchst harmonischer Vorname wird damit zu einer breiigen Vokabel zerquetscht. Vornamen, die in der französischen Sprache wie Kristall klingen, scheppern im Elsässischen wie rostiges Blech, meine Onkel, Charles, Edouard, Joseph, Hubert, werden so zu Schari, Wari, Seppi, Hüppri, und Jeanne und Marguerite werden zu Schanni und Greti. Im übrigen besitzen wir Klänge, die eine französische Kehle überhaupt nicht herausbringt. Unsere Kehlen sind mit Meerrettich, Münsterkäse, Sauerkraut und Kirsch gebeizt, und der Dialekt klingt eben, wie diese Schätze unseres Bodens schmekken. Herb und stolz. Aber Achtung: Die Herbheit ist besonders Sache der Männer. Frauen wandeln zärtlich ab. Für Mütter und Bräute oder solche, die es werden wollen, werden aus Schari, Wari und Seppi, Scharala, Warla, Seppala. Für meine Freunde bin ich Schangi, für meine Großmutter und die Meyer-Mädchen bin ich Schangala.

Und nun verpetzt mich also dieser Sauhund von Pauli: «Der Schangi ist sicher auf dem Turm, unter den Glocken, er geht immer dort hinauf *‹wann 'r aafangt, ze spinna›*.»

Und sie finden mich also, eine ganze Kolonne von Freunden und Verwandten, der Vater an der Spitze. Auf dem Bauch liege ich, die Fäuste ins Haar verkrampft, geschüttelt bin ich von wogendem Schmerz. Waldi, unser Hund, ist ganz froh, daß er mich gefunden hat, er leckt mein tränennasses Gesicht, als wäre es sein Teller. Seine Zunge gerät in meine Ohrmuschel, das kitzelt mich so, daß ich in Lachen ausbreche, noch krampfhafter als mein Weinen. Papa und sein Gefolge stehen fassungslos. Waldis Dienstleistung entgelte ich mit einem Ellbogenstoß mitten auf die Schnauze, er jault herzzerbrechend, und ich muß einfach mit einstimmen.

Eine Stunde darauf weiß das ganze Dorf, daß der Schangi ob des Absterbens seiner Großmutter verrückt geworden ist. Von Mund zu Mund fliegt die Nachricht, und jeder weiß etwas dazu. Der arme Schangala wollte sich in der Glockenstube aufhängen. Der arme Schangala stand schon auf dem Sims des höchsten Kirchturmfensters, da kam sein Vater, der Tonkinese, der Tigerjäger, und konnte ihn gerade noch an der Ferse fassen. Der arme Schangala ist so von Sinnen, daß er den Waldi ins Ohr gebissen hat. Niemals hat ein Kind seine Großmutter so geliebt wie der arme Schangala ...

Vorsichtig bringt mich mein Vater nach Hause, in die Küche, ich finde Zuflucht in Elisas Armen, die ‹Wildsau› ist völlig vergessen, wie eine Henne nimmt sie ihr Küken auf, und ich rühre mich nicht, ich bin eingeklemmt in ihre Zärtlichkeit, da ist auch die haarige Warze, da sind die Hühneraugen, ihr Atem riecht nach Malaga-Wein; nämlich wenn sie eine Sauce aufkochen läßt, gibt sie welchen hinein und genehmigt sich einen Tropfen, sie sagt, das gäbe ihr Kraft ...

Kraft braucht sie schon, an diesem besonderen Sonntagmorgen. Die ganze Familie ist gekommen, um von Großmutter Abschied zu nehmen, das ergibt an die zwanzig Gäste mehr zu Mittag. Die Sterbende hinterläßt eine schöne Familie, von ihren zwölf Kindern sind vier jung gestorben, aber die anderen acht haben sich vermehrt. Als sie Bescheid erhielten, es gehe mit der Mutter bergab, sind sie mit ihren ‹Krabba› herbeigeeilt, so nennt man hier die kleinen Kinder, es bedeutet ‹kleine Raben›. Und damit der ganze Stamm heute anständig zu essen bekommt, hat Onkel Nicolas ‹Herriot›, ‹Painlevé›, ‹Mussolini› und ‹Von Papen› geschlachtet. Er gibt seinen Kaninchen immer die Namen bedeutender Persönlichkeiten, da sind in seinem Stall auch ‹Frau Hanau› (das ist eine Hochstaplerin, der Tausende von kleinen Sparern ins Garn gingen) und ‹Dr. Ricklin›, der häßliche Autonomist, und ‹Kanonikus Müller›, der das

Elsaß im Pariser Senat vertritt. Elisa hat das Hackmesser in der Hand und rätselt, ob es Portionen genug sein werden, die Sorge um die Großmutter steigert den Appetit, und vielleicht hätte man auch ‹Dr. Ricklin› und ‹Senator Müller› abschlachten sollen. «Schauen wir mal nach, Schangala, wieviel Vielfraße sind es also, hilf mir doch beim Abzählen.»

Ich zähle an den Fingern ab, ich fange mit Vater an. «Recht hast du», sagt Elisa, «seitdem dein Vater in Indochina Schlangen und Schwalbennester gegessen hat, ist er anspruchsvoll geworden, sagen wir also dein Vater, deine Mutter und du, das sind drei, dann die Schneider, die Schilling und die Fuchs, die vier Brüder Herrgott und ihre Familie, das macht neunundzwanzig, geh, sag dem Nicolas, er soll ‹Müller› schlachten.»

Ich protestiere. ‹Müller› ist mein Freund, ich will nicht, daß man ihn umbringt. Bei Elisa kommt die Wildsau-Natur wieder zum Vorschein: «Was gibt es denn da zu weinen, wenn ein Kaninchen geschlachtet werden soll, währenddessen liegt deine Großmutter im Todeskampf, und Kaninchen sind da, um gegessen zu werden, so ist das Leben!»

So sind sie immer, die Erwachsenen! Wenn man gegen den Tod protestiert, antworten sie, so sei das Leben. Indessen, ich beuge mich und überbringe Onkel Nicolas den Hinrichtungsbefehl. Ich weiß, was er ‹Müller› antun wird. Letzte Woche war ich dabei, als er ‹Maurras› abmurkste, aber ‹Maurras› liebte ich nicht, er war alt. Und zudem war er taub, das haben Pauli und ich jedesmal festgestellt, wenn wir unsere Luftpistolen in den Kaninchenstall abschossen, alle Kaninchen flüchteten sich zutiefst in ihr Heu, nur ‹Maurras› fraß weiter. Er war in seiner Gefräßigkeit überhaupt gefährlich, man konnte ihm keine Karotte hinhalten, ohne die Finger in Gefahr zu bringen. Ich will ihm nicht übel nachreden, aber ein sympathisches Kaninchen war er nicht. Trotzdem, als ihn Onkel Nicolas bei den Ohren packte und er zu schreien anfing, hat es mir das Herz umgedreht. Die Schreie waren noch nicht einmal das Schlimmste, schlimmer waren noch seine weitaufgerissenen, vor Furcht starrenden schwarzen Augen. Ich stürzte davon und versteckte mich in der Scheune. Als ich zurückkam, hing ‹Maurras› mit den Hinterläufen an zwei Nägeln, war schon gehäutet und ausgenommen, und es gab da nichts mehr als blutiges Fleisch.

«Wenn er in deinem Teller sein wird, wirst du schon anders dreinblicken», sagte Onkel Nicolas. So war es denn auch. Als sich Schreck und Schmerz und Tod ‹Maurras'› zu einem Kaninchenbraten in Rahmsoße verwandelt hatten, aß ich mit Lust. Das dürfte nun wohl auch mit ‹Müller› so sein.

‹Müllers› Hinrichtung will ich nicht beiwohnen, ich flüchte mich in die Wirtsstube. Sie ist voll besetzt. Seitdem es in Lautenbach einen Herrgott in der Kirche und einen Herrgott im Gasthaus gibt, kehren die Männer beim zweiten ein, bevor sie dem ersten ihre Aufwartungen machen. Oder vielmehr: Beim zweiten, dessen Lokal sich der Kirche gerade gegenüber befindet, kehren die Lautenbacher zweimal ein, man bestellt nach dem ‹Ite, missa est› noch einmal, was man vor dem ‹Kyrie› getrunken hat. Es geht ungeheuer geräuschvoll her. Man glaubt nicht, wie das schallt, wenn sich hundert Elsässer im Dialekt unterhalten. Das schreit, das grunzt, das trompetet, die Selbstlaute klatschen, die Mitlaute schnurren – jaa, joo d'Schnurr! –, die Geräuschkulisse ist die betäubendste, die menschliche Kehlen überhaupt hervorbringen können.

Ich sehe besorgt zur Decke hinauf. Genau über der Gaststube hat Großmutter ihr Zimmer. Wenn sie bei solchem Krach hinüberschlummert, dann gab es eben nichts, was sie hätte wachhalten können. Doktor Bucher hat sie gerade besucht, Papa bringt ihn, wie ich durchs Fenster sehe, zu seinem Motorrad zurück. Der Arzt scheint niedergeschlagen, und Papa wiegt noch trauriger sein Haupt. Die Angst überkommt mich wieder, ich kehre in die Küche zurück, darauf gefaßt, daß nun ‹Kanonikus Müller› neben den vier anderen auf dem Küchentisch liegt. Er liegt aber nicht. Von Elisa erfahre ich, daß Onkel Nicolas die Zeit fehlte, ‹Müller› den Hals abzuschneiden. Großmutter liegt in den letzten Zügen, und Onkel Nicolas ist zum Pfarrer geeilt, damit dieser sie noch vor dem Hochamt ‹versehe›.

Elisa: «Hörst du nichts?» Ich höre ein Glöcklein. «'s esch 's Totagleckla», sagt Elisa, «sie haben keine Zeit verloren.» Das Glöcklein kommt näher, es scheint, als ob sie das Haus über den Hof betreten wollten. Elisa: «Natürlich werden sie das, oder möchtest du, daß sie unseren lieben Herrgott durch die Gaststube nötigen?» Ich gehe also auf den Hof. Da kommen sie, der Pfarrer und sein Ministrant, und die Hühner stieben vor Schreck auseinander. Der

Ministrant ist mein Freund Gabriel. Er blickt ganz feierlich drein, jedoch, ich kenne ihn genug, um zu wissen, daß er den Augenblick genießt. Er liebt es, sich wichtig zu machen, höchste Freude ist es wohl für ihn jetzt, vor dem lieben Herrgott einherzuschreiten, das Totenglöcklein zu schwingen und zur Kenntnis zu nehmen, wie die Männer den Hut lüften und die Frauen niederknien.

Als er den Fuß auf die Treppe setzt, gefolgt vom Pfarrer mit dem Allerheiligsten, will ich ihnen folgen. Ich möchte der Großmutter beistehen, aber auch versuchen, die Hoffart Gabriels zu dämpfen. Wie er sich da großartig aufführt, das liebe ich schon gar nicht. Wenn sich jemand an diesem Tag auf den ersten Rang stellen darf, so bin ich es wohl, oder nicht? Meine Eigenschaft eines Enkels der Hinscheidenden, die fürchterliche Prüfung, die ihr Todeskampf über mich bringt, das Mitleid, das vom ganzen Dorf dem Schangala entgegengebracht wird, das ist doch wohl etwas anderes als ein simples Ministrantenamt! Aber Elisa will mich zurückhalten, es seien schon genug Leute dort oben. Ich könnte kurzen Prozeß machen, ihr auf die Hühneraugen treten, doch wähle ich die sanfte Tour: Ich sage, Großmutter rufe mich, und das ist nur zur Hälfte erfunden, in meinem Kopf höre ich sie: «Kumm, Schangala, kumm!» ... Elisa ist davon sehr beeindruckt, sie läßt mich gehen, ich stürme hinter Gabriel und dem Pfarrer hinauf.

In Großmutters Zimmer sind die Laden geschlossen, es brennt nur eine kleine Lampe neben dem Bett. Großmutter sieht aus, als wäre sie schon gestorben. Ihre Augen sind geschlossen, ihr Antlitz ist so weiß wie die Tücher auf dem Bett. Gedämpft, aber beharrlich drängt der Tumult in der Gaststube durch den Fußboden. Großmutter scheint darauf zu schweben. Ihre Söhne und Töchter, Schwiegersöhne und Schwiegertöchter umstehen das Bett. Beim Eintreten des Pfarrers sind alle niedergekniet, nur Onkel Fuchs und Onkel Schneider nicht, aber das sind bärtige, ungläubige Lothringer, mit anderen Worten mehr oder weniger des Teufels, sie reden ja auch deutsch, oder vielmehr klingt ihr moselländisches Idiom so.

Der Pfarrer sieht Großmutter nicht an. Man kann ihr die Kommunion nicht geben, sie könnte die Hostie nicht schlucken. Möchte jemand an ihrer Stelle kommunizieren? Fast würde ich den Finger hochstrecken, indessen muß man, um den Leib Christi zu empfangen, eine reine Seele und einen leeren Magen haben. Beim Frühstück habe ich mich mit Honigbrot vollgestopft, und was ich danach zusammengedacht habe, war nicht eben von größter Lauterkeit. Aber den Erwachsenen geht es nicht anders, sie senken verlegen den Kopf. «Also gut», sagt der Pfarrer, «dann werde ich ihr die Sterbesakramente geben.»

Gabriel nähert sich, um dem Pfarrer das geweihte Öl zu überreichen. Seine Augen glänzen, sein Gesicht leuchtet; wäre er jetzt ein Pfau, so würde er wohl mitten im Zimmer das Rad schlagen. Im Geiste gebe ich ihm einen Fußtritt in den Bauch und schließe die Augen, um mir besser vorzustellen, wie er die Treppe hinunterpurzelt. Als ich die Augen wieder öffne, beugt sich der Pfarrer über Großmutter. Er reibt ihr Öl auf Augen, Mund und Ohren. Dann bittet er, daß man ihre Füße freimache. Ich höre, wie Onkel Fuchs flüsternd Papa fragt, was das alles bedeute. Papa ist so gläubig, daß die liturgischen Handlungen für ihn kein Geheimnis haben. Der Priester öle die Sinne, so Papa zu Onkel Fuchs, durch welche die Sünde hätte eindringen können. «Möge dir der Herr kraft dieser Ölung die Sünden verzeihen, die du durch diesen Sinn begangen haben magst.» Onkel Fuchs zieht die Augenbrauen zusammen. Ich weiß, was er denkt. Er denkt wie ich, nämlich, daß wohl kaum Sünden in die Großmutter eingedrungen sind, besonders nicht über die Füße.

Ob es dem Pfarrer gefällt oder nicht, einer solchen Reinigung bedarf eine heilige Frau wie Großmutter nicht, und dieser Gabriel, dieser Wichtigtuer, würde besser daran tun, sich mit dem heiligen Öl den Hintern zu salben. Im übrigen zieht er sich jetzt zurück, und wäre nicht der Pfarrer und das Allerheiligste, würde ich ihm eine Grobheit nachrufen.

Indessen flüstert Papa weiter. Er legt dar, daß in Großmutters Fall, deren Leben bar aller Fehler war, die Letzte Ölung eher stärkend als reinigend sei, und wenn Gott es wolle, könne das Sakrament sogar die Heilung bringen. Ja, das ist jetzt etwas anderes! Wolle es, Herrgott, wolle es, und rufe diesen Sauhund von Gabriel zurück, ich bin sicher, daß in seinem Kännchen noch viel Öl ist, meine Großmutter muß einfach gesund werden, sie muß es ...

Während meine Seele zu Gott schreit, heftet sich mein Blick auf die Sterbende, streichelt ihre bleiche Stirn, möchte ihr die Augenlider öffnen, mein Wille ist so stark, daß ich den Kontakt fühle und auch den Widerstand. «Öffne doch die Augen, Großmutter!» Habe ich es laut gesagt oder nur gedacht? Es geht ein Schauer über das Gesicht, die Wimpern bewegen sich, Großmutter öffnet die Augen ... So groß, so blau, daß man merkt, sie blickt schon in die andere Welt. Noch einmal mache ich den Versuch, Großmutter in dieser, der Lautenbacher Welt zurückzuhalten, ich bete zu Jesus, zur Muttergottes; Jesus verspreche ich, Mönch zu werden, der Jungfrau Maria schwöre ich, nie mehr nach dem Höschen der Postmamsell zu äugeln; und diesmal erhören sie mich, Großmutter wendet mir ihr Antlitz zu, sie sieht mich mit unsäglicher Milde an, ihre Lippen bewegen sich, sie will wohl meinen Vornamen sagen, ich möchte ihr meinerseits mitteilen, daß gerade der Pfarrer und Gabriel da waren, daß sie mit Öl gesalbt worden ist bis auf die Füße und daß dies der Grund sei, warum sie nun wieder hell in die Welt schaut. Man hat sich eben allzusehr geeilt, die Familie zusammenzutrommeln und so viele Kaninchen zu schlachten, kurzum, das Leben ist wieder schön, und es wird kein Begräbnis geben.

Aber plötzlich wird Großmutters Blick von unerhörter Intensität, ihre Finger verkrampfen sich in die Bettlaken, ihr Oberkörper hebt sich aus den Kissen, und sie fällt mit einem großen Seufzer zurück. Als wäre ich physisch mit ihr verbunden, spüre ich, wie meine Kehle sich zusammenzieht, und die Luft will mir ausgehen. Ich komme erst wieder zu Atem, als meine Mutter mit der Hand sanft über Großmutters Gesicht fährt und ihr die Augen schließt. Unten in der Gaststube ist es still geworden, im Zimmer tut niemand einen Muckser. In die Riesenstille platzt ein lautes Aufweinen. Dem armen Schangala ist das Herz gebrochen.

Seinen Schmerz hat Schangala zunächst für sich behalten. Er hat sich in die Scheune geflüchtet und alle Tränen seines Leibes ins Heu vergossen. Dann hat er überlegt, daß ein solch großer Schmerz nicht unerkannt bleiben dürfe, man müsse ihn dem ganzen Dorf zeigen, damit alle Welt erfahre, wie sehr die Verstorbene geliebt war. Und Schangala geht und setzt sich auf die Sandsteintreppe vor dem Wirtshaus, wo Männer und Frauen vorbei müssen, wenn sie der Toten einen letzten, schweigenden Besuch abstatten.

«Nur Mut, Schangala, Buben weinen nicht», sagen die Männer und zerzausen ihm das Haar, was Schangala gar nicht liebt. «Weine nur, Schangala, das tut dir gut», sagen die Frauen und küssen ihn ab. Schangala weint also drauflos und drückt sein nasses Schnäuzchen gegen die tröstenden Wangen. Manchmal ist die Wange rauh und bärtig wie Elisas, was den Schmerz erhöht, manchmal ist sie so samten und seidig, daß sich zum Schmerz eine unbeschreibliche Wollust gesellt. Und als mich die Postmamsell als eine der ersten an sich drückt, werde ich, der ich schon das Geheimnis ihrer Unterwäsche kenne und nun mit der Nase in den nicht minder geheimnisvollen Halsausschnitt tauche, fast ohnmächtig. Niemals war ich in solcher Verzweiflung, aber auch niemals kannte ich ein solches Vergnügen, es ist bald ein Fest, das ganze Dorf will zu Großmutter und kommt an mir vorbei, stundenlang empfange ich den Trost der Honoratioren und der Geringen, jener, die man mit ‹Herr› anredet, wie ‹d'r Herr Maire›, und jener, die man einfach beim Namen nennt oder mit ihrem Beruf bezeichnet, ‹d'r Schmied›, ‹d'r Wachtmeischter›, d'r ‹Flurhüter› oder ‹d'r Seppi›, ‹d'r Güschti›.

Alle sind sie im Sonntagsstaat, schwarzes Kleid und Melone auf dem Kopf, sogar Schillings Knecht, der Nesti, hat sich einen Hut verschafft, würden ihn die Ohren nicht halten, so fiele er ihm ins Gesicht. Auch die Frauen tragen Trauer, die Henriette hat sich einen grünen Filzhut aufgesetzt mit einem roten Vogel drauf, den sie noch unter Wilhelm II. gekauft hat.

Henriette ist, grob ausgedrückt, Lautenbachs weiblicher Dorftrottel, aber sehr sanft und ängstlich, ein Liebeskummer hat ihren Sinn umnebelt, ein gewisser Rudolf hat ihr den Kopf verdreht und dann eine andere geheiratet. Mehrere Male in der Woche erscheint ihr Gott, sie kennt den ganzen Heiligenkalender auswendig, und die Kinder im Dorf fragen sie lieb: «Henriette, hast du Gott gesehen?» Dann hält sie einen Finger vor den Mund: «Er kam gestern abend vorbei, der heilige Polykarp begleitete ihn.» Gott kommt nämlich nie ohne den Tagesheiligen zu ihr. Heute, am 5. Juli, denke ich nicht daran, sie auszufragen, jedoch sie, sie neigt sich zu mir und flüstert mir zu: «Heute abend kommt Gott mit dem Heiligen Antonius Maria Zacharias, einem Ordensgründer.» Ich getraue mich nicht, ihr aufzutragen, sie möge den Besuch von mir grüßen, ich drücke ihr nur die Hand.

Etwas später tritt sie wieder aus dem Haus. Sie hat sich am Todesbett etwas seltsam benommen, Großmutter in den Arm gekniffen, ihr die Brust betastet und ins Ohr geflüstert. Aber nun legt sie wieder ihre Wange an die meine und sagt mir vertraulich: «Mach dir nichts draus. Sie ist eine Heilige. Ich benachrichtige dich, wenn Gott sie zu mir bringt.»

Ich danke ihr. Henriettes Augen strahlen vor Vertrauen und Gewißheit, das beeindruckt mich sehr. Die anderen Besucher zeigen sich ernst, scheinen aber nicht traurig zu sein. Alle sagen dasselbe: Wie schön Großmutter ruhe, wie friedlich ihr Antlitz sei, wie zart sie lächle, wie glücklich sie wohl ist. Schenkte man ihnen Glauben, so wäre es das reine Vergnügen, tot zu sein. Und schließlich bin ich dessen fast überzeugt. Als die Meyer-Mädchen herannahen, jede mit einem Strauß weißer Rosen und gefolgt von ihrer hübschen Mama, weiß ich nicht mehr, ob es der Schmerz ist oder die Freude, die mir nun wieder die Tränen in die Augen treiben. Aber einige Minuten darauf kommt der Schari, und das führt mich hart in die Wirklichkeit zurück. Der Schari ist der Schreiner. Er nimmt das Maß der Toten und hämmert die Särge zusammen. Aus seiner Hosentasche ragt das Metermaß.

Der Abend kommt. Das Dorf hält Totenwache. Aus allen Häusern kommen sie herbei, zünden Kerzen an. Das Kerzenlicht und die Gebete steigen zu Gott empor. Man hat mich in einem entfernten Zimmer zu Bett gebracht. Ich habe keine Angst. Die Stimmen summen tröstlich. Papa betet lauter als die anderen. Er betet die Heiligenlitanei, und da ihm das Deutsche das Ohr verletzt, betet er lateinisch: *«Sancte Gregori, sancte Ambrosi, sancta Agatha, sancta Anastasia ...»* Großmutter wird nicht allein sein. Henriettes Freunde werden alle da sein, um sie zu empfangen. Im Zimmer ist es stickig. Ich steige aus dem Bett und öffne die Fensterladen. Auch der Brunnen auf dem Dorfplatz betet mit. Ich schaue nach dem Himmel. Alle Sterne sind angezündet. Das ganze Universum hält Totenwache bei Großmutter.

Tags darauf, ich will gerade auf den Kirchturm, ruft der Pauli: «Komm schnell, Großvater ist im Gasthaus!» – «Großvater? Was für ein Großvater?» – «Doch unser Großvater, du Tölpel!» Paulis Possen schätze ich nicht mehr so sehr, seit er mir die Sache mit der

Wildsau eingebrockt hat. Großvater Edouard ist vor zwanzig Jahren gestorben, und weder mein Vetter Pauli noch ich haben ihn gekannt. Aber der Pauli besteht darauf: «Willst du wetten?» Ich wette um das Stück Süßholz, an dem ich gerade kaue, und wir eilen ins Gasthaus.

Tatsächlich. Großvater ist da. Auf einem Zeitungsblatt, das Onkel Nicolas auf einem der hinteren Tische ausgebreitet hat. In Wirklichkeit aber ist Großvater nicht vollständig da, es fehlt schon manches. Aber dieser Kopf da auf dem Zeitungsblatt ist, wie Onkel Nicolas beteuert, Großvaters Kopf. Der Pauli hat gesiegt und reißt mir das Stück Süßholz aus dem Mund. Ich reagiere nicht, so fasziniert bin ich durch diesen Totenschädel mit den tiefen Augenhöhlen, um den sich die ganze Familie versammelt hat: Das ist, oder das war, Edouard Herrgott.

Der Totengräber hat ihn beim Ausheben von Großmutters Grab zutage befördert. Onkel Nicolas war dabei, er erzählte, wie es war, der Sarg war eingedrückt, die Bretter waren verfault, aber das Erstaunlichste, das war Großvaters Haar; zu seinen Lebtagen trug er es kurz, nun war es im Grab zu einer richtigen Mähne, bis zur Brust hin, gewachsen. Tante Marie ist nicht verwundert, die Herrgotts hätten immer gesundes, dichtes Haar gehabt. Als Nicolas nun den Kopf aus dem Grab nahm, fiel die Mähne einfach ab. Darauf nahm er den Schädel mit, tat ihn in einen Eimer, wusch ihn sorgfältig mit Seifenlauge, wickelte ihn fromm in eine Zeitung und brachte ihn zum Gasthof, weil er dachte, daß die Familie sich freuen würde, ihr Oberhaupt wiederzusehen.

Das war schon richtig gedacht. Edouards Söhne und Töchter betrachteten gerührt den Schädel ihres Zeugers. Mama entdeckt einen kleinen Riß am Hinterkopf, das kommt daher, daß Großvater Edouard einmal vom Hochaltar auf die Steinfliesen des Kirchenchors gestürzt ist. Was er wohl auf dem Hochaltar zu suchen hatte, fragt Onkel Camille, dieser Lothringer, dieser Ungläubige. Mutter setzt ihm auseinander, daß Großvater Edouard eben ein heiligmäßiger Mann gewesen sei, er habe als freiwilliger, unbesoldeter Sakristan die Kirche saubergehalten, und vom Hochaltar sei er gestürzt, als er einmal das Kruzifix über dem Tabernakel aufpolieren wollte. Ja, ein heiligmäßiger Mann war er, dieser Großvater Edouard, aber bitte, kein Frömmler. Sein Amt als Sakristan habe er in souveräner Eigenwilligkeit ausgeübt. Im Hochamt, während der Predigt, pflegte er sich in die Sakristei zurückzuziehen. Dort verzehrte er Knackwürste zu einem Schoppen Riesling. Mama erinnert sich dessen um so besser, als sie selbst ihm die heißen Würste brachte. Das heißt, sie tat die Würste zwischen zwei Teller, wickelte ein Tuch darum, ging über den Seitengang zum Marienaltar und legte das Ganze dort nieder. Dann brachte ein Ministrant diskret die Stärkung in die Sakristei. Mit dem Riesling war es einfacher. Das Haus Herrgott lieferte ja den Meßwein, so standen immer ein Paar Flaschen im Schrank. Nach dem Hochamt gehörte es zum Ritual, daß der Pfarrer fragte, ob die Würste geschmeckt hätten. Sie seien so gut gewesen wie die Predigt, antwortete darauf ebenso gewohnheitsmäßig der Großvater. «Aber die Predigt, mein lieber Edouard, haben Sie doch gar nicht gehört!» sagte dann der Pfarrer. Und der Großvater verbeugte sich: «Das ist es ja, was mir erlaubt, Ihnen dafür mein Kompliment zu machen.»

Dieses Rede- und Antwortspiel gehört zur Legende des Großvaters, jeder weiß es auswendig. Aber der Totenschädel läßt andere Erinnerungen aufkommen, jeder kommt mit seiner Geschichte. «Ich höre ihn noch», erzählt Onkel Nicolas, «zu den Kunden sagte er: ‹Trinkst du, so stirbst du; trinkst du nicht, so stirbst du doch, also laß dir's gutgehen und trinke meinen Sylvaner!›» Dazu wird nur diskret gelächelt; von allen Lehren, die der Großvater seinen Söhnen mit ins Leben gab, hat Onkel Nicolas diejenige vom Sylvaner am besten behalten und infolgedessen immer befolgt. «Erzähl uns lieber, wie sich der Vater der späten Trinker entledigte», sagt Mama. Auch das ist eine allgemein und sattsam bekannte Geschichte, aber gerade deshalb will man sie hören. Also: Wenn sich abends ein nicht gerade zum Stammkreis gehörender Kunde einnistete, dann ging Großvater sehr direkt vor. Er liebte es, zu vernünftigen Zeiten schlafen zu gehen, und er war keiner, der dann ein langes Theater mit Gähnen, Husten und Auf-die-Uhr-Schauen vorführte. Er ging einfach auf den Störenden zu, drückte ihm die Hand und sagte: «Gut Nacht, mein Lieber, ich geh ins Bett, damit Sie nach Hause können.»

Die Geschichte findet den gewohnten Erfolg, und dann sagt Mama: «Ihr wißt aber auch, wie er betete.» Natürlich wissen wir das, aber wir wollen es wieder einmal hören, und selbst Großvaters Totenschädel scheint darauf zu warten. Also: «Mit Gott stand er auf gutem Fuße; da sie den gleichen Namen trugen, war Großvater der Meinung, daß es zwischen ihnen keiner Umstände bedürfe. Am Morgen stand er auf, sammelte sich einen Augenblick am Fußende seines Bettes, hob seine Augen zur Decke und sprach: ‹Herr, du kennst mich, du weißt, daß ich kein Mann des langen Betens bin; sei also gelobt und laß mich arbeiten.› Und das Nachtgebet war noch kürzer: ‹Herr, du erinnerst dich wohl dessen, was ich dir heute morgen gesagt habe; sei also gelobt und laß mich schlafen.›

So einer war er, der Großvater. Die ganze Familie lacht, Onkel Nicolas tätschelt beifällig den Totenschädel, aus dem Gebiß springt ein Zahn auf den Tisch. Mama leert die silberne Schnupftabakdose, in der sie Hustenbonbons und Pfefferminztabletten verwahrt, in ihre Tasche, hebt fromm den Zahn vom Tisch und legt ihn in die Dose. Man sieht, daß sie ergriffen ist. Mich zieht der Schädel magisch an, ich nähere ihm mein Ohr, in der Hoffnung, ich weiß nicht was für ein Rauschen zu hören. Onkel Fuchs schiebt mich vom Tisch weg: «Was glaubst du denn hören zu können, der Großvater ist längst nicht mehr in diesem Kopf.» «Sicher», antworte ich, «aber wo ist er denn jetzt?» – «Sagen wir mal, für eine Weile noch im Gedächtnis seiner Familie.»

Das macht Papa sehr unmutig, er zieht die Augenbrauen zusammen. Wohl schätzt er Onkel Fuchs, aber er haßt dessen gottloses Gebaren. Nie trinken die beiden ein Glas zusammen, ohne daß es nicht Händel über Religion gibt. Die Streitfragen sind Sündenfall, Jungfräulichkeit Marias und viele andere Dinge, von welchen ich nichts verstehe. Mir macht es immer Spaß, wenn sie sich so zanken. Ich muß schon feststellen: Meist hat Papa das letzte Wort. Er sagt: «Eine solche Lästerung kann ich nicht dulden», oder noch: «Vor mir wirst du die Muttergottes nicht länger beleidigen», und dann haut er auf den Tisch, trinkt sein Glas leer und geht. Auch jetzt nimmt er es mit dem Kirchenfeind auf: «Hör mal, Fuchs, ich will nicht, daß du diesem Kind falsche Sachen in den Kopf setzt. Schangala weiß sehr wohl, daß die Seele seines Großvaters im Himmel ist und daß sein Leib am Jüngsten Tag auferstehen wird.» In Wirklichkeit bin ich dessen gar nicht so gewiß, in den Augen von Onkel Fuchs leuchtet ein kleiner Funke, der eher zum Zweifel anregt, ich will aber trotzdem daran glauben, aus allen Kräften, weniger des Großvaters wegen, den ich nicht gekannt habe, obschon ich ihn eines Tages gern kennenlernen möchte, mit Augen, Ohren, Haar und allem anderen, sondern wegen Großmutter; ich kann mir einfach nicht vorstellen, daß sie nun für alle Zeiten unter dem Boden liegen und vom Ungeziefer aufgefressen werden soll. Und als Papa wiederholt: «Ja, Fuchs, wir glauben an die Auferstehung des Fleisches und an das ewige Leben, nicht wahr, Schangala?», brülle ich: «Ja, Papa, das glauben wir!» Aber ganz in mir drin steht doch eine Frage auf: Wenn das Fleisch auferstehen soll, warum muß es dann erst absterben? Laut will ich diese Frage aber nicht stellen, sonst würde man glauben, daß mich Onkel Fuchs ‹bekehrt› hat.

Es ist dann also eine schöne Beerdigung, das ganze Dorf sagt es. Der Schangala schreitet voran, gefolgt von seinen Vettern, jeder mit einem Blumenstrauß. Dann kommt der Gabriel mit dem Weihwasserkessel, dann der Pfarrer, der seine Gebete murmelt, dann der Sarg. Sechs Feuerwehrmänner tragen ihn auf der Totenbahre, denn die Feuerwehr hält ihr Jahresbankett immer in Großmutters Gasthaus, dann schreiten da die Söhne und Schwiegersöhne der Verstorbenen, im steifen Kleid, mit steifem Hut, gefolgt von den Töchtern und Schwiegertöchtern, alle gehüllt in wallende Trauerschleier. Der Vetter aus Paris ist da, der Glanz der Lichterstadt umgibt ihn, und auch die Kusine aus Le Havre, geheimnisvoll wie die fernen Hafenstädte. Dann tummelt sich ganz Lautenbach, nebst den Freunden aus den Nachbardörfern, den Berghöfen und den Forsthäusern. Henriette, die reine, sanfte Torin, schließt den Zug ab, sie spricht vor sich hin und macht Gebärden, daß der rote Vogel auf dem grünen Hut nur so hin und her hüpft.

Die große Glocke – Großmutter war ihre Taufpatin – punktiert den langsamen Gang des Leichenzuges. Und obwohl ich meinen Schmerz wie eine Glorie trage, nimmt er doch mit jedem Schritt zu. Der Schangala ist stolz, den Zug zu eröffnen, aber er fürchtet gleichzeitig den Augenblick, da er als erster beim Grab anlangen wird. Und nun ist es soweit. Am Rand des gähnenden Grabes wartet der Großvater. Man hat seinen Schädel und die übrigen Knochen in eine kleine Eichenkiste getan, die nachher auf den Sarg der Großmutter gelegt werden soll.

Die Leute zerstreuen sich nun auf dem kleinen Friedhof, ein jeder nützt die Gelegenheit, um seinen eigenen Toten einen Besuch abzustatten. Aber man verfolgt aufmerksam das liturgische Geschehen, und als der Pfarrer das ‹*Libera me*› anstimmt, schart sich das Dorf zum letztenmal im Geiste um die verstorbene Großmutter. Männer, Frauen und Kinder kennen den Text auswendig, der Psalm steigt wie ein Lied der zarten Freundschaft über den stillen Ort, wo Großmutter fortan ruhen wird. *«Requiem aeternam dona eis, Domine – Et lux perpetua luceat eis!»*

Es kommt ein großer Friede über mich. Das Wetter ist herrlich. Die Sonne läßt die Blumen stärker duften, und der Himmel ist voller Schwalben. Als Gebete und Gesang verklingen, hört man nur noch ihr Surren und das liebliche Geplätscher des nächsten Brunnens. Dann schreitet jeder zum Grab, nimmt den Weihwedel aus den Händen Gabriels und zeichnet damit ein Kreuz über den Sarg. In der Hundsrosenhecke an der Friedhofsmauer singt ein Rotkehlchen. Ich trete auch ans Grab, aber ich will das gähnende Loch nicht sehen, deshalb segne ich Großmutter mit dem Weihwedel in den blauen Himmel hinein. Dort ist sie ja schließlich jetzt.

Am Friedhofstor empfängt die Familie die Beileidsbezeugungen. Damit wir auch Teil am ‹Anteil›[1] haben, reihen wir, die Vetter, uns neben den Erwachsenen auf, und die Zeremonie kann beginnen: Man küßt uns, man schüttelt uns die Hände, daß die Finger weh tun, man tätschelt uns Köpfe und Schultern. Das erleichtert mich sehr, und dem Pauli macht es einen Heidenspaß. Auf dem Rückweg fragt er mich, ob ich den ‹Zirkus› gesehen habe, den Henriette vollbrachte. Ich habe diesen ‹Zirkus› beobachtet. Henriette hatte die kleine Kiste mit dem Großvater drin gesehen, sie hatte den Totengräber gefragt, was darin sei; dieser hatte gesagt ‹d'r Herrgott›, und sie hatte verstanden ‹der Herr Gott›. Sie wollte die Kiste mit nach Hause nehmen, ich hatte gesehen, wie Pauli das Lachen nicht verhalten konnte, vernünftigerweise hätte ich mitlachen sollen, aber ich war zu unglücklich, und Henriettes Spuk ist mir vertraut. Sie macht nicht nur bei Begräbnissen ihre Possen, während des Hochamtes oder der Vesper steht sie auf, säubert mit Taschen-

1 Elsässischer Beileidsspruch: Ich nehme Anteil (am Leid).

tuch und Spucke die Füße des heiligen Antonius oder staubt das Lamm von Johannes dem Täufer ab, man läßt sie rumoren, sie ist das Kind des ganzen Dorfes. Nur wenn sie auf die Kanzel steigen will, hält man sie ab, Onkel Nicolas flüstert ihr zu, draußen unter dem Lindenbaum warte der Tagesheilige auf sie. Dann leuchtet ihr Gesicht auf, sie verläßt die Kirche, geht um den Lindenstamm herum und schaut ins Geäst, ob sich der Heilige nicht zwischen den Blättern versteckt habe, sie vergißt alles wieder, kehrt in ihre Kirchenbank zurück, setzt sich, wenn alle Leute stehen, steht auf, wenn die anderen sitzen, keine Möglichkeit läßt sie aus, etwas verkehrt zu machen. Auf dem Friedhof hat sich Onkel Fuchs um sie angenommen und sie von der Kiste mit dem Großvater entfernt. Sein großer Bart fasziniert sie, sie glaubt, Onkel Fuchs sei der heilige Petrus, und als sie ihn um seinen Segen bittet, willfährt er anstandslos ihrem Wunsch. Sie springt glücklich davon.

«Hast du keinen Hunger?» fragt Pauli. Ich sage nein, der Anstand läßt es an diesem Trauertag nicht anders zu; trotzdem, gleich werden die Mittagsglocken läuten, wohl war das ganze Dorf auf dem Friedhof, aber in allen Häusern wacht eine Großmutter oder eine Tochter beim Herd. Aus allen Küchen dringen die besten Wohlgerüche auf die Straße, unsere Mägen werden zu leeren Höhlen. Gestern hörte ich, wie sich Elisa sorgte, die Trauer werde uns hungriger denn je machen. Womit solle sie nur diesen Riesenhunger stillen? Seit zwei Tagen schon kampiere der ganze Stamm im Gasthaus, Hühnerhof und Kaninchenstall seien fast leer, das Gemetzel könne nicht so weitergehen. Mutter und die Tanten hatten beraten, was zum ‹Leichenimbs› zu reichen sei.

Freilich, von einem einfachen ‹Imbiß› konnte natürlich keine Rede sein. Über die Vorspeise war man sich gleich einig: Fleischbrühe, Suppenfleisch und Salate, das ist ein leichtes Vorgericht, das dem Appetit keinen Abbruch tut. Als Hauptgericht schlug Tante Marie – es war immerhin mit vierzig Gästen zu rechnen – einen ‹Baeckaoffa› vor. Mama hatte protestiert, das sei doch ein unterelsässisches Gericht, aber Tante Marie hatte darauf bestanden, der Vorteil liege darin, daß man einen ‹Baeckaoffa› für vierzig vorbereite und sich achtzig daran satt essen könnten. Und weiter: Dem Vetter aus Paris und der Kusine aus Le Havre könne man damit imponieren, die Franzosen verständen sich schon auf Kochkunst, aber ein Gericht mit vier Sorten Fleisch, das würden sie eben nicht kennen. Solcherart ist nämlich der ‹Baeckaoffa›: Rind-, Lamm-, Schweine- und Gänsefleisch in einer duftenden Marinade von Riesling und gebettet auf blättrig geschnittenen Kartoffeln. ‹Baeckaoffa› ist das elsässischste und also das festlichste aller Eintopfgerichte. Schließlich war Mama unter der Bedingung einverstanden, man möge sich auf drei Sorten Fleisch begrenzen und von Gänsefleisch absehen, schließlich solle ein Leichenimbs einfach sein ... Nach dem ‹Baeckaoffa› natürlich Münsterkäse, dann Kirschkuchen, Kaffee, die Schnäpse, ‹Kirsch›, ‹Quetsch› und ‹Himbeer›, das würde die Trauergäste in ihrem Leid leiblich und seelisch stärken. Da ich der Beratung beiwohnte, hatte ich den Vorschlag gemacht, statt Kirschkuchen ‹Vacherin›, also Eiskuchen, aufzutischen. Tante Marie, die seit einer Stunde nur vom Essen sprach, schalt mich aus: «Du denkst nur daran, dich vollzustopfen.» Ich schämte mich, aber gleichzeitig geriet ich in Zorn, ‹Vacherin› wollte ich nicht so sehr zum Schlemmen als zum pietätvollen Gedenken; Großmutters Eiskuchen waren das reinste Wunder, sie hatte immer noch ein großes Stück für mich irgendwo verwahrt, ihre Augen leuchteten vor Freude, wenn ich darüber herfiel. Hätte ich das aber gesagt, so hätte man mich ausgelacht, man wußte, wie sehr ich das gute Essen schätze. Wahr ist, daß ich während des Trauergottesdienstes und auf dem Gang zum Friedhof immer wieder an die Obsttorten gedacht hatte, ich mußte direkt kämpfen, um sie aus dem Kopf zu bekommen. Aber nun liegt Großmutter unter der Erde, das Leben geht weiter, und so unangenehm ist dieses Leben nicht: Es hebt genau in der Gaststube wieder an, Elisa und ihre beiden Nichten decken schon die weißen Tische für die vierzig Gäste.

Als die Trauergemeinde das Zimmer betritt, spiegelt sich die Sonne im Geschirr, der Wein prunkt golden in den Flaschen, der ‹Baeckaoffa›, der noch in der Küche brodelt, erfüllt bereits das ganze Haus mit seinem weinigen Duft. Man setzt sich um den großen Tisch, faltet die Mundtücher auseinander, und schon sind alle Organe des Essens und Genießens mobilisiert. Elisa und ihre Nichten tragen die Fleischsuppe herein. Dieser Punkt der Tagesordnung wird wortlos erledigt. Dann bringen sie das Suppenfleisch und die Salate. Das Schweigen dauert nun nicht mehr lange. Gespräche beginnen, ihr leichtes Geplätscher mischt sich unter das Geräusch der vielen Gabeln und Messer, über den Tisch streicht ein linder Hauch der Lustbarkeit.

Als dann die ovalen, irdenen Geschirre mit dem ‹Baeckaoffa› erscheinen, tönt zwischen das ‹Ah› und ‹Oh› das erste Lachen. Man vergleicht die drei Fleischsorten, und Onkel Henri hat einen anderen Vergleich gewagt, und die Kusine aus Le Havre ein wenig gekitzelt, sie ist nämlich ein Frauenzimmer, wie es die Elsässer lieben, mit Rundungen, welche die Finger geradezu anziehen. Man verspottet Onkel Henri, man lobt die Gekitzelte, andere Hände werden frech, anderes Lachen wehrt sie ab, nun hat das Trauermahl seine obligate Stimmung gefunden.

Jetzt kommen auch die Witze, die lustigen Geschichten, eine nach der anderen. Wir, die Kinder, wir machen, als würden wir sie nicht verstehen, die meisten nehmen Bezug auf das beliebteste Vergnügen der Erwachsenen, nämlich das Kindermachen, aber wir begreifen die Anzüglichkeiten sehr wohl, oder zumindest glauben wir, sie zu begreifen. Von diesen Geschichten kenne ich schon die saftigsten, jene, die meine Onkel und Tanten veranlassen, mich aus dem Zimmer zu schicken, wenn sie sie erzählen wollen. Ich gehe dann schon, jeder lobt meine Unschuld und meinen Gehorsam, was sie aber nicht wissen, das ist, daß ich mit meinen Ohren in Hörweite bleibe, und so hat das gute, unschuldige Kind mit den gespitzten Ohren auch erfahren, was einmal dem Onkel Fuchs und dem Seppi, dem Epstein-Seppi, ‹Maidlaschmecker› genannt, bei einer Reise nach Mülhausen widerfahren ist. Wenn die Vettern wollen, erzähle ich es gern. Sie wollen es.

Also: Onkel Fuchs und Seppi begeben sich einmal auf eine lustige Fahrt nach Mülhausen. Dort machen sie die Bekanntschaft einer hübschen Dame, sehr nett und gastfreundlich, sie lädt die beiden ein, unter ihrem Dach zu schlafen. Aber sie hat nur ein Doppelbett, und Onkel Fuchs, der einen leichten Rausch hat, ist bereit, auf dem Sofa zu schlafen. Der ‹Maidlaschmecker› legt sich aufs Bett neben die Dame, und schon greift er an, mit den Händen natürlich. Und dazu stellt er komischerweise Fragen. «Wem gehören denn diese hübschen Ärmchen?» sagt er, und «Mir» antwortet die Dame. So geht es weiter mit den Schulterchen, den Brüstchen, den Händchen, und die Dame beteuert immer wieder, daß alles ihr gehöre. Seppis Hände verschwinden unter der Decke und finden dort Bäckchen, von welchen er wieder nicht weiß, wem sie sind. Jedoch diesmal bleibt die Dame schweigsam, und Seppi drängt, er will wissen, wem die Wunder gehören, die seine Hände füllen. Aber Onkel Fuchs auf dem Sofa möchte schlafen, und so dreht er sich um und rät der Dame: «Sag ihm schon, Margarete, wem dein Arsch gehört, damit wir endlich schlafen können.»

Die kleinen Vettern jubilieren, sie geifern vor Freude, das Wort ‹Arsch› schafft ihnen einen unsäglichen Genuß. Elsässisch ist es noch schöner: Aaarrsch, Aaarrsch, das Wort ist rund, füllt den ganzen Mund, und das ‹R› rollt so genüßlich zwischen Zunge und Halszäpfchen, ich bin ganz glücklich, daß sie sich so vor Lachen winden. Tante Marie, die in der Küche einen Nachschlag ‹Baekkaoffa› besorgt hat, kommt am Tisch der Kleinen vorbei, sieht, wie mein Gesicht glänzt: «Ja schaut, der Schangala weint nicht mehr, der Schangala lacht, er schüttelt sich sogar vor Lachen. Wenn das die Großmutter sieht, wird sie ihre Freude daran haben.»

Ich fühle mich ganz belämmert. Wohl sage ich mir, daß die Großmutter, wenn sie mich sieht, auch den Tisch der Großen sieht, welche nicht gerade von Trauer überwältigt drein schauen, aber ich denke auch an Julius Caesar, Papa hat mir von ihm erzählt; von den vielen Dolchstößen, die er erhielt, war derjenige, den ihm sein Sohn Brutus beibrachte, wohl der schmerzlichste, und ich höre meine Großmutter: «Auch du, Schangala?» Ich fliehe weinend vom Tisch. Der Pauli folgt mir: Halt an, jetzt kommen doch gleich die Kirschtorten. Zum Teufel mit den Kuchen! Ich will Scham und Gram irgendwo auskosten, Pauli ruft die Elisa herbei, die wird mich jetzt suchen; wenn ich mich in den Kirchturm flüchte, kann sie mir nicht folgen, sie ist zu alt, also werfe ich mich in der Scheune ins Heu. Und schon ist sie da, ihr Atem fliegt, weil sie die steile Leiter hinaufgekrochen ist, und nun spricht sie zärtlich zu mir, ganz das Gegenteil einer Wildsau: «Weine doch nicht mehr, schäme dich doch nicht, natürlich sieht dich die Großmutter, sie schaut euch allen zu, wie ihr eßt und trinkt, sie ist ganz froh darüber, daß ihr alle beisammen seid, ja, mein Bub, nur wenn du weinst, wird sie traurig.» Elisa sagt noch viele solche Sachen, dann nimmt sie mich bei der Hand und führt mich zum Tisch zurück.

Dort ist die Stimmung noch weiter angestiegen, man ist bei Münsterkäse und Riesling angelangt, das ist der reinste Wettlauf, nie geht es auf, man braucht immer noch einen Bissen vom einen, einen Schluck vom anderen, um mit beiden fertig zu werden. Der Höhepunkt kommt mit den Kirschtorten. Die Erwachsenen verkosten sie langsam, es gehört immer wieder ein Gläschen Schnaps zwischen die Bissen, und vergleichen muß man zudem zwischen Kirsch, Quetsch und Himbeer. Auch die gemeinsame Freude erreicht Höhepunkte, die Seelen weiten sich, die Augen werden immer kleiner. Was für ein schöner ‹Leichenimbs› ist das! Wenn die Großmutter, wie Elisa es meint, die Freude ihrer Familie teilt, so muß sie sich bereits im Paradies fühlen.

Der Abend geht nieder, man gedenkt der Verstorbenen wieder mehr, fühlt man doch plötzlich, wie sehr sie beim Fest fehlt, das ihre Familie versammelt. Die Sitte will, daß man sie vor der Nacht noch einmal besucht. So würdig man eben nach der Mahlzeit noch schreiten kann, begibt man sich zum Friedhof, wo Großmutter nun unter einem Berg von Blumen ruht. Sofort kehrt in die Herzen auch der Schmerz wieder ein, die Frauen schluchzen, die Männer beißen sich in die Lippe, der Schangala möchte wie die Männer stark sein, läßt sich aber wie die Frauen gehen … Regungslos ist die warme Abendluft. Die Vögel schlafen schon in den Bäumen. Man hört, wie die Brunnen leise plätschern. Vom Boden und aus den Blumen steigt ein schwerer Sommerduft. «Unsere Mutter möge in Frieden ruhen», sagt Onkel Nicolas.

Die Familie kehrt ins Gasthaus zurück. Der Gang hat sie durstig gemacht. Die Männer möchten schon einige Humpen leeren, und Nicolas beeilt sich, ein Dutzend davon zu zapfen. Aber Bier allein schmeckt nicht so sehr. Nicolas säbelt einige Scheiben vom hausgemachten Schinken, der mit Kennermienen verzehrt wird. Die Kusine aus Le Havre betrachtet gerührt die elsässische Verwandtschaft. «War das aber ein schöner Tag», sagt sie ebenso spontan wie französisch. Elisa hat natürlich kein Wort verstanden: «Was sajt's?» Und die Kusine berichtet: «Ein trauriger Tag war das heute.» Papa kommt der Kusine zu Hilfe. Er sagt, sie habe schon recht, der Tag sei traurig und schön gewesen, der Tod habe die Familie auseinandergerissen, und die Trauer habe sie vereint, er werde weder die Güte seiner Schwiegermutter noch die Qualität des ‹Baeckaoffa› je vergessen. Dann bringt er die Kusine dazu, von Le Havre zu sprechen, die ihm unbekannte Hafenstadt; er aber kennt Neapel, Suez, Dschibuti, Colombo, Saigon und andere, wo sein Schiff vor Anker ging. Ob es wahr sei, will sie wissen, daß er Tiger gejagt habe, und die ganze Familie will es hören, schließlich ist er der einzige Großwildjäger in ihrer Mitte. Ich möchte das so oft Gehörte auch verfolgen, aber ich bin zu müde, ich schlafe am Tisch ein, wie erschlagen vom allzu reichlich genossenen Essen und der allzu brennend erlebten Trauer.

Der Tod in Paris

Am 3. Juli 1975 fand meine Mutter – sie war soeben zweiundachtzig Jahre alt geworden – nicht die Kraft aufzustehen. Ich fragte sie, was ihr fehle. «I wott heim», sagte sie. Sie lebte damals schon zwanzig Jahre bei uns in Montmartre. Und nun: «Schangala, ich möchte nicht in Paris sterben.»

Ihre Hand war brennend heiß. Ich rief Dr. Dissous herbei. Er ist der beste Arzt, den ich kenne, und er weiß sehr viel, vor allem aber, wie wenig die Ärzte eigentlich wissen. Dr. Dissous kam sofort, untersuchte meine Mutter und sagte: «Sie muß ins Spital.» Ich protestierte: In ihrem Alter würde sie das kaum überstehen. Der Arzt bestand aber darauf, sprach von schwerem Nierenleiden, von Risiko und möglicherweise fürchterlichen Schmerzen, allein im Spital könne man das verhindern; wenn es um seine eigene Mutter ginge, würde er keinen Augenblick zögern ...

Ich meinerseits zögerte einige Stunden, aber dann ließ ich einen Krankenwagen kommen. Als sie die Hupe hörte, öffnete die Mutter die Augen und sagte noch einmal: «I wott heim.» ‹Heim›, das schönste Wort in der elsässischen Sprache, ja selbst das musikalischste, aber in ihrem Mund wurde es zur Klage, ‹heim›, ‹heim›, wie das leise Blöken eines verirrten Lammes. Ich fuhr ihr mit der Hand leicht über das Gesicht: «Ja, Mammala, dü derfsch heim», und versprach ihr, sie nach Lautenbach zu bringen. Ihre Züge entspannten sich, sie schloß die Augen. Als die Krankenwärter ins Zimmer traten, lächelte sie den Linden auf dem Dorfplatz zu ...

Die beiden Burschen verrichten ihren Auftrag wie eine Hinrichtung. Sie tragen Mama aus dem Bett auf einen Armstuhl, binden sie mit Lederriemen fest, bringen sie die Treppe hinunter und setzen sie auf dem Bürgersteig ab. Die Passanten machen große Augen. Nun nehmen sie ihr die Riemen ab, legen sie auf eine Bahre, schieben sie in den Krankenwagen.

Ich setze mich neben meine Mutter, es geht wieder los mit dem

Hupen, aber umsonst: Es ist Freitagabend, Paris entleert sich aufs Land, die Schnellstraßen sind verstopft, auf den Boulevards stauen sich Hunderte von Autos. Das Lariboisière-Spital ist kaum fünfhundert Meter entfernt und scheint so unerreichbar wie der Mount Everest. Unsere Sirene macht die Idioten am Steuer nervös, nun hupen sie auch drauflos, der Lärm ist höllisch, Mutter öffnet die Augen, auf ihren Lippen lese ich wieder das Wort ‹Heim›, aber ihr Blick sagt, daß sie Angst hat, daß sie weiß, wohin es geht.

Nach einer Stunde in diesem Lärmbad haben wir die fünfhundert Meter hinter uns gebracht. Mama wird auf einen Rollwagen umgebettet, man läßt sie in der zugigen Halle stehen, in Erwartung irgendeines Bescheids seitens der dunklen Mächte, die den Empfangsschalter verwalten. Hier wollen nämlich viele eingelassen werden, Zitternde, Blutende, Weinende, Verstörte und solche, die bereits tot scheinen. Letztere sind die Greise, die man hier aussetzt wie früher die Kinder, besonders im Juli und August. Die Familien wollen ihre Ferien in Ruhe genießen, man entledigt sich also der Großväter, der Großmütter und der Hunde.

Nichts aber erschreckt einen alten Menschen mehr als das Spital. Um mich herum sind sie vor Angst gelähmt, und Mutter empfindet wohl die gleiche Panik. Vom Empfangsschalter aus, wo ich vor Ungeduld stampfe, sehe ich, wie sie den Kopf dreht, sie sucht mich. Zwischen zwei Formalitäten eile ich zu ihr, beuge mich über sie, versuche, sie zu beruhigen. Hier gibt es die besten Ärzte, die größten Spezialisten, die werden sie in wenigen Tagen auf die Beine bringen, dann nehme ich sie mit nach Lautenbach, wir kommen noch richtig zur Kirschernte, ihren Liegestuhl werden wir in den Obstgarten stellen, sie wird den Kuckuck im nahen Wald hören, zum Frühstück gibt es Honig, zum Dessert Walderdbeeren und Himbeeren, die ich für sie pflücken werde ... Eindringlich male ich ihr elsässisches Glück aus. Um es besser zu sehen, schließt sie die Augen, wieder entspannt sich ihr Gesicht, die Angst scheint zu weichen, aber auf dem Rollwagen neben ihr erwacht ein altes Männchen, begreift, wo er sich befindet und fängt an zu schreien, daß er nicht im Spital verrecken will.

Und wieder gerät der ganze Rollbahrenpulk in Angst, Mutter faßt meinen Arm, drückt mit erstaunlicher Kraft, die Krankenwärter kommen. Was haben denn die alten Leute eigentlich gegen das Spital, nirgendwo würden sie doch besser betreut werden! Aber die alten Leute wollen das nicht hören, sie wissen nur eines, nämlich, daß im Spital gestorben wird, und sie regen sich immer mehr auf. Die Krankenwärter rollen sie davon, los, ins Bett, ihr Pessimisten! Auch Mama wird davongerollt, ich will bei ihr bleiben, aber es heißt: «Besser nicht, Ihre Anwesenheit macht sie nervös, wir geben ihr jetzt ein Beruhigungsmittel, sie wird gleich einschlafen, kommen Sie morgen wieder, Besuchszeit ist von dreizehn bis fünfzehn und von achtzehn bis zwanzig Uhr.» So zart es geht, nehme ich Mamas Hand von meinem Arm. Ihr Blick ist der Blick des Ertrinkenden, dessen Gesicht ein letztes Mal auftaucht, bevor er auf ewig ins schwarze Gewässer versinkt.

Nun stehe ich wieder auf der Straße und trage ein schweres Kreuz. Aber da gibt es keinen Simon von Kyrene, der mir das abnimmt. Mein Bruder, der seine Ferien im Elsaß verbrachte, ist selber todkrank, man hat ihn am gleichen Morgen ins Mülhauser Spital gebracht, als hätten Mama und er das so ausgemacht; mein Sohn ist in Kalifornien, meine Frau ist bei meinem Sohn, meine Tochter zeltet irgendwo in Österreich, meine Freunde sind auf dem Land oder sitzen vor ihrem Fernseher, wie soll ich sie da mitten im Krimi stören, um sie zu bitten, mit mir zu weinen?

Ich gehe nach dem Platz Pigalle zurück, dort wohne ich zwischen Nachtbeizen, Sex-Shops und Porno-Kinos. Mob und Touristen sind dort zu Hause. Der Boulevard wimmelt nur so von Ausländern, meist Deutsche. Im Sommer, wenn sie bei offenen Fenstern schlief, wurde Mama von ihrem Geschrei wach. Sie kam einmal in mein Zimmer gelaufen: «Schangala, ich hör Schwowa!» Sollte es eigentlich wie 1870 und 1940 wieder losgehen? Ich beschwichtigte sie, wohl sei Paris wieder von Deutschen überfallen, aber das seien keine wilden Soldaten, sondern friedliche Touristen. «Hör doch, wie sie singen, Mama, sie singen die ‹*Waldeslust*›. Sie lächelte, wiegte den Kopf, sang leise mit, die Stille und der Frieden der Wälder waren plötzlich in ihr. Dann, auf einmal: «Die sind doch verrückt, diese ‹Schwowa›, kommen nach Pigalle, um das Glück des Waldes zu besingen!»

Ich komme an, schließe mich in mein Büro ein, um ihren Sessel und das leere Bett nicht zu sehen. Das ist dumm, denn Mamas Abwesenheit füllt das Haus. Ich tue also das Gegenteil, gehe in ihr

Zimmer, öffne ihren kleinen Schreibtisch, wo sie ihre Schätze verwahrt, eine ganze Welt von Gebetbüchern, Heiligenbildern, Fotos, Postkarten, getrockneten Blumen, Kuchenrezepten; da ist das ganze Elsaß, übrigens auch auf den Wänden, der große Belchen, der Lauchensee, die Abteikirche von Murbach. Und auf dem Kaminsims stehen die Trachtenpuppen, die gipsernen Störche, die Souvenirs von Straßburg und dem Odilienberg. Mutter kann nur mit dem Elsaß um sich herum leben. Indem ich sie in das Lariboisière-Spital brachte, habe ich gehandelt wie der Eskimo, der seine greise Mutter auf einer Eisscholle aussetzt.

Tags darauf suche ich meine Mutter in den vielen, wie gestrandeten Betten des Saales. Gesicht nach Gesicht tastet mein Blick ab. Nichts ist schwerer zu ertragen als diese Menge von Frauen, die das Alter zerstört hat, auf jedem Kopfkissen spielt sich eine Tragödie ab, aus jedem leeren, starren Blick schaut schon der Tod. Mein Herz macht plötzlich einen Sprung, dort, im Bett Nummer zwölf, sehe ich das Gesicht meiner Mutter. Ihre Augen sind geschlossen. Um sie herum befindet sich eine unglaubliche Menge von Apparaturen, sie ist der Mittelpunkt eines ganzen Systems von Sonden und Röhren; an den Schauern, die ihr über Schultern und Arme gehen, sieht man, daß die Apparate angeschlossen sind.

Ich lege Mama die Hand auf die Stirn, sie öffnet die Augen und erkennt mich. Aber die Sonde, die in ihre Nase eingeführt worden ist und in den Magen geht, behindert sie, und sie bringt nur dumpfe Laute hervor. Dafür schreit ihr Blick, er schreit, daß sie nicht hierbleiben will, in dieser Marterstätte. Ich suche nach dem großen Chef, finde aber nur einen kleinen, aber er brüstet sich mit seiner Kunst, er spricht laut, auch im Spital gäbe es keine Wunder, wenn es aber eines geben sollte, so hier, in diesem Saal ... Herrisch tritt er ans Bett, ganz aufgeblasen von lauter Kompetenz, den Apparaturen wirft er einen fast menschlichen Blick zu, dann tätschelt er gönnerhaft Mamas Wange, fast würde er sie ins Ohr kneifen, wie Napoleon seinen alten Kämpen. «Madame ist sehr mutig», sagt er, «Madame wird mit uns kämpfen.» Und sie, sie öffnet die Augen, sie blickt ihn an, mit einem weiten, stumm zurechtweisenden Blick, ich kenne diesen Blick, mir galt er auch, wenn ich als Junge irgendeine Rieseneselei gesagt hatte; dem Ärztchen da besagt er: «Man sieht wohl, junger Mann, daß nicht Sie hier im Sterben liegen», oder besser noch, kürzer und elsässisch, denn dieser Blick spricht elsässisch: «Halt si doch, dü Dollweck!» Dann kehrt der Blick zu mir zurück und füllt sich mit unsäglichem Elend. Zwei Tränen rollen langsam über ihre Wangen ... Ich stürze zu ihr, ich nehme ihr Gesicht zwischen meine Hände, ich möchte sie auf der Stelle diesem Bett, diesem Saal, diesem Geschehen entreißen. Aber das Leben hält mich auf dem Ufer zurück, ich kann nicht mit ihr in den Abgrund steigen, in den sie sich begibt.

Fünfundzwanzig Tage hat der Abstieg gedauert. Und jeden Nachmittag, jeden Abend bin ich so am Rande des Abgrundes gestanden und habe hinuntergeschaut, ihr Versinken verfolgt, bis mir schwindlig wurde.

Am fünfzehnten Tag wird mein Bruder aus dem Mülhauser Spital entlassen, auf noch zittrigen Beinen eilt er herbei und wechselt sich mit mir in der Krankenwache ab. Wir sind nun zwei, die die Fliegen verscheuchen, das Bett glätten, zwei, die wir schwanken zwischen Hoffnung und Verzweiflung und unsere Mutter gegen den Tod ankämpfen sehen. Ihr Fieber brennt auch in uns, ihre Schauer schütten Eis in unsere Adern, die Sonde in Nase und Kehle läßt uns würgen. Wenn das Ärztchen vorbeikommt, versuche ich, ihn auszufragen. Er tritt zur Sterbenden hin, tätschelt ihr die Wange: «Wir kämpfen, wir kämpfen mutig!» Mein Bruder hebt die Augenbrauen: «Wer ist denn dieser Angeber?» Ich erkläre ihm, er sei ein großer General der Heilkunst, er gehe mit den Kranken um, als sei er ihr Oberkommandierender. «Fragt sich», sinnt mein Bruder, «ob es Foch [1] oder Gamelin [2] ist.»

Gamelin ist es, das merken wir am gleichen Abend schon. Mutter wird immer aufgeregter. Ihre Lungen pfeifen, die Hände scharren auf dem Bettlaken, ihr Körper zuckt, der Tod will über sie herfallen wie die Welle über einen Uferfelsen. Gamelin aber geht nicht unter. Was uns beängstigt, tut er mit Geringschätzung ab. Wenn der Kampf heftig sei, so eben, weil sich die Kranke wehre. «Ziehen Sie sich unbesorgt zurück, meine Herren, morgen geht es ihr besser.»

1 Foch, einer der franz. Sieger von 1914–1918.
2 Gamelin, Verlierer des Frankreich-Feldzuges 1940.

Zu Hause versuche ich zu lesen. Pascal, kein Trost. Ein Krimi, keinerlei Ablenkung. Ich nehme eine Schlaftablette und wälze mich auf meinem Bett, vor meinen Augen zuckt Mutters Körper auf dem ihren. Aber gegen zwei Uhr morgens tut das Schlafmittel seine Wirkung.

Das Telefon läßt mich aufschrecken. Ich taste danach, hebe ab. «Hier Lariboisière...» – «O nein, sagt mir nicht, daß Mutter...» – «... ist soeben verstorben», quakt es aus der Muschel, «bitte kommen Sie um zehn Uhr wegen der Formalitäten.» Ich lege den Hörer auf, schaue auf den Wecker. Es ist drei Uhr. Ich setze mich auf. Höre mich sagen: «So, nun ist es fertig...» Ich blicke ins Dunkel und sehe, wie Mutters Körper auf eine Rollbahre geworfen und in die Leichenhalle verfrachtet wird. Was mir seit fünfundzwanzig Tagen die Kehle zuschnürte, explodiert plötzlich. Wenn Sie niemals ein vierundfünfzigjähriges Waisenkind weinen hörten, muß ich Ihnen sagen: Das verursacht ein höchst trübseliges Geräusch.

Um zehn Uhr stehen wir in der Leichenhalle. Der Leichenwärter sieht so aus, wie man sich ihn vorstellen mag, erloschener Blick in käsigem Antlitz. Wir sollen uns setzen, er zieht derweil ein Kühlfach vor, darin ist unsere Mutter. Sie ist nicht wiederzuerkennen. Das linke Auge ist halb offen, man sieht das glasige Blau des Augapfels. Auch der Mund steht offen, als wolle er nach einem letzten Lebenszug schnappen. Wir haben zuviel geweint, als daß wir noch Tränen hätten. Wir stehen wortlos, regungslos vor diesem Leichnam: Unsere Mutter hat sich daraus zurückgezogen, und er ist uns fremd.

Dann kommt der Leichenwärter wieder. Ob wir wegen der Beerdigung schon etwas beschlossen hätten? Nein, das haben wir nicht. Ah, da haben die Herren Glück, gerade ist jemand von einem der empfehlenswertesten Beerdigungsinstitute hier, er ist zwar für einen anderen Fall gekommen, ist aber immer bereit, den trauernden Familien beizustehen. Arme Mama! Schon lauern die Aasgeier. Diesen hier könnten wir verscheuchen, aber flugs würden sich zehn andere um die Leiche balgen. Man möge uns den Geier also schicken.

Es ist ein ganz gewöhnlicher Aasgeier, der die Gier auf das Geschäft hinter Würde spiegelnden Manieren verbirgt. Er drückt uns sein Beileid aus, nichts könne eine Mutter ersetzen, das Problem der Bestattung schaffe den Familien noch zusätzlichen Schmerz, er wolle das alles gerne übernehmen; sein Wunsch sei, uns die Sache zu erleichtern. Mit Hilfe eines Katalogs mit Hunderten von Särgen und Totenwagen erleichtert er uns um 8000 Francs.

Wo Mutter ihre letzte Ruhestätte finden soll, wie man so sagt, ist für mich persönlich kein Problem. Ich bin der Ansicht, daß die Toten in uns wohnen, daß die Erinnerung an sie die Stätten beseelt, die sie geliebt haben, und daß der Friedhof wohl der einzige Ort ist, an welchem man sie nicht findet. Mein Bruder hingegen übt gerne Toten- und Gräberkult. Würde sie in Paris bestattet, so könnte er sie besuchen und ihr Grab schmücken. Aber er weiß, daß sie in elsässischer Erde schlafen möchte.

Der Aasgeier hat eine Lösung parat: «Sie kaufen einfach eine provisorische Grabkonzession auf dem Friedhof von Pantin. In fünf Jahren lassen Sie das Grab öffnen, tun das Gebein in eine kleine Kiste und bestatten diese auf dem Ihnen genehmen Friedhof. Den Transport können Sie im eigenen Wagen besorgen.» Mit den Händen zeichnet er die Maße der ‹kleinen Kiste›, als wäre er Spezialist im Möbeltransport, dann macht er die Geste des Automobilisten, der einen Gegenstand in seinem Wagenkoffer verstaut. Ich könnte ihm in die Fresse schlagen, aber die Lösung ist die beste. Unsere Mutter wird via Pantin nach Lautenbach heimkehren.

Fünf Tage muß sie noch warten im Kühlfach des Lariboisière-Spitals. Der sechste Tag ist ein Montag. Wir finden sie wieder in der großen Halle, wo die Familien die sterbliche Hülle ihrer Verstorbenen zurückerhalten. Noch einmal beugen wir uns über den offenen Sarg und versuchen, in diesem starren, leblosen Gesicht die Züge derjenigen wiederzufinden, die uns das Leben geschenkt hat ... Es kommen vier schwarze Männer, sie schließen den Sarg, nehmen ihn auf die Schultern und bringen ihn zum Totenwagen.

Der Leichenzug ist klein: zwei Söhne, eine Schwiegertochter und sechs Freunde, die die Ferienwelle wie Strandgut auf dem Pariser Pflaster zurückgelassen hat. Die Totenglocke läutet im Kirchturm von Saint-Vincent-de-Paul, der Organist ergeht sich in trauernden Variationen, der Priester zelebriert eilig das Totenamt, kaum ist das letzte ‹Amen› verklungen, geht es dem Friedhof zu, Mutter auf ihrem Totenwagen, wir in einem kleinen Bus. Paris ist in diesem Ferienmonat August fast menschenleer. Die Leute schenken uns keinerlei Aufmerksamkeit, es scheint, daß keiner diesen raschen, leichten Schatten wahrnimmt, den der Tod auf ihren sonnigen Morgen wirft. Es wird flott gefahren, der Wind zerzaust die Rosen der beiden riesigen Kränze an den Seiten des Totenwagens. Am Friedhofstor gibt es wieder Formalitäten, aber sie sind kürzer als im Spital. Der Schlagbaum geht hoch.

Das Grab, das auf unsere Mutter wartet, liegt ganz am Ende der riesigen Schlafstätte. Die Leute vom Bestattungsinstitut übergeben den Sarg den Friedhofsarbeitern. Das Grab ist eng, kaum reicht es für die Seile zwischen Sarg und Wänden. Am Eingang der weitgedehnten Nekropole stauen sich die Leichenzüge, und die Toten müssen hier eben zusammenrücken.

Man läßt den Sarg hinunter. Mit ihm versinken meine Kindheit, meine Jugend, die schönsten und unschuldigsten Erinnerungen. Ich sehe Mama im Garten von Lautenbach wieder, der Sommer war so schön wie heuer. Sie pflückt Rosen für den Muttergottesaltar, und der Wind spielt in ihrem Haar ... Nein, hier in diesem engen Loch darf sie nicht bleiben. Ich werde sie ins Elsaß zurückbringen. Der Totengräber hält mir eine kleine Schaufel hin, und es ist Pariser Erde, die auf den Sarg niederpoltert.

Dann ist auch der Aasgeier wieder da. Er fragt, ob ‹alles gutgegangen› sei, ob ich mit den Diensten seines Institutes zufrieden bin. Ich habe den Mut nicht, ihn zum Teufel zu jagen, und nehme aus seiner Hand eine kleine Karte, es ist ein Plan des Friedhofs: dreißigstes Revier, dritte Reihe, Grab Nummer zwölf. So kann ich meine Mutter im Gedränge der Toten orten.

Der kleine schwarze Bus bringt uns bis zu meiner Wohnung zurück. Im Elsaß würden wir jetzt den ‹Leichenimbs› halten, aber wir sind nicht im Elsaß. So sitzen wir traurig und gelangweilt bei Belanglosigkeiten und Fruchtsäften. Arme Mama! Sie hatte recht, wenn sie sagte, daß man in Paris weder zu leben noch zu sterben wisse.

Seppalas Nöte und Taten

Schangala ist fünf Jahre alt. Er wohnt nicht im Elsaß, er wohnt in Audincourt, zwischen Belfort und Besançon etwa. Er geht in die Kleinkinderschule. Die Lehrerin heißt Madame Accard. Sein Banknachbar heißt Victor. Victor macht seinen Hosenschlitz auf, holt sein Spätzchen hervor und sagt: «Guck mal!» Schangala guckt und lacht. Madame Accard fragt: «Warum lachst du?» Schangala: «Madame, er hat sein Spätzchen ...» Madame Accard: «Schweige, du bist ein Schweinigel und Victor auch. Ihr bleibt nachher zum Nachsitzen!» Bei Schangala bricht eine Panik aus. Was ‹nachsitzen› heißt, weiß er noch nicht. Aber das Wort schmeckt nach Käfig und Eingesperrtsein, und in diese Falle wird er nicht gehen.

Er hebt die rechte Hand hoch, hält die linke vor den Hosenlatz und sagt: «Madame, es ist wegen des kleinen Geschäftes!» Madame Accard ist einverstanden. Gewöhnlich macht Schangala, bevor er die Schieferplatte näßt, einen Umweg über die Mädchentoilette, er liebt es, wenn sie ein bißchen schreien vor Schreck, mit den Höschen auf den Füßen. Aber diesmal ist es ihm um das Spätzchen der kleinen Mädchen gar nicht zu tun, und sein eigenes kümmert ihn auch nicht, er hat gar keine Zeit dazu, er denkt nur an Flucht. Er rennt, so gut es geht, über den Schulhof, der unter einer dicken Schneedecke verschwindet, die Holzschuhe versinken darin; er sollte eigentlich Angst haben, die Schulmauer zu besteigen, sie ist von spitzen Lanzen gekrönt, eine falsche Bewegung und er ist aufgespießt, aber die Angst gibt ihm affenartige Behendigkeit, er kommt gut über die Lanzenspitzen, die seinen Popo bedrohen, und schon steht er heil und frei auf der Straße. So lange dauert das ‹kleine Geschäft› im allgemeinen nicht, und Madame Accard beginnt sich zu sorgen. Vor der Schieferplatte des ‹Pissoirs› ist Schangala nicht zu finden, aber da ist seine Spur im Schnee, quer über den Schulhof. Und dort rennt er schon. Die Lehrerin ruft ihre

Kolleginnen herbei, und so sind es drei Furien, die jetzt den Schangala jagen. Er hört sie schreien: «Haltet ihn, haltet ihn.» Er läßt die Holzschuhe stehen, um besser laufen zu können, aber der Schnee dringt in die Socken, und wer kommt jetzt da, mitten auf der Straße? Es ist der dicke Frédéric, an die 150 kg schwer, der die Kleinen und Schwachen sichtlich mißachtet und der jetzt, mit ausgebreiteten Armen und auf breiten Beinen stehend, den Weg versperrt. Das gehetzte Büblein fühlt sich verloren, der Schangala stößt dem Frédéric in den Leib wie ein Torpedo in einen Walfisch, die Wucht ist so groß, daß Schangalas Kopf in einer gewissen Gegend wohl einige Klemmungen verursacht, denn der Koloß stöhnt laut.

Madame Accard holt den Schangala zwischen den gemarterten Genitalien hervor und zerrt ihn am Ohr in die Schule zurück. Schangala brüllt, was er kann, und damit sie ihn nicht mehr hört, sperrt die Lehrerin den Schreihals in ein Klassenzimmer. Sobald sie verschwunden ist, schiebt Schangala ein Pult zum Fenster, klettert hinauf auf den Fenstersims und beginnt, am Riegel zu werken. Er ist fest entschlossen, auf die Straße zu springen, wenn sie auch fast fünf Meter tiefer liegt. Lieber tot sein als nachsitzen.

Madame Accard, die nichts mehr hört und meint, der Rebell habe sich besänftigt, öffnet die Tür und tut einen Schrei, als sie Schangalas waghalsiges Vorhaben begreift. Sie hat gerade noch Zeit, ihn an den Füßen zu packen und ihm so das Leben zu retten. Was jedoch Schangala nicht retten kann, das ist seine Ehre, denn nun klatscht es ebenso unerbittlich wie schmerzlich auf seinen Hintern nieder. Schangala brüllt wieder, hört aber trotzdem, wie Madame Accard zu den wieder herbeigeeilten Kolleginnen sagt: «Also, das ist ein richtiger ‹Tête de Boche›, ein dickköpfiger Elsässer, wie er im Buche steht!»

Sofort hört Schangala mit dem Brüllen auf. Die Stille tritt so plötzlich ein, daß Madame Accards Hand in der Luft stehen bleibt. Sie schlägt nicht mehr, sie fragt: «Was ist los?» Ganz einfach, dieses ist los: Das Wort ‹Tête de Boche› hat bewirkt, daß Schangala blitzartig sich selbst sieht, allerdings mit dem Kopf Wilhelms II. Er schließt die Augen, damit das Bild verschwinde, es wird aber um so deutlicher, alles ist dran: die Pickelhaube, der Menschenfresserblick, der aufgezwirbelte Schnurrbart. Wehe dem Schangala, wenn die Kameraden das auch sehen! Er hört sie schon, wie sie ihn im Gänsemarsch umkreisen und singen: «Bo-oche! Bo-oche!» Um zu verstehen, wie sehr der Schangala sich schämt, muß man wissen, daß er von Geschichten, Bildern und Liedern aus dem Weltkrieg genährt ist. Er weiß von den ‹Teutonen› alles, was im Jahr 1925 ein fünfjähriger Kopf behalten kann. Daß die ‹Teutonen› stinken, daß sie töten, daß sie die Häuser zerstören, die Kirchen bombardieren, den kleinen Kindern die Hände abschneiden, und wenn sie es nicht mehr tun, so nur weil Marschall Foch, Papa, Onkel Schüll und die ‹Poilus›[1] die meisten von ihnen umgelegt haben, indem sie sie mit dem Bajonett erstachen oder mit den Kanonen in Stücke schossen. Das Bild aus dem Krieg, das Schangala am meisten liebt, zeigt französische Amseln, wie sie in deutschen Helmen nisten, hoch in den Bäumen, wohin die französischen 75er Kanonen den Feind zerstreut haben; es hängen Girlanden von Armen und Beinen an den Ästen, das ist ganz lustig, und es geschieht ihnen recht, den Deutschen, diesen Wilden.

Aber noch etwas grämt den Schangala an der Rede von Madame Accard. Hat sie nicht ‹Boche› und Elsässer in einem Atemzug gesagt? Und will sie damit nicht andeuten, daß die Elsässer eine Art von ‹Boches› seien? Nun aber sagt Papa genau das Gegenteil. Er sagt immer, die Elsässer seien die besten Franzosen. Schangala hat sich sein Urteil gebildet: Madame Accard ist nichts anderes als eine Wildsau. Nicht allein hat sie ihm die Hosen heruntergetan und ihm den Hintern grausam versohlt, sie hat auch noch das elsässische Volk samt und sonders beleidigt. Sie verdient eine Strafe, und Schangala sinnt auf blitzschnelle Rache.

Da meldet sich die Not des ‹kleinen Geschäftes›, die er vorhin vorgeschützt hatte, um fliehen zu können, nun wirklich. Und da ihn Madame Accard noch immer auf dem Schoß hält, wäre das nicht die gerechte Strafe und Rache? Im Bruchteil einer Sekunde gelangt der Gedanke vom Hirn bis zum Spätzchen, und schon wird Madama Accard warm überflutet und verfällt in großes Geschrei. Die Repressalien verschiebt sie auf später, wirft Schangala

1 «Poilus» (die Bärtigen) – familiär für die französischen Infanteristen im Ersten Weltkrieg.

ab und stürzt davon, um ihr Kleid zu trocknen. Schangala steht auf, zieht die Hosen hoch und genießt still seinen Sieg.

Sein Weltbild ist von größter Einfachheit: Die Franzosen sind Helden, und die Deutschen sind Schweine. Wohl gibt er sich darüber Rechenschaft, daß er sich, indem er eine Dame anpißte, wie ein Deutscher benommen hat, denn die Grobheit gehört zum deutschen Charakter. Allerdings hat er der Lehrerin auch mutig standgehalten, und der Mut ist eine französische Tugend. Glauben Sie nun ja nicht, daß ich diese Geschichte erfunden habe; ich saß unter Schangalas Schädeldecke, und ich entsinne mich sehr wohl dessen, was unter dieser Schädeldecke vorgegangen ist: Nachdem er so grob und so mutig mit Madame Accard verfahren hatte, fühlte er sich zum erstenmal als ein Elsässer.

Aber dieses Gefühl wird sich außerhalb des Elsasses entwickeln. Warum bin ich hier, in dieser Doubs-Landschaft, im Exil? Wegen der Preußen, braucht gar nicht erst erklärt zu werden. Aber auch wegen Napoleon III., Bazaine und anderer französischer Helden der strategischen Konzepte. Als der 70er Krieg ausbrach, war mein Großvater väterlicherseits, er hieß ‹Schambadiss›[1], Ulanenleutnant in Hagenau. Ich sage Leutnant, weil Papa es immer so behauptet hat, aber Papa liebte es wie viele Elsässer, die Wahrheit etwas zu schönen, vielleicht war der Großvater auch nur Feldwebel; ich besitze von ihm ein Foto aus dem Jahr 1880, dieses ist aber so verblaßt, daß man den Dienstgrad nicht mehr erkennen kann, nur daß der ‹Schambadiss› ein prächtiger Reiter war. Kurz, als Bismarck dann in einer Stadt namens Ems irgendeine Fälschung beging, steht der Großvater in seinen Steigbügeln gerade und ruft: «Kleber[2] will ich sein – der hieß auch Schambadiss – oder gar nichts!» Leider hat er sich um einen Krieg geirrt, und auch der Napoleon war nicht mehr der gleiche. So findet er sich in Gravelotte, mitten im ‹Todesritt› wieder: 230000 Preußen gegen 123000 Franzosen.

Mit dem Säbel zertrümmert er einige Schädel, durchlöchert er

1 Johann-Baptista.

2 Jean-Baptiste Kleber, 1753 in Straßburg geboren, General Napoleons, Sieger im ägyptischen Feldzug.

einige Brustkörbe, dann fällt er vom Pferd; er kämpft weiter, indem er den mecklenburgischen Hengsten die Fesseln lädiert. Ein preußischer Reiter will ihm den Kopf abhauen, der Säbel gleitet am Helm ab und kerbt ihm die Schulter ein, so daß er ohnmächtig wird. Er wacht auf, mitten in einem Haschee von Leichen, in den Furchen von Gravelotte lagen 18 000 Tote. Er hat aber eine gute Stimme, wird gehört, aufgehoben, zusammengeflickt. Napoleon tritt ab, Bazaine [1] verrät sein Land, Thiers, Chef der Pariser Regierung, kapituliert, Bismarck raubt Elsaß und Lothringen, und damit hat Großvater Schambadiss nicht nur sein Pferd, seinen Säbel und sein Regiment verloren, sondern auch noch seine Nationalität. Mit der Seele auf Halbmast kehrt er heim nach Gebweiler, wo er seine Eltern, seine Braut und seine Freunde hat.

Die neuen Herren lassen ihn wählen zwischen Frankreich und Deutschland, das heißt, er muß das Land verlassen oder sich knechten lassen. Er entschließt sich für das bisherige Vaterland, das auch das Vaterland der heiligen Johanna von Arc und des Generals Cambronne [2] ist, dessen Geist besonders stark in ihm weht. Aber es landet eine Hand auf seiner Schulter, so kräftig, daß er aufschreit, der preußische Säbel bleibt seinem Geiste unvergessen. Die Hand gehört Abbé Gerber, einem keineswegs weichlichen Priester, der schon weiß, was er tut. Wenn er dem Großvater auf die empfindsame Schulter geschlagen hat, so weil er ihm Wichtiges sagen will und weil dieses Wichtige Großvater noch schmerzlicher sein wird. Er sagt: «Wenn du das Elsaß endgültig den Preußen ausliefern willst, so gehe nur! Sie warten nur drauf, um uns unsere Häuser zu nehmen, unsere Fässer zu leeren, unsere Schweine abzuschlachten, unsere Hühner zu fressen, unsere Gänse zu sodomieren, sich in unseren Betten zu wälzen und dieses elsässische Paradies hier zum germanischen Walhall zu machen. Jedesmal, wenn ein Elsässer seine Siebensachen packt, steht schon ein dick-

1 Französischer Marschall, lieferte 1871 nach zwielichtigen Verhandlungen mit Bismarck Metz an die Deutschen aus.

2 Französischer General, durch folgende Anekdote berühmt geworden: Als er in der Schlacht bei Waterloo aufgefordert wurde, sich zu ergeben, antwortete er mit einem lauten «Merde!» (Scheiße!). Historisch nicht bewiesen, aber wahrscheinlich.

ärschiger Preuße da und wartet, das kannst du mir glauben.[1] Darum, Schambadiss, mußt du bleiben, sonst verliert das Elsaß seine Seele.» – «Wenn ich gut verstehe», sinnt Großvater, «müssen es die Elsässer auf sich nehmen, Deutsche zu werden, damit das Elsaß seine französische Seele bewahrt.» – «Grundsätzlich und auf dem Papier, ja. Faktisch werden sie französischer denn je sein in ihrem Herzen. Vor den Preußen darf man nicht sagen ‹Leck du mich am A ...› und abhauen, wir müssen dableiben, um sie zu ärgern. Hast du mich verstanden, Schambadiss?» – «Ich habe Sie verstanden, Herr Pfarrer», sagt mein Großvater.

Er bleibt also in Gebweiler, eröffnet eine Sattlerei in der Oberstadt. Da ihm die Uniform fehlt, sucht er sich eine und findet diejenige des Kirchenschweizers von Sankt Leodegar. Dann heiratet er die Marie Zusatz mit den sanften Augen. Zunächst will er ihr keine Kinder machen, er befürchtet, daß sie mit Pickelhauben auf die Welt kommen könnten. Aber Pfarrer Gerber kommt mit dem Gespenst eines entvölkerten Elsasses. Er macht sich also an die Arbeit und zeugt auf Anhieb sechs kleine Elsässer. Der sechste erblickt, wie man sagt, 1884 das Licht der Welt. Er wird Joseph genannt. Er wird mein Vater sein.

Dieser Joseph wird eine überaus elsässische Jugend haben. Als Siebenjähriger führt er schon ein dreifaches Leben. Sein Vater nennt ihn französisch ‹Schosseff›. Sein Schulmeister sagt ‹Josef›, deutsch ausgesprochen. Die Mutter und die Kameraden sagen, elsässisch, ‹Seppala› oder ‹Seppi›. Der Tag beginnt in der Schule, anders gesagt in Deutschland. Herr Kruppa, der Lehrer, kam mit seinem blankrasierten Schädel und dem steifen Kragen aus Mecklenburg. Er hat eine Leidenschaft für Geschichte und macht eifrig Propaganda für die Hohenzollern. Aber der kleine Joseph ist preußischen Dynastien gegenüber allergisch. Besagter Kruppa foltert gern, indem er seinen Schülern die kurzen Schläfenhaare ausreißt, aber bei Seppala kann er das tun, sooft er will, dieser verwechselt die Wilhelme und die Friederiche, für ihn sind es nur immer gekrönte Menschenfresser. Und als der dicke Mecklenburger des Soldatenkönigs ‹lange Kerle› besingt, da kann Seppala nur inner-

1 200000 Elsässer gingen damals nach Frankreich, und 200000 Deutsche kamen ins Elsaß.

lich grunzen. Sollen sie sich doch neben Napoleons Grenadiere aufreihen, diese ‹langen Kerle›, dann wird man schon sehen, was sie für Schwächlinge sind! Denn jeden Abend nach der Schule kehrt Joseph heim nach Frankreich, und die preußischen Könige tauscht er dann gegen Napoleon I., im ganzen Elsaß der «Napi» geheißen. Und da ist nicht nur mein Großvater, der erzählend das Napi-Epos wiederaufleben läßt, da ist auch ein Bilderschatz, der sorgsam in einer Blechschachtel ganz unten im Schrank verwahrt wird und der sich abends vor dem faszinierten Seppala ausbreitet.

Da sind Bilder und Worte, die Belagerung von Toulon, die Brücke von Arcolo, die Sonne über der Schlacht von Austerlitz. «Die Kugel, die mich töten wird, ist noch nicht gegossen», hat er gesagt, der Napi, und noch: «Soldaten, vom Gipfel dieser Pyramiden sehen vierzig Jahrhunderte auf euch herab», so lautete der ägyptische Tagesbefehl. Andere Bilder treiben die Tränen in Seppalas Augen, Waterloo, am Abend nach der Schlacht, oder wie Napi auf dem Fels seiner Exil-Insel Sankt Helena sitzt und nostalgisch in die Ferne blickt und ihm im Gewölke das Gesicht seines Söhnchens erscheint, des Königs von Rom. Wäre doch Grouchy[1] nicht ein anderer Bazaine gewesen! Im Bett, vor der Nacht, schlägt aber Seppala die Schlacht von Waterloo ein zweites Mal, Wellington wird zerschmettert, Blüchers Preußen werden niedergewalzt, Seppala sitzt auf Napis weißem Pferd, er führt seine Truppen nach Berlin, nimmt den Kaiser und Bismarck gefangen, reißt ihnen die Pickelhauben vom Haupt, zerbricht ihre Degen auf dem Knie, bindet ihnen die Hände auf den Rücken und bringt sie ins Gefängnis nach Ensisheim[2], während das befreite Elsaß ihm zujubelt.

Sein patriotischer Eifer nährt sich an allen Quellen. Ganz hinten im Garten ist das Klo, eine einfache Bretterbude, aber darin hängen bunte Bilderbögen mit dem Leben der heiligen Johanna von Arc. Würde ein Preuße den Ort oder vielmehr das Örtchen besuchen, würde er glauben, hier herrsche Pietätlosigkeit und man

1 Grouchy: General Napoleons, dem 1815 bei Waterloo jegliche Initiative fehlte; er rückte mit seiner Armee zu spät an, was die Schlacht gegen Napoleon entschied.

2 Städtchen im Oberelsaß, ehemals habsburgischer Verwaltungssitz, noch heute Sitz eines zentralen Staatsgefängnisses.

verspotte die Jungfrau von Orléans. Damit würde er sich aber schwer irren. Die Ausschmückung dieser stillen, für die Betrachtung sehr geeigneten Stätte dient der Erhebung der Seele. Wenn ein Sonnenstrahl durch das kleine in die Brettertür geschnittene Herz dringt und das Refugium in Licht taucht, dann vertieft sich Joseph in die Bilder. Auf dem rustikalen Bretterthron sitzend, lebt er das Leben der Heldin nach. Ruhe und Abgeschiedenheit von der Welt bringen ihn sogar dazu, die Rolle der kleinen Hirtin von Domrémy selbst zu übernehmen. Dann zieht er die Uniform seines Vaters Schambadiss an, stiehlt ein Pferd auf der Gendarmerie, holt sich vom Speicher die dort von seinem Vater versteckte französische Fahne, marschiert nach Paris, geht zum Élysée-Palast, erkennt den Staatspräsidenten Sadi Carnot unter mehreren Dutzenden von bärtigen Herren, spricht zu diesem von der großen Not der verlorenen Provinzen, erhält das Kommando eines Heeres, das die Preußen aus dem Elsaß werfen soll, befreit Straßburg, Colmar und Mülhausen, zieht mit dem Heer wieder nach Berlin, nimmt Bismarck erneut gefangen, bringt ihn nach Gebweiler; der Eiserne Kanzler wird durch Pfarrer Gerber abgeurteilt; Seppala sieht zu, wie er auf dem Marktplatz verbrannt wird, und fällt vor Freude fast durch das runde Loch im Brettersitz.

Die Freude ist auch deswegen groß, weil Seppala seinen Schulmeister Kruppa zur Verbrennung Bismarcks eingeladen hat. Herr Kruppa steht in den Rauchschwaden, hält sich das Taschentuch vor die Nase und hustet, schneuzt, weint und erstickt in einem Zug. Vater Schambadiss kommt herbei, zieht ihn an den Schläfenhärchen, zeigt ihm den Scheiterhaufen: «Siehst du, was dich erwartet, wenn du auch nur eine Minute länger im Elsaß bleibst?» Kruppa nützt die kurze Gnadenfrist, nimmt die Beine an den Hals, rennt an den Rhein, versucht schwimmend nach Deutschland heimzukehren, aber sein Bauch ist so voll von Bier und Gänsefett, daß er absinkt wie ein Stein. Dann tritt der Seppala mit leuchtendem Gesicht aus dem Bretterklo, und Mutter Marie, die ja nicht wissen kann, daß er soeben Bismarck verbrannt und Kruppa ertränkt hat, freut sich darüber, daß die Verdauungsorgane ihres Söhnchens anscheinend ganz prächtig funktionieren.

Leider aber steht Bismarck immer wieder aus seiner Asche auf, und die Fluten des Rheins wollen Kruppa einfach nicht behalten.

Seppalas Schläfenhaare leiden sehr. Wenn die Schulklasse ‹*Deutschland über alles*› oder ‹*Heil dir im Siegerkranz*› singen soll, beißt Seppala die Zähne zusammen, und dann zieht er, der Herr Kruppa, ein Haar, zwei Haare, einen ganzen Büschel, bis der Bub vom Schmerz genug hat und sich dem Feind unterwirft.

Zum Glück gibt es auch da eine Abwehr, sie ist dem ganzen Elsaß bekannt, und Seppalas Vater hat sie ihm vorsorglich beigebracht. Man singt nicht ‹über alles›, sondern ‹unter alles›. Man spricht nicht ‹*Heil dir im Siegerkranz*›, sondern ‹Heil dir im Ziegenstall›, was darauf hinausläuft, den Kaiser einen alten Bock zu benennen. Heldenhaft transponiert Seppala solchermaßen die Liedertexte. Der etwas taube Kruppa glaubt, daß er mit weit aufgerissenem Schnabel Preußens Glanz und Gloria singt. Die Schläfenhaare können in Frieden nachwachsen.

Besser noch: Jedesmal, wenn in der Schule die verabscheuten Hymnen gesungen werden, verabreicht Papa am Abend das Gegengift. Dann werden an den Fenstern die Vorhänge zugezogen, die Kerzenleuchter an den Seiten des bronzenen Napis auf dem Kaminsims werden angezündet, und man singt die ‹*Marseillaise*›: *«Allons enfants de la badri … iöh, le schourdegloire édarivé.»* [1] Wohl schlägt das Herz leidenschaftlich für Frankreich, aber die Kehlen bleiben germanisch rauh, das ist eines der Wunder des elsässischen Patriotismus. Nur Mama singt nicht, sie ist ein bißchen schwach auf der Brust, und jeder Reiz bewirkt schreckliche Hustenanfälle. Hingegen der Seppala brüllt aus Leibeskräften. Er begreift nicht sehr gut, was er singt, er glaubt, der ‹Schourdegloire› sei ein Mensch, so etwas wie ein behelmter und gestiefelter Messias, den Gott schickt, um die Preußen zu vertreiben. Er weiß auch sehr wohl, der Seppala, daß dieser Messias noch nicht gekommen ist und daß die ‹*Marseillaise*› seinem Kommen vorgreift, um jene, die die französische Nationalhymne singen, im Glauben zu stärken. Dann denkt er wieder an die Jungfrau Johanna und überlegt, ob ihm nicht das Schicksal eines Helden beschieden wäre, wenn er beispielsweise selbst ‹Schourdegloire› würde. Dann flüchtet er sich ins Bretterklo und spitzt die Ohren: Möglicherweise rufen ihn

1 «Auf, Kinder des Vaterlandes, der Tag des Ruhmes ist gekommen.» Phonetisch-elsässisch verballhornt.

Sankt Michael, die heilige Katharina und die heilige Margarete zur Rettung des Vaterlandes, wie sie es mit Johanna von Arc getan haben.

Papa liest auch aus den Werken französischer Schriftsteller mit besonders patriotischer Ader. Da ist zum Beispiel eine schmerzliche Geschichte aus dem 70er Krieg. Die spärlichen Reste eines französischen Regimentes werden von den Deutschen umzingelt. Die Fahne darf nicht in feindliche Hände fallen. Der Oberst beschließt, sie zu verbrennen. Es wird ein großes Feuer gemacht. Die Truppe versammelt sich darum. Es herrscht Todesstille. Der Regimentskommandeur zögert. Dann beugt er das Knie und senkt langsam die Fahne in das lohende Feuer. Lippe und Hand beben. Die Helden um ihn herum beißen die Zähne zusammen, aber die Tränen rollen und verlieren sich in die Schnurrbärte. Das ist mehr, als Seppala ertragen kann. Sein Herz zerbricht. Auch ihm rollen die Tränen über das Gesicht, und da er keinen Schnurrbart hat, muß er sie mit dem Handrücken abwischen. Und als die Fahne dann verbrannt ist, richtet er sich mit dem Obersten wieder auf und ruft: *«Vive la France!»*[1]

Manchmal liest Papa auch, wenn die Entrüstung etwas zu hoch wogt, aus den Reden der elsässischen Abgeordneten im französischen Nationalparlament, als die Deutschen Elsaß-Lothringen annektierten. Wohl ist es schon über zwanzig Jahre her, aber die Texte haben ihre ganze Wucht und Heftigkeit behalten. Wie Donnergroll klingen diese Sätze unter der Decke des Eßzimmers: «Entgegen jeder Gerechtigkeit und durch unerträgliche Gewaltanwendung sind wir fremder Herrschaft ausgeliefert ... Wir erklären einen Vertrag für nichtig, der ohne unsere Einwilligung über uns verfügt ... Im Augenblick, da wir dieses Parlament verlassen, ist unser höchstes Gefühl die unveränderliche Anhänglichkeit zum Vaterland, dem wir mit Gewalt entrissen worden sind ...» Mit Gewalt entrissen: In Seppalas Geist stehen die Bilder auf, die er aus seiner gewohnten Lektüre, der Bibel, der Heiligenlegende, Reisebüchern, kennt: Bäume, die durch den Blitz entwurzelt wurden, Gliedmaßen, die von der Zange des Scharfrichters zerfetzt, Läm-

1 «Es lebe Frankreich».

mer, die durch Adler geraubt, Bethlehems Kinder, die durch die Schergen des Herodes gemeuchelt werden …

An sommerlichen Sonntagen ruft Vater Schambadiss manchmal seine Söhne zu einer Bergwanderung auf. Die Töchter bleiben bei der Mutter, die nicht mehr genug Kraft hat, um solche Tagesmärsche durchzustehen. Die Rucksäcke werden vollgestopft mit Brot, Speck, Käse und Bier, und los geht's bei Sonnenaufgang über tauglitzernde Pfade. Auf irgendeinem Gipfel stillt man den Hunger und löscht den Durst, und dann soll auch die Seele ihren Teil bekommen. Man setzt sich auf einen Felsbrocken und schaut gegen Westen, nach Frankreich hinüber, wie die Hebräer nach dem Gelobten Land.

Die Dächer sind rot, die Matten golden von Glockenblumen, die Seen leuchten wie flüssiges Metall. Aus den Tälern steigen Hahnenschrei, die hellen Noten einer Trompete, der Pfiff einer Lokomotive. Papa nimmt die Geräusche auf wie das Echo des verlorenen Paradieses. «Hört ihr, Kinder?» sagt er fromm. Der Wind, der leise über die Gesichter streicht, ist vordem über die Bretagne, die Normandie, die Beauce, die Champagne gegangen. Er trägt deswegen alle guten Düfte des Vaterlandes herbei.

Wenn sich der Tag neigt und die Sonne die Berge vergoldet, schickt Papa einen letzten Blick hinüber in das nun rotgoldene Land, sein Gesicht ist von Licht überflutet, in den Augen stehen ihm die Tränen. Da fängt auch der kleine Joseph an zu weinen. Papa drückt ihn wortlos an sich. Dann packt die kleine Schar ihre Siebensachen und steigt hinunter, schweigend schreitet man dem Elsaß und der Nacht entgegen.

Der Seppala hat eben eine empfindliche Seele, so empfindlich, daß es sogar Lehrer Kruppa gelingt, sie zu bewegen. Beispielsweise, wenn er zwischen zwei Lektionen über die preußischen Könige einige Verse von Goethe oder Schiller hersagt. Dann passiert etwas Unglaubliches. Kruppas Sprache, sonst so hart und militärisch schroff, wird seltsam musikalisch. Statt der Trommeln klingen Geigen auf, und die Worte, die sonst das Gehör geradezu verletzen, werden von einschmeichelndem Klang. Das Deutsche wird so melodisch wie das Französische. Der kleine Joseph empfindet eine gewisse Lust dabei, mehr aber noch ist er verunsichert, und es wirkt auf ihn fast erleichternd, wenn Herr

Kruppa, die Dinge wieder in die gewohnte Ordnung bringend, zu schreien anfängt.

Seppalas eigene Sprache, die spontan aus ihm hervorquillt, ist selbstverständlich Elsässisch. In dieser Sprache ist er einmal Seppi, einmal Seppala. Es ist eine rauhe, grobe Sprache, darin man sich verlustigen, streiten und mit den Kameraden deftige Schimpfwörter austauschen kann. Es ist aber auch eine liebliche und zärtliche Sprache, in der ihn die Mutter wiegt, wenn sie ihn badet oder ihm die Fußnägel schneidet. Eben eine Muttersprache.

Aber die Mutter spricht immer weniger und hustet immer mehr. Wenn die Anfälle zu stark sind, flüchtet sie ins Schlafzimmer, um die Kinder nicht zu erschrecken. Manchmal geht ihr der besorgte Seppala nach und merkt, wie ihr Taschentuch von Blut rot wird. Er möchte alle Welt zu Hilfe rufen, aber da sich Mama versteckt, wenn sie blutet, wagt er es nicht, sie zu verraten. Er zieht sich auf den Fußspitzen zurück, und eine schwere Last bedrückt sein Herz.

Eines Tages, als er von der Schule heimkehrt, sitzt die Mutter nicht mehr in ihrem Lehnstuhl. Der Vater sagt, sie sei krank, so krank, daß sie sich niederlegen mußte. Seppala möchte gern zu ihr, um ihr einen Kuß zu geben. Aber er darf nur bis zur Zimmertür, weiter nicht, und sie von dort betrachten. Das macht er, sooft er kann. Meist sind Leute im Zimmer, und man schickt ihn mehr oder minder freundlich weg. Doch kommt es vor, daß Mama allein ist. Dann stellt er sich auf die Zehenspitzen und flüstert: «Buschur, Muetterla.»[1] Manchmal hört sie es, ihre Lider heben sich, die Hand versucht, eine Liebkosung in die Luft zu zeichnen, dem Seppala wird es warm ums Herz, er möchte hin, um die Liebkosung zu empfangen, aber die Hand der Kranken fällt zurück, und des Kindes Freude schwindet. Manchmal aber hört die Mutter Seppala nicht, und dann will er sie nicht aus dem Schlaf schrekken.

Dann, an einem schönen Morgen, weckt ihn ein seltsames Summen im Haus, als würde gebetet. Er springt aus dem Bett und läuft zu Mutters Stube hin. Mutter liegt mit geschlossenen Augen und gefalteten Händen, ihr Gesicht ist bleich und geheimnisvoll still. Zwei Kerzen spenden ein unwirkliches Licht. Um ihr Bett kniet die

1 Buschur = Bonjour. «Guten Tag, Mütterchen!»

Familie und betet. Seppala begreift, daß seine Mutter gestorben ist, dreht sich um sich selbst und fällt ohnmächtig nieder.

Als er wieder zu sich kommt, gibt ihm sein Vater Schambadiss ein mit Kirschwasser genäßtes Stück Zucker und sagt: «Joseph, du bist jetzt neun Jahre alt. Du weißt, was der ‹Napi› in deinem Alter schon tat ... Nun mußt du zeigen, daß du ein Mann bist.» Seppala reißt sich zusammen. Er weiß, was der ‹Napi› getan hat. Mit neun Jahren verließ dieser Vater und Mutter und seine Insel Korsika, um in die Militärschule einzutreten. Der Vater hat recht, ein Seppala darf sich nicht weniger mutig zeigen als der ‹Napi›. Er trocknet seine Augen und Wangen, schluckt seinen Gram hinunter, kniet zu den anderen und betet mit ihnen.

Spät am Abend jedoch, er liegt im Bett, öffnen sich die Schleusen seines Schmerzes wieder. Er weint die ganze Nacht, so daß er am Tag keine Träne mehr hat. Beim Begräbnis dringt keine Klage aus seinem Mund. In seinem Herzen aber ist ein stummer Schrei.

Am anderen Tag hört er unfreiwillig ein Gespräch zwischen seinem Vater und seinem Onkel Telesphorus – dem ‹Delesfor› – mit an. Sie haben sich nämlich auf die Gartenbank gesetzt, und Seppala sitzt schon im Kirschbaum, der seine Äste darüber breitet. – Wie der Vater so der Sohn: Schangala, der so gern auf den Kirchturm steigt, hat das von seinem Vater Joseph geerbt, der bei großen Anlässen in die Bäume strebte. – Onkel Delesfor ist einer der Elsässer, die sich für die französische Nationalität entschieden haben. Er wohnt in Paris und arbeitet bei der Eisenbahn, was ihm denn auch erlaubte, zur Bestattung nach Gebweiler zu kommen. «Schambadiss», sagte er zu seinem Schwager, «was wirst du nun mit deinem Sechsten und Jüngsten anfangen?» Schambadiss antwortet, der sechste hätte wohl den Stoff, erster zu sein, zwar nicht in der Schule, wo er sich sperre, weil der Schulmeister ein Teufel sei und die unmöglichsten Dinge über Deutschlands Vorherrschaft lehre; aber zu Hause arbeite er gut, der Seppala, das Leben der Jungfrau von Orléans kenne er auswendig, dasjenige Napoleons habe er ebenso verschlungen, er sei intelligent und unbegrenzt wissensdurstig, es sei schade, wenn er keine solide Schulbildung erhielte ...

«Na also», antwortet Onkel Delesfor, «und du sagst selbst, daß ihn die Preußen nur Liederlichkeiten lehren!» – «Was soll man dagegen tun?» seufzt der Vater. – «Ganz einfach, nimm ihn aus der deutschen Schule heraus. Schambadiss, du mußt deinen Sohn Frankreich schenken. Frankreich braucht solche Jungen wie er ...»

Über ihnen, im Kirschbaum, traut der Seppala seinen Ohren nicht. Es ist ein Wunder im Gange. Die Tatsache, daß die Stimmen von unten kommen und nicht vom Himmel, tut dem keinen Abbruch. Spricht Onkel Delesfor nicht wie der heilige Michael zu Johanna auf den Wiesen von Domrémy? Sagt er nicht, daß Frankreich ihn, den Seppala, braucht? Der Junge speit seine Kirschkerne aus und kullert vom Baum: «Hier bin ich, Onkel, hier bin ich!»

Am gleichen Tag noch ist sein Schicksal besiegelt. Onkel Delesfor kennt einen Ordensmann, der in einer Stiftsschule von Reims lehrt. Wenn die Familie gewillt ist, etwas zuzuschießen, ist Seppala dort willkommen. Seppala springt seinem Onkel an den Hals und dankt ihm, im Namen Frankreichs und seiner selbst. Dann zieht er sich in das Bretterklo zurück. Er will feierlich in die Kathedrale von Reims einziehen, wo früher die französischen Könige gekrönt wurden. Alle Glocken klingen, die Orgel schmettert, das ‹*Te Deum*› wird gesungen, die heilige Johanna steigt vom Himmel herab – sie kennt den Weg, sie hat ihren eigenen König damals zur Krönung nach Reims geleitet –, und der Seppala singt aus voller Brust. Da klopft sein Bruder Louis an die Brettertür: «Hast du bald ausgeschissen?» Seppala öffnet die Tür und steht wieder auf Gebweiler Boden. «Schamsch di net?» entrüstet sich sein Bruder, nämlich daß der Seppala so singt, während seine Mutter kaum unter der Erde liegt. Nein, der Seppala schämt sich nicht. Seine Mutter fehlt ihm bitter, doch er weiß: Sie ist im Himmel. Sie hat dort bestimmt Kontakt aufgenommen mit der heiligen Johanna oder dem Erzengel Michael, und daß Seppala nach Reims geht, ist ohne Zweifel das Ergebnis ihres Eingreifens.

Was Louis soeben gehört hat, war also kein heidnischer Rummel, sondern ein Hymnus der Dankbarkeit. Er hat aber keine Lust, der Seppala, irgend etwas für seine Rechtfertigung zu tun. Er weiß aus Erfahrung, daß gewöhnliche Sterbliche den Helden kaum begreifen können.

Seppala verläßt Gebweiler am 26. September 1893. Sein Vater und seine Schwester Eugenie bringen ihn nach Mülhausen, wo die Eisenbahnreise nach Paris beginnt. Im Pariser Ostbahnhof soll ihn Onkel Delesfor abholen, um ihn in die Schule nach Reims zu bringen. Seppala schwelgt in hoher Freude: Paris, Frankreich, Reims, jetzt treten seine kühnsten Träume aus dem Bretterklo hervor und verdichten sich in einem Eisenbahnwagen zur puren Wirklichkeit. Die Wagentüren werden zugeschlagen, Seppala lächelt zum Fenster hinaus dem Vater und der Schwester zu. Einer pfeift, es gibt einen Ruck, der Zug rollt, Vater und Schwester laufen nebenher, jetzt geht es schneller, die beiden fallen zurück, sie bleiben stehen und winken mit dem Taschentuch. Vater scheint ganz unglücklich. Aber auch Seppalas Herz ist schwer geworden, er sieht die beiden nicht mehr, nur noch Weichen und Gleise. Die Freude entquillt seinem Herzen wie Wein aus einer geborstenen Flasche, ein dumpfes Weh steigt auf. In seinem neunjährigen Kopf hat er soeben etwas begriffen: Der Eisenbahnzug, der ihn ins französische Vaterland führt, entführt ihn jedoch auch aus der elsässischen Heimat, und was Aufbruch in die Freiheit sein sollte, ist auch Marsch ins Exil … Kurzum: ‹d'r Seppala hat schu Heimweh›. Das geht jedem Elsässer so, sobald er den Heimatboden nicht mehr unter den Füßen spürt. Nach Belfort wird seine Geistesverfassung noch mieser. Frankreich zeigt ihm anscheinend seine unschöne Kehrseite mit schlaffen Hügeln, dünnen Wäldern, Brachland, düsteren Dörfern und unheimlichen Bauernhöfen. Für einen Seppala, der bisher nur lichtvolle Täler, majestätische Tannen- und Buchenwälder, freundliche Dörfer und blumengeschmückte Häuser gekannt hat, ist der Kontrast direkt niederschmetternd.

In Vesoul belegen Soldaten, die in Urlaub fahren, den Wagen. Der erste Kontakt mit dem französischen Heer ist auch wieder enttäuschend. Wo sind die prächtigen Uniformen, die mit Gold und Federn geschmückten Zweispitze, die Bärenfellhauben von Vaters Bildern? Die glorreichen Soldaten hier tragen unförmiges Zeug, ein Kepi, das wohl von einem Karikaturisten gezeichnet worden ist. Seppala traut seinen Augen und auch bald seinen Ohren nicht: In der geliebten französischen Sprache wird hier, so viel versteht er, auf die Armee gepfiffen, das Militärleben sei zum

Kotzen, die Chefs seien Schweinehunde, und je eher man davon wegkomme, desto besser sei es.

Seppala ist so fassungslos, daß ihm eine freundliche Regung für das schweizerische Ehepaar kommt, das ihm seit Mülhausen gegenübersitzt. Die Frau hat ihm anfänglich mißfallen, sie hat ein dreifaches Kinn, und seit Beginn der Reise hat sie mehrere Tafeln Schokolade verschlungen, ohne auch nur zu merken, daß ihr der Seppala auf den Mund schaute. Nun rührt es ihn geradezu, ihr ‹Schwyzerdütsch› zu hören, es ist dem Elsässischen so verwandt, daß seine Seele daran Trost findet.

Trotzdem: Er friert im Herzen. Auch an den Füßen übrigens. Der Wagen ist nicht geheizt, die Fenster sind beschlagen, die Nacht ist gekommen, draußen sind nur ab und zu Lichter, die so bald wieder erlöschen. Aus dem festlichen Treff zwischen Seppala und Frankreich ist nichts geworden. Die Hochzeit hat nicht stattgefunden, und das hat seine Liebe sehr erschüttert. Er ist irgendwie entzaubert, und nicht zuletzt haben das Schnarchen der Schweizerin, die Rülpser der Soldaten und die anderen Unannehmlichkeiten dieser Nacht dazu beigetragen. Er, der nur daran denkt, im Ruhm dem ‹Napi› gleichzukommen, gäbe die ganze Ehre jetzt dafür, in seinem Gebweiler Bett zu liegen und vom Kirchturm den Stundenschlag zu hören. Aber der Zug entführt ihn, und immer ferner liegt das Elsaß. Kummer und Schlummer überwältigen ihn gemeinsam.

Er erwacht, als ein Soldat sagt: «Jetzt kommt Paris.» Er drückt seine Nase gegen die Fensterscheibe, um das Wunder zu erblicken. Er sieht Häuserzeilen, Fabriken, Lagerhallen, über welchen gelbliche Rauchschwaden ziehen. Ein anderer Soldat berichtigt: «Ist ja erst die Bannmeile.» Der Seppala beschwichtigt sein stark klopfendes Herz. Aber nun fährt der Zug langsamer und schlängelt sich durch eine schwarze, unheimliche Häuserschlucht, die Seppala voll Gefahren und Unheil scheint. Und das ist Paris.

Er steigt aus dem Abteil, sein Gepäck wie eine Leiche nachschleifend. Die Leute tummeln sich, sehen den kleinen Elsässer kaum, er wird hin- und hergestoßen; wie Frankreich ihn begrüßt, tut ihm mehr und mehr weh, gleich wird er schluchzen, da schwebt Onkel Delesfors Schnurrbart zu ihm nieder. Nun ist die große Freude wieder da, aber sofort setzt der Onkel einen Dämpfer auf.

Gern hätte er Seppala einen oder zwei Tage in Paris behalten, um ihm die Hauptstadt zu zeigen. Aber noch am gleichen Abend hat er Dienst, er kann ihn nur gleich nach Reims bringen, um beizeiten wieder in Paris zu sein. Der Zug geht in wenigen Minuten. Der Gang zur Bahnhofswirtschaft erübrigt sich also, aber Onkel Delesfor hat daran gedacht, seinem Neffen ein belegtes Brot (Leberkäse!) mitzubringen. Der Seppala ist von Frost fast steif und gäbe seine Seele für einen heißen Milchkaffee. Er dankt Onkel Delesfor, und nun sitzen sie in einem Eisenbahnabteil, das noch eisiger ist als dasjenige, in welchem Seppala die Nacht verbracht hat. Ein neunjähriges Kind und ein über fünfzigjähriger Mann haben sich nicht viel zu sagen, so liest der Onkel seine Zeitung, und Seppala betrachtet sich Frankreich. Frankreich sieht im Herbstnebel noch immer abweisend aus, erst bei Reims wird es etwas freundlicher, die Champagnerreben geben ihm so etwas wie eine leichte elsässische Tünche.

Ein Fiaker bringt die beiden zur Stiftsschule. Dort ist der Empfang nicht dazu angetan, Seppala zu erwärmen. Der Bruder an der Pforte hebt die Augen zum Himmel und die Arme ebenfalls: Seppala kommt zu früh, der Schulanfang ist erst in zwei Tagen. Onkel Delesfor setzt ihm auseinander, sein Neffe komme aus dem Elsaß, um an den Quellen französischer Kultur zu trinken, und habe die ganze Nacht im Zug verbracht ... Seppala vergißt Müdigkeit und Kummer, richtet sich hoch auf und versucht, sich so würdig wie nur möglich als junger elsässischer Patriot, der aus Liebe zu Frankreich alles verlassen hat, zur Geltung zu bringen. Das beeindruckt den Bruder Pförtner nicht: Schulanfang sei erst in zwei Tagen, und vorher sei nun mal kein Schulanfang. Er schickt die beiden zum Bruder Direktor.

Dieser zeigt über dem Bäffchen ein wohlgenährtes Gesicht. «Wie heißt du denn?» fragt er den Jungen. «Schossef», antwortet dieser. – «So, Schossef heißt du. Du kannst jedenfalls deinen Ursprung nicht verleugnen.» Seppala bemüht sich zu verstehen. Ein Ursprung, er weiß nicht, was das ist. Als er im Zug Pipi gemacht hat, hat er ganz zufällig festgestellt, daß er seinen Hosenschlitz wieder gewissenhaft zugemacht hat. – Und der Bruder Direktor wendet sich, ein Lächeln verbeißend, dem Onkel zu. «Wenn er nicht will, daß ihn seine Kameraden auslachen, sollte er schleunigst seine elsässische Aussprache vergessen.» Onkel Delesfor senkt den Kopf: Sein Französisch klingt auch mehr nach Gebweiler als nach dem ‹Place de la Concorde›. Aber für Seppala ist das schon wieder ein neuer Kummer. Als Schulmeister Kruppa ihm vorwarf, das Deutsche zu verballhornen, fühlte er sich geehrt. Jetzt aber, als er vernimmt, sein Französisch sei schlecht, ist er gedemütigt. Wenn er sich das als Neunjähriger erlauben könnte, würde er dem Bruder Direktor sagen: «Lacke Ihr mich am Aarsch!» Es geht nichts über den elsässischen Dialekt, um sich das Herz frei zu machen. Der Direktor aber ist irgendwie gerührt. Da dieser kleine Elsässer nun schon einmal da ist, wird man ihn sogleich aufnehmen. Er könnte ja, um die Zeit zu verbringen, Schulhof und Vorhalle fegen. Und wenn er sich dann noch langweilt, dann sei eben nichts zu machen. Er hätte zur rechten Zeit ankommen sollen. Als sich Onkel Delesfor verabschiedet, klammert sich Seppala an seinen Rock. Der Onkel löst sich aus seiner Umarmung: «Na, na, sei mutig, zeige uns, daß du ein Franzose bist!» Der Seppala möchte wohl sein Schluchzen verbeißen, aber nun fühlt er sich auf einmal als Elsässer wie noch nie.

Nun ist er allein. Allein auf dem weiten Schulhof, wo er die ersten gelben Blätter zusammenliest. Allein im riesigen Refektorium, wo er eine fade, übelriechende Kost vorgesetzt bekommt, die ihn anwidert. Dicke Tränen fallen dabei in seinen Teller: Er denkt an Gebweiler, wo jetzt die dampfende Suppenschüssel einen köstlichen Duft verbreitet. Über Dächer und Berge möchte er seine Gebweiler Kameraden herbeirufen, daß sie ihn befreien ... am einsamsten fühlt er sich im unheimlichen Schlafsaal. Die Betten stehen in einer Reihe wie die Gräber auf dem Friedhof. Der Bruder, der ihn einweist, zeigt ihm das kleine Grab, das er fortan bewohnen soll, und dem Seppala geht ein Schauer über den Rücken. Der gute Bruder bleibt bei ihm, bis er unter der Decke liegt, und als er weggeht, steckt der Seppala seine Nase ins Kopfkissen und läßt die Tränen fließen, die ihm verbleiben. So oft und so bitterlich hat er geweint, daß die Quelle eigentlich versiegt sein sollte. Sein Schmerz steigt ins Unermeßliche. Er hat seine Mutter verloren, er hat das Elsaß verloren, und das Frankreich, das er sich ausgemalt hatte, ist in wenigen Stunden verblichen und verblaßt. Niemand ist so sehr allein, wie der Seppala es ist.

Am zweiten Tag fühlt er sich noch gestrandet wie Robinson auf seiner einsamen Insel. Dann aber kommen sie herbei, an die zweihundert ‹Freitag›, und er faßt neuen Mut. Seine Freude ist von kurzer Dauer. Ein gewisser Loiseau fragt ihn nach seinem Namen. «Schossef», sagt Seppala. Wo er her sei? «Von Kâwill'r», antwortet er und versucht vergebens seine Aussprache geschmeidiger zu machen. Die anderen lachen, daß ihnen die Nähte krachen. Ein großer Kreis hat sich gebildet. «Kâwill'r?» sagt Loiseau. «Ja, dort ist doch der Bismarck zu Hause, nicht?» – «Ich bin kein Deutscher, ich bin Franzose!» – «So, Franzose bist du?» – «Ja, und wenn du das Gegenteil behauptest, dann kriegst du eine auf den Mund.»

Loiseau nimmt weder die Behauptung noch die Drohung ernst, so komisch findet er das von Seppala gesprochene Französisch, aber ein erster Fausthieb landet auf seinem Unterkiefer und ein zweiter schließt ihm ein Auge. Keiner lacht jetzt mehr, man versucht, den Seppala zu beschwichtigen, aber dieser tobt; wer ihm nahekommt, wird geprügelt, er schlägt, er kneift, er beißt, er zerquetscht Ohren, reißt Haarbüschel aus. Er hält erst ein, als ein Schulbruder herbeikommt.

«Was ist denn das für ein Wilder?» wundert dieser sich. Der Seppala zeigt auf seine Opfer: «Sie sagen, ich sei kein Franzose.» Der gute Bruder will sich geistreich zeigen: «Und um zu beweisen, daß du ein Franzose bist, führst du dich auf wie ein Preuße und massakrierst deine Landsleute.» Der Geistesblitz kommt bei Seppala nicht an; er steht wie betäubt. Was ihm geschieht, ist schrecklich: Frankreich hat ihn hintergangen, die Franzosen verwerfen ihn. Sein Elend ist unermeßlich, er ist wie der ‹Napi› am Abend nach Waterloo. Hätte er einen Degen, würde er sich aufspießen. Er betrachtet die Gesichter ringsherum. Sie sind samt und sonders feindselig. Loiseau blutet und flennt. Der gute Bruder sagt schwere Sanktionen voraus. Auch er ist wohlgenährt, sein Bauch ist so gespannt, daß die Soutane davon glänzt. Seppala ist von diesem Bauch fasziniert. Wohl denkt er an Selbstmord, aber er wird nicht sterben, ohne sich gerächt zu haben. Er senkt den Kopf, nimmt einen Anlauf, wie ein junger Stier schießt er auf den guten Bruder los, mit einem Schrei des verzweifelten Zornes stößt er mit dem glänzenden schwarzen Bauch zusammen.

Er wird gefangengenommen und bis zur Verhängung der Strafe

in einen Schulsaal eingesperrt. Er weiß, was jetzt kommen wird. Frankreich wird ihn an Bismarck und Kruppa ausliefern. Aber Bismarck und Kruppa sollen ihn nicht haben. Wenn er wieder in Gebweiler sein wird, wird er zum Grab seiner Mutter gehen, mit den Händen die Erde ausheben, sich neben die Tote legen und dort das Ende seines Elends abwarten.

Jetzt aber geht eine Tür auf. Der Bruder, der hereintritt, hat Sonne in den Augen. Er kommt lächelnd auf den Buben zu: «Buschur, Seppala, ich bin Bruder ‹Schambadiss›.» Der Junge staunt. Was ist denn nun das? Dieser Bruder hier spricht Elsässisch, heißt wie sein Vater und nennt ihn Seppala? Und nun sagt der Bruder noch: «Gall, dü bisch vu Gawiller? Ich bin a Milhüser Lüser! Ünd deinen Onkel Delesfor kenn i guet!» Seppala glaubt, Engelsstimmen zu hören. Aber der schwarzgekleidete ‹Lausejunge› aus Mülhausen setzt fort: «Es scheint also, daß du die Brüder wie ein Rammbock angehst? Zum Glück hast du keine Hörner ...» Der Seppala weiß nicht, ob er lachen oder weinen soll, entscheidet sich aber vorsichtshalber für das Weinen. Bruder ‹Schambadiss› zieht ihn an sich: «Weine nicht mehr, Junge, sag mir lieber, was geschehen ist.»

Und Seppala leert sein Herz. Er erzählt, wie er dazu kam, dieses Herz den Franzosen zu schenken, und wie sie ihn mit Spott und Schmähungen empfangen haben. Bruder ‹Schambadiss› wiegt ernst den Kopf: «Ich begreife wohl, Seppala. Ich sage nicht, daß du gut daran getan hast, Bruder Barnabé zu rammen, und ich glaube nicht, daß dieser sich bei dir entschuldigen müßte. Aber ich verstehe dich. Wüßten die Franzosen, wie sehr wir sie lieben, würden sie sich schämen, uns auszulachen. Ich werde also deine Verteidigung übernehmen und versuchen, dir die Strafe zu ersparen. Und wenn mir das nicht gelingt, will ich gerne in einen Preußen verwandelt werden ...»

Die Strafe wird dem Seppala erlassen. Das hat zur Folge, daß er nun zehn Jahre Internat – um nicht zu sagen Internierung – in Reims verbringt. Selbst die Ferien verlebt er dort; es ist keine Rede davon, daß er ins Elsaß heimkehrt. Sein Vater hat mit den Franzosen bei Gravelotte gefochten, er steht bei den Deutschen in zu schlechtem Ansehen, als daß er den Sohn, den er ‹Frankreich geschenkt› hat, in den Straßen Gebweilers zeigen könnte. Onkel Delesfor seinerseits hat eine Pariserin geheiratet, die Hunde mehr liebt als Kinder. So kann er seinen Neffen kaum einmal einladen und übrigens stirbt er bald darauf, was ihn ein für allemal daran hindert. Während die Kommilitonen gute Weihnachten, fröhliche Ostern und herrliche Sommerferien in ihren Familien verbringen, langweilt sich der kleine Elsässer in der Grabesstille seines Schlafsaal-Friedhofes. Er, der es in allem dem ‹Napi› gleichtun wollte, raubt schließlich diesem nur einen Rekord, denjenigen des Ausharrens in der Einsamkeit, den dieser auf Sankt Helena aufgestellt hat.

Einsam ist er übrigens auch, wenn alle wieder da sind. Gewiß haben die französischen Schwäne, denen Bruder ‹Schambadiss› die Leviten gelesen hat, das elsässische Entchen schließlich in ihre Reihen aufgenommen. Wenn er sein rauhes, kehliges Französisch spricht, wird höchstens einmal still gelächelt. Aber sein Kopf ist voller elsässischer Worte, und er hat niemand, dem er sie sagen könnte. Bruder ‹Schambadiss› will davon nichts wissen. «Seppala», sagt der Mülhauser ‹Lüser›, «Seppala, paß auf!» Der Eindringlichkeit wegen fährt er dann aber doch Elsässisch fort: «Bass uff, dü Wackes, wenn sie di hera Elsässisch reda, namma sie di für a Schpion.» Seppala lächelt dazu, aber er glaubt nicht, daß der Bruder wirklich scherzt. Für viele Patrioten ist der Dialekt verdächtig. Ist er nicht gerade die Ursache allen Leides der Elsässer? Sagt man nicht, sie hätten nie von Bismarck zu Deutschen erklärt werden können, wenn sie Französisch gesprochen hätten? Darin liegt wohl der Grund dafür, daß der gute Bruder auf seine Muttersprache verzichtet hat. Aber eines kann er nicht verleugnen, nämlich seinen Mülhauser Akzent, wenn er z. B. La Fontaines Fabeln hersagt. Aber nichts klingt lieblicher in Seppalas Ohren als dieses rauhe Kolorit.

Er selbst nämlich, man staune, beginnt den Akzent zu verlieren, und zwar so schnell und so gut, daß um das fünfzehnte Lebensjahr herum aus der Raupe ‹Schossef› der Schmetterling ‹Joseph› wird, der die französische Sprache so geschmeidig und elegant spricht wie der Erzbischof von Reims selbst. Ebenso hat er seine innere Welt in Ordnung gebracht. Die Friedrichs, Wilhelms und andere, von Schulmeister Kruppa verehrten Säugetiere, hat er vor die Tür gesetzt. Eingelassen hat er Vercingetorix, Blanca von Kastilien, die Mitstreiter Johanna von Arcs und Napoleons. Was er nicht verdaut, ist, daß sein französisches Geschichtsbuch mit der Kapitulation Napoleons III. in Sedan abschließt, während das deutsche, aus dem er früher büffeln mußte, mit der Krönung Wilhelms I. in Versailles zu Ende geht. Joseph bleibt insofern den Träumen des Seppala treu, als er fest entschlossen ist, einmal das Kapitel zu schreiben, das diesem Skandal ein Ende setzen wird.

So patriotisch er fühlt, so fromm ist er auch. Sein Katholizismus ist eindeutig französisch. Er verehrt das Heiligste Herz Jesu und die Muttergottes besonders, wo sie doch in Frankreich, in Paray-le-Monial und in Lourdes, erschienen ist. Die Republik lehnt er ab. Die Schulbrüder sagen, sie werde von antiklerikalem Mob, Emile Combes und Waldeck-Rousseau regiert. Hingegen die Militärmacht hat in der ganzen Schule den besten Ruf, besonders aber bei Joseph, der mit ihr die von den Deutschen gestohlenen Provinzen zurückerobern will. Joseph ist mehr denn je ein Franzose. Aber dann kommt die Dreyfus-Affäre und läßt seine elsässischen Fasern wieder vibrieren.

Was in Frankreich ‹gut› denkt, also auch die guten Brüder der christlichen Schule, ihre christlichen Schüler und deren christliche Eltern, haßt den ‹Verräter›. Nur Bruder ‹Schambadiss› und Joseph glauben nicht an seinen Verrat. Dreyfus ist gebürtig von Mülhausen. Ein elsässischer Offizier kann nicht in deutschen Diensten stehen, das ist ihnen so sicher wie das Einmaleins. Bruder ‹Schambadiss› liest sogar Zeitungen, die Dreyfus verteidigen. Diese Blätter veröffentlichen Briefe des Unglücklichen. Er schreibt darin: «Mein ganzes Leben lang habe ich nur ein Ziel vor Augen gehabt, nämlich die Revanche gegen den schändlichen Räuber, der unser liebes Elsaß gestohlen hat.» Joseph kennt diesen Ton: Es ist Seppalas Stimme! Dreyfus ist sein Bruder. Dreyfus ist unschuldig. Man muß ihn befreien! Bruder ‹Schambadiss› dämpft seinen Eifer. Was könnte man denn tun? Heerführer und Kirchenfürsten, nationale Schriftsteller, wie Barrès, Coppée, Lemaître, alle Patrioten und alle Gläubigen haben den Stab über Dreyfus gebrochen. Nur die Juden, die Freimaurer und der gemeine Schuft und Federfuchser Zola halten zu ihm, selbstverständlich auch Bruder ‹Schambadiss› und Seppala. Dem guten Bruder ist es offensichtlich peinlich, in solcher Front zu stehen. Freimaurer und Kirchenhasser sind für Seppala auch nicht gerade die besten Verbündeten, aber er kann es einfach nicht dulden, daß ein Elsässer als Diener der Deutschen hingestellt wird.

Josephs Bettnachbar Tétard, der ebenfalls ein glühender Bewunderer Napoleons ist, kennt solche Seelenzustände nicht. Er sieht die Sache von der Vernunft her: Erstens ist Dreyfus ein Jude, also kann er weder Elsässer noch Franzose sein; zweitens macht ihn seine Judennatur zum Verräter, weil er der Rasse des Judas angehört. Solchen Blödsinn hört Joseph oft. Eine antisemitische Welle geht über Frankreich und dringt bis in die Stiftsschule hinein. Angesehene katholische Zeitungen, wie *La Croix* und *Le Pélerin,* triefen von Judenhaß. Das kann den Seppala nicht erschüttern. In Gebweiler hatte er jüdische Kameraden. Er lutschte an ihrem Süßholz, lieh ihnen das seine aus. Er raufte mit ihnen so brüderlich wie mit seinen christlichen Kameraden. Wie diese schmähte er sie mit ‹Sau› oder ‹Hund›, ja ‹Sauhund›. Niemals wäre ihm in den Sinn gekommen, ihnen ‹Jud› nachzurufen.

Begegnete Seppala dem Rabbiner auf der Straße, dann lüftete er seine Mütze und sagte: «Guten Tag, Herr Rabbiner.» Manchmal irrte er sich und grüßte den Gottesmann christlich: «Gelobt sei Jesus Christus.» Der Rabbiner lächelte in seinen Bart hinein, er wußte, daß Seppala das nicht bewußt tat. Einen Herrn Dreyfus gab es auch in Gebweiler. Nur war er nicht Offizier, er verkaufte Kleider, in seinem Laden war das Kommunikantenkleid von Louis gekauft worden. Seppala hatte Vater und Brüder begleitet, und einen schönen roten Luftballon bekommen, darauf in blauen Buchstaben der Name von Herrn Dreyfus stand, was beweist, daß der Kleiderhändler auf seinen Namen stolz war. Kurz: Herr Dreyfus und seine Korreligionäre waren wie Seppala Elsässer und Franzosen.

Es kommt der Tag, an dem Hauptmann Dreyfus des Verrates unschuldig erklärt und rehabilitiert wird. Joseph freut sich für ihn. Da er aber die Kirche und das Heer liebt, leidet er um sie. Wenn ihn die Richter, die Generale, die Geistlichkeit und der glühende Patriot und Schriftsteller Maurice Barrès – so sagt Joseph sich – um Rat gefragt hätten, hätte er ihnen zu verstehen gegeben, daß das gefälschte Papier, auf Grund dessen Dreyfus verurteilt worden war, nicht von der Hand eines Elsässers stammen konnte. Und in aller Bescheidenheit denkt Joseph, daß Seppalas gesunder Menschenverstand Frankreich zehn Jahre des Hasses und des Blödsinns hätte ersparen können.

Wie nun Joseph, der davon träumte, das Elsaß zu befreien, sich in einer preußischen Festung wiederfand, noch bevor er zu den Waffen gegriffen hatte, davon möchte ich nicht länger sprechen. Mein Vater Joseph selbst war über die Umstände seiner Gefangenschaft immer sehr diskret. Die Helden lieben es nicht, wenn ihr Epos auch einmal schwächere Stellen aufweist. Indessen kam es so: Um seinen achtzehnten Geburtstag herum – er hat soeben erfolgreich das ‹Baccalauréat› [1] bestanden – wird Joseph von heftigem Heimweh befallen. Er will heim, seine Familie wiedersehen, ihr sein Diplom, seinen Schnurrbart, seine hochgewachsene Gestalt (ein Meter zweiundsiebzig) vorweisen, er will, weil sein Vater sich wiederverheiratet hat, seine neue Mutter kennenlernen sowie die drei Geschwister, die sich eingestellt haben.

Die Heimkehr ist natürlich ein Triumph. Mit dem frischgebackenen Abiturienten marschiert Frankreich in Gebweiler ein. Verwandte und Freunde laufen herbei, bringen Flaschen, Kugelhopf, Münsterkäse und anderes, was im Elsaß zu großen Anlässen gehört. Dem Joseph singen die Engelchöre; sein ‹Schourdegloire› ist gekommen.

Die Feiern dauern mehrere Tage, dann aber marschiert auch die Gendarmerie herbei. Als Seppala von seinem Vater ‹Frankreich geschenkt› wurde, hatte dieser es versäumt, Deutschland darüber zu informieren. Die Situation Josephs soll also vom Standpunkt des deutschen Gesetzes aus überprüft werden. Joseph empfindet das als eine Frechheit. Er sei Franzose und pfeife auf Deutschland, seinen Kaiser und dessen Gendarmen. Das sagt er allerdings französisch, und zum besseren Verständnis muß er da Seppalas Wortschatz wiederfinden: «Nur mina Aarsch isch ditsch! D'r kenna m'r na schlacka!» Die Gendarmen wissen Bescheid. Ein so wenig vornehmer Franzose kann nur ein Elsässer sein. Joseph wird abgeführt.

1 Abitur.

Er hat viel Sylvaner getrunken, was seinen Patriotismus anstachelt. Die Einladung, die er an die Gendarmen gerichtet hat, läßt er auch an deren Chef in dessen Amtszimmer ergehen. Der Chef dankt für die Ehre ... mit einer Ohrfeige. Joseph gerät in rasende Wut. Beim Ofen liegt ein Feuerhaken, den nimmt er und schlägt die Petroleumlampe entzwei. Damit tritt keinerlei Finsternis ein, es ist ja heller Tag, aber die Sonne, die durch die Fenster leuchtet, ist jetzt die Sonne von Zülpich [1] und von Austerlitz [2]. Joseph ficht mit dem Feuerhaken gegen ganz Deutschland. Ohne auch nur von Gravelotte und allem anderen zu reden, er hat zehn Jahre Internat im Exil zu rächen. So lädiert er mehrere Nasen und Ohren und gibt seinen Degen erst ab, als er ihn auf dem Schädel des Wachtmeisters krummgeschlagen hat.

Die Rechnung ist selbstverständlich gesalzen: Wegen Kaiserbeleidigung und versuchten Mords und Totschlags muß Joseph zwei Jahre ins Gefängnis. Ganze vier Tage hat er zwischen Internat und Kerker gehabt, um das elsässische Glück noch einmal zu kosten.

Wie es in der Haftanstalt von Cottbus zuging, in welcher er seinen zwanzigsten Geburtstag beging, darüber hat der Vater immer die Auskunft verweigert. Es habe dort halt Ratten, Salpeter an den Wänden und preußische Wärter an allen Türen gegeben, pflegte er meiner Mutter zu antworten. Doch gab es dort auch Herrn Jenny, einen Patrioten, der sich für Frankreich entschieden hatte und von Thann nach Audincourt ausgewandert und dort eine kleine Fabrik gegründet hatte. Jenny vertrug weder Annexion noch Exil, und so reiste er mehrere Male in die Heimat, um bei Hochzeitsessen und Kommunionsfeiern den Kaiser und seinen Statthalter zu schmähen. Von Gastmahl zu Bankett wurden diese Beleidigungen immer heftiger, so daß sie bis zu den Ohren der Obrigkeit drangen. Jenny wurde deutschfeindlicher Machenschaften angeklagt und landete also in Josephs Zelle, auf der Nachbarmatratze.

Wohl beträgt der Altersunterschied an die dreißig Jahre, aber nichts bringt zwei Männer rascher zusammen als das schwarze

1 Zülpich: vermeintlicher Ort des Sieges Chlodwigs, des Frankenkönigs, über die Alemannen – 496 n. J. C.

2 Sieg Napoleons über die Österreicher und die Russen – 1805.

Brot der Gefangenschaft. Jenny hält seinem Ein-Mann-Auditorium in der Zelle flammende Reden. Das Heil Frankreichs erblickt er jedoch nicht in einem militärischen Sieg, sondern in einem Wirtschaftskrieg. Die deutsche Industriemacht müsse zerstört werden, und Joseph solle ihm dabei helfen. Audincourt sei ein idealer Platz, große Industrien seien dort schon konzentriert: die Peugeot-Werke, die Japy-Spinnereien und natürlich das Jenny-Werk, das Feilen herstellt und erst einen Kaminschlot hat, aber bald werden die Kamine wie Spargel sprießen und die Rauchschwaden den Himmel anfüllen.

«Sobald wir aus diesem Loch hier heraus sind, Joseph, kommst du zu mir. Wir machen aus Audincourt ein anderes Pittsburgh, eine zweite *Smoke City*. Ich sage dir: Die Schwerenöter an der Ruhr werden platzen vor Neid.» Solcherart hören sich die Zukunftspläne an, die Jenny meinem Vater zwischen Läuse-Killen und Rattenjagd darlegt. Joseph schmückt zwar seine eigene Zukunftssilhouette lieber mit dem Degen eines Generals als mit der Zigarre eines Kapitalisten aus, doch der Zellengefährte ist beredt und seine Begeisterung ansteckend. In die derart entworfene Gestalt eines französischen Industriemagnaten läßt sich Joseph allmählich hineinziehen.

Joseph wird einige Tage nach Jenny aus der Haft entlassen und trägt sich mit dem Gedanken, ihm in das zukünftige Neu-Pittsburgh zu folgen. Aber schon tritt er wieder in eine Falle. Zehn Jahre Studium in Frankreich, zwei Jahre deutsche Festungshaft und der blanke Haß in seinen Augen haben das kaiserliche Heer nicht veranlassen können, Joseph als einen ziemlich hoffnungslosen Fall anzusehen, denn er würde unter der Pickelhaube nie eine ordentliche Figur abgeben. In Reims hat er oft Tränen über einem Bild vergossen, das einen jungen Elsässer darstellte, den Kopf in den Händen, auf einem Kasernenbett sitzend, neben sich Ulanen-Uniform und spitzen Helm. «Der arme Junge ist deutscher Soldat», so lautet die Bildunterschrift. Und nun wird er selbst deutscher Soldat, der Joseph mit den großen Vorbildern, Johanna von Arc und ‹Napi›! Als er die Kaserne betritt, geht er innerlich hoch wie ein toll gewordenes Pferd. Und dann aber begreift er, daß zwischen ihm, dem Seppala, und dem deutschen Reich die Chancen ungleich sind, möglicherweise führt ihn Widerstand ins Zuchthaus oder vor das Hinrichtungskommando. Die Überlegung bringt Rat, und die Wende ist rasch und hundertprozentig.

Gehorsam grüßt er die Unteroffiziere. Begeistert schwärmt er von der Wohltat des Exerzierens, von der Schönheit der Kasernenräume, vom Wohlgeschmack des Eintopfs, vom Komfort der Latrinen. Niemand verdächtigt ihn, alle hören mit Wohlgefallen, wie ungeduldig er sei, für sein deutsches Vaterland, für den Kaiser und dessen hehre Familie sein Blut zu vergießen. Daß etwa ein Sonnenstich oder ein Sturz auf den Kopf an Seppalas Wandlung schuld sein könnten, kommt keinem in den Sinn. Im Gegenteil: Um seine Inbrunst noch zu steigern, erhält er Heimaturlaub. Im Elsaß wird er seinen Kameraden als lebendes Beispiel den Weg in die Kasernen weisen können.

Joseph kommt nachts in Gebweiler an, verbrennt seine Uniform in der Waschküche, holt sich Vater Schambadissens Segen und marschiert in Richtung Audincourt davon. Dort erwartet ihn die französische Schwerindustrie in der Person von H. Jenny.

«Vielleicht hast du etwas Größeres erwartet?» fragt H. Jenny beim Rundgang durch das Werk. Joseph verneint; der Fabrikschlot sehe schon gut aus und das übrige auch. Doch hat er die Belegschaft gezählt, es sind an die zwanzig Arbeiter, Pittsburgh liegt noch in weiter Ferne ... Vom Hügel über Audincourt sieht man indessen die rauchenden Schlote der Gießereien, der Peugeot-Werke, der Japy-Spinnereien. Man hört das Summen der Maschinen, das Hämmern der Schmieden, das Brummen der Motoren... Gewaltig rot geistert es in die Dämmerung hinein, in den Gießereien wird eben gegossen. Mit Pittsburgh ist noch immer kein Vergleich möglich, noch nicht einmal mit Essen oder Le Creusot, aber das Bild ist eindrucksvoll genug, ja sogar grandios. Mit dem zuckenden Aufleuchten zuckt der Ehrgeiz um die Wette.

«Joseph», sagt H. Jenny, «ich bin bisher nur ein kleiner Fabrikant. Aber aus dem kleinen kann ein großer werden. Hauptsache ist, man findet die richtigen Mitarbeiter. Mancher vermag das nicht, du siehst, wohin das Napoleon geführt hat. Mir wird das nicht passieren. Ich habe drei Söhne, und du wirst der vierte sein. Du wirst meinem Generalstab angehören. Wir waren zusammen im Elend, wir bleiben vereint im Wohlstand.»

Ernst betrachtet Joseph den Wald der Kamine. Gierig atmet er ihren Rauch ein. An ein kriegerisches Epos denkt er nicht mehr. Er spürt, daß sein Machtbereich die Industrie sein wird. Und er murmelt etwas vor sich hin, was H. Jenny nicht versteht. Es bedeutet: «Und nun, Audincourt, nehme ich es mit dir auf.»

H. Jenny führt ihn in die Fabrikation von Feilen ein. Das Leben ist schön, die Arbeit interessant. Und dann steigt in einer Straße von Sarajewo im Juni 1914, an einem schönen Sonntag, der Student namens Princip auf einen Stein und schießt einen des Weges kommenden Erzherzog mitsamt dessen Erzherzogin nieder. Noch weiß man an diesem Frühsommertag nicht, so sagt später mein Vater, daß die beiden Kugeln an die zehn Millionen Menschen töten werden.

Aber Joseph hat elsässisches Gespür und den Instinkt der Menschen an den Grenzen. Er fühlt, wie der Sturmwind anhebt, das Klagen und Rasen der Kriege. Übrigens beginnt das Gemetzel nahe bei Audincourt. Die erste Leiche ist die des Korporals Peugeot, der in Jonquières für Frankreichs Sicherheit wachte. Ein Ulan streckte ihn nieder, der es mit dem Blutbad eilig hatte; dies geschah einige Stunden vor der offiziellen Eröffnung der Kampfhandlungen.

Joseph zieht die Uniform eines französischen Artilleristen an, zunächst mit einem Gefühl der Freude. Jetzt will er das Elsaß befreien, Deutschland zerschmettern, die Zivilisation retten; Stunden der höchsten Gefühle stehen ihm bevor, und vielleicht wird er sie erleben, die ‹heilige Freude derjenigen, die für das Vaterland sterben›. So liest er es nämlich im *Echo de Paris*, aus der Feder von Maurice Barrès, und da dieser der ‹Académie française› angehört, darf sich Joseph die edlen Sätze schon zu eigen machen. Er tut es bis zu dem Tag, da ihm sein Elsässertum schon wieder einen Streich spielt. Wenn seine ‹charmante Mitarbeiterin› – bitte lachen Sie nicht, die Worte stammen ebenfalls von Maurice Barrès [1] – ihre Granaten hinüberspie in die feindlichen Linien, stellte sich Joseph ohne übertriebenes Mitleid vor, wie drüben aus Gehirnen und Därmen, Armen und Beinen ein riesiges Hackfleisch entstand,

1 «Da sind sie nun, unsere 75er-Geschütze! Ach, die guten Kanonen, die stolzen und charmanten Mitarbeiterinnen ...!» (Maurice Barrès).

aber es war eben Hackfleisch aus deutschem Fleisch, und vielleicht fanden sich sogar die Fasern des Lehrers Kruppa dabei.

Dabei sind aber auch die Elsässer, so spinnt eines Tages Joseph seinen Gedanken weiter. Die Elsässer, die gegen ihren Willen in des Kaisers Heer marschieren und bluten, und unerträglich wird dem Seppala der Gedanke, daß gerade eine seiner Granaten einen Elsässer in Stücke reißen könnte.

Der liebe Gott weiß Abhilfe, oder vielleicht war es auch irgendein Beamter, der mit dem elsässischen Problem vertraut war. Die Gewissensfrage wird gelöst. Für die Deutschen ist Joseph ein Deserteur, und wenn sie ihn schnappen, töten sie ihn. Von der Artillerie wird Joseph zu den Zuaven versetzt. Der Front in der Champagne entrinnt er und wird dafür nach Indochina geschickt. Dort soll er in der Gegend von Tuyen Quan die französische Fahne über einer kleinen Bambusfestung im Busch bewachen. Ohne weiteres verzichtet er darauf, aus den Deutschen Hackfleisch zu machen. Jetzt jagt er Tiger und die kleinen, hübschen Tonkinesinnen. Von den Raubkatzen hören wir in der Folge mehrere heldenhafte Berichte. Diskreter blieb mein Vater immer, was die tonkinesischen Kätzchen angeht. Sehr wohl hätte ich mit Schlitzaugen und einer gelben Seele auf die Welt kommen können, was mein Leben als Elsässer wohl nicht gerade einfacher gemacht hätte. Elsässer gibt es überall in der Welt. So auch an den Ufern des Roten Flusses. Einer dort ist Bergwerksdirektor in Tuyen Quang und nennt sich Otto Graff, nicht weil sein Vater eine Vorliebe für germanische Vornamen gehabt hätte, sondern weil er das Kalauern liebte. Wenn Joseph nicht gerade irgendwelche Katzen oder Kätzchen jagt, sitzt er mit Otto Graff zusammen, sie trinken Chum-Chum und träumen vom Elsaß. Zur Stunde des Mittagsschlafs, wenn die Tropensonne die Reisfelder zur Weißglut bringt, liegen sie auf Matten und beschwören die frischen Weinkeller von Riquewihr oder die schattigen Wälder des Blumentals herauf. «Das bekam mir besser als Opium», sagte mein Vater später. Er hatte einige Pfeifen geraucht, aber es bekam ihm eben nicht.

Die Zeitungen mit den Nachrichten vom Krieg liest Joseph mit zwiespältigen Gefühlen. Zuweilen hört er sogar eine Stimme, die sagt: «Wir haben bei Douaumont gesiegt, während du in Tuyen Quang Mittagsschlaf hieltest, schäme dich, Joseph!» Indessen fühlt er sich dadurch nicht in unerträglicher Weise bedrückt. Wie er hier im Busch die französische Anwesenheit wahrt, genügt seinem inzwischen zurückgedämmten Bedürfnis nach Heldentum.

Der Krieg geht zu Ende. Otto Graff sucht einen Mann für seine Tochter und das seltene Exemplar eines wahrhaft engen und tüchtigen Mitarbeiters. Eines Tages hält er Joseph einen Becher Chum-Chum hin, bietet ihm seine Tochter und Mitarbeit an. Odile Graff hat Charme, das Zink-Bergwerk hat eine Zukunft, Tonking hat noch viele Tiger in den großen Wäldern. Vorzüge reihen sich an Vorzüge, und Chum-Chum tut das übrige. Joseph will begeistert annehmen, da kommt im März 1919 ein Brief aus dem Elsaß.

Es gibt traurige Kunde: Josephs Schwester teilt ihm mit, der Vater sei gestorben. Am Vorabend des Sieges. «Er wußte jedoch», schreibt Eugenie, «daß der Sieg nahe war. Gern hätte er dich noch in deiner Zuaven-Uniform gesehen ... Deine Brüder sind in ziemlich schlechtem Zustand aus dem Krieg heimgekehrt, den dieser verfluchte Kaiser uns aufgebürdet hat. Dem Léger [1] hätte eine Granate bei Tannenberg beinahe den Kopf abgeschlagen. Er trägt eine Halsstütze, seine Frau fiel in Ohnmacht, als sie ihn so wiedersah. Louis erhielt eine Kugel ins Gesäß. Das macht ihn jedoch nicht verlegen, er sagt, das beweise, daß er passiv Krieg geführt habe. Als er von der Rußland-Front zurückkehrte, war er in Berlin und erlebte die Revolution. Er hat einem Arbeiter- und Soldatenrat angehört und an Straßenkämpfen teilgenommen. Um dir alles zu sagen: Louis ist Sozialist geworden. Unser armer Vater, der so fromm und patriotisch dachte, hätte das nicht gut aufgenommen ... Dem Uescheen [2], der ebenfalls in Rußland war, sind die Füße erfroren. Die Ärzte wollten sie ihm abschneiden, aber Gott beschützte ihn: Eine Stunde vor der Operation wurde der Chirurg auf dem Weg zum Spital durch eine Granate getötet, und da kein Vertreter da war, behielt unser Bruder seine Füße. Der französische Militärarzt, der ihn jüngst untersucht hat, sagt, er würde bald springen wie vor dem Krieg. Viktor, der an der gleichen Front lag, kam heil zurück, und doch verwandelt. Den Mädchen im Dorf

1 Léger = Leodegar.
2 Uescheen = Eugen.

spricht er von blutigem Schnee und erfrorenen Leichen. Mit zwanzig Jahren so im Entsetzen waten, läßt Spuren zurück. Hoffentlich kann er sich von den greulichen Bildern befreien, da dieser furchtbare Krieg nun zu Ende ist und alle ‹Schwowa› über den Rhein abgewandert sind. Du wirst dich wundern, aber so viel Freude, wie wir uns daraus erwarteten, haben wir nicht empfunden. Sie zogen schweren Herzens und mit hängenden Köpfen ab, das erweckte fast Mitleid. Kannst du dich an Kruppa erinnern? Weinend soll er dem Wagen gefolgt sein, der seine Möbel zum Bahnhof brachte. Vierzig Jahre war er bei uns, und vierzig Jahre hatte er sich hier zu Hause gefühlt ... Wisse noch, daß ich mich verheiratet habe. Er heißt Emil Risser und ist Vorarbeiter bei Schlumbergers. Wir wohnen in Lautenbach-Zell. Das Haus ist klein, aber hübsch, besonders zur Zeit der Rosen, die an allen Ecken emporwachsen. Wir halten eine Ziege und ein Schwein. Wir haben auch fünf große Kirschbäume. Emil ist sehr stolz auf sein Kirschwasser. Nun blühen sie bald, denn der Frühling naht. Schon sind die Wiesen grün, und die Gänseblümchen sprießen. Für deine Rückkehr von den Chinesen haben wir einen Schinken eingelegt.»

Adjeh, Herr Graff, *au revoir,* Odile, lebt wohl Reichtum, Tiger und Tonking! Es riefen unwiderstehlich Gänseblümchen und Schinken. Es rief die Heimaterde, in der die Eltern nun schliefen. Es rief das Elsaß!

An einem Abend im April 1919 sehen die Witwen, die auf dem Friedhof von Gebweiler ihre Gräber pflegen, einen Zuaven, der vor einem noch frischen Hügel steht. Die Tränen rollen in seinen Schnurrbart hinein, während er ein großes Kreuz schlägt.

Auf Leid folgt Freude, heißt es. Nachdem Joseph den Vater beweint hat, marschiert er nach Lautenbach zum Schinkenkosten. Eugenie bringt das Wunderwerk, es gibt viel saftiges Sauerkraut dazu, und Emils Sylvaner löst das letzte Siegel von Josephs Mund. Überschwenglich berichtet er von Tigern und Kätzchen in Tonking. Dann ist der Wein alle, aber nicht der Durst, und Emil schlägt einen Gang nach Lautenbach vor, zum Herrgott.

«Wieso, zum Herrgott?» wundert sich Joseph. Na ja, es ist ja nicht der Allerhöchste gemeint, sondern der Wirt, sozusagen ein Namensvetter. Zwar ist er zu Anfang des Krieges verstorben, aber seine Witwe, die Stasi, hält den Gasthof fest in Händen, ihr Sohn

Nicki[1] und ihre Tochter Bawala[2] stehen bei ihr. «Ihr Riesling», so Emil, «ist das reine Wunder, und wenn uns das Bawala bedient, wirst du das hübscheste Mädchen im Blumental erblicken.» Joseph freut sich im voraus, und die beiden marschieren nach Lautenbach. An diesem Sonntag ist Herrgotts Gastwirtschaft voll besetzt. Die Sensation ist groß, als der Zuave das Gastzimmer betritt. Fast alle hier haben im Kaiserheer gedient. Ihre Augen sind blind von lauter Feldgrau. Dagegen ist die Zuaven-Uniform mit der roten ‹Chechia›[3] und der ebenso roten, weiten Pluderhose die reine Augenweide, von unerhörtem Glanz und Prestige. Emil stellt seinen Schwager vor: Vom Ende der Welt käme er zurück, eine weite Reise über die Weltmeere habe er hinter sich, Tiger habe er gejagt, Python-Schlangen gegessen, Opium geraucht, Tonkinesinnen poussiert, und fast wäre er zum Direktor eines Gold-Bergwerkes geworden. «Zink», berichtigt Joseph. – «Sage ich ja», pariert Emil, «als du sahst, daß es nur Zink war, ließest du die Sache platzen.»

Alle bewunderten ihn, den Helden. Nur das Bawala läßt über die bunte Gestalt einen gleichgültigen, ja sogar vielleicht geringschätzigen Blick schweifen. «Diese Zuaven-Uniform», so gestand sie mir an die dreißig Jahre später, «sah mehr nach Karneval als nach Soldat aus.» Der Held aber im bunten Rock bzw. in roter Pluderhose hat seinerseits nur Augen für die Schöne. Und es geschieht nicht ohne eine Anwandlung von Rührung – wie man so sagt, wenn man eine schöne Rede hält –, wenn ich jetzt diesen Augenblick erwähne, in dem das Bawala Joseph seinen Wein an den Tisch bringt. Im Geheimnis dieses Augenblickes liegt nämlich mein eigener Ursprung. Die Menschen hätten mehr Gewinn daraus, so sagt Simone Weil, wenn sie über die Zufälle nachdenken würden, die ihre Väter und Mütter zusammengeführt haben, statt über den Tod zu grübeln. Geben Sie mir eine Sekunde zum Nachsinnen: Diese Dinge lassen uns die Existenz von Zukunft und Ewigkeit ahnen. Wie könnte ich mir vorstellen, daß, wenn dieser Mann und dieses Mädchen sich nicht begegnet wären, wenn ihn ihr Gesicht, ihr Blick, ihre Stimme nicht sogleich verstrickt hätten,

1 Nicki = Nicolas = Nikolaus.
2 Bawala = Barbara
3 Konische Kopfbedeckung aus Filz, mit einer Quaste.

weder ich noch meine Kinder, noch die Kinder meiner Kinder überhaupt existent wären und nichts von alldem wäre, was mein Leben ausmacht. Ich wäre ein anderer: ein Elsässer mit tonkinesischem Einschlag oder ein Elsässer von den Ufern des Doubs?

Es ist aber nun einmal so: Der Seppala und das Bawala trafen sich an einem Sonntagabend im April. Und deshalb bin ich nicht nur Elsässer, sondern hundertprozentiger Elsässer.

Zwar fing es nicht ohne Mühe an. ‹Chechia› und Pluderhose machten, wie schon gesagt, auf das Bawala keinerlei Eindruck. Zudem weinte sie damals noch einem anderen nach, einem gewissen Louis Stadelmann, der 1917 in einem deutschen Schützengraben dem französischen Trommelfeuer zum Opfer fiel. Zwei Jahre später ist darob ihr Herz noch immer wund. Alle Zuaven und Tigerjäger der Welt können es nicht heilen!

Joseph will die Heilung trotzdem versuchen. Er wird aus dem Heer entlassen und kann nicht länger mit der bunten Uniform die Mädchen locken. Er hat andererseits zur Kenntnis genommen, daß die schillernde Kluft auf das Bawala keine Wirkung hat. Er will es also ernsthafter anstellen. Er begibt sich nach Audincourt, wo H. Jenny ihm den Reichtum versprochen hat. Leider ist H. Jenny verstorben, jedoch hatte er seinen Söhnen auferlegt, nach dem Krieg Joseph wie einen Bruder zu empfangen. Mit dem Krieg ist der Betrieb gewachsen. Er zählt nun an die hundert Arbeiter. Georges und Albert empfangen Joseph wie einen Bruder. Sie strecken ihm ein Aktienbündel entgegen, und ein Direktorenstuhl steht für ihn bereit. Vom Direktor hat Joseph schon den Blick, den Schnurrbart, die stolze Figur. Es fehlt ihm nur das Auto. In Jennys Garage stehen drei Wagen, jeder bekommt einen zugewiesen, Georges nimmt einen 18 PS in Anspruch, der 10 PS geht an Albert, und Joseph begnügt sich mit dem 5 PS. Sogar dieser strahlt noch Prestige aus. In jenen Zeiten war das Auto ein Luxus, nur den Nabobs vorbehalten. Aber Joseph hat einen Plan. Er setzt Georges auseinander, daß er eine Elsässerin liebt, daß er um sie wirbt und daß ein Auftritt mit dem 18 PS vor der Hausschwelle der Schönen seine Belange mit Gewißheit fördern würde. Georges stellt nicht nur den Wagen zur Verfügung, sondern auch seinen Chauffeur, den guten Einhorn, der mit seiner

Schirmmütze und den Handschuhen wirklich stattlich ist, ein Erzherzog könnte keinen besseren zu Diensten haben.

Am 14. Juli 1919, kurz vor Mittag, rollt der blitzblanke 18 PS in Lautenbach ein. Das Fest zum Nationalfeiertag ist in vollem Gange; wie der Wagen auf den Dorfplatz kurvt und vor dem Gasthof Herrgott hält, wird das Geschehen mit wehenden Fahnen und wacker tönender Blasmusik geradezu zur Apotheose gesteigert. Chauffeur Einhorn gleitet von seinem Sitz, geht würdig um den Wagen herum und öffnet den Schlag, mit äußerstem Respekt das Haupt entblößend. Es steigt aus der Herr Direktor der Werke Gebrüder Jenny und Co.

Der Herr Direktor glänzt nicht minder als sein Auto. Er trägt den steifen Rundhut und sein Kleid ist von Dandy-Schnitt. In der Hand hält er einen Stock, dessen silberner Knauf als diskrete Anspielung auf die Vergangenheit eines Großwildjägers einen Tigerkopf darstellt. Majestätisch, aber mit gekonnter Natürlichkeit, bewegt er sich dem Gasthof zu, und man staunt, man steht wie geblendet, mit groß aufgerissenen Augen. Nämlich: Zum erstenmal geschieht es hier, daß ein 18 PS nach Lautenbach kommt. Eine goldene Karrosse mit sechs Vollblut-Hengsten hätte keinen größeren Aufruhr verursacht.

Einmal mehr wird Joseph bewundert ... und vom Bawala geschnitten, die ihren Weißwein ausschenkt, als gehe sie das Ganze nichts an. Dieser Herr, der sich einmal als Zuave, dann als Direktor verkleidet, interessiert sie einfach nicht. Aber mein Vater (und ich) kann von Glück sprechen. Meine zukünftige Großmutter ist schon stärker interessiert. Ihre drei ältesten Töchter hat sie verheiratet, die jüngste soll nicht sitzenbleiben. Dieser Joseph, der da im Auto herbeikutschiert, mit dem Chauffeur in Schirmmütze und weißen Handschuhen, ist in ihren Augen eine außergewöhnliche Gelegenheit. Man müßte verrückt sein, um sie vorübergehen zu lassen.

Das Bawala verharrt in eisiger Abwehr, während Joseph um so heißer entbrennt. Jedesmal, wenn er über den 18 PS und Einhorn verfügen kann, findet in Lautenbach die Belagerung der Schönen in ihrem Gasthof statt.

In der Festung selbst hat Joseph zwei Verbündete. Erstens Mutter Herrgott, die ihre Jüngste vorteilhaft an den Mann bringen will. Dann Nicolas. Er ist der älteste Sohn und also der zweite Chef im Gasthof, dazu noch Gemeindesekretär und Sakristan. Nicolas ist Royalist, Joseph ist zwar Republikaner, aber Nationalist, man könnte sagen Rechtsrepublikaner. So lesen sie sich gegenseitig aus ihrer Kampfpresse vor. Diese geht ziemlich unflätig mit der Linken um, die in Paris regiert. Am Sonntag, bevor das Hochamt zu Ende geht, wird ein Gebet für die Republik gesungen; das ist durch das Konkordat zwischen Staat und Kirche zur Pflicht gemacht. Nicolas bekräftigt seine oppositionelle Haltung dadurch, daß er nicht wie die anderen singt: «Domine, salvam fac rem publicam», sondern aus vollem Halse schreit: «Domine, strangulatam ...» Der Pfarrer, der der Linken ebenfalls nicht gewogen ist, läßt schreien und singen. Aus dem Blasphem wird so etwas wie ein Gassenhauer, dessen sich Joseph und Nicolas bei jeder Gelegenheit bedienen, wenn sie sich treffen, wenn sie beim Wein sitzen, wenn sie auseinandergehen. Der Republik schadet es nicht, und ihrer Freundschaft tut es gut.

In allem Ernst singt Nicolas bei seiner Schwester das Lob seines Freundes. Er schildert Joseph in so gewaltig vorteilhaften Worten, daß der Widerstand allmählich schwindet. Ein einziger Einwand bleibt: «Schön, wenn schon alle dafür sind, dann will ich gern ... Aber unter einer Bedingung ...» – «Welcher Bedingung?» fragt die in mildes Glück zerfließende Familie. «Daß er mich nicht nach Audincourt mitnimmt!» Man staunt. «Isch's d'r guet?» sorgt sich Nicolas. Ja, Bawala fühlt sich wohl. Ungeheuer wohl. Nämlich, weil es in seinem Dorf lebt, bei der Mutter und der ganzen lieben Familie. Wenn der Mann aus Audincourt sie heiraten will, soll er also selbst nach Lautenbach umziehen. Ja, was würde er denn in Lautenbach tun, klagt Nicolas. Na ja, die Gäste bedienen, die Schweine pflegen, die Kaninchen füttern. Nicolas: «Die Kaninchen füttern? Ein Direktor?» Bawala ganz schlicht: «Ich tu es ja auch!» Aber nun gerät Mutter Herrgott in Wallung: Die Gattin soll ihrem Gatten folgen, nicht umgekehrt. Wenn Bawala in Lautenbach leben will, so kann sie ja den Güschti heiraten oder noch den Neschti. Der eine ist der Totengräber und ein Säufer, der andere Ziegenhirt und ein Lump. Nicolas denkt still nach, wie es die Verräter so tun. Das Bawala hat Launen. Was kümmert ihn das, wo doch im Prinzip die Hochzeit schließlich feststeht: Die Eheschließung muß am Gemeindebrett ‹angeschlagen› werden. Das besorgt Nicolas kraft seines Amtes als Gemeindesekretär. Dann verwandelt er sich zum Sakristan und kündet dem Pfarrer die kirchliche Trauung an. Als drittes schreibt er Joseph, die Dinge seien glücklich im reinen. Und endlich berichtet er dem Bawala, damit sie Bescheid weiß, wenn die ersten Gratulanten kommen. Das Bawala ist zunächst empört und schreit ein bißchen. Dann aber stellen sie sich ein, die Gratulanten: Welch ein Glück, welch eine schöne Partie, ein Herr mit soviel Klasse, ein so hoher Direktor, so schön und elegant, ein Held, der den Tiger gejagt hat und die Chinesen kennt, der dich im Auto spazierenfahren wird ...!

Kurz gesagt: Als Bawala hört, wie überschwenglich ihr jetziges und zukünftiges Glück besungen wird, verschwinden alle Einwände. Sie lächelt, wie eine junge Braut eben lächeln soll, sie dankt nett, sie wird geküßt und küßt zurück.

Nicolas reibt sich die Hände. Er hat alles ins Lot gebracht. Und zwar in solchem Tempo, daß Joseph Verlobungsring und Eheringe in einem kaufen muß.

Kinder vom Storch und Kinder aus dem Kohl

Die Hochzeit findet am 19. November 1919 statt, und ich werde am 23. August 1920 geboren, und zwar in Lautenbach. Das Bawala war schließlich ihrem Gatten nach Audincourt in der Franche-Comté gefolgt, aber sie hat gewollt, daß ihr Kind das Licht der Welt im Elsaß erblicke. Als die Zeit gekommen ist, bringt Joseph seine junge Frau zu ihrer Mutter, und so ertönt eben mein erster Schrei unter dem gewaltigen Dach des Hauses Herrgott.

Das Schreien übe ich sofort andauernd und kräftig, und wer es wahrnimmt, der sagt, daß ich unbestritten eine elsässische Kehle besitze.

Einige Wochen später gehe ich vom Schreien zum Zwitschern über. Das hört sich angenehmer an, und man ist geneigt, darin schon sehr französischen Wohlklang zu hören. Ich bin ein zu kleiner Wicht, als daß ich mir dieser Dualität schon bewußt würde, aber das Sprechenlernen, die Schule und die Freunde werden sie mir schon beibringen.

Schließlich wachse ich in zwei sehr verschiedenen Welten auf. Die erste heißt Audincourt, wo meine Eltern wohnen. Die andere ist Lautenbach, wohin meine Mutter mich jedesmal mitnimmt, wenn sie das Heimweh überkommt, und das Heimweh überkommt sie oft. Kaum sind wir im Gasthaus angelangt, werde ich auf einen Stuhl gehoben. Mit vier Jahren gebe ich so den Stammkunden Konzerte, denen der größte Erfolg beschieden ist. Für die meisten Leute in den 1918 heimgekehrten Provinzen ist die Nationalsprache noch das reinste Chinesisch, und so merke ich bald mit großem Spaß, daß ich die Worte meiner französischen Liedchen verballhornen, die Verse verdrehen kann, ohne daß jemand aufmerkt, selbst die Postmamsell und Onkel Nicolas nicht, die ganz offenbar bereit sind, meine Komplicen zu spielen. Die anderen klatschen unbesehen drauflos und haben ihrerseits einen Heidenspaß am ‹welsche Wackesla›[1].

Aber meist will das dankbare Publikum auch ein elsässisches Lied, und ich lächle dann nachsichtig und mild wie Jehudi Menuhin, wenn er nach einem Mozart-Geigenkonzert gebeten wird, eine Zigeunerweise zu spielen. Das elsässische Element meines Repertoires hat mir Onkel Nicolas beigebracht: «Dert unda, bim Weiher, dert schpeela zwei Frescha – eina hat's Loch verbrennt, d'ander düat lescha.»

Schangala erntet brausenden Triumph. Wo hat man schon einen so fein französisch pointierten Elsässer gesehen? Und wo einen so stark elsässisch gestempelten Franzosen? Das Wunderkind wird auf die Schultern von Onkel Nicolas gehievt und blickt von oben herab auf seine Bewunderer. Tatsächlich von oben herab: Sie haben ja nur ihr Elsässisch, ich aber bin zweisprachig. Eigentlich sollte das auch in Audincourt gelten. Wenn die Elsässer bewundern, wie ich das Französische meistere, dann müßte ich ja auch bei den Franzosen mit meinen Meisterleistungen im Elsässischen ankommen. Das ist aber nicht so. Meine Kameraden in Audincourt haben für den Dialekt nur Verachtung übrig. Noch mehr Verachtung als für das Kauderwelsch der Polacken und Makkaronis, der Fremdarbeiter, die die Gießerei aus Polen und Italien kommen ließ. Gewiß sind Polnisch und Italienisch niedrigere Sprachen, aber noch unwürdiger ist das Elsässisch. Es ist ja quasi die Sprache der ‹Boches›. So spreche ich nur noch zu Hause den Dialekt. Wenn ich mit meinen Kameraden Gaulard und Parrot auf der Straße spiele und Mutter kommt vom Einkaufen zurück, spreche ich sie eiligst französisch an, aus Angst, daß sie elsässisch nach mir ruft.

Bei Jenny arbeiten ein gutes Dutzend Elsässer, die mein Vater hatte kommen lassen. Sie heißen Federle oder Mislin, was heißt ‹Kleine Feder› und ‹Mäuschen›. Wenn ich einem von ihnen begegne, beginnt er sofort ‹Stroh zu hacken›. ‹Strohhacken›, das haben die Leute von Audincourt erfunden, hier bedeutet es ‹Deutsch sprechen›. Ich stelle mich taub oder antworte französisch, was

1 Welsch: äquivalent für ‹Boches› (die Deutschen). Die Welschen sind für die Elsässer die Franzosen – ‹Wackes›: Schimpfwort für die Elsässer.

nützt es? Sie hacken eben Stroh, das bringt mich in größte Verlegenheit. Soll ich etwa dem Federchen oder dem Mäuschen antworten, ich kenne sie nicht?

Aber die Selbstverleugnung dauert nie an. Sobald der Strohhakker seines Weges gezogen ist, bringe ich Gaulard und Parrot mit einigen wohlgezielten Knüffen bei, daß ein Elsässer gefährlich werden kann, wenn man seine Ehre verletzt. Und nun dürfte der Leser auch Schangalas Reaktion begreifen, damals, als ihn Madame Accard, die Lehrerin, einen ‹Boche› genannt hatte und er sie zur Rache überreichlich mit seinem Pipi begoß.

Während Madame Accard im Zorn davongesprungen war, um das Kleid zu wechseln, haben wir inzwischen Großvater Schambadiss kennengelernt und Kindheit und Jugend meines Vaters Joseph überflogen. Schangala finden wir wieder, als die Lehrerin noch immer in Wut zurückkehrt. Sie hat das Kleid, die Strümpfe und wohl auch das Höschen gewechselt, aber ihr Blick ist genauso drohend wie vorher.

Sie schnappt ihren Feind am Kittel und schleppt ihn, heulend und stolpernd, bis zur väterlichen Wohnung. «Madame», belfert sie drauflos, und meine Mutter ist ganz erschrocken. «Madame, diesen Wüstling will ich nicht mehr in meiner Schule sehen!» Und dann erzählt sie die ganze Sache, wie der Viktor sein Spätzchen hervorgeholt hat («wohl weil Ihr Sohn, Madame, ihn das tun hieß!»), wie der Schangala das ‹kleine Geschäft› vorschützte, um dem Nachsitzen zu entgehen, wie er über den Lattenzaun kletterte («er hätte sich aufspießen und für sein Leben zum Krüppel werden können, Madame!»), wie er den dicken Frédéric gerammt hat, («mit der Absicht, ihm weh zu tun, Madame, ich sehe ihn noch, den Frédéric, wie er sich den Unterleib hielt!»), wie sie den Schangala am Ohr zur Schule zurückgebracht hat, und dann, «der Gipfel, Madame, der Gipfel», in dreißig Jahren Schuldienst sei ihr das nicht passiert, das gehe über alle Grenzen, wie ich sie angepißt habe. Alles sagt sie, die Lehrerin. Nur das Wichtigste nicht, nämlich daß sie mich einen ‹Boche› genannt hat.

Mama läßt zunächst den Sturm schweigend vorbeibrausen. Ab und zu wischt sie sich das Gesicht ab. Ich habe mit dem Urin nicht gespart, und Madame Accard spart mit dem Speichel nicht und prustet nur so drauflos. Dann will Mama die Furie beschwichtigen. Sie bietet Madame Accard einen Stuhl an, Malaga-Wein, Johannisbeer-Likör, Kuchen. Aber die Accard will nichts annehmen, sie wünscht nur eines, nämlich Rache, und was ihr höchste Befriedigung schaffen würde, das ist, daß mich Mama unter ihren Augen in Stücke risse. Das kommt Mama, Gott sei Dank, nicht in den Sinn, jedoch merkt sie, daß die Beleidigte nicht davonziehen wird, solange sie meine Bestrafung nicht miterlebt hat. Wie kann man sie zufriedenstellen, ohne daß ich dabei abgeschlachtet werde?

«Wenn Sie erlauben, Madame, werde ich ihn elsässisch abkanzeln, das versteht er besser.» Mama packt mich am Arm und spricht in so hartem Ton zu mir, daß ich aufschluchzen muß. «Was sagen Sie ihm, Madame?» geifert die andere. Mama: «Ich sage ihm, er sei das allergrößte Schwein, sein Vater werde ihm eine Riesentracht Prügel geben und daß ich ihn einstweilen in die Dachkammer sperre.» Das befriedigt Madame Accard um so mehr, als ich Zeichen höchster Angst und Verzweiflung von mir gebe.

Das tue ich aber, weil die Rede in hartem Ton, die mir Mama hielt, während sie mir in den Arm kniff, aber mit den Augen zuzwinkerte, gar nicht dem entsprach, was sie Madame Accard verdolmetschte. Sie hatte mir gesagt, in hartem Ton: «Weine, Schangala, weine, wenn du nicht weinst, *‹loost uns dia Hax ke Ruehj›*. Ich sperre dich auf den Speicher, bis sie geht, dort kannst du Nüsse essen, aber, los, weine, noch ein bißchen mehr, weine!»

Ich weine so herzerweichend und gekonnt, daß die Accard mit höchster Genugtuung davonzieht.

Mama kommt sofort zu mir auf den Speicher. Ich will noch gar nicht herunter, denn Nüsse liebe ich sehr. Sie bricht mir einige auf, lacht dazu und wird schließlich doch ernst: «Also, ein ‹Schweinigel› bist du doch», sagt sie. Ich solle nicht glauben, daß sie meine Komplicin sei und daß ich mit ihrer Billigung die vorgesetzte Behörde anpissen dürfe. Wahr ist aber, daß sie die *‹walscha Wiwer›* schlecht erträgt. Sie hätten eine ‹zue grossi Schnurr›, sagt sie. Sie sagt das, weil sie eben nicht so sprachgewandt und flink mit der Antwort ist wie die *‹walscha Wiwer›*. In Lautenbach ist sie sehr geistreich und schlagfertig, in Audincourt aber können es ihr mangelhaftes Französisch und die schwere Aussprache nicht mit den flinken Zungen und der damenhaften Überheblichkeit aufnehmen. Dann schweigt sie. Und wenn eine Madame Accard daherkommt und ihr etwas vorkreischt, dann schilt sie mich elsässisch, weil es ihr nicht möglich ist, das Trommelfeuer der anderen zu erwidern. «Aber ein Schweinigel bist du doch», sagt sie, «und warum hast du das getan; wenn Papa erfährt, daß du die Lehrerin angepißt hast, geht er hoch!» Ich aber enthülle, was die Accard verschwiegen hat: «Sie hat mich einen ‹Boche› genannt.» Mama atmet erleichtert auf: «Ja, dann liegt die Sache doch ganz anders!» – «Wird Vater dann nicht hochgehen?» – «Doch, noch höher als die Zimmerdecke, aber auf dich wird es nicht zurückfallen, das kannst du mir glauben!» Dann sprechen wir miteinander ab, wie wir die Sache Papa beibringen wollen.

Er kommt nach Hause, lockert den Krawattenknoten, küßt Frau und Sohn und sieht, daß wir beide lange Gesichter machen. «Nanu?» fragt er Mama. «Schangala hat Dummheiten gemacht.» Papa: «Was für Dummheiten?» Mama: «Er ist aus der Schule gelaufen.» Papa: «Na, so was!» Mama: «Madame Accard hat ihn zurückgeholt und eingesperrt. Darauf hat er versucht, aus dem Fenster zu springen.» Papa flucht. Mama: «Und während ihm die Lehrerin den Hintern versohlte, hat er ihr draufgepißt.» Papa flucht erneut, aber seine Flüche sind eigentlich keine. Er hält es nicht wie die meisten Elsässer, denen Lästerungen wie das berühmte ‹Gottverdammi› nur allzu leicht in den Mund kommen. Nun will er wissen, ob ich das mit Absicht getan habe oder ob eben die Empörung oder der Schmerz sich auf meine Blase ausgewirkt hätten. Und ich sage klar und deutlich: «Ich habe es mit Absicht getan.»

Das ‹Gottverdammi› und die Prügel liegen in der Luft. Papa tritt auf mich zu, mit zusammengezogenen Augenbrauen, die Hände zum Greifen vorgestreckt, als wolle er auch seinerseits den Wünschen der Accard nachkommen. Unter solchen Umständen halte ich gewöhnlich meine Händchen schützend über meinen Popo und verschwinde unter den Tisch oder unter ein Bett. Aber diesmal nicht. Der Schangala steht gerade für seine Tat, er blickt seinem Vater in die zürnenden Augen und schmettert ihm entgegen: «Ich habe sie verpißt, weil sie mich einen ‹Boche› geschimpft hat.» Und nun ist es soweit. Papa springt zwar nicht in die Luft, aber das ‹Gottverdammi› springt schallend aus ihm heraus, was beweist, daß ich irrte, wenn ich glaubte, daß er einer Lästerung nicht fähig sei. Noch einmal peitscht das schwere Wort durch die Stube, dann zieht Papa seinen Rock wieder an, nimmt Hut, Stock und Handschuhe, setzte seine Direktorenmiene auf und begibt sich zu Madame Accard.

Was dort geschah, habe ich erst später erfahren. Madama Accard hat Papa mit stolz erhobenem Kopf empfangen, in der Annahme, der Vater des Pissers wolle sich für das Attentat entschuldigen. Aber die stolze Miene hat sie dann abgelegt, als Vater ihr folgendes sagte, und zwar in dem gewählten Französisch, das er in Reims gelernt hat. «Madame», hat Vater zu ihr gesagt, «wenn eine Lehrerin unlogischerweise einen kleinen Elsässer mit ‹Boche› anspricht, dann ist es ganz normal, daß sich der kleine Elsässer wehrt, und er wehrt sich eben mit den Mitteln, die ihm zur Verfügung stehen; glauben Sie aber, Madame, daß der Vater des kleinen Elsässers schon über wirksamere Mittel verfügt.» Und er wolle es nicht dabei bewenden lassen, hat Vater gesagt.

In den Augen der Lehrerin hat der blanke Schreck gestanden, sie hat sich wohl sehr geängstigt, und Papa hat ihr noch gesagt, er werde an den Schulinspektor schreiben, ja an den Schulminister und an den Präsidenten der Republik, ein Kollege übrigens, habe doch dieser wie er selbst den Tiger in Tonking gejagt. Darauf hat sich Madame Accard in klagenden Entschuldigungen ergangen, und als Papa sie verließ, ist ihr Gesicht nässer von Tränen gewesen als ihr Kleid von meinem Pipi. Selbstverständlich hat Papa seine Drohungen nie wahrgemacht. Er war der Mensch nicht, der sich wegen eines solchen geringfügigen Anlasses an die Behörde wandte.

In den folgenden Tagen ging ich zur Schule, als wäre nichts geschehen. Viktor holte sein Spätzchen hervor, und ich durfte ungestraft dazu glucksen. Madame Accard schien es weder zu sehen noch zu hören. Indessen, die Zeit verging, und ihr Hör- und Sehvermögen kehrte zurück. Eines Tages fand sie sogar den Mut, mich ein kleines Schwein zu schelten. Aber zwischen uns gab es immer so etwas wie gegenseitige Verlegenheit. Wenn ich den Finger hob zum ‹kleinen Geschäft›, tat ich das mit gesenktem Kopf, und sie ihrerseits wurde ganz rot dabei.

Der Viktor ist sehr stolz, daß er ein kleines Brüderchen bekommen hat. Wie er sagt, haben seine Eltern es in einem Krautbeet gefunden. Das kommt mir spanisch vor. Ich habe auch ein Brüderchen bekommen, aber uns hat es der Storch gebracht. Und zwar ein Storch, der wohl so garstig war wie Madame Accard, er hat nämlich Mama ins Bein gebissen, so daß Mama und ihr Bein tagelang im Bett bleiben mußten. Die Rolle, die der Storch beim Kinderkriegen spielt, kenne ich sehr genau. Meine elsässischen Bilderbücher wimmeln von kinderbringenden Störchen. Wir haben sogar einen auf dem Küchenbord stehen, er ist aus Keramik, und das ‹Bubbala› ebenfalls. So kann ich kaum glauben, daß Viktors Brüderchen in einem Krautbeet, besser noch, in einem Kohlkopf gefunden worden ist. Es müßte schon sein, daß sich der Storch geirrt hat und das ‹Bubbala› im Garten niederlegte statt vor der Haustür.

Als ich das Viktor auseinanderlege, wundert er sich. Daß Kinder auf dem Luftweg geliefert werden, davon hat er nie etwas gehört. Möglicherweise verachtet er mich ob solchen Glaubens, aber ich habe eben meine unverrückbare Gewißheit. Viktor verharrt im Irrtum, er ist ein Querkopf. Schon messen sich unsere Blicke, schon ballen sich unsere Fäuste! Ich sage dir, daß der Storch die Kinder bringt! Und ich sage dir, daß sie in den Kohlköpfen gefunden werden! Die Debatte findet im Schulhof statt, sie lockt unsere kleinen Kameraden herbei, es bilden sich zwei Lager, das Kohlkopflager ist in Sekundenschnelle an die dreißig Mitglieder stark, das Storchenlager zählt nur zwei Anhänger, nämlich Schangala und den kleinen Hosenlopp, das ist auch ein Elsässer, und infolgedessen kennt er die reine Wahrheit, und er tut sie begeistert kund.

Natürlich kommt es zum Handgemenge, Hosenlopp und ich stürmen das andere Lager wie die Kürassiere von Reichshofen im 70er Krieg. Allerdings schauen uns die Mädchen zu, und das spornt unseren männlichen Mut an. Eben habe ich den dritten Kohlkopf-Anhänger gelegt und strebe dem vierten entgegen, da verkrallt sich eine starke Hand in meinem Hosenboden. Ich brauche gar nicht erst hinzuschauen, diese Hand hat mein Popo noch nicht vergessen, es kann nur die Accard sein, die so unehrlich von hinten angreift. «Na», sagt sie, «du bist es schon wieder! Was paßt dir denn nun schon wieder nicht?» Zwanzig Stimmen antworten: «Madame, er sagt, die Kinder würden nicht in den Kohlköpfen geboren!» – «So! Ja, und woher kommen sie denn dann, was sagt denn dieser Monsieur dazu?»

Sie gelüstet geradezu danach, die Accard, daß ich ihr die *wahre* Antwort gebe. Aber die weiß ich damals noch nicht. Ich glaube fest an den Storch, und ebenso fest sage ich es. Madame Accard gibt meinen Hosenboden frei und sagt: «Die Elsässer glauben, was sie wollen. Wir, die Leute von Audincourt, wir wissen eben, daß wir in Kohlköpfen geboren werden.»

«So ist es», brüllen dreißig Abkömmlinge von Kohlköpfen. Ich gebe mich nicht geschlagen! – Wenn Sie das Bild von Robert-Fleury kennen, auf dem er Galilei mit den Füßen stampfend vor dem Inquisitionsgericht darstellt, dann haben Sie eine schwache Vorstellung davon, wie Schangala mit seinen Holzschuhen auf den harten Schulboden trampelt. Wütend vertritt er seinen Standpunkt und schreit, er habe doch mit eigenen Augen gesehen, wie der Storch seiner Mutter ins Bein gebissen habe. Die Accard-Partei bricht in Hohngelächter aus. Schön! Schangala wird nach Hause gehen, alles erzählen, und Papa wird sagen: «Diese Accard, die ist doch wirklich eine Wildsau.» Und dann wird er seinen Hut und seinen Stock nehmen und hingehen und Madame Accard ausschelten, und dann wird sie wohl zugeben müssen, daß Schangala recht hat.

Leider reagiert Papa anders als erwartet. Fast gibt er Madame Accard recht; er sagt, die kleinen Elsässer kämen halt anders zur Welt als die übrigen Franzosen. Damit ich nicht so enttäuscht sei, fügt er hinzu, es sei wohl vornehmer, vom Himmel her gebracht zu werden als zwischen Schnecken und Raupen einem Kohlkopf zu entsteigen. Natürlich bin ich einverstanden, aber so angenehm ist mir das auch wieder nicht. Daß ich allein vom Storch gebracht wurde – ich und der Hosenlopp – ist mir irgendwie unangenehm. Ich möchte sein wie die anderen Kinder in der Franche-Comté, wie Viktor, wie alle Welt hier. Ich möchte ein vollwertiger Bürger der Franche-Comté sein. Nur im Elsaß ist es mir angenehm, ein Elsässer zu sein. Dort kann ich mich nämlich als Franzose fühlen.

Ins Elsaß komme ich oft. Mama kann sich in der Franche-Comté nicht einleben. Vom ersten Tag an hatte sie Heimweh. In Lautenbach sangen Mama das Plätschern des Dorfbrunnens und das Rauschen der Linden in den Schlaf. In Audincourt arbeiten die Gießereien und die Schmieden auch nachts, und die Walzwerke rumpeln in die Finsternis hinein. In Lautenbach wecken Mama die Glocken des Engelsgrußes, in Audincourt sind es die Werkssirenen. Die Nächte sind alles andere als poetisch, und die Tage bringen Ungemach in Überfülle. Das Einkaufen, die Besuche, der Gang zum Friseur, das Beichten, alles wird zur Qual für die Elsässerin. Wenn der Metzger, der Krämer, der Bäcker versuchen, mit ihr ins Gespräch zu kommen, antwortet sie einsilbig oder lächelt auch nur, damit die anderen Kunden sich nicht über ihr schwerfälliges Französisch lustig machen. Der Akzent spielt ihr schon manchen Streich. Will sie zum Sonntagsmahl eine Flasche Bordeaux, so sagt sie ‹Porto›, und wenn ihr der Krämer eine Flasche des südländischen Getränks reicht, getraut sie sich nicht zu berichtigen.

Papa hat Freunde in der Industrie, keine hochgestellten Direktoren wie jene von Peugeot oder vom Eisenwerk, kleinere, wie Monsieur Gueguen oder Monsieur Claudepierre von den Spinnereien. Wenn sie mit ihren Frauen zu Besuch bei uns sind, ist das jedesmal eine Marter für Mama. Die Männer kommentieren den Sturz der Regierung – es ist immer eine gerade gestürzt worden oder im Begriff, gestürzt zu werden –, und die Direktorsgattinnen fragen Mama, ob sie die jüngsten Bücher der beiden Modeschriftsteller Pierre Benoît und Claude Farrère gelesen habe. Mama kennt die beiden Herren nicht. Sie liest den Roman im *Gebweiler Volksblatt*, Titel: ‹*Der grüne Bogenschütze*›. Papa hat für sie die Zeitung abonniert, die ihr jeden Abend einige Atemzüge elsässischer Luft bringt. Ein Kaninchendiebstahl im Heimatdorf bedeutet ihr mehr als ein blutiges Verbrechen in Paris, und ein Walzer von Waldteufel, den der Gebweiler Musikverein unter der Stabführung Onkel Eugens spielt, gefällt ihr mehr als eine von Toscanini dirigierte Beethoven-Symphonie auf dem Grammophon der Madame Gueguen.

Um nicht ganz unbelesen zu erscheinen, spricht Mama den beiden Damen von Gottfried Keller, der die Herren Benoît und Farrère haushoch überragt. Sie lobt die ‹*Sieben Aufrechten*› und die ‹*Leute von Seldwyla*› über alle Maßen. Papa ist es unangenehm, daß seine Frau einen deutschsprachigen Schriftsteller so preist, und er fühlt sich bemüßigt, darauf hinzuweisen, daß Gottfried Keller ein Schweizer ist. Madame Gueguen und Madame Claudepierre bemühen sich tugendhaft zu verbergen, wie wenig beachtenswert ihnen der unbekannte Helvete erscheint, und wechseln rasch zu einem anderen Thema über. Warum auch mit einer Elsässerin über Literatur sprechen? Küche und Kochen sind wohl ergiebigere Stichwörter. Kugelhopf zum Beispiel! Wie macht man einen wirklich guten elsässischen Kugelhopf? Dankbar greift Mama das Thema auf. Mit viel Liebe und Geduld muß man den Teig kneten, zu unterst Mandeln in die Form tun, damit sie zuletzt den gebackenen Kugelhopf bekränzen; die Rosinen sollen in Kirsch aufgeweicht werden, bevor man sie in den Teig gibt, und endlich, wenn das Wunderwerk auf den Tisch kommt, muß man ein Auge auf die Kinder werfen: «Joseph, wie sagt man Französisch *‹daß se d'Meertriwel nit üsknüwla?›*» – Damit sie die Rosinen nicht aus dem Kuchen bohren! Hierin gilt Schangala geradezu als Sachverständiger. Papa ist etwas verlegen, er schämt sich sogar ein bißchen, einen Sohn zu haben, der einen Kugelhopf mit Fingern anbohrt.

Die Damen bestehen nicht weiter auf der Übersetzung, sie fragen, ob Mama jeden Sonntag einen Kugelhopf backe. Ach du lieber Himmel, nein, Kugelhopf sei kein Kuchen wie andere. Kugelhopf ist der König aller Kuchen, er kommt nur an hohen Festtagen auf den Morgentisch, an Weihnachten, zu Neujahr. Kugelhopf wäre nicht mehr Kugelhopf, würde er monatlich oder gar wöchentlich gereicht! An gewöhnlichen Sonntagen werden Obstkuchen oder Biskuit gebacken, wenn die Damen wollen, kann man ihnen die Rezepte geben ... Die Damen haben schon richtig gespürt, Mama spricht lieber von Gastronomie als von Literatur, sie ist im Gasthof Herrgott groß geworden, hat mitgeholfen, Gott weiß wie viele Gäste zu bedienen, ob es den Direktoren und deren hochnäsigen Damen gefällt oder nicht, das ist eine viel wichtigere Tätigkeit als Feilen herstellen oder Faden spinnen. Mit Kochen und Backen als Rüstung und Panzer ficht Mama für ihre Würde als Elsässerin und vergißt sogar das Erröten wegen der Aussprache. Leider aber gewinnt die Literatur wieder die Oberhand, und das Gespräch hebt sich wieder in die Höhe, in welcher die Herren Benoît und Farrère glänzen.

Da kommt Papa Mama zu Hilfe. Er bringt Monsieur Gueguen und Monsieur Claudepierre auf die Kriegstour: ‹Chemin des Dames› für den einen, Verdun für den anderen. Sie werden nie müde, die beiden Veteranen, ihren eigenen Weltkrieg zu erzählen, die Granaten, das Gas, den Schlamm, die Kälte, die Leichen, die Ratten und die Läuse, kurzum alles, was die Erinnerung allmählich verschönert hat. Die Ehefrauen haben es sooft gehört, daß sie ungeduldig ‹Waffenstillstand› blasen. Und Mama weiß einen Ausweg: «Schossef, erzähle doch von dem Tiger, der dich beinahe gefressen hätte.»

Papa ziert sich etwas, was wiegt schon ein Tiger gegen Verdun! Die Damen drängen jedoch, eine Tigergeschichte ist schon etwas anderes als das ewige Herunterleiern von aufgebauschten Kriegserlebnissen. Papa zögert noch ein wenig, wirft schließlich auf seine Zuhörer den Blick des Großwildjägers und hebt an: «Es war also an einem Abend im Juni 1916, zwischen Tuyen Quang und Drang Da. Ich kehrte auf einem in den Busch gehauenen Pfad längs des Roten Flusses von Graffs, meinen Freunden, zu meiner Bambusbastei zurück ...»

Papa ist ein hervorragender Erzähler. Man hört, sieht, riecht und spürt das Gekreisch der Affen, den dunklen Gesang der Büffelkröten, das Schwirren der Fledermäuse, den feuchten, schwülen Atem des Dschungels. Wir bekommen Angst um Papa, der durch die feindselige Kulisse wandelt. Er aber schreitet forsch voran, seine Laterne in der Hand. Was aber bewegt sich da? Das hohe Gras wellt sich, irgend etwas kriecht im Busch herum. Plötzlich weht der Abendwind beißenden Geruch herbei: Kein Zweifel, Papa wird von einem Tiger beschlichen. Er weiß, daß das Ungeheuer an die dreihundert Kilo schwer ist, daß es fünf Meter weit springt, sein Opfer im Nacken packt und mit einem Biß Muskeln, Knochen, Adern und Luft- sowie Speiseröhre zermalmt. Papa weiß aber auch, daß der Tiger das Feuer scheut. So schraubt er an seiner Funsel die Flamme hoch, schwenkt die Laterne wie ein Weihrauchfaß dem Tiger entgegen und stimmt bebenden Tones das ‹*Veni creator spiritus*› an. Eine Sekunde lang blickt er in die teuflisch gelben Lichter der Raubkatze, er schwenkt und singt, und ob es der Laterne zu verdanken ist oder ob der Heilige Geist hier ein Wunder tut, sei dahingestellt, plötzlich läßt der Tiger ab und verkriecht sich in den Busch. Papa schließt seinen Bericht, indem er unterstreicht, daß er niemals im Leben eine solche Angst erlebt habe wie damals, im Juni 1916, zwischen Tuyen Quang und Drang Da.

«Etwas hast du vergessen», sagt Mama. Wieso denn, Papa vergißt nie etwas, jedoch verschweigt er, was Mama meint. Die Damen geben sich lüstern auf das Detail. Papa windet sich, wirft bittende Blicke, sie wollen es wissen: «Na, Monsieur Joseph, sagen Sie uns doch, was dann geschehen ist!» Nichts ist ‹dann› geschehen, es geschah nämlich ‹während›. Papa betrachtet höchst verlegen seine Schuhspitzen, und Mama lüftet das Geheimnis: Joseph ist zu stolz, um es zu sagen, nämlich, daß er vor Angst in die Hose gemacht hat!

Ein Engel schwebt vorbei[1] und hat etwas von der Grazie des Manekenpiß. Die Damen hüsteln leicht und geben dann zu, an Papas Stelle wäre ihnen wohl das gleiche passiert. Aber so war sie eben, die Mama. Sie liebte meinen Vater nicht als verflossenen Zuaven, gewesenen Tigerjäger oder amtierenden Direktor, sie liebte ihn als Mensch mit allen seinen menschlichen Schwächen.

Mama mag es nicht, wenn sie zum Friseur muß. Sie geht nicht ihretwegen, noch ist die Mode der kurzen Frisur nicht ausgebrochen. Sie führt den Schangala hin. Monsieur Bonamour ist ein braver Mensch, aber schwatzhaft, wie der Beruf es mit sich bringt, und die Reden, die er Mama hält, triefen von lüsterner Höflichkeit. Könnte sie ihm im Dialekt antworten, so gäbe es zwei, drei saftige Bemerkungen, die dem Redeschwall schon ein brutales Ende setzen würden. Aber Französisch bringt sie es nicht heraus, und so wehrt sie nur mit krampfhaftem Lächeln ab. Währenddessen wird Schangala gefoltert. Des Friseurs Instrumente sind ziemlich stumpf, und bei jedem Schnitt reißt Monsieur Bonamour dem Jungen mehr Haare aus, als er ihm abschneidet. Bei jedem ausgerissenen Haar schreit Schangala erbärmlich, und schließlich wird der Friseur ärgerlich. Schangala muß hören, er sei ein Feigling, und hätte Frankreich nur solche Soldaten gehabt, niemals wären die ‹Boches› geschlagen worden, ja dann hätten sie den Krieg ge-

[1] Französischer Ausdruck: Wenn in einer Gesprächsrunde plötzliches Schweigen eintritt.

wonnen! Die Bleidigung läßt Schangala laut aufweinen. Mama holt ihr Taschentuch hervor, trocknet die Augen ihres Söhnchens und sagt: *«Nai, Schangala, nai, was da Dollweck sajt, isch nit wohr!»* Monsieur Bonamour stammelt, er verstehe kein Wort. Es sei auch besser, erklärt Mama, und dann hört man nichts mehr als das Geklapper der Schere und das Summen der Fliegen.

Eine schlechte Erinnerung hat Mama an Pfarrer Jacquot, der sich geweigert hatte, ihr die Beichte abzunehmen. Gewöhnlich beichtete sie beim Pfarrer von Lautenbach, aber einmal waren von einer Elsaß-Reise bis zur anderen mehrere Wochen vergangen, und in ihrem Gewissen lasten einige Sünden, oder was sie so nennt, allenfalls keine schweren; aber noch spricht sie zu ungeschickt Französisch, als daß sie in das Bekenntnis die nötigen Nuancen einbringen könnte. So will sie also deutsch beichten, schließlich soll ja Gott hören, was sie dem Priester zu sagen hat. Als sie aber in den Beichtstuhl eingetreten ist, sich an die Brust geschlagen hat und beginnt, ihre vermeintlichen Verfehlungen durch das Gitter zu flüstern, sieht sie, wie im Dunkel ein Schauer über das Gesicht des Beichtvaters geht. Offensichtlich verletzen die deutschen Laute seinen Hörsinn. Er unterbricht Mama, fragt, warum sie nicht französisch spreche. Sie antwortet, daß sie Elsässerin sei. Das sei kein Grund, erwiderte er, eine Million und dreihunderttausend Helden seien gefallen, um sie selbst wieder zur Französin zu machen. «Die geringste Ihrer Pflichten, meine Tochter, wäre, daß Sie sich zur Nationalsprache bequemen.» – *«Isch das a Grobian, da Pfarrer»,* denkt Mama. Nicht nur habe sie die eine Million und dreihunderttausend Helden um nichts gebeten, sondern sie würde sogar des Kaisers Unterhosen waschen, wenn dadurch nur einer von ihnen wieder zum Leben erweckt würde. Mehr noch: Wenn Frankreich es nicht zugelassen hätte, daß man ihm das Elsaß entreißt, dann hätten die Elsässer nicht in die deutsche Schule gehen müssen, und sie würden das Französische so gut meistern wie der Pfarrer von Audincourt, dem es besser anstehen würde, die Elsässer zu bedauern, statt sie zu schikanieren! Sie ist beleidigt, die Mama, zutiefst beleidigt, mit Groll und Geräusch verläßt sie den Beichtstuhl, sichtlich betrübt, daß er keine Tür hat, die man zuschlagen könnte.

Auf dem Heimweg trifft sie die Luise, das ist auch eine Elsässerin, die eine kleine Pension hat, worin sie einige Gastarbeiter beköstigt. Luise sagt, als sie von der mißglückten Beichte hört: «Halten Sie es doch wie ich, gehen Sie zum Polacken!» – «Was für ein Polack?» – «Er ist ein Kapuzinerpater, der einmal im Monat von Lothringen herüberkommt, alle polnischen Arbeiter in der Region beichten bei ihm, er spricht sehr gut Deutsch, aber vor allem ist er nicht so hochnäsig wie die Pfarrer hier.»

Wer aber klingelt an der Haustür, als Mama zwei Stunden später über die Geschichte nachsinnt? Es ist Pfarrer Jacquot, und er würde sie gerne sprechen, natürlich schätze er ihren Gatten, Monsieur le Directeur, sehr ... In den katholischen Kreisen der zwanziger Jahre ist der Pfarrer noch eine sehr bedeutende Persönlichkeit, vor welcher die Gläubigen in Respekt erstarren. Die Sitte will eigentlich, daß man Hochwürden ein Glas süßen Wein und Kuchen vorsetzt, dem Gatten telefoniert, er möge alles liegenlassen und herbeieilen, um dem Besucher den gebührenden Respekt zu erweisen. Mama tut nichts von alldem. Sie weist dem Gast einen Stuhl und steht da. Nur die großen blauen Augen fragen.

Hochwürden setzt auseinander: «Sie müssen das begreifen, Madame, es ist mir peinlich, aber ich kann keine Beichte hören in einer Sprache, die ich nicht verstehe. Jeder große Verbrecher könnte ja da kommen und die Absolution erlangen ...» Mamas Groll ist nicht verflogen. Sie hat gute Lust zu antworten, ja, gerade deshalb sei sie zur Beichte gegangen, sie habe nämlich mehrere ihrer Verwandten vergiftet, Häuser angezündet, Kirchen profaniert, junge Geistliche verführt und auch sonst allerhand Sakrilegien begangen, kurzum, sie sei ein Ungeheuer wie die meisten Deutschsprachigen, und sie hätte gehofft, wenn sie beim Pfarrer von Audincourt beichte, den offensichtlich selbst Gott nicht zu den allergescheitesten seiner Diener zählt, die Vergebung ihrer Sünden zu erlangen.

Solches möchte Mama dem Pfarrer entgegenschleudern, aber sie sagt es nicht, ihr Französisch reicht eben nicht aus. So legt sie die Ironie, die sie mit dem Mund nicht ausdrücken kann, in ihren Blick.

Aber der Herr Pfarrer von Audincourt hat in seiner hohen Würde keinerlei Sinn für Ironie. Er hüstelt ein wenig, um seine Stimme zu festigen, dann macht er einen Vorschlag: «Hören Sie,

Madame, wenn die Schwierigkeiten nur praktischer Natur sind, wollen wir das vereinfachen. Ich stelle Ihnen klare Fragen, und Sie antworten mit Ja oder Nein. Warum lächeln Sie?» – «Weil ich einen schwachen Verstand habe, Herr Pfarrer!» Jetzt begreift er, wie es gemeint ist. «Haben Sie nicht eher einen starren Sinn?» – «Ganz richtig, Herr Pfarrer, bei uns zu Hause nennt man das einen elsässischen Dickschädel ...»

Und so erklärt sich, warum der hochwürdige Herr Pfarrer von Audincourt, Vertreter des Allerhöchsten, ohne den geringsten Schluck Malaga oder Portwein unser Haus eiligst verließ. Das Bawala, das sowohl zum Allerhöchsten als auch zum Klerus in Lautenbach sonst die besten Beziehungen unterhielt, verzichtete darauf, ihrem Gatten Joseph vom Besuch zu erzählen. Sie war nicht ganz sicher, daß ihm die Geschichte gefallen hätte.

Aber eines Tages hört der schlesische Kapuziner Beichte, und sie stellt sich in die Warteschlange. Die anderen Frauen werfen ihr staunende Blicke zu. Sie sind mit ärmlichem Wollzeug gegen die Kälte geschützt, tragen den Schal auf dem Kopf, und Mama fühlt sich mit dem Fuchspelz und dem hübschen Hut, den ihr eine Kusine von Paris mitgebracht hat, nicht sehr wohl. Ohne von dem leichten Hauch Parfum zu sprechen ... Als die Reihe an sie kommt, kniet sie im Beichtstuhl nieder und fragt sogleich, ob sie auf deutsch ihre Seele entlasten könne. Der schlesische Kapuziner reagiert ganz anders als Hochwürden von Audincourt. Er begreift sogleich, daß er eine Elsässerin vor sich hat und nimmt dies zum Anlaß für eine kleine Rede: «Wenn es zwei Gegenden gegeben hat, die von der Geschichte arg gebeutelt worden sind, so das Elsaß und Polen. Sprechen Sie also ganz ruhig, mein Kind, so wie es Ihnen paßt.» Und Mama schüttet ihr Herz aus, und soviel Lust liegt darin, daß sie, weil ihre Sündenliste doch sehr kurz ist, den hintersten Winkel ihrer Seele ausleuchtet nach längst vergebener Schuld, nur um den Augenblick andauern zu lassen. Mit milden Worten wird sie vom schlesischen Kapuziner entlassen.

Draußen findet sie die gleiche milde Atmosphäre. Eine Frau lächelt ihr entgegen, die gern wissen möchte, wer die Fremde sei, die sich unter die Polen gereiht hat. Es ist Frau Wysminski, ihr Mann ist Arbeiter im Walzwerk. Mit einigen Sätzen werden sie zu Freundinnen, Frau Wysminski wird eingeladen, uns mit ihrem Buben einmal zu besuchen. Sie kommt dann auch ganz gern, und der Bub heißt Stanislas. Er hat blonde, fast weiße Haare und Wimpern. Mama sagt ‹*Schimmala*› zu ihm. Sein Französisch ist genauso lustig wie dasjenige der Elsässer. Er spricht von seiner polnischen Heimat, und was er erzählt, ist vollgestopft mit Schnee, Schlitten und Wölfen. Ich meinerseits greife auf die Erinnerungen meines Vaters zurück, und in meinen Reden wimmelt es von Dschungelwäldern, menschenfressenden Tigern und mörderischer Sonnenglut.

Einige Jahre später hören wir ein letztes Mal von Hochwürden aus Audincourt. Er ist zum Kanonikus und Generalvikar in Monako aufgestiegen, und er empfängt einen gewissen Gorguloff, der ihm unter dem Siegel des Beichtgeheimnisses anvertraut, er wolle den Präsidenten der Republik ermorden (was er dann auch tun wird). Sofort nach der Beichte erliegt Hochwürden einem Herzinfarkt. Die Sensationspresse behauptet, er sei am Geheimnis des Gorguloff erstickt, er hätte den Präsidenten der Republik retten können, aber das Beichtgeheimnis habe ihm unverbrüchliches Schweigen auferlegt. Mama deutet das anders: «*Ich weiß, warum da Pfarrer Jacquot g'schtorwa isch.*» Nach Mamas Ansicht verschied Hochwürden, weil er Gorguloff nicht erlaubt hatte, russisch zu beichten.

Papa schätzt die Polen. Sie sind mutig, arbeitsam, trinken wie die Elsässer, sie spielen gut Klavier, und dank General Weygand, des Marschalls Foch rechter Hand, haben sie die Bolschewiken hervorragend verprügelt. Kurz, die Polen sind durchwegs gute und ehrbare Leute. «Trotzdem aber, Bawala, was fiel dir ein, zum Polakkenkapuziner zu gehen, du bist doch eine Französin, ‹nundebib› [1], die Elsässer sind doch Franzosen ...

Klar sind sie Franzosen, die Elsässer. Sie sind Franzosen, wie die Walfische Säugetiere sind. Wale leben in anderer Umgebung als Tiger oder Giraffen. Der elsässische Franzose lebt in einer ganz anderen Umgebung (‹Environnement› würde man heute sagen) als der Franzose in der Touraine oder im Poitou. Man könnte behaupten: Der Elsässer ist ein Franzose, der sich nur im deutschen Kul-

1 Elsässisch für ‹Nom d'une pipe›, Fluch für ‹Nom de Dieu›.

turbereich wohl fühlen kann, so wie der Wal ein Säugetier ist, das nur unter Fischen zu leben vermag. Mama denkt jedenfalls so. Für die ‹*Schwowa*› hat sie so wenig übrig wie mein Vater, aber den germanischen Sauerstoff braucht sie so sehr, daß sie ihn bei den Polen holt.

Mit Mann und Kindern spricht sie nur Dialekt. Mit Gott unterhält sie sich Deutsch und ein klein wenig Französisch, um Papa die Freude zu machen. Im Elternzimmer ist ein kleiner Altar eingerichtet worden, zu Ehren der Unbefleckten Empfängnis Mariä. Am Abend kniet die ganze Familie nieder, und das Nachtgebet beginnt Hochdeutsch: «Ich bin klein, mein Herz ist rein; darf niemand hinein, als du, mein kleines Jesulein.» Vaterunser und ‹Gegrüßet seist du Maria› beten wir Französisch, und die armen Seelen im Fegfeuer bekommen ihre Fürsprache wieder Deutsch.

Kulturell auch trinkt der Schangala an zwei Quellen. Zu Hause liest er Grimms Märchen, in der Schule hört er die Märchen von Perrault. Madame Accard läßt ihn ‹*La Mère Michel*›, ‹*Le petit navire*› und andere französische Kinderlieder singen; zu Hause lehrt ihn Mama elsässische Zählreime und sogar Schuberts ‹*Lindenbaum*›, und diesen singt sie mit so ernster und trauriger Stimme, daß dem Schangala das Herz in die Augen flutet. ‹*Am Brunnen vor dem Tore*›, das ist das Lied derjenigen, die im Exil leben müssen. Da geht einer an einem Herbstabend, der Wind stürmt, die Nacht kommt auf, in die Fremde, aber er kann den Brunnen und den Lindenbaum nicht vergessen, deren Plätschern und Rauschen ihm in die Jugend sangen. Überall hört er, daß sie nach ihm rufen, und sie versprechen: «Hier find'st du deine Ruh.» Genau das ist es, was Mama empfindet. Vor dem Haus in Lautenbach stehen sie beide, der Baum und der Brunnen, sie üben mächtige Anziehungskraft aus, Mama hört ihre Stimmen, und deshalb wird auch ihr Blick feucht, wenn sie das Lied singt.

Ja, wir leben elsässisch. Der 6. Dezember beispielsweise ist für die Kinder von Audincourt ein Tag wie ein anderer. Für meinen kleinen Bruder und mich ist er jedoch ein Tag der Furcht und des süßen Wunders. Es ist der Nikolaustag. Ein wunderbarer Tag, weil der heilige Nikolaus uns persönlich besucht, er bringt Lebkuchen, Feigen, Datteln und Mandarinen. Und zugleich ein Tag des Schreckens, weil der ‹Santi-Kläus› unser ganzes Sündenregister genau kennt und er uns, bevor er uns die Süßigkeiten gibt, ganz wild und grausam ausschilt.

Er kommt am Abend. Sobald es dunkel wird, spitzen wir die Ohren. Plötzlich schreit ein Esel, und ein Glöckchen erklingt. Jetzt kommt er. Mein Bruder flüchtet sich unter den Tisch, und mir zuckt es in den Beinen, es ihm nachzumachen. Jedoch, ich bin drei Jahre älter und sorge dafür, daß bei solchem Anlaß mein Mut dokumentiert wird, das bin ich meinem Ruf schuldig. Stehenden Fußes erlebe ich also, wie der Heilige, seinen Esel im Hof lassend, die Treppe hinaufpoltert; es blitzt in seinen Augen, er schreit: «Wo sinn die Wackes, wo sinn sie?» Da springe ich dann doch unter den Tisch, natürlich um das Brüderchen zu schützen. Doch der ‹Santi-Kläus› holt mich am Rockkragen wieder ans Licht, ob ich mich nicht schäme, soviel Dummheiten und Sünden begangen zu haben. Er weiß alles, selbst daß ich die Lehrerin angepißt habe, das sei eine Schweinigelei sondergleichen!

Und ich fühle mich wie ein armer Sünder, ich zeige so viel Reue, daß ich ganz krumm und bucklig dastehe, meine Nase stößt fast auf meinen Bauchnabel; ab und zu zwinkere ich in die Höhe, ob die polternde Litanei noch nicht zu Ende sei, ich betrachte mir den Himmelsmann von unten, ich finde, er sieht dem Nesti ähnlich. Der Nesti ist natürlich ein Elsässer, der in der Fabrik arbeitet, Papa hat ihm fünf Franken zugesteckt, damit er den Nikolaus spiele, und er hat sich zum Ölen seiner rauhen Stimme einige Schnäpse gewährt, und nun verrichtet er seine Aufgabe mit etwas zu geräuschvollem Eifer.

Papa hat Mitleid: «Es ist gut, heiliger Nikolaus, sie werden in Zukunft braver sein, das versprechen sie!» Aber der heilige Nikolaus fährt fort, uns zu terrorisieren, er hat sichtlich Spaß daran, und Papa muß energischer drängen: «Ich sage Ihnen, es genügt!» Worauf der Heilige zum zweiten Kapitel übergeht, uns die Süßigkeiten in Papiersäckchen überreicht und verschwindet.

«Willst du deinen Beutel nicht öffnen?» sorgt sich Mama. Ich denke noch gar nicht daran, ich denke an Papa. Was für ein Held ist er doch! Ich wußte schon, daß er Tiger in die Flucht geschlagen hat, daß er aber selbst dem wilden Nikolaus eine gewaltige Furcht einzujagen vermochte, das hätte ich mir niemals vorgestellt. Allerdings ist der Nesti davongeschossen wie ein Hase. Er hat vor

Papa den allergrößten Respekt. Eines Tages sieht ihn Papa in der Fabrik, wie er, auf einer Leiter stehend, einen Treibriemen ausbessert. «Salü, Nesti», sagt Papa, «was macht Ihr da oben?» Der Respekt läßt Nesti ganz einfach von der Leiter plumpsen, drei Meter tief, er verstaucht sich das Handgelenk, hat Schürfungen an den Händen, und der Allerwerteste dürfte auch nicht so sanft mit dem Zementboden in Kontakt gekommen sein. Papa ist besorgt: «Na, armer Freund, haben Sie sich weh getan?» Der Nesti lächelt respektvoll und versichert, elsässisch natürlich: *«Awer naj, Herr Dirakter, im Gegadeil.»*

Übrigens: Am 25. Dezember ist es bei uns auch anders als bei den Leuten von Audincourt. Unsere Kameraden stellen am Vorabend ihre Schuhe oder Holzschuhe neben den Stubenofen oder den Herd. Der traditionelle offene Kamin ist aus den Häusern verschwunden und durch die Mode noch nicht wieder obligat geworden. Sie glauben nämlich an den Weihnachtsmann, die Buben und Mädchen von Audincourt. Darüber muß der Schangala ganz einfach lachen. Da wäre also einer, der könnte es halten wie der heilige Nikolaus, an den Türen klingeln, die Kinder ausschelten, sein Spielzeug abgeben, ohne jede Mühe und Müdigkeit; und er ist so dumm und zwängt sich mühselig durch die Kamine in die Häuser hinab! Na, praktisch muß das ja sein, ungeachtet dessen, daß er keine Kaminfegerkluft trägt, sondern einen roten Luxusmantel mit weißer Pelzverbrämung, und sein langer schneeiger Bart ist gerade geeignet dazu, mit dem Ruß fertig zu werden!

Uns Elsässerkindern bringt das Jesuskind (‹'s Chrischtkindla›) unser Spielzeug. Seit dem Nikolaustag warten wir auf den feierlichen Christabend. Und dann, am 24. Dezember, am späten Abend, löscht Papa alle Lichter und sagt: «Hört, jetzt kommt es, das Chrischtkindla.» Wir sehen nichts als die schwarze Nacht, man hört keinen Laut, Schnee fällt auf Schnee, und doch spürt man, wie etwas das Haus erfüllt, irgendwo hat sich der Himmel geöffnet, die Nacht wird hell, das Schweigen zur Musik. Das Jesuskind zieht vorbei. Das Jesuskind war da!

Wir hören noch, wie die Klingeln und Glöckchen an seinem himmlischen Schlitten in der Ferne verhallen, dann führt uns Papa in den Salon. Am Weihnachtsbaum brennen die Kerzen, er ist ganz seidig von silbernem Engelshaar, und Mama steht daneben, und am Boden häufen sich die Geschenke. Zunächst aber singt Mama ‹*Stille Nacht*›, was unsere kleinen germanischen Seelen entzückt, dann singt Papa ‹*Minuit, chrétiens*›, was unsere jungen französischen Herzen entrückt. Worauf wir dann unsere Geschenke auspacken dürfen. Ich, der Träumer und Dichter, erhalte einen Eisenbahnzug, mein Bruder, dessen Sinn erdhafter ist, bekommt einen Bauernhof mit viel Getier. Es dauert nicht lange, dann leihe ich ihm meine Eisenbahn, und er leiht mir die Kühe und Schweine. Dichter und Bauer, so ist das elsässische Doppelwesen. Das Fernweh läßt dem Elsässer Flügel wachsen, aber er fliegt sozusagen mit Holzschuhen an den Füßen. Das macht die Liebe zur Heimaterde.

Bevor wir ins Bett geschickt werden, dürfen wir durchs offene Fenster die Nacht bewundern. Papa zitiert ein ‹*Haiku*›, das ist ein Drei-Verse-Gedicht, das er aus dem Fernen Osten mitgebracht hat: «Einen weißen Teppich legt der Schnee auf den Schnee.»

Es ist schon so: Mit allen weichen Flocken spielt das weiße Orchester die Symphonie der Stille. «Welch schöne Weihnacht, fast wie im Elsaß», sagt Papa, als er die Laden schließt. «Doch nicht ganz», träumt Mama still vor sich hin.

Ostern träumen wir nicht vom Elsaß, Ostern fahren wir hin. Die Onkel, die Tanten, die Vettern und Basen füllen das Haus in Lautenbach bis unter das Dach. Großmutters ganze Familie kommt. Am Karsamstag in der Frühe wird aufgebrochen. Meist ist das Wetter kalt und regnerisch. Die Autos sind noch nicht heizbar. Wir werden in Decken eingewickelt, bekommen eine Bettflasche unter die Füße geschoben. Papa gibt sich zuversichtlich: «Das ist nur diese vertrackte Burgunder Pforte, hier trifft sich alles Schlechtwetter aus ganz Europa. Ihr werdet sehen, Kinder, in dem Augenblick, da wir ins Elsaß einfahren, ist auch die Sonne wieder da.»

Immer ist es so. Eben fahren wir aus Belfort hinaus, und Papa sagt: «Jetzt werdet ihr was erleben!» Es geschieht, als hätte er die Macht, das ‹Fiat lux› zu sprechen. Das Licht bricht durch, der Himmel wird lindblau wie Mamas Augen, die Matten grünen, die Gänseblümchen lachen mit allen weißen Zähnchen. Wir winden uns aus den warmen Decken, schieben die Bettflaschen unter die Sitze. Es ist uns wie Christus und der Natur: Wir sind im Begriff, Auferstehung zu halten.

Es kommt aber auch vor, daß sich der Wagen, wenn die Reise losgehen soll, störrisch zeigt. Die Autos dieser Zeit haben einen Schweinecharakter. Man muß lange dem Motor zusetzen mit der Kurbel. Jedoch das emsige Drehen läßt das Auto nur spärlich husten: töf-töf-töf, und weiter nichts! Papa gerät bei solchen Gelegenheiten in blanke Wut, gibt dem Auto einen saftigen Tritt und schreit vor Schmerz. Dann muß er seine Schuhe und Strümpfe ausziehen, die Zehen sind schon veilchenfarben, und er verbeißt den Schmerz und entscheidet: «So werden wir also mit der Eisenbahn reisen.»

Schangala tanzt vor Freude, und Papa findet das total fehl am Platze: «Nanu, das Auto streikt, dein Vater lädiert sich den Fuß, die Mama weint fast, und du findest das so lustig? Bist du eigentlich verrückt geworden?»

Der Schangala ist nicht verrückt, der Schangala liebt die Eisenbahn, sie ist viel abenteuerlicher als das Auto. Umsteigen mit Aufenthalt muß man schon in Montbéliard. Wir sausen zum Bahnhofsrestaurant, und Papa spendiert uns einen Milchkaffee mit einem Butterhörnchen. Umsteigen müssen wir ein zweites Mal in Belfort, wir stürmen zum Bahnhofsbuffet, dort sind belegte Brote zu haben. Aufenthalt ist dann wieder in Mülhausen, in der Bahnhofsgaststätte gibt es alleweil frische Brezeln, nichts ist besser dazu als frisch gezapftes Bier. Und die letzte Station, wo wir umsteigen, ist Bollwiller. Dort sollte man in der Bahnhofsgaststätte sehen, wie die elsässischen Meister der Würste das gewöhnlichste Fleisch zu Köstlichkeiten verwandeln, ganz breite Teller voll, umgeben mit Gelee, Pistazien, Gurken, und selbst Trüffel sind in der Leberwurst ... Eine Stunde später kommen wir in Lautenbach an. Gerade zur rechten Zeit für ein ernsthaftes Abendbrot.

Die Eisenbahn liebt Schangala, aber nicht nur wegen des Umsteigens mit gastronomischem Aufenthalt. Noch mehr liebt er es, die Eisenbahnzüge zu betrachten. Das beginnt mit der Bahn von Delle nach Montbéliard; ein ganz altes Zügelchen verkehrt auf dieser Strecke, es sind nur fünf Wagen, drei grüne, zwei gelbe, ein roter; jede Wagenklasse hat ihre Farbe. Die Lokomotive ist auch schon sehr alt, aber sie sieht noch gut aus mit ihrem gewölbten, von Messingringen bereiften Bauch, ganz stolz fährt sie in den Bahnhof von Audincourt ein. Der Schangala empfindet intensives

Verlangen, einige Schritte zurückzutreten; er widersteht aber, er weicht nicht, plötzlich ist er umgeben von Dampf und Tosen, Angst und Vergnügen mischen sich gewaltig.

Geradezu faszinierend sind aber die Loks auf den großen Strekken. Wenn der Eilzug Paris–Basel in den Belforter Bahnhof einläuft, dann packt den Schangala ein schreckliches, ein wollüstiges Schauern. Diese Macht, diese Kraft, diese Majestät der gewaltig hechelnden Lokomotive! Achtungsvollen, aber fressenden Neid bringt er den beiden Männern entgegen, die die Riesin, die Kilometerfresserin, zähmen, in die er verliebt ist. So verliebt, daß er abends, kaum daß er den Gutenachtkuß empfangen hat, sein Bett in einen Schnellzug verwandelt; in die Federbetten bohrt er Tunnels, er türmt sie auf zu Riesenbergen, und er fliegt am Steuer der Lokomotive auf schmalen, kühnen Brücken nur so über die Abgründe. Als die Pubertät ihm zu schaffen macht, werden aus den Eilzügen junge Mädchen, aber es geht deswegen im Bett nicht weniger wild her.

In Mülhausen steigt man auf das elsaß-lothringische Eisenbahnnetz um. Auf diesem haben die Lokomotiven keinen Anhänger, die Wagen mit der Plattform hinten und der Plattform vorn sehen ganz anders aus. Sie sind eben von anderer Rasse, sie haben früher nämlich der deutschen Eisenbahn gehört. Wie man die Einstellung des Vaters kennt, ist es nicht verwunderlich, wenn er die französischen Lokomotiven Gazellen nennt und die deutschen für ihn Kühe sind. Ich meinerseits mache keinen Unterschied, deutsch oder französisch, elegant oder gedrungen in der Form, es sind alles nur Lokomotiven, ich liebe sie, ich liebe ihre schwarze, glänzende Haut, nie sind sie schöner als im Winter, wenn sie, gefolgt von den weißen Waggons, durch die Schneelandschaft flitzen.

A propos weiß: Es gibt einen Zug, der heißt ‹Edelweiß› und befördert Millionäre zwischen Holland und der Schweiz. Manchmal haben wir Aufenthalt in Bollwiller, und da schießt der ‹Edelweiß› vorbei, er ist der einzige Zug, der im Bahnhof von Bollwiller nicht Station macht. Man hört ein fürchterliches Brausen, der Wind drückt uns gegen die Bahnhofsmauern, kaum ist man wieder zu Atem gekommen, ist der ‹Edelweiß› in der Sonne verschwunden. Niemand hat je einen Reisenden hinter den Fenstern deutlich sehen können. «Es muß einer Millionär sein oder ein

Vollidiot», sagt Papa, «um das Elsaß mit solcher Geschwindigkeit zu durchreisen.» Vollidioten gab es auf der Talbahn von Bollwiller nach Lautenbach nicht. Ich bin in der ganzen Welt mit allen möglichen Eil- und Bummelzügen gefahren, selbst auf der Transsibirischen Eisenbahn; wohl war die Reisefreude unvergeßlich, aber das höchste der Gefühle, die höchsten Genüsse hat mir immer *‹'s Lütebacher Zuegla›* beschieden. Nun hat ihm das Auto den Garaus gemacht, die Gleise verrosten, die Bahnhöfe sind öd und leer, aber der Geist des *‹Lütebacher Zuegla›* hoppelt noch immer durch die Gegend. Wie schwer er es hatte, der Lautenbacher Zug, wenn er das Tal hinauffuhr, die Kinder liefen mit ihm um die Wette; Mama sagte immer: «Hör nur, wie er schnauft, wie die Lokomotive um Hilfe bittet: *‹Half m'r drucka, half m'r drucka›!*»

Sie schnaufte, die Lokomotive, aber sie bimmelte auch. Auf der ganzen Strecke wurden solcherart Leute und Vieh gewarnt, sich von den Gleisen fern zu halten. In Gebweiler traten die Reisenden auf die Plattformen, um den Storch in seinem Nest auf dem stolzen romanischen Turm der Leodegar-Kirche zu bewundern. Er stand auf hohem Bein, die Sonne umfloß ihn golden, wie ein Standbild des Elsasses sah er aus. Und ich, ich hielt ihn für ein himmlisches Wesen und betete: «Heiliger Storch, bring mir noch ein Brüderchen.»

Aber vielleicht wollen Sie wissen, wie es mit dem ernsthaften Abendbrot ist, das wir nach der anstrengenden Reise – fünf Stunden Fahrt, fünfundsiebzig Kilometer, fünf Züge, vier Imbisse – unbedingt brauchen und zu welchem wir uns flugs im Hinterzimmer des Herrgottschen Gasthofes niederlassen. Kommen wir samstags an, dann reicht die Großmutter uns Speck, Schinken, Leberkäse, Kaldaunensalat, dazu ‹Verschteckti›, das sind gedämpfte Kartoffeln, mit Knoblauch und Porree gewürzt, was im Elsaß Lauch heißt. Kommen wir freitags an, dann gibt es Fastenkost, etwa Zwiebelkuchen, darauf ein Omelett mit Pilzen und Feldsalat. Am Karfreitag kommen nur ‹Bibbalakas› und ‹G'schwellti›, also Quark und in der Schale gekochte Kartoffeln, auf den Tisch. Mit ‹Bibbala› sind hier die jungen Mädchen gemeint, möglicherweise um einen Gegensatz zum eher männlichen Münsterkäse zu prägen, aber der Knoblauch, den man reichlich unter die weiße Masse mischt, verleiht auch dem ‹Bibbalakas› einige männliche

Kraft und dem jungen Mädchen einen sehr wenig femininen Atem. Papa zieht den Münsterkäse vor, er drückt eine Ecke davon auf eine noch kochende Kartoffel, der Käse zerschmilzt vor Wollust, und dem Feinschmecker ist er ein ätherischer Genuß.

Nach dem Essen schaue ich, was sich in der Küche tut, wo sich, wie Papa sagt, der hohe Generalstab der Kochlöffel tummelt. Großmutter, Elisa, meine Mutter und meine Tanten bereiten schon die österlichen Genüsse vor. Da ist der langgestreckte kupferne Riesentopf, in welchem der Salm gargekocht werden soll, und ich plage meine Mutter, sie möge mir doch den Fisch zeigen. Sie öffnet den Kühlschrank: Da ist der Salm, er hat den gleichen Blick wie Elisa, er ist fast so groß wie mein kleiner Bruder. Mama sagt, man habe ihn aus dem Rhein geholt, das sei ein Riesenfluß.

Meine Tanten haben sich die drei Hähne vorgenommen, die in Rieslingsoße gereicht werden sollen; ich werfe einen Blick auf die Kugelhopfschüsseln nahe beim Herd, worin der Teig schön geht; und wie es mit dem Eiskuchen ist, frage ich; wenn die Sahne geschlagen wird, will ich dabei sein, es wird schon eine Gelegenheit geben, etwas davon im voraus abzubekommen.

Dann aber störe ich in der Küche, und Mama steckt mich kurzerhand ins Bett, ich sollte mich schämen, sagt sie, nur ans Essen zu denken, während unser lieber Herrgott gerade am Kreuz gestorben ist. Hat man ihm etwa Schlagsahne gereicht? Nein, einen Schwamm, mit Essig getränkt, gab man ihm zum Aussaugen. Na schön, ich schämte mich ein bißchen, aber nicht zu arg, ich weiß ja, wie die Geschichte weitergeht, unser lieber Herrgott stellt sich ja nur tot, morgen früh, noch bevor wir in die Kirche gehen, steht er auf, schubst den Grabstein einfach hinweg und fliegt zu seinem Papa ... Vielleicht begegnet er dem Osterhasen, der auf dem Weg zu uns ist mit allerhand Ostereiern aus Zucker und Schokolade.

Mit dem Osterhasen ist es wie mit dem ‹Santi-Kläus› und dem ‹Chrischtkindla›, meine Kameraden in Audincourt wissen auch nichts von ihm. Sie sagen, es seien die Glocken, die die Ostereier auf der Rückkehr von Rom mitbringen, und das ist ein Blödsinn. Ist es etwa der Papst, der die Eier legt? Wie sollten die Glocken sie halten, haben sie doch unten offene Röcke – ich weiß das von meinen Besuchen im Kirchturm –, und wie sollten es die Eier denn anstellen, nicht kaputtzugehen, wenn sie herunterfallen? Im Elsaß denken wir da schon logischer.

Am Ostertag, nach dem Hochamt, gehen wir, meine Vettern, mein kleiner Bruder und ich, in Großmutters Obstgarten; jeder stellt sich sein Nest her und versteckt es hinter einem Busch oder in einer niedrigen Astgabel, und dann ruft man uns zu Tisch. Der Osterhase kommt nämlich während des Mittagsmahls. Er will uns beim Essen nicht stören, und er will in der Ausübung seines Amtes auch nicht gestört werden.

Natürlich versuchen wir schon, ihn zu erblicken. Unter dem Vorwand des ‹kleinen Geschäfts› spionieren wir ein wenig in der Nähe des Obstgartens herum; einer sieht seine Ohren, der andere sein weißes Schwänzchen. Einmal gab es einen Skandal mit meinem kleinen Bruder. Er fing nämlich plötzlich an zu brüllen: «Kommt, kommt schnell, Onkel Edouard geht an unsere Nester! Er hat einen großen Korb und leert unsere Nester!» Der Pauli hat ihn darauf rasch informiert: «Halt d'Schnurr, er leert sie nicht, er füllt sie! Der Osterhase ist er selbst, der Onkel Edouard!» Aber das hat meinen Bruder nicht beruhigt. Was er gesehen hatte, hatte er gesehen. Und ihm konnte so etwas nicht passieren – den Onkel Edouard mit einem Hasen verwechseln, haha!

Mich hätte Paulis Information schon eher erschüttert, wenn nicht Onkel Edouard eiligst hinter den Johannisbeerhecken verschwunden wäre und nicht Großmutter im gleichen Augenblick das Tor zum Obstgarten geöffnet hätte. So stürmten wir zu unseren Nestern, sie waren übervoll von Eiern, Fischen, Hasen und Hühnchen aus Zucker, Marzipan, Schokolade. In jedem Nest war auch ein Osterlamm aus Biskuit, und sogar richtige, hartgekochte Eier waren darin, die wir in normalen Zeiten ganz einfach verschmäht hätten und die wir nun mit Wonne herunterwürgten, weil sie eben rot und blau angemalt waren.

Unsere jungen Mägen vertragen allerhand. Obwohl wir uns vollgestopft haben mit Salm, Hahn, Eiskuchen mit Sahne, fallen wir sofort über die Leckereien in unseren Nestern her, erstens weil sie uns schmecken, aber auch weil Aufbewahren hier fehl am Platz wäre; wer spart, wird angebettelt oder ausgeplündert von den rascheren Fressern. Die einzige Art, unsere Schätze zu behalten, ist eben, sie aufzuessen. Im übrigen ist das eine typisch elsässische Reaktion.

Über unser Land sind alle Invasoren hinweggegangen, die Hunnen, die Kaiserlichen, die Panduren und die Preußen, die jüngst eins auf den Kürbis bekommen haben (von den Franzosen spricht er nicht, die traten zwar auch nicht immer als vielgeliebte Befreier auf, aber – Brandschätzer oder Befreier – an die Franzosen wird nicht gerührt), und deswegen sagt Papa, wäre es verfehlt, vom Tagesgericht etwas für den nächsten Tag aufzusparen. *«Carpe diem»,* sagt Papa zu Onkel Nicolas, indem er dessen Glas füllt, oder zu Onkel Edouard, mit dem Blick auf die Postmamsell hinweisend; ich weiß wohl, daß das bedeutet, Onkel Nicolas solle seinen Karpfen essen, solange er noch warm ist (dabei ist es ja Rheinsalm!), oder seinen Wein trinken, während er noch kühl ist, oder Onkel Edouard solle der Postmamsell Kinder machen, solange sie noch jung und schön ist. Im übrigen erläutert Papa selbst den lateinischen Ausdruck: Genieße den Tag, fasse das Glück, wo es sich fassen läßt, pflücke die Rosen des Lebens ...

Das war eben so im Elsaß, man war sich des Tages nie sicher; in diesen Jahren zwischen den zwei Weltkriegen hielten bitter erfahrene Vergangenheit und drohende Zukunft manchen gescheiten Kopf an, die Gegenwart zu genießen.

Glaubt es, oder glaubt es nicht, für mich war der Fronleichnamstag das allerschönste Fest im Jahr. Wären nicht das weihnachtliche Spielzeug, die Ostereier und die süßen Dinge von Sankt Nikolaus gewesen, hätte ich es allen übrigen Festen überhaupt vorgezogen. Am ‹Liewerherrgottsdaag› schwamm Lautenbach in einem einzigen Blumenmeer. Man streute Blumen auf die Straßen, man schmückte die Häuser damit, man baute Blumenaltäre an den vier Ecken des Dorfes. Nach der Vesper kam die Prozession. Man führte den Schöpfer inmitten seiner Schöpfung spazieren. Auf einem Blumenteppich schreitend, blickte ich auf ihn, er war ein kleines weißes Rund in der blinkenden Monstranz, gleich einer Sonne. Ich wußte ihn anwesend im allerheiligsten Sakrament, aber ich spürte ihn auch überall in den Blumen, in den Düften, in den Sonnenstrahlen. Dann blickte ich wieder nach den kleinen Mädchen, die der Prozession vorausschritten und Rosenblätter streuten. Wie hübsch waren sie doch bei der harmonischen, gleichmäßigen Bewegung ihrer kleinen Arme! Unter den kurzen Kleidern sah ich auch ihre Kniekehlen, und es überkam mich eine Wollust, von der ich heute noch nicht zu sagen vermag, ob sie fleischlicher oder geistiger Natur war. Alle Gefühle verflossen zu einem einzigen Lob Gottes, und ganz Lautenbach sang mit. Nur Papa nicht. Zwar weigerte er sich nicht, Gott zu loben, aber er wollte es nicht in deutscher Sprache tun. Mich erfüllte die Melodie des ‹*Großer Gott, wir loben dich*› mit solcher Erhabenheit, daß ich, in Unkenntnis des Textes, die Worte dazu einfach erfand und begeistert mitbrüllte.

Ein anderer Tag der Farben und der Freude war dann der Nationalfeiertag am 14. Juli. Aus allen Fenstern und Türen hingen die Fahnen heraus. Großmutter entfaltete deren fünfzehn. Unter jedem der fünf Fenster im ersten Stock ihres Gasthofes befand sich eine Vorrichtung, die je drei Fahnenstangen aufnehmen konnte. Das ganze Dorf flaggte solchermaßen, nur zwei, drei Griesgrame nicht, es sind nicht mehr oder weniger Royalisten, Anarchisten oder Autonomisten. Onkel Nicolas denkt zwar auch royalistisch, aber an diesem Tag tritt seine Meinung hinter seinen Pflichten eines Patrioten und Gastwirtes zurück. Die Fahnen vom ‹*Vierzehnta Quatorze*› – ‹quatorze› heißt auch vierzehn, und solchermaßen vereinnahmen die Elsässer den Nationalfeiertag – holt er schon am 13. hervor. Wohl sind in Lautenbach die Festlichkeiten bescheiden. Die Truppenschau geht schnell vorbei: Musikzug, Feuerwehr, Turner, Gemeinderat samt einigen Hunden, die daran gewöhnt sind, ihren Herrn zu begleiten, das ergibt einen mageren Aufmarsch. Die wirklichen Freunde des 14. Juli, die, die es sich leisten können oder darauf gespart haben, begeben sich nach Colmar oder Straßburg. Dort fallen die Elsässerinnen angesichts der französischen Truppen fast in selige Ohnmacht, und in den Elsässern zuckt und zuckt die patriotische Faser.

Der 14. Juli ist auch – wenn er nicht gerade auf einen Sonntag fällt – der Tag, an welchem der Pfarrer den Ausflug des ‹*Bibbala-Vereins*› stattfinden läßt. Die ‹*Bibbala*› sind die Mädchen, denen Säuberung und Ausschmückung des Gotteshauses übertragen sind. Selbstverständlich sind sie sehr fromm und vermutlich Jungfrauen. Der Pfarrer hat seinerseits an diesem Tag nichts zu tun, da Gott in die Erstürmung der Bastille bekanntlich nicht verwickelt war, und so führt er seine ‹*Bibbala*› zu einem Waldspaziergang aus. In hellen Sommerkleidern versammelt sich gegen sieben Uhr morgens die liebliche Schar vor dem Pfarrhaus. Der Pfarrer tritt majestätisch und schwarzgewandet heraus, von hellem Gezwitscher begrüßt. Er hält seinen Stock hoch und sagt: «*Gehn m'r los!*»

Der Seppi steht auf seiner Schwelle und sieht, wie die zwitschernde Schar abmarschiert. Sie kennen ihn, die ‹*Bibbala*›. Sie wissen, daß er ein ‹*Maidlaschmecker*› ist, aber das stört sie nicht, im Gegenteil. Wohl ist manche unter ihnen, die an einem Waldspaziergang mit dem Seppi mehr Geschmack finden würde als am Jahresausflug mit dem Pfarrer. Lustig grüßen sie: «Salü, Seppi!» Und es funkelt in Seppis Augen, seine Nasenlöcher erschauern, soviel konzentrierte Weiblichkeit ist selten beisammen. Mag sein, er bedauert es am Ausflugstag, ein Jude zu sein, mag sein, er wäre an diesem Tag lieber Pfarrer.

Gegen Jahresende ist das Allerheiligenfest. Ein seltsames Fest. Am Abend des 1. November versammelt sich das ganze Dorf auf dem Friedhof, und die Verstorbenen sind fast greifbar dabei. Die Familien stellen brennende Lichter auf die Gräber, unzählige Flammen tanzen plötzlich in der Dämmerung. Und falls es dabei schneit, dann sinken die Flocken wie Flammenzünglein auf die Gräber nieder. Das ist so fröhlich und so hübsch, daß es der Schangala, kaum ist er wieder in Audincourt, seinen kleinen Freunden schildern muß. Die aber lachen ihn aus: «Sie sind ja verrückt, deine Elsässer, sie glauben, daß die Toten ihre Wachslichter sehen können!» Schangala hat immer gelinde Komplexe, und was die Kameraden von Audincourt sagen, bringt er bei Gelegenheit in Lautenbach bei Onkel Nicki an den Mann. «Na und?» sagt Nicolas. «Was tut man denn an Allerheiligen in Audincourt so auf die Gräber?» – «Eben Blumen, Chrysanthemen, Astern, Stiefmütterchen ...» Und Onkel Nicki lächelt: «Sind ja verrückt, diese Franzosen; glauben, daß die Toten ihre Blumen riechen können!»

Wohl fahren wir zu jedem Festtag, zu den Hochzeiten, den Begräbnissen, zum Ferienmachen nach Lautenbach, Mama genügt es nicht. Ihr Heimweh nach dem Dorf wird mit jeder Rückkehr größer. Ihre Seele ist entwurzelt und welkt dahin. Ihr Leib tut desgleichen. Ihre Zähne brechen wie Glas, und innerhalb einiger Monate ist ihr Haar weiß. Sie ist fast so groß wie mein Vater, aber sie wiegt nur noch fünfundvierzig Kilo. Ihr Herbst kündigt sich früh an – sie ist erst dreiunddreißig –, aber wunderbarerweise erhöht er ihre Schönheit. Ihr Haar ist wie gepudert und verleiht ihr eine Gräfinnenfrisur. So bleich ist sie, daß die Augen größer und blauer werden. In ihrer Schwäche erinnert sie an die durchsichtigen Wesen, für welche die Herzen der Romantiker bluteten.

Papa ist indessen kein Romantiker. Er ist ein Elsässer. Er hat ein gesundes, eher üppiges Mädchen geehelicht. Und es macht ihm Sorge, daß sie mit jedem Tag schmächtiger wird. Spezialisten in Belfort, Mülhausen und Straßburg werden zu Rate gezogen. Schließlich legt Papa Mamas Rettung in die Hand eines Pariser Arztes, Dr. Truelle.

Dieser ist im Sommer Badearzt in Plombières[1] und behandelt Nervenleiden, die er sogar manchmal heilt. Wie er Papa kund tut, sind Montaigne, Voltaire, Beaumarchais, König Stanislas Leczinski, der Schwiegersohn Louis XV., ja die Töchter dieses Königs und selbst Kaiser Napoleon III. mitsamt seiner Kaiserin Eugenie nach Plombières gekommen und wurden dort von Magen-, Blasen- und Nervenleiden kuriert. Würde Mama in Plombières zur Kur gehen, gewiß würde sie geheilt.

Papa ist zu jedem Opfer bereit und würde sogar den Bankrott in Kauf nehmen, um seine Frau wieder zu Kräften und Formen zu bringen. Es sei aber hier nicht verhehlt, daß zu diesem Zeitpunkt der Bankrott bereits im Anmarsch ist. Die sechs Spezialisten, die Mama erfolglos behandelt haben, die drei Krankenhäuser, in welchen sie ergebnislos gelegen hat, die Unmenge von Arzneimitteln, die sie vergebens schluckte, haben in das väterliche Vermögen große Löcher gerissen. Krankengeld gab es damals nicht, und wer allzu lange im Bett lag, fand sich oft genug auf dem blanken Strohsack wieder. Mamas Haar wird weiß, Papa verliert das seine.

Und das ist noch nicht alles. Papa sorgt sich auch um mich und um den kleinen Bruder. Wir leben in tiefem Kummer, seitdem wir unsere Mutter ständig bettlägerig und schwerkrank wissen. Damals starben die Mütter leichter als heute. In Audincourt und in

1 Berühmtes Thermalbad in den Vogesen.

Lautenbach haben wir mehrere Kameraden, deren Mütter gestorben sind. Der kleine Julien zum Beispiel verlor seine Mama während der Ferien. An einem Winterabend nach der Schule begleitete Schangala ihn nach Hause. Der Vater war auf Nachtschicht. Julien, kaum siebenjährig, mußte selbst Feuer im Herd machen, seinen Milchkaffee aufwärmen, sein Brot hineinschneiden, im eisigen Zimmer zu Bett gehen. An der Wand war ein Foto, schwarz geändert, darauf ein Frauengesicht mit tiefem, sanftem Blick und ernstem Lächeln. «Siehst du», hatte Julien gesagt, «das ist meine Mama.» Und war, von argem Schmerz geschüttelt, auf einen Stuhl gesunken.

Schangala wußte nicht, wie er sich verhalten sollte. Er zog aus der Schultasche seine Mundharmonika, seine Farbstifte, seinen neuen Federkasten hervor, reichte sie dem Waisenknaben: «Schau mal, ich schenke dir alles!» Aber Julien war daran nicht interessiert, er wollte nichts anderes als seine Mama wieder haben, schluchzend rief er nach ihr, und Schangala schluchzte mit, so stark war das Mitleid ...

Unwiderstehlich drang es Julien dazu, zum Friedhof zu gehen; Schangala getraute sich nicht, ihm die Begleitung zu verweigern, obschon er das seltsam fand, die Nacht war kalt, die Toten schliefen ganz draußen vor der Stadt, aber Julien hatte eben solche Sehnsucht nach seiner Mutter!

Sie machten sich auf den verschneiten Weg. Julien weinte leise vor sich hin, Schangala war es gar nicht geheuer, die Toten zu solcher Nachtstunde zu besuchen, das war nicht eben eine Sache, die man so leicht hinnahm. Zum Glück kam ein Polizist, Monsieur Treuche, mit seinem Fahrrad des Weges. Er wunderte sich, die beiden Jungen auf dem abgelegenen Weg zu finden und erkundigte sich, wohin die Reise ginge. Julien weinte drauflos, und Schangala sagte, sein kleiner Kamerad wolle zu seiner Mutter. Der Wachtmeister fragte, wo diese Mutter eigentlich zu finden sei, und als Schangala antwortete: «Auf dem Friedhof», drehte sich Julien um sich selbst und fiel ohnmächtig in den Schnee. Der Polizist brachte ihn ins *Café Guichard*, wo sich die Leute seiner annahmen. Als Julien wieder zu Bewußtsein kam, hatte er noch immer Tränen in den Augen. Aber alle waren so freundlich und lieb, daß er mit einem blassen Lächeln dankte. Da brach Schangala selbst in Tränen aus. Plötzlich war ihm klargeworden, daß seine Mama vielleicht auch sterben würde. Aber die Verzweiflung schlug sogleich in Rührung um, als er an all die Zärtlichkeiten dachte, die ihm in diesem Falle sicher waren.

Als er von Julien vernahm und von der Angst, die ich hatte, daß Mama uns wegsterben könnte, sagte Papa zu mir: «Deine Mutter wird uns nicht verlassen. In Plombières ist ein Arzt aus Paris, der macht sie schon gesund. Während ihrer Kur werdet ihr, dein Bruder und du, im Elsaß leben.»

Schangala schneidet zunächst eine Grimasse, es tut ihm weh, daß seine Mutter fortgeht. Danach macht er einen Luftsprung: Bald ist er wieder bei der Großmutter! Der Papa dämpft die Freude: «Nach Lautenbach geht ihr nicht, die Großmutter ist ebenfalls müde, ihr werdet in Dauvillers bei eurer Tante Nini wohnen.»

Ein langes Schauern geht über Schangalas Rücken. Die Tante Nini liebt er sehr, sie ist so hübsch, so gut, so sanft wie Mama selbst. Aber ihr Gatte ist Onkel Fuchs, und Onkel Fuchs macht den Kindern angst, selbst den seinen, er hat flammende Augen, einen Blick, den keiner aushält, fast alle seine Zähne sind aus Gold, man sieht, wie es funkelt, wenn er den Mund öffnet, sein Bart ist schwarz mit blauem Glanz, er trägt Lederstiefel und sieht wie ein Menschenfresser aus und wohnt im tiefsten Wald. Aber das allergräßlichste ist: Onkel Fuchs spricht fast immer Hochdeutsch!

Spiele und Gräber

Seit Mama leidend ist, verläßt sie mein Bruder Pierri [1], eben vier, überhaupt nicht mehr. Sein Spielzeug hat er ins Krankenzimmer gebracht, wenn man zu Mama will, muß man akrobatisch darüber hinwegsteigen, um die Kühe und Schafe nicht zu zermalmen, die auf der Bettvorlage grasen. Und wenn Pierri des Spielens müde geworden ist, dann legt er die Kleider ab, schmuggelt sich unter die Decke und rollt sich in der mütterlichen Wärme wie ein Kätzchen zusammen. Es ist nie leicht, ihn wieder hervorzuholen; Papa verläßt sich auf mich, Pierri beizubringen, daß derlei Spiele unaktuell geworden sind und daß wir nach Dauvillers ziehen. «Du bist der Älteste», sagt Papa. «Du mußt ihm ein gutes Beispiel geben, sprich aber nicht von Dauvillers, sag ihm, wir gehen nach Lautenbach, dort wird er Eiskuchen bekommen, wir kaufen ihm neues Spielzeug, das wird ihn bestimmt überzeugen.»

Die Stunde schlägt, das Auto steht bereit, schon läuft der Motor, Pierri versteckt sich noch immer in Mamas Bett. Eiskuchen interessiert ihn nicht, eine Luftpistole auch nicht, warum sollte man eine solche in Lautenbach kaufen, da sie auch in Audincourt zu haben ist? Kurz gesagt, er wittert etwas und weigert sich, überhaupt nur einen Schritt zu tun.

Papa wird wütend, zieht ihn aus dem Bett, kleidet ihn an. Mama weint, Pierri schreit, klammert sich an die Möbel, zerreißt die Vorhänge, Papa nimmt ihn unter den Arm, bringt ihn zum Wagen, und wir starten. Pierri hört mit dem Gezeter erst auf, als wir den Löwen von Belfort [2] erblicken, der ihm immer stark imponiert.

In Lautenbach weigert er sich, den Wagen zu verlassen, er mag es wohl, sich mit Eiskuchen vollzustopfen, aber er will, daß man ihn im Auto bediene. Großmutters Milde tut Wunder, Pierri ist

1 Pierri = Peterchen.
2 Riesenskulptur von Bartholdi, einem Colmarer Bildhauer.

schon bereit, das Gasthaus zu betreten, aber er weicht mit keinem Schritt aus Papas Nähe, er muß wohl spüren, daß etwas nicht normal ist. Papa gibt mir ein Zeichen, jetzt muß ich den Judas spielen, ich bitte um Geld, um Spielzeug zu kaufen; Pierri will auch, ich erhalte die dreißig Silberlinge, nämlich zehn Francs, und Pierri ebenfalls. Wir ziehen los zu Kaufmann Weibel, Pierri ahnt nicht, daß sein Bruder ein Verräter ist, er glaubt, daß ich genauso denke wie er, daß ich nur den Wunsch habe, zu Mama nach Audincourt zurückzukehren. Schließlich irrt er sich nicht. Auch ich wäre beglückt, wenn es hieße: Heim nach Audincourt! Es ist mir ein Alptraum, daß wir zu Onkel Fuchs müssen. Aber Papa setzt sein Vertrauen in mich. Seinetwillen bin ich zum Judas geworden. Aber ich fühle mich als ein ganz besonders heldenhafter Judas. Das bin ich mir selbst schuldig.

Wir kaufen also die Luftpistolen und kehren zu Großmutters Gastwirtschaft zurück, wo, wie Pierri denkt, Papa auf uns wartet. Aber Pierri denkt es nicht mehr lange. Plötzlich fängt er an zu rennen. Auf dem Dorfplatz steht kein Auto mehr! Niemals habe ich einen herzzerreißenderen Schrei gehört.

Auch mich überkommt die Verzweiflung. Ich fühle mich genauso verwaist wie Pierri, aber ich soll ihm Vater und Mutter ersetzen! Er ist am Stamm des Lindenbaumes niedergesunken, sein Schluchzen muß wohl bis in den hintersten Talwinkel zu hören sein. Ich lege ihm den Arm um die Schultern, versuche, ihn zu trösten, aber um so heftiger weint er. Großmutter tritt aus dem Haus, nimmt ihn in ihre Arme, preist mich als Beispiel: «Schau mal, der Schangala, der hat Mut!» Augenblicklich fällt der Mut vom Schangala wie das Blatt vom Lindenbaum, und er heult nun wieder selbst drauf los wie ein Kälbchen, das von der Kuh getrennt wird.

Mein Hintergedanke ist aber, damit Großmutters Herz zu erweichen. Ich klammere mich an ihre Röcke, küsse ihre Hand: «Großmutter, laß uns bei dir wohnen, schick uns nicht zu Onkel Fuchs!» Die Gute möchte schon, leise wiegt sie den Kopf, aber sie ist selbst so abgespannt und krank, sie hat zuviel zu tun, als daß sie sich auch noch um uns kümmern könnte, und außerdem rattert Onkel Fuchs schon herbei.

Er steigt aus seinem alten ‹Renault›, dessen Motorhaube einem

Sarg nachgezeichnet scheint. Onkel Fuchsens Blick flammt auf, es funkelt in seinem Mund, sein Bart leuchtet blauschwarz, es ist schon wahr, daß er einem Menschenfresser gleicht. Schangala und Pierri ducken sich, die Angst ist, der Gefahr entsprechend, so groß, daß sie sogleich mit dem Weinen aufhören.

Der Menschenfresser tritt auf sie zu: «Also, seid ihr die Schrei-Bärle?» Onkel Fuchs hat keinen großen Respekt vor der französischen Sprache, er verballhornt sie, wo er kann. Die ‹Franche-Comté›, wo wir wohnen, läßt sich mit Freigrafschaft übersetzen, und wir sind folgerichtig die ‹Freigräfler›. Daraus macht er die ‹Brei-Dörrler›, die ‹Greif-Kerle›, die ‹Freischärler› oder wie jetzt die ‹Schrei-Bärle›. «Ja, wir sind sie», antworten wir mit gesenkten Köpfen. «Ja, wer?» – «Ja, Onkel Fuchs.»

Dem Pierri steigt ein dicker Schluchzer in die Kehle. «Still, junger Mann, ich kann Tränen nicht leiden», wird er von Onkel Fuchs sogleich gerügt. Pierri versteht kein Hochdeutsch und stammelt «*Quoi?*›[1] Der Menschenfresser zieht erneut die buschigen Brauen zusammen. ‹*Qui*› ist kein christliches Wort, es gehört wohl der Frosch- oder Entensprache an. Im menschlichen Idiom heißt es ‹*Plaît-il?*›[2] oder ‹*Pardon*›. Pierri ist sehr eingeschüchtert, er schnappt nach Luft und gibt sie als Rülpser zurück. Sogleich kommt eine neue Zurechtweisung: «Wer kein Schweinchen ist, hält die Hand vor den Mund.» Um Haltung zu bekommen, stekken wir die Hände in die Hosentaschen und wissen nicht, daß wir damit Onkel Fuchs erst recht in Harnisch bringen. «Wenn man ein zweibeiniges Wesen sieht mit der Kippe im Mund und den Händen in den Hosentaschen, kann man sicher sein, daß es entweder ein Soldat oder ein Tagelöhner oder ein französischer Politiker ist», pflegt er zu sagen. Also müssen wir die Hände auf den Rücken tun, und aus der Rede, die der Menschenfresser uns nun hält, geht hervor, daß unsere französisch-tonkinesische Erziehung sehr zu wünschen übrig läßt, so sehr, daß einige germanische Strenge da nur das Beste erwirken kann.

Von Onkel Fuchs kann man denken, was man will, und hauptsächlich, daß er so eine Art Kasernenhofschleifer ist, aber in eini-

1 Quoi = Was (sprich: kwah).
2 Plaît-il = Wie bitte.

gen Minuten habe ich damals von ihm Lehren bezogen, die ich mein Leben lang nicht vergessen habe. Selbst in Kasernen- oder Redaktionsstuben habe ich immer ‹*Plaît-il*› statt ‹*Quoi*› gesagt, kein Mensch kann sagen, daß er mich je mit den Händen in den Hosentaschen gesehen hätte, und sogar bei Saufgelagen und anderen männlichen Belustigungen solcher Natur kamen die Phänomene einer schwierigen Verdauung nie hinter der vorgehaltenen Hand zur Offenbarung.

Onkel Fuchs ist sichtlich zufrieden, uns derart terrorisiert zu haben, und setzt sich in der Gaststube nieder. Er zündet seine Pfeife an, bestellt bei Onkel Nicolas eine Runde Weißen, trinkt einen Schluck, um die Stimme zu ölen, und beginnt zu sprechen. Er schildert den Wald, und die Gaststube füllt sich mit Bäumen, Vögeln, Wasserfällen, röhrenden Hirschen und gefügigen Hirschkühen. Er erzählt von Frauen, und die Zuhörer machen große Augen, wie da die Korsette gelockert werden und die Spitzenhöschen fallen. Er kommentiert die Politik, und die Volksvertreter werden zu Brei zerrieben, mitsamt den Staatspräsidenten und den Ministern, und die Freude der Zuhörer steigert sich zu lautem Johlen, als er die Demonstration mit den Worten abschließt: «Habe ich euch nicht gesagt, daß sie alle Scheißkerle sind?» Dann spricht er vom Tod und wendet sich direkt an den Franzi, der, obwohl er schon mit einem Fuß im Grab steht, wacker seinen letzten Zahn in den Edelzwicker tunkt. «Freue dich, Franzi, *ball gehsch kapütt,* dann schläfst du unter dem grünen Gras und kommst als Geranie oder Hortensie wieder hervor, viel schöner als jetzt, denn schön bist du alter Knabe schon gar nicht mehr!» Alle lachen sich den Buckel voll, und wenn sich Franzi die Rippen hält, so wohl, weil er bei allzu starkem Lachen auseinanderfallen könnte.

So ist er, Onkel Fuchs. Den Häßlichen sagt er, sie seien nicht anzuschauen, den Dummen, sie seien blöd, die Hinterlistigen nennt er Betrüger, und Eifersüchtige können für ihn nur Hahnreie sein. Seine Wahrheiten platzen den Leuten wie Faustschläge mitten ins Gesicht, aber die anderen müssen dabei so lachen, daß den Betroffenen nichts übrig bleibt, als eben einzustimmen.

Schangala und Pierri ducken sich, eng zusammengerückt, auf der hintersten Bank. Onkel Fuchsens Abreibung steckt ihnen noch allzu sehr in den Gliedern, als daß sie der allgemeinen Fröhlichkeit teilhaftig sein können. Aber seine Witze und Zoten erwecken ihre keimende ‹Libido›; so fürchterlich ist er eigentlich gar nicht, dieser Onkel Fuchs; die flammenden Augen, das goldene Gebiß, der schwarzblaue Bart, die Ausdruckskraft des solchermaßen verunzierten Gesichtes üben auf die Anwesenden eine starke Faszination aus. Ob Onkel Fuchs nicht so etwas sei wie ein Christus unter anderen Vorzeichen, denkt Schangala, der seinen Jüngern lästerliche Gleichnisse auseinanderlegt? Vielleicht ist er mehr noch als ein Menschenfresser, ein Teufel? Indessen, damit Sie begreifen, welche Macht Onkel Fuchs auf das ganze Dorf ausübt, muß ich Ihnen zunächst erzählen, wie es gekommen ist, daß er zur Familie Herrgott gehört.

Onkel Fuchs wurde 1889 in einem deutsch-lothringischen Forsthaus geboren. Er wuchs zwischen Bäumen, Hirschen und Wildschweinen heran, und sein Vater lehrte ihn, den Wald zu lieben. Das führte den jungen Fuchs zunächst in die Kaserne, denn wer Förster werden und die elsaß-lothringischen Wälder hegen will, muß den grünen Rock mit dem grauen verdienen, in des Kaisers Heer. Als der Krieg ausbricht, ist Onkel Fuchs bereits Leutnant. Er wird an die elsässische Front geschickt, und dort spielt er in Lautenbach den Ortskommandanten. Der Krieg sagt ihm wenig zu, desto mehr die hübschen Mädchen und der gute Wein. Beides findet er im Gasthaus Herrgott, wo Bawala und Nini den Riesling und Sylvaner ausschenken.

Rang, gute Figur und charmantes Wesen – so kann er nämlich auch sein, der Menschenfresser – lassen das Bawala kalt. Aber Nini ist bestrickt. Für das Bawala ist Fuchs ein ‹Sauschwob›, für Nini ist er ein Märchenprinz. Leutnant Fuchs hat eine poetische Ader. Wunderschön weiß er den Wald zu besingen. Unwiderstehlich wird er, wenn er von der Liebe spricht und dabei Goethe, Heine und Schiller zu Verbündeten holt. Wenn er mit Versen anhebt *‹Im Rhein, im schönen Strome›*, dann klingt seine Stimme wie ein Cello, und Nini steigen die Tränen in die Augen. Es ist ein hübsches Gedicht, man sieht den Kölner Dom, wie er sich in den Rheinwassern spiegelt, und im Dom lächelt eine von Rosen umsponnene Madonna, deren strahlende Schönheit das Leben von Leutnant Fuchs im Banne hält. Und warum das? Weil die süße Gottesmutter mit Augen, Wangen und Mund der Mathilde Herrgott, genannt Nini, gleicht.

Im Dichterherzen schlummert jedoch auch ein Schwein. Leutnant Fuchs trinkt nicht, er säuft, und wenn er nicht unter den Tisch rollt, so weil er über eine erprobte Technik des Ausscheidens verfügt. Sobald ihn die Blase drückt, fordert er seine Saufkumpane zum Antreten auf. Sie begeben sich auf den Dorfplatz, zielen gegen Himmel und üben sich in freundschaftlichem Wettbewerb. Natürlich wird Anstand gewahrt, der Wettbewerb findet nur immer in der Dunkelheit statt, wenn auch der Offiziersbursche eine Laterne halten muß, damit die vom Strahl erreichte Höhe ermessen werden kann. Allerdings will es der Dienstrang, daß der Ortskommandant immer zum Sieger ausgerufen wird. Erleichtert kehrt er dann ins Gasthaus zurück, um nachzufüllen. Das Bawala nennt ihn einen Saukerl, und Nini denkt an den Rhein, den schönen Strom. Lächelnd tut sie das nächtliche Exerzieren als Bubenspiel ab.

Solcherart schwankt also Leutnant Fuchs zwischen Poesie und Alkohol hin und her. Indessen darf man nicht glauben, daß Lautenbach im Krieg allgemein so poetisch und lustig ist. Das große Morden ist in vollem Gange, und das Dorf liegt in der Kampfzone. Die Franzosen besetzen die Vogesenkammer, die Deutschen halten die Talsohle, und auf die Elsässer, die Zivilisten, gehen die Granaten nieder.

Vom Krieg hat uns in unserer Jugend Mama mehr erzählt als Papa, der ja, außer seinem kurzen Gastspiel bei der Artillerie, mehr Jagderlebnisse als Kampftaten zu berichten hatte; das schmälerte keineswegs seinen Ruhm, wir hörten ohnehin lieber von Tigern als von blutenden Helden.

Und doch hörten wir mit Interesse Mamas Erzählungen zu, zumal sie mit der Seelenruhe eines Überlebenden von Verdun zu schildern wußte. Das geschah meist während des Mittag- oder Abendessens. «Mama, erzähl uns den Munitionstransport.» Und Mama erzählte: «Da war also ein Munitionswagen, zwei Pferde davor, zehn Mann dahinter, von Gebweiler her unterwegs, vollgestopft mit Sprengstoffen und Granaten; plötzlich wird zwischen Schweighausen und Lautenbach die französische Artillerie wach, eine Granate geht auf den Pferdewagen nieder, es gibt keinen Wagen, keine Pferde, keine Munition, keine Soldaten mehr, an den Lindenbäumen ringsum hängen statt der Blätter blutige Girlanden aus Gliedern und Därmen. Wenn es Tapioka-Suppe gab, die ich nicht liebte, diente mir der Bericht als Brechmittel, man nahm meinen Teller weg, und statt dessen wurde mir Onkel Edouards Maul- und Fußsalat vorgesetzt.

Es war an einem solchen Tag, wo es nur so ballerte. Die Familie Herrgott hatte sich in die Kirche geflüchtet, der französischen Artillerie vertrauend, die bekanntlich nie auf Kirchen schoß, nicht wie die Deutschen, die die Kathedrale von Reims so schändlich zugerichtet hatten. Man befand sich also in der Kirche, und Onkel Edouard, damals sechzehn und mit dem guten Appetit seines Alters ausgerüstet, hatte sich als Proviant eine große Schüssel Maul- und Fußsalat mitgenommen. Da schlug plötzlich eine Granate, ihre französische Nationalität vergessend, ein großes Loch in das Kirchendach, und Onkel Edouard, der unter der Kanzel seinen Maul- und Fußsalat verzehrte, fand sich plötzlich stehend vor dem Hochaltar wieder, die Salatschüssel über sein Haupt erhebend wie eine Monstranz. Keine Granate, von welcher Nationalität sie auch gewesen wäre, hätte sie ihm aus den Händen schlagen können.

Da war dann noch eine Geschichte von einer Granate, die auf Großmutters Scheune niederging, und diese Geschichte liebte ich besonders, erstens, weil die Scheune völlig ausgebrannt war, zweitens, weil sie viele Katzen beherbergte und eine davon brennend davonlief und sich unter die Röcke unserer Elisa in der Küche flüchtete; diese wäre wohl viel schlechter davongekommen als nur mit dem angesengten Hintern, wenn gerade nicht Ortskommandant Leutnant Fuchs in der Gaststube gesessen hätte. Dieser bannte die Gefahr, indem er einen Eimer voll Wasser über Elisas Allerwertesten goß. Danach hatte er mit einem Revolverschuß die Katze erlöst und flugs um Ninis Hand angehalten. Sie wurde ihm auf der Stelle gewährt, zunächst, weil die Heldentat, die er soeben vollbracht hatte, indem er Elisas Hintern rettete und den drohenden Brand verhinderte, diese höchste Belohnung verdiente, dann aber auch, weil die bewiesene Kaltblütigkeit die Energie offenbarte, die einen soliden Ehegemahl und gutgestählten Vater ausmacht. Natürlich ist der Bewerber deutscher Offizier, und manch ein Leser dürfte sich wundern. Man muß aber klar unterscheiden: Der Vierzehnerkrieg ist nicht der Neununddreißigerkrieg. Schriebe man 1945, so würde Großmutter sogleich als deutschfreundlich gelten, und der schönen Nini hätten schon mutige Patrioten den Kopf kahl geschoren. Aber man schreibt eben Vierzehn-Achtzehn, und das ist ein Krieg ohne die schwierigen Verwicklungen, ohne Gaullisten und Petainisten, ohne Widerstandskämpfer und ohne Kollaborateure, hüben die Franzosen, drüben die Deutschen, also ein ziemlich einfacher Krieg, außer für die Elsässer.

Sie erinnern sich wohl: Mein Großvater Schambadiss hatte einen Sohn beim französischen Heer, und drei andere mußten bei den germanischen Horden mitmarschieren. Auch mein Großvater Herrgott hat vier männliche Nachkömmlinge. Edouard ist zu jung, um Soldat zu werden, er verteidigt die Front des Maul- und Fußsalats. Nicolas wird unter deutscher Uniform schon in den ersten Kriegstagen an den Beinen zum Krüppel geschossen, er entging mit knapper Not der doppelten Amputation im Colmarer Spital, aber bis auf die Rebhügel hörte man ihn schreien vor Schmerz. Henri ist an der Ostfront, man weiß nicht viel von ihm. Was mit ‹Schüll›[1] geschehen ist, hat man gehört, man gibt sich aber den Anschein, von nichts zu wissen. ‹Schüll› hat sich nach Frankreich verzogen, sobald er spürte, daß der Holocaust herbeinahte.

Nicht daß er dem Krieg entgehen möchte, im Gegenteil. Er will sich für Frankreich schlagen, er hat den gleichen Charakter wie der Seppala, ein Superpatriot. Zunächst wird er von den Franzosen interniert, er ist ja deutscher Staatsbürger, dann bequemen sie sich, seine Dienste anzunehmen. Damit er nicht bei einer eventuellen Gefangennahme vor das Hinrichtungskommando kommt, wie es die elsässischen Deserteure erwartete, wird ‹Julius Herrgott, geboren in Lautenbach› zum ‹Louis Leduc› aus Chaffroix im Kanton Pontarlier. Er kommt zur Artillerie, und nun ist er der Schrecken der deutschen Landser an der Argonnerfront, während die Feldgendarmerie in Lautenbach nach ihm sucht.

Zu sechsen hat sie der Kaiser geschickt, die Spürhunde. Sie schnüffeln durch das ganze Haus, stecken die Köpfe in die Schränke und unter die Betten, stoßen mit dem Bajonett ins Heu, durchsuchen Hühnerhaus, Schweinekoben und Kuhstall. Was erwarten sie wohl davon, diese Hampelmänner? Glauben Sie, Onkel

1 Schüll = Julius.

Schüll als Kuh verkleidet zu finden, wie er den Heuwagen zieht? Großvater Edouard würde sie am liebsten mit Fußtritten hinauskomplimentieren, aber das ist eine delikate Sache. Im Haus hält sich nämlich oft ein anderer ‹Schüll› auf, dieser heißt Kewala, geschrieben wird es Kiebelen und bedeutet Kübelchen. Es ist der Nachbarssohn. Auch er will nicht für Deutschland sterben, er würde lieber für Frankreich leben, so hat er sich eine Frist zum Überlegen gewährt.

Das Überlegen begann im August 1914 und dauerte bis in den November 1918. Der Kewala-Schüll entschied sich zu spät und wurde dann eben Franzose, ohne daß ihm die Freude beschieden war, sich für sein Vaterland zu schlagen. Augenblicklich aber überlegt er im elterlichen Speicher, und wenn er dessen müde wird, überlegt er in Herrgotts Speicher weiter, indem er sich durch den ‹Schlupf› zwängt, das ist der enge Raum zwischen beiden Häusern. Auf Herrgotts Dachboden überlegt es sich sowieso viel besser, es hat dort Nüsse und Haselnüsse in Fülle, und oft steigen auch das Bawala und die Nini herauf, fragen, wie es ihm geht, und bringen, als Zugabe zu den Nüssen und Haselnüssen, etwas Brot, Butter, Wein und Konserven. Ach ist doch der Krieg in solchen Stunden eine schöne Sache, und wie glücklich fühlt sich der Rebell, daß er die Speicherfront halten darf!

Also, Großvater Herrgott hat um seinen Schüll keine großen Sorgen, er weiß ihn sicher vor den Feldgendarmen, wenn schon nicht vor den Granaten, aber Edouard zittert für den Kewala-Schüll und auch für sich selbst, es würde ihm den Kragen kosten, käme es heraus, daß er einem Deserteur Unterschlupf gewährt. So versucht er, die Spürhunde zu beschwichtigen. Was muß er da von diesen Herren erfahren? Sein leibhaftiger Sohn entziehe sich seiner deutschen Pflicht? Und er wäre gottvergessen genug, um sich im Hause des eigenen Vaters zu verbergen? Das kann und kann der Edouard Herrgott nicht glauben! Sollte es aber doch wahr sein, was die Herren da sagen, so will er den liederlichen Sprößling schon aus seinem Versteck hervorlocken. Er nimmt also eine kupferne Pfanne zur Trommel, eine Schöpfkelle zum Schlegel und trommelt ohrenzerreißend durch das Haus und schreit: «Schüll, zeige dich, wenn du da bist, der Kaiser schickt dir Botschaft!»

Droben, auf dem Dachboden, schlägt sich der Schüll Kewala

gerade den Bauch mit Nüssen voll. Er hört das Geschrei und vernimmt die Warnung. Durch den ‹Schlupf› kehrt er auf den Kewala-Boden zurück. Wohl sind die Feldgendarmen nicht gerade Blitzmerker, doch begreifen sie mit der Zeit doch, daß man sie hier auf den Arm nimmt. Es kommt zu höflich-schneidendem Wortwechsel: «Wir sind hier die Abgesandten des Kaisers!» – «Das beeindruckt mich gar nicht, ich bin der Herrgott!» – «Geben Sie doch zu, daß Sie der Vater eines Deserteurs sind!» – «Das tu ich, wenn Sie zugeben, daß Sie *Hundesöhne* sind!» So geht das eine Weile, und schon sitzt der Herrgott im Gendarmenwagen, gefesselt und allein, weil die Deserteurenjäger sonst keine Beute gemacht haben. Übrigens suchen sie vorerst den Schüll Herrgott, noch nicht den Schüll Kewala. Sie gehen der alphabetischen Reihenfolge nach, und als sie dann beim Buchstaben ‹K› anlangen, nimmt der Kewala einfach Daueraufenthalt auf Herrgotts Speicher.

Was aber tut Großvater Herrgott im Gendarmenwagen? Er fällt in Ohnmacht, und das ist nun keine List mehr; er ist seit Jahren zuckerkrank, und Diabetes führt unter belastenden Umständen ziemlich sicher zum Koma. Bei den kaiserlichen Abgesandten bricht Panik aus. Sie sind keine Nazis, sie sind Gendarmen im Vierzehnerkrieg. Sie vergessen sofort, daß der Gefangene sie veräppelt hat, er ist nur noch ein Kranker, der in sein Haus und in das vor einer Stunde durchwühlte Bett zurückgebracht wird. In diesem scheidet Edouard Herrgott am 4. Dezember 1914 aus dem Leben. Es ist der Tag der heiligen Barbara, der Schutzpatronin der Artilleristen und meiner Mutter, die bis zu ihrem Tod an diesem Tag Tränen vergießt.

Der Gatte ist also tot, drei Söhne stehen im Feld, zwei Töchter sind im heiratsfähigen Alter, dem Haus drohen ständig die Granaten; man begreift, warum die Werbung des Ortskommandanten Fuchs so rasch und freudig angenommen wurde. Ninis Zukünftiger war eben der rechte Mann am rechten Platz. Er ersetzte alle anderen Männer, den Frauen bot er Schutz und Sicherheit, er wußte ein Feuer zu löschen. Daß er zudem trinkfest war, konnte der Großmutter nicht mißfallen, bestand doch ihr Beruf darin, Hunger und Durst ihrer Mitmenschen zu stillen. Und daß er ein deutscher Offizier war, bot letzten Endes nicht die geringste

Schwierigkeit. Großmutter war sich sicher, daß Leutnant Fuchs mehr Fuchs als Leutnant war.

Wenn er siegreich von den nächtlichen Wettbewerben in die Gaststube zurückkehrte, drängte ihn die erleichterte Blase dazu, auch sein Herz zu erleichtern. Dann verglich er das Feld der Ehre mit einem Riesenschlachthof und die Frontkämpfer mit Kälbern. Clémenceau und der Kaiser seien vom gleichen Holz, Blut am Rock und Rock mit Blut. Großmutter war von den wilden Reden geradezu gerührt. Wohl sprach Fuchs nur so, wenn er sich einen Rausch angetrunken hatte, aber sie wußte aus Erfahrung, daß ‹in vino veritas› liegt, daß unter dem Einfluß des Weines jedermann sagt, was er wirklich denkt. Unter der rauhen Schale verbarg Fuchs einen zarten, seraphischen Kern, und da Ninis Kern noch engelhafter war, mußte Großmutter zugeben, daß sie füreinander wie geschaffen waren. Es gab also eine Hochzeit im Hause Herrgott.

Das Schicksal und der Kaiser wollten jedoch vermeiden, daß Fuchs in den Genüssen der Flitterwochen erweiche. Am Tag nach dem Fest wurde er an die Ostfront abkommandiert, wo ein russischer Infanterist mit dem Bajonett auf ihn einstach. Das Ergebnis war eine Riesennarbe unter dem Kinn und ein leerer Mund. Um den Schaden zu verbergen, ließ sich Onkel Fuchs den Bart stehen und seinen Mund mit Gold pflastern. Nach Kriegsende wurde Leutnant Fuchs französischer Staatsbürger. Die Republik brauchte an allen Orten leitendes Personal. So bot sie Onkel Fuchs ein hohes Amt in der Forstverwaltung an. Er sollte in einer großen Stadt ein großes Büro haben. Dort würde er ausgeklügelte Rundschreiben redigieren und auf dem Papier Abertausende von Bäumen wachsen lassen. «Was sagen Sie dazu?» fragte die Republik in der Gestalt des Colmarer Oberforstmeisters. Gewöhnlich beteuern die Glücklichen, denen solche Vorschläge gemacht werden, sie seien hochgeehrt und würden sich bemühen, das in sie gesetzte Vertrauen zu rechtfertigen. Onkel Fuchs aber antwortete dem Oberforstmeister, er pfeife auf das hohe Amt, er habe keinerlei Lust, seinen Arsch in einen Bürostuhl zu zwängen, er wolle im Wald leben, man gebe ihm daher das Revier Niederlauchen.

Das Forsthaus Niederlauchen steht auf einer Waldlichtung im hintersten Winkel des Blumentals, dort wo der Berg einen Riegel vorschiebt. Eine Wand von hohen Tannen säumt die Matte. Der Bach, an dem die Hirsche trinken, fließt dort in die Lauch. Das Haus inmitten der kleinen Weide ist schneeweiß, der Garten schiebt sich etwas erhöht wie der Bug eines Schiffes vor, als wäre das Ganze im schweigenden Grün vor Anker gegangen. Onkel Fuchs hat sich an einem schönen Nachkriegs- und Vorfrühlingstag förmlich in das Forsthaus verliebt. Auf diesem Schiff da möchte er anheuern. Der amtierende Kommandant ist vor lauter Tannen waldkrank geworden, er findet, der Ort sei eine zu abgelegene Insel, und er möchte seinerseits jenen Bürostuhl besetzen, den die Verwaltung für ehrgeizige Hintern bereitstellt. «Geben Sie ihm den Sessel und mir seinen Wald», schlägt Onkel Fuchs vor.

Der Oberforstmeister, den seinerseits mildes Heimweh nach dem Wald plagt, läßt sich überzeugen. Sein neuer Untergebener ist ihm sehr sympathisch, und so bittet er ihn zum Freundesmahl ins Colmarer Kopfhaus, was ein Pol der elsässischen Gastronomie ist. Höchst lustig treten die beiden zwei Stunden später aus dem Lokal. Sie singen aus lauter Kehle: «Im Wald und auf der Heide, dort find ich meine Freude.» Das Mahl war üppig, die neue Freundschaft war ausgiebig begossen worden. So ausgiebig, daß, als sie auf dem Münsterplatz anlangen, der ehemalige Ortskommandant von Lautenbach dem Colmarer Oberforstmeister beinahe eines jener ‹Pissings› vorschlägt, in welchen er früher seine Meisterschaft bekundete.

So kam es, daß der Onkel Menschenfresser im Forsthaus Niederlauchen arbeitet und wohnt; das Forsthaus heißt übrigens nicht mehr Niederlauchen, sondern ‹Dauvillers›. Während des Krieges mußte ein zur Wiedereroberung Elsaß-Lothringens vom Berg herabgestiegenes französisches Bataillon auf der Waldmatte viele Tote liegen lassen, darunter auch den Bataillonskommandeur. Er hieß Dauvillers.

Und nun schicken sich der Schangala und der Pierri an, mit dem furchterregenden Onkel Fuchs nach Dauvillers zu fahren. Aber noch hat Onkel Fuchs keine Eile. Er redet, er trinkt, je mehr er redet, je durstiger wird er, und je mehr er seinen Durst löscht, je mehr muß er reden. Das ist ein Teufelskreis, den die Großmutter gern durchbrechen würde, sie sieht, wie die beiden Buben hinter der nach des Onkels Vorschrift vorgehaltenen Hand gähnen, kaum sehen sie mehr aus den Augen. Großmutter erbarmt sich ihrer: «Louis», mahnt sie, «die Kleinen fallen vor Schlaf um.» Onkel Fuchs schaut sie prüfenden Auges an: «He, ihr Brei-Quirler, ist das wahr?» Vor Angst vergessen die Brei-Quirler das Gähnen, sie beteuern, daß sie in bester Form seien, Onkel Fuchs greift seinen Faden und sein Glas wieder auf, aber, wenn er schon weder Gott noch den Teufel fürchtet, vor seiner Schwiegermutter hat er den größten Respekt.

«Schön», willigt er ein, «gebt mir noch einen letzten Liter und die Zeit dazu, diesen Hahnreien hier knapp zu sagen, was ich von ihnen halte, dann nehme ich die beiden Rotzbengel unter den Arm und gehe.» Der Wein wird getrunken, die Hahnreie werden bedient. Dann schiebt uns Onkel Fuchs in seinen alten ‹Renault›, und Großmutter läßt ihn ausdrücklich versprechen, daß er nicht bei Pavie haltmachen wird, das ist die hinterste Gastwirtschaft im Dorf. Onkel Fuchs gibt sein Ehrenwort, es müßte schon sein, daß er mit seinem Auto gerade dort einen Ärger hätte. Und gerade so kommt es – der Wagen meint es mit dem Onkel gut –, die Panne geschieht just an der geeigneten Stelle. *«Millione Milliarda Gottverdammi»,* sagt Onkel Fuchs, der nie mit Flüchen spart, «kommt, ihr Teigäffler, ich will euch meinem Freund Pavie vorstellen.» Es gibt eigentlich zwei Brüder Pavie. Der eine, Seppi, ist Gastwirt, der andere, Alois, meist nur Gast und Konsument. Wenn er nicht konsumiert, dann ist er Taxi-Chauffeur, und sein alter «Delahaye» dient ihm auch als Gemüseladen. Spitze Zungen erzählen, er hätte seine Frau ein bißchen ermordet, und als sie aus der Ohnmacht erwachte, habe er sich in den Kopf geschossen, doch das Gehirn sei nicht verletzt worden. Noch spitzere Zungen fügen hinzu, von Gehirn könne keine Rede sein, er hätte gar keins. Jedenfalls hat die Kugel schon Schaden verursacht, Alois hält seinen Kopf ganz schief, wie ein betender Mystiker, und das gibt seinen Reden einen ganz besonderen Sinn. Er witzelt nämlich ständig, er lacht über alles, was zum Weinen ist; das ist eine Form des Humors, die im Elsaß ziemlich geläufig ist.

Er betrachtet uns von oben bis unten, lobt die Festigkeit unserer Arme und Beine, setzt dem Onkel auseinander, wie er uns schmerzlos abstechen und zerlegen könne, und rät dazu, uns eher in der Röhre zu braten als in der Pfanne. Die Ohren gäben einen guten Salat, und die Füße könne man panieren.

Pierri bekommt vor Angst den Schluckauf, er will nicht verspeist werden, Schangala ringt sich ein Lächeln ab, aber die Angst zieht ihm die Gedärme zusammen, er ist nicht so sicher, daß Alois nur spaßt, und Onkel Fuchs sieht so sehr einem Menschenfresser ähnlich, daß er wirklich einer sein könnte. Vielleicht schickt er sich an, seinen Neffen den Garaus zu machen. Schangala sinnt auf Flucht, lächelt aber brav weiter, der Menschenfresser darf nicht erraten, was er plant. Er sieht ihn gerade an, Schangala lächelt noch mehr, und nun geschieht ein Wunder: Der Blick des Menschenfressers wird fast zärtlich, Onkel Fuchs fährt mit der Hand durch Schangalas Haarschopf und brüllt den Alois an: *«Halt d'Schnurr, Alisi,* meine Neffen sind Franzosen, also Rationalisten, sie lassen sich von deinem elsässischen Gefasel nicht beeindrukken!»

Schangala hat keine Angst mehr. Er sitzt neben seinem Bruder ganz hinten in der Gaststube und hört seinem Onkel zu. Alois hat gebeten: «Fuchs, erzähl uns mal von den slawischen Ärschen!» Die anderen Gäste haben eingestimmt: «Ja, Herr Fuchs, die slawischen Ärsche!» Um was es geht, verstehe ich nur insofern, als es sich um Damen handelt, mit welchen Onkel Fuchs bekannt geworden ist, als er im Rußland-Krieg war. Wie es scheint, hat er ihre Hintern gesehen und vielleicht sogar berührt. Es geschieht etwas Seltsames. Onkel Fuchs drückt sich hochdeutsch aus, um die Wunder, die er gesehen und berührt hat, würdig zu ehren, und der Schangala, der nie Deutsch gelernt hat, versteht das hohe Lob, das gerade den Rundungen der polnischen Gräfin Bozena gilt, ohne weiteres. Fuchs lernte sie in der Wojwodschaft Krakau kennen, sie habe den allerschönsten Arsch ganz Mitteleuropas gehabt, und Onkel Fuchs zeichnet Formen in die Luft, von welchen er versichert, sie seien fest gewesen wie Marmor, strahlend wie die Rosen und unter der Hand weich wie Seide. Lächelnd träumen die Zuhörer dem Bild nach, es dürstet sie nach mehr, aber Onkel Fuchs erhebt sich und zeigt mit dem Finger auf uns Buben: «Meine Herren, ich bin für diese beiden Seelen verantwortlich, und Seelen sind wichtiger als Ärsche.»

Und wieder sitzen wir im Wagen und rollen Dauvillers entgegen. Die Angst, die ich bisher vor Onkel Fuchs empfunden habe, wandelt sich allmählich in Vertrauen und Bewunderung. Im Forsthaus zwischen Lautenbach und Linthal brennt noch ein Licht. «Was ist denn das», murmelt Onkel Fuchs. Er trägt keine Uhr, die Zeit weiß er instinktiv. «Jetzt ist bald Mitternacht, und Kollege Murat schläft noch nicht? Er muß eine Last auf der Seele oder ein Messer im Herzen haben. Schauen wir mal, ob wir etwas für ihn tun können.»

Kaum hält das Auto, springt schon ein heulender Riesenhund ins Licht der Scheinwerfer. Fuchs steigt aus und bellt seinerseits: «Gib Ruhe, Troppmann.» Der Riesenhund hat Riesenzähne, er trägt nicht umsonst den Namen eines Mörders, der im Blumental geboren wurde und die Eheleute Kink samt ihren sechs Kindern umgebracht hat. Nun aber kriecht Troppmann winselnd auf den Onkel zu und legt sich schließlich uns zu Füßen. Wir müssen über ihn hinwegsteigen, um zur Tür zu gelangen. Der Mann, der uns öffnet, tut gar nicht erstaunt, bei Kollege Fuchs wundert ihn nichts. Er heißt uns eintreten, holt eine Flasche und Gläser hervor. Die Uhr an der Wand schlägt zwölf, der Onkel sagt: «Wir haben haltgemacht, weil wir das Licht gesehen haben. Wir hatten Sorge, daß etwas geschehen sei.» – «Es ist etwas geschehen», antwortet der Förster, «meine Schwiegermutter ist gestorben. Sie liegt im Nebenzimmer, meine Frau und einige Freunde halten Totenwache.»

Onkel Fuchs erhebt sich, schlägt die Hacken zusammen, reicht Murat die Hand, sagt, er bedaure die Hinterbliebenen und sei glücklich für die Verewigte, denn der Tod schenke auch den Frieden. Er setzt sich wieder hin, leert sein Glas, und Murat füllt es aufs neue. Dann kommen die beiden in ein Gespräch, es ist die Rede von Herzleiden und Kriegserinnerungen, es fallen Bibelsprüche und Volksweisheiten.

Pierri schlummert auf der Tischplatte, Schangala schläft seinerseits auch ein und wacht erst wieder auf, als Förster Murat gerade mit der Geschichte des Schusters von Linthal anhebt, der sich immer so brüstete, er fürchte weder den Tod noch die Toten. Seine Freunde gehen eine Wette mit ihm ein, er soll eine ganze Nacht neben einem Toten ausharren. Sie dingen einen einsam lebenden

Hirten, den Güschti, dieser wird sich totstellen, und der Schuster soll ihm in seiner Hütte Totenwache halten. Dem Schuster wird mitgeteilt, der Güschti sei plötzlich verschieden und die Gelegenheit sei passend, nun die Wette zu halten. Er ist sofort einverstanden und sagt nur: «Schön, ich verbringe die Nacht bei Güschti in der Hütte, aber ich nehme meine Arbeit mit, um keine Zeit zu verlieren.»

Die Freunde sagen dem Güschti, was zu tun ist. Er solle bis Mitternacht bewegungslos liegen und möglichst leise atmen. Beim zwölften Schlag aber solle er ganz gespenstisch von seinem Totenbett aufstehen, und wenn der Schuster dann keinen Herzschlag bekäme, seien solche Streiche überhaupt nicht der Mühe wert. Der Schuster hält also die Totenwache und besohlt bei Kerzenlicht seine Schuhe. Vom Linthaler Kirchturm schlägt es Mitternacht, da tritt der Güschti wieder aus der Ewigkeit hervor und setzt sich auf, irre Blicke auf den Schuster werfend. Dieser rügt ihn ganz ernsthaft: «Wenn man tot ist, verhält man sich ruhig!» Der Verstorbene legt sich wieder nieder, und der Schuster hämmert weiter auf sein Leder. Einige Minuten später regt sich der Güschti erneut, und sofort erhält er wieder seine Zurechtweisung: «Wenn man tot ist, bleibt man bewegungslos liegen!» Der Güschti fällt ins Jenseits zurück, tut einen kleinen Schlaf und will wieder aufstehen; da verliert der Schuster die Geduld, er nimmt seinen Hammer und versetzt dem Güschti einen gewaltigen Schlag auf den Kopf, der ihn endgültig niederstreckt: «Wenn man tot ist, bleibt man es», sagt der Schuster, «und macht keine Faxen!»

«Das ist eine sehr erbauende Geschichte», sinnt Onkel Fuchs, «sie ist ebenfalls einem polnischen Dorfschuster passiert, das hat mir eine sehr glaubwürdige Gräfin in der Wojwodschaft Krakau erzählt. Aber die Polen sind nicht so geduldig wie die Elsässer, und dort wurde der Verewigte schon beim ersten Lebenszeichen totgeschlagen. Das beweist, daß es Dinge gibt, mit welchen man nicht spaßen sollte.»

Förster Murat will eine dritte Flasche entkorken, Onkel Fuchs protestiert, Murat will unbedingt. «Na ja», sagt der Onkel, «aber dann nur, um auf das Wohl der Verstorbenen zu trinken.» Als die Flasche leer ist, lesen wir den Pierri von der Tischkante auf und gehen ins Nebenzimmer. Es geschieht zum erstenmal, daß ich eine

Leiche sehe. Soviel schweigende Bewegungslosigkeit beeindruckt mich sehr. Ich denke aber an den Schuster von Linthal und frage mich, was Förster Murat tun würde, wenn seine Schwiegermutter plötzlich wieder auflebte. Wie immer bei hohen Anlässen – das werde ich später noch oft feststellen – zeigt sich Onkel Fuchs von der kultivierten Seite. *«Der Tod, das ist die kühle Nacht»*, murmelt er, die Tote betrachtend. Dann wendet er sich zu den Lebenden und fügt hinzu: *«Das Leben ist der schwüle Tag.»*

Murat schlägt vor, die Beklemmung mit einem letzten Glas hinunterzuspülen, aber Onkel Fuchs hat es nun eilig, er will uns zu Bett bringen, und wir ziehen davon, begleitet vom Abschiedsgebell des Riesenhundes Troppmann.

Doch als wir so durch die Nacht fahren, ist plötzlich wieder des Onkels dröhnender Baß vernehmbar:

«Lieblich war die Maiennacht,
Silberwölklein flogen,
Ob der holden Frühlingsnacht
freudig hingezogen ...»

Der Onkel trägt Lenaus ‹*Postillon*› vor. Dieses Gedicht gleitet ihm über die Lippen, wenn der Silvaner und die Nacht sein Herz überlaufen lassen. Das Alltagsdeutsch stößt Schangala in gleichem Maße ab, wie ihn das Gedicht fasziniert; der Rhythmus, die Musik lassen die Worte erstrahlen, durch *sie* wird er von ihrem Sinn durchdrungen.

Lenaus ‹*Postillon*› läßt seine Pferde galoppieren, seine Peitsche knallen und seine Freude wieder erwachen.

Plötzlich taucht mitten in der leuchtenden Nacht ein Friedhof auf. Der Wagen hält an, der Postillon steigt aus und entschuldigt sich beim Dichter – dort unten ruht in noch frischem Grabe sein Freund –:

«Ein gar herzlieber Gesell,
Herr, ’s ist ewig schade,
Keiner blies das Horn so hell,
Wie mein Kamerade.»

Hier auf dem Friedhof höre ich zum erstenmal, wie Onkel Fuchs den ‹*Postillon*› rezitiert. Hier hat Onkel Fuchs viele Freunde, Kriegskameraden und Saufkumpane; eine Träne rollt langsam hernieder in seinen Bart. Dann sagt er zu mir: «Schangala, wenn ich einmal tot bin, dann mußt du in der Nacht kommen und mir das Waldhorn blasen! Versprich es mir!»

Die Bitte hätte mich eigentlich in Verlegenheit bringen müssen, ich hatte kein Waldhorn, konnte nicht Horn blasen, und auf Friedhöfen nächtliche Konzerte zu veranstalten, sagte mir nicht eben zu. Aber ich war so stolz darauf, daß mir Onkel Fuchs auftrug, ihm im Grab für Zeitvertreib zu sorgen, daß ich begeistert versprach. Da senkte sich seine Hand auf meine Schulter und packte fest zu: «Du wirst mir ‹*Ich hatt einen Kameraden*› blasen.» So eindeutig bot die feste Hand Freundschaft, daß der Schangala dahinschmolz wie ein Stück Zucker im Kirschwasser.

Doch plötzlich spitzt Onkel Fuchs die Ohren. Von irgendwoher kommt Lachen, Singen, Musik. «Das ist bei Riethmüllers», sagt er. «Sie haben eine Hochzeit; nun sitzen sie schon an die zwölf Stunden bei Tisch, schauen wir mal, ob sie, wie zu Kana, den besten Wein zuletzt ausschenken.»

Im Nu treten wir in den Festsaal ein. Onkel Fuchs drückt die Braut an seine breite Brust und legt dem Hochzeiter nahe, er solle sie ihm für die Nacht anvertrauen, er werde sie in die Geheimnisse der Brahmanen einweihen. Der Hochzeiter tut, als hätte der Onkel gespaßt, er lächelt nur. Im übrigen scheint Onkel Fuchs jedermann zu kennen. Den einen nennt er einen Trunkenbold, die andere eine Wildsau. Den dritten fragt er, ob er seinen Tripper los sei, die vierte, ob sie sich noch immer vom Stallknecht verhopsen lasse, noch einen anderen, ob es wahr sei, daß sein Jüngster aufs Haar dem Pfarrer ähnlich sehe. Man tut noch immer, als ob Onkel Fuchs spaße, und jene, denen er am ärgsten zusetzt, lachen am schrillsten. Aber von der Tischmitte hallt eine Stimme: *«Schame-n-i*[1], *Fuchs, schame-n-i!»* Breiig, aber mit Nachdruck, kommt die Mahnung aus dem Mund des Pfarrers.

Dieser ist blauer als seine Soutane schwarz ist. Im Riesling findet er den Mut, Onkel Fuchs zu tadeln. Das schert den Onkel

1 Schämt Euch!

überhaupt nicht, sind sie doch beide gute Freunde; Fuchs kehrt oft im Pfarrhaus ein, und sie führen große theologische Disputationen, wobei der Förster immer zur Hebung des Tugendgespräches einige gute Flaschen beisteuert. Der Pauli, so heißt der Pfarrer für seine Pfarrkinder, hat für den Wein, den seine Hände am Altar in das Blut Christi verwandeln, schon etwas übrig. Bei Tisch wird ihm der Rebensaft zur Traummaterie, und diese Träume sind nicht immer sehr unschuldig und dezent. «Pauli, du bist ein großer Mystiker», klopft ihm Onkel Fuchs auf die Schulter, wenn er sieht, wie der Pfarrer allmählich in Ekstase versinkt.

Heute abend indessen hat der Wein den Pfarrer nicht ekstatisch, sondern angriffslustig gemacht. Aber Onkel Fuchs läßt sich nicht provozieren, ohne daß sogleich der Gegenhieb durch die Luft peitscht. Einen bohrenden Blick wirft er den Anwesenden zu: «Ihr wißt wohl, warum ich von allen euren Schandtaten weiß, nämlich weil mir der Pfarrer sagt, was ihr ihm beichtet. So weiß ich auch bereits, daß die Braut schwanger ist und daß der Hochzeiter ...»

Ehrlich gesagt, habe ich das, was Onkel Fuchs wußte oder zu wissen vorgab, etwas vergessen. Jedoch, je mehr er lästerte, um so höher stieg die Stimmung, es war ein großes Hallodria. Daß er dem Pfarrer Trinklust, den Frauen Hinterlist, den Männern Herumhuren, den Bauern Geiz vorwarf, daß er schilderte, wie sie Angst davor hatten, selbst Hörner zu tragen, aber immer bereit waren, einen anderen zum Hahnrei zu machen, schuf höchste Lust, und wer seinen Hieb abhatte, verlangte einen anderen.

Die Elsässer lieben es, sich über sich selbst lustig zu machen, und diese hier lachten aus vollem Hals zu ihren insgeheim zugegebenen heidnischen Unsitten. Damals gab es auf den Dächern von Linthal keine Fernsehantennen, in den Küchen plärrten keine Transistorenradios. Was in der Welt geschah, wußte man nicht, aber über die geheimsten Geschehnisse im Dorf, in den Häusern, den Scheunen und im Wald war man genauestens informiert.

Allein der Pfarrer lachte nicht mit. Er füllte ab und zu sein Glas, dazwischen hielt er flüsternd Zwiesprache mit jemandem, der, wenn ich mich der Richtung seines Blickes entsinne, in eben diesem Glas sitzen mochte. Onkel Fuchs vergrößerte gewissenhaft den Vorsprung, den er bei Großmutter, Pavie und Murat genommen hatte, und je mehr Riesling in ihn hineinfloß, je mehr beißende Wahrheiten flossen aus ihm heraus. Schangala setzte sich seinerseits ohne Zeitverlust mit den Riesenportionen von Eiskuchen auseinander, die ihm Frau Riethmüller in regelmäßigen Abständen zuschob. Pierri war im Auto geblieben. Er schlief auf den Hintersitzen, selig zusammengerollt wie ein junges Kätzchen.

Gegen zwei Uhr morgens hört man plötzlich ein Gewitter grollen. Man tritt auf die Schwelle: Am Himmel ziehen die Wolken schneller. Das Brautpaar stürmt in das Hochzeitszimmer, die Gesellschaft stiebt auseinander. Im großen Eßzimmer sitzen nur noch Onkel Fuchs und der Pfarrer nebst Schangala. Die beiden Männer leeren eine letzte Flasche und klären eine letzte theologische Frage. Der Bub horcht auf die Donnerschläge und träumt davon, im Bett von Frau Riethmüller zu schlafen, nicht nur weil sie mollige, üppige Brüste hat, sondern auch weil es ihm graust, bei Blitz und Donner in des Onkels altem Auto durch den Wald zu fahren. Es muß aber sein. Trotz seines Rieslingkonsums steht Onkel Fuchs aufrecht wie eine junge Tanne. Er packt sich Pfarrer Pauli, der krumm ist wie ein alter Rebstock, hebt ihn in den Wagen, um ihn ins Pfarrhaus zu bringen, vergißt aber, daß sich auf dem Hintersitz der kleine Pierri ringelt; dieser fährt schreiend aus dem seligen Schlaf, als Pfarrer Pauli gleich einer schweren schwarzen Wolke auf ihn niedersinkt. Onkel Fuchs gibt dem Pfarrer einige Knüffe, damit er im Auto den rechten Platz finde, und der arg mitgenommene Pierri wird mit einem Arm nach vorn gefischt.

Unter Regenströmen fahren wir los, und wenn Onkel Fuchs anscheinend mit geschlossenen Augen am Steuer sitzt, so nicht, weil ihn der Riesling etwa schläfrig machte, sondern weil es gar keinen Sinn hat, in dieser tintenfarbenen Sintflut etwas erkennen zu wollen. Er fährt also dem Gespür nach und ist ganz glücklich, wenn ein Blitz bestätigt, daß sein Wagen noch immer auf der Straße rollt.

Eben läßt der Blitz die Fassade des Pfarrhofes in hellem Licht erglänzen, so schleppt Onkel Fuchs den Pfarrer zur steinernen Treppe. Der Geistliche schlägt vor, daß alle unter seinem Dach die Nacht verbringen. Der Onkel antwortet, er habe mehr Angst vor Flöhen als vor Blitzen. «Haben Sie acht, die Hölle ...» ruft uns der Pfarrer nach, und Onkel Fuchs lacht dröhnend: «Ich habe meinen Schutzteufel.»

Die Hölle, die der Pfarrer meint, ist die gleiche nicht, die er den

Säufern und Sittenstrolchen androht, sondern die Felsenschlucht zwischen Linthal und Dauvillers, durch welche sich die Straße in knappen Kehren schlängelt. Es ist schon zu befürchten, daß das Gewitter und Onkel Fuchsens Rausch uns dort in Gefahr bringen könnten. Jedoch es wacht die Vorsehung oder auch des Onkels Schutzteufel. Noch vor dem überaus gefährlichen Straßenabschnitt hustet der Motor etwas, und der Wagen bleibt stehen. *«Milliona, Milliarda, Gottverdammi!»* sagt Onkel Fuchs. «Der Motor ist ersoffen.» Daß ein Christenmensch Gott darum bitten kann, er möge ihn eine Million von Milliarden Mal verdammen, während der Allerhöchste ihn vor der Hölle bewahrt hat, das sollte eigentlich den Schangala zutiefst entsetzen. Papa würde sich, da er mit Inbrunst an Gott glaubt, beide Ohren zuhalten, hörte er den Gottlosen so inmitten der Blitze fluchen. Aber Schangala bringt es nicht über sich: Das Verhältnis des Onkels zum Teufel beruhigt ihn mehr, als es ihn ängstigt. Wohl ist Gott anzuflehen, er möge sie aus der mißlichen Lage befreien, aber sollte der Teufel die Hand dazu reichen, ist es auch nicht zu verachten. Es ist immer gut, zu beiden Lagern Beziehungen zu haben.

Onkel Fuchs läßt uns aussteigen: «Wollen mal sehen, ob ihr Freischärler so mutig seid, wie man es behauptet! Seid ihr bereit, mir durch Sturm und Nacht zu folgen?» Einer der Freischärler stolpert vor Schlaf, und so sage ich für die beiden: «Ja.» Aber selbst das wildeste Gewitter löscht bei Fuchs die Sorge um gute Erziehung nicht aus: «Ja, wer?» – «Ja, Onkel Fuchs.»

Das Ende der Welt scheint nahe zu sein. Der Himmel flammt von Blitzen, der Donner rollt von Kuppe zu Kuppe und von einem Tal ins andere. Sturzbäche rauschen, Tannen brechen krachend. Trotzdem höre ich, wie Pierri mit den Zähnen klappert, er hat eben eine Lungenentzündung hinter sich, er schlottert vor Angst und Kälte. Das Wasser läuft uns in den Nacken und aus den Schuhen, wir sind innen und außen naß. Onkel Fuchs findet die Gelegenheit passend, um wieder Lenau zu zitieren:

«Der Donner bricht herein,
Es kracht die Welt in Wettern,
Als wollt am Felsgestein
Der Himmel sich zerschmettern.

Der Regen braust; nun schwand
Das Tal in seiner Dichte.
Verpfählt hat er das Land
Vor meinem Augenlichte.

Doch mir im Herzensgrunde
Ist Heiterkeit und Stille.
Mir wächst in solcher Stund'
Und härtet sich der Wille.»

Des Schangalas Willen ist jedoch im Augenblick gar nicht gehärtet, und der Pierri kann einfach nicht mehr. Jedesmal, wenn er fällt oder stolpert, winselt er herzzerreißend. Onkel Fuchs aber hält uns fest und stärkt mit weiteren Gedichten unseren Mut. Als wir endlich todmüde und noch immer vom Gewitter begleitet das Forsthaus Dauvillers erreichen, schlägt die Kuckucksuhr gerade vier.

Tante Nini stellt ihre Kerze ab, um die Arme zum Himmel zu heben, aber Onkel Fuchs sorgt vor: «Nini, ich weiß, wie gut es dir täte, wenn du mir jetzt deinen großen Auftritt servieren könntest. Aber bitte, nehme dich vor allem um deine Neffen an.» Von den Neffen fließt das Wasser in kleinen Bächen auf die Küchenfliesen. «Gott im Himmel», klagt Tante Nini, «was hast du denn diesen Kindern angetan?» – «Meine Liebe», antwortet Fuchs, «ich glaube wohl, daß ich sie zu Männern gemacht habe.»

Tante Nini schrubbt uns mit großen warmen Tüchern trocken, reibt uns das Haar mit Kirschwasser, manchmal läßt sie uns ganz nackt stehen, um Onkel Fuchs zu sagen, was sie von ihm denke, aber eheliche Gewitter lassen ihn so kalt und furchtlos wie Blitz und Donner draußen. Tante Nini bringt uns warme Milch, die sie mit Honig gesüßt hat, und steckt uns zusammen unter ein großes, rotes, weiches Federbett, indem sie uns bedauert, einen solch saufenden, hoffärtigen, verlotterten und hartherzigen Menschen zum Onkel zu haben. Verständnisvoll setzt der Schangala eine Duldermiene auf, aber er ist sehr verwirrt in seinem Herzen. Eigentlich freut er sich, einen Onkel zu haben, der so stolz einherschreitet, so fest trinkt, so schön von polnischen Gräfinnenpopos erzählt und so kräftig über seine Freunde zu lästern weiß. Schangala ist sehr stolz, mit dem Onkel durch Sturm und Nacht gegangen zu sein, und auf das, was er von dem Mut seiner beiden Gefährten zu Tante Nini gesagt hat. Er dreht sich seinem Bruder zu: «Hast du gehört, Pierri? Jetzt sind wir Männer!»

Der andere Mann unter dem roten Federbett ist jedoch längst daumenlutschend eingeschlafen.

Die Tage bei Onkel Fuchs

Tante Nini läßt das Fenster offenstehen, weil das unsere Lungen kräftigen soll. So streicheln uns die kühle Bergluft und die warme Morgensonne; das Zimmer füllt sich mit dem Gesang der Vögel und allen Düften des Waldes, nach dem Gewitter muß man sich im Paradies wähnen; langsam erwacht der Schangala.

Wenn man in Audincourt die Augen aufschlägt, sieht man Christus an der Wand, und man sagt: «Jesus, der du dem guten Schächer den Himmel versprochen hast, habe auch Mitleid mit mir.» In Dauvillers hängt kein Kruzifix an der Wand, sondern der Kopf eines Hirsches. Den hat Onkel Fuchs erstreckt, er hat ein wunderbares Geweih und heißt Vetter Thomas.

Warum ‹Vetter Thomas›? Schangala hat zugehört, wie Onkel Fuchs es Papa gesagt hat: Vetter Thomas, der richtige, der Handelsreisende, dem wachsen die Hörner jedesmal, wenn er auf Geschäftsreise geht. Das hat Schangala nicht genau begriffen. Er kennt sie wohl, den Vetter Thomas und dessen Frau, die Kusine Hortense. Sie wohnen in Belfort, die Kusine riecht gut und hat schöne Rundungen, die ihr Kleid genau abzeichnet. Der Schangala möchte schon mit der Hand darüber fahren. Aber bei Vetter Thomas hat er die Hörner nie bemerkt, sie müssen wohl unsichtbar sein, und hoffentlich kommt er, Schangala, einmal hinter das Geheimnis. Erkundigt hat er sich zwar schon und zur Antwort eine Backpfeife erhalten. Als Vetter Thomas und Kusine Thomas einmal in Audincourt zum Essen eingeladen waren, fragte Schangala die Kusine: «Ist es wahr, daß deinem Mann Hörner wachsen, jedesmal wenn er verreist?» Die Kusine wurde ganz rot: «Wer hat das gesagt?» Schangala antwortete anstandslos, daß es Onkel Fuchs und Papa gewesen seien, und schon brannte die Backpfeife. Wie der Blitz war sie gelandet, Papa hat noch immer die schnellen Reflexe des Tigerjägers. Aber gesagt ist gesagt, was wäre noch dazu zu sagen? Das denkt wohl auch die Kusine, sie steht auf, wirft ihr Mundtuch mitten in die Sauerkrautplatte und entschwindet, mit der ganzen Hinterfront Beleidigtsein mimend. Vetter Thomas folgt ihr gesenkten Hauptes, als trage er wirklich das Geweih eines Zehnenders.

Papa setzt sich nicht sogleich wieder hin, er knöpft sich den Schangala vor; im Schlafzimmer findet dann die Abrechnung statt, es geht, bis der Scharfrichter blaue Hände und der Übeltäter einen roten Hintern hat. Dann begibt sich der Vater an den Tisch zurück und schließt den Vorfall mit der Bemerkung ab: «Wenn der arme Thomas noch einen Zweifel hatte, so weiß er nun Bescheid.»

Schangala, der sich hungrig vom argen Schmerz in das Eßzimmer zurückgeschlichen hat, möchte brennend gern ebenfalls Bescheid erhalten. Wie es mit den Hörnern ist, hat er noch immer nicht begriffen, und warum er daraufhin geschlagen wurde, weiß er sich überhaupt nicht zu erklären. Er denkt sich nur, daß es nicht gut sei, immer und überall nach der Wahrheit zu forschen, wo sie doch eine so heikle Sache ist.

So zögert er denn unter dem roten Federbett, seine Augen zu öffnen. Der Hirsch mit seinem Geweih an der Wand gegenüber weckt allzu schmerzliche Erinnerungen. Und er will auch seinen Bruder Pierri nicht wecken, er befürchtet, daß dieser, wenn er erfährt, daß er nun in der Waldlichtung von Dauvillers gefangengehalten werden soll, in herzzerreißendes Klagen und Weinen um die Mutter ausbricht.

Doch das ist gar nicht so. Als Schangala endlich seine Lider hebt, sieht er den Pierri, wie dieser trockenen Auges auf der Bettvorlage herumkriecht. Plötzlich schnappt seine Hand wie gefedert nach einer unsichtbaren Beute, und Pierri ruft: «So, den fünften hab ich schon!» Ja, natürlich! Es geht hier um Maikäfer, das Gewitter hat sie völlig durcheinandergebracht, sie haben sich ins Försterzimmer geflüchtet und wußten nicht, die Armen, daß Pierri als Maikäferjäger so gut ist wie Papa im Busch mit den Tigern!

Die Beutetiere steckt er in den umgestülpten Nachttopf, befriedigt lauscht er, wie sie darin brummen. Man darf nun nicht glauben, daß er sich mit dem Exil abgefunden und die Mama vergessen hätte. Im Grunde seines Herzens ist er sehr unglücklich. Aber als guter Elsässer weiß er, was dagegen zu tun ist. Er suhlt sich nicht in seinem Schmerz, er klagt nicht und nagt sich nicht die Fingernägel blutig, er konzentriert sich ganz einfach auf die Maikäferjagd.

Möglicherweise staunen Sie über den umgestülpten Nachttopf. Ja, wurde dieser denn nicht benutzt? Bei Onkel Fuchs sind die Nachttöpfe nur für den äußersten Notfall da, wenn die Blase mitten in der Nacht drängt, wenn es draußen steinerweichend kalt ist oder zwei Meter Schnee vor der Haustür liegen. Für alle anderen Fälle gibt es das Klo im Hof oder den Misthaufen hinter der Scheune, und das gilt für die ganze Familie.

Schangala und Pierri halten sich an diese Regel. Als sie Hose und Schuhe anziehen, um sich nach draußen zu begeben, tauchen plötzlich zwei grüne Kinder auf und begrüßen sie freudig. Es sind Vetter Hubert und Base Viola, Fuchsens Nachkömmlinge, und sie sind tatsächlich grün von Kopf bis Fuß; der Vater will es so, zu jeder Jahreszeit sollen sie die Farben des Waldes tragen. Natürlich haben auch ihre Vornamen mit dem Wald zu tun. Hubert, der wie Schangala 1920 geboren wurde, hat in seinem Zimmer ein Bild des heiligen Hubertus. Dieser kniet vor einem Hirsch mit einem leuchtenden Kreuz zwischen dem Geweih, der Heilige weint über alle Tiere, die er bisher getötet hat, und schwört, er werde niemals mehr jagen, deshalb hat man ihn zum Schutzpatron der Jäger gemacht.

Die Kusine heißt Viola, weil Onkel Fuchs das Veilchen für die allerschönste Blume, die Königin der Wälder, hält. Aber Viola hat noch viele andere Vornamen. Als am 27. September 1918 Leutnant Fuchs im Lautenbacher Gemeindehaus erscheint, um ihre Geburt zu melden (er hat dafür einen kurzen Urlaub bekommen), führt Onkel Nicolas die Geschäfte. Man erinnert sich, daß dieser zum Krüppel geschossen wurde und nun wieder Gemeindesekretär und Standesamtsbeamter ist. Rückkehr zum normalen Leben und Geburt der kleinen Viola müssen gebührlich begossen werden. Dazu nehmen sich die beiden Männer zunächst den Jahrgang Siebzehn vor, dann den Sechzehner, etliche Kreszensen aus den Jahren 15 und 14, schließlich die Vorkriegsweine. Ihre Seelen weiten sich beachtlich, und als man endlich zum Standesamtsregister greift, empfindet man es als etwas mickerig, nur ein Kind eintragen zu können.

Nicolas legt nahe, Onkel Fuchs könne ja für weiteren Nachwuchs sorgen, aber der Leutnant, wenn schon einverstanden im Prinzip, gibt zu bemerken, daß das wohl einige Zeit brauchen würde. Auch gut: Wenn man nur über eine einzige Tochter verfügt, kann man ihr ja so viele Vornamen geben, wie man will.

Viola wird so zunächst nach der Großmutter und der Patin benannt, dann läßt man der Phantasie freien Lauf. Onkel Nicolas ist sehr belesen und ihm dünkt, in der Mythologie ließe sich schon etwas finden, etwa Thetis oder Proserpine, das klinge sehr vornehm. Leutnant Fuchs ist gar nicht einverstanden, mit so etwas dürfe man keinen Schabernack treiben. Plötzlich steht mächtige Nostalgie in seinen Augen. Onkel Nicolas hört, wie Fuchs slawische Vornamen vor sich hin flüstert: Dunja, Sonja, Katharina ... Er denkt an all die Schönheiten, die er unter baltischen und polnischen Federbetten entdeckt hat. Der Duft der wilden Früchte, die er damals mit vollen Händen pflückte, soll auf die Frucht seines ehelichen Glückes übergehen. Nicolas schreibt eilig mit, aber jetzt machen die vielen Weine seinen Kopf schwer, und er schläft darüber ein ...

Deshalb heißt Fuchsens Tochter schließlich nur Viola, Anastasia, Barbara, Maria, Waltraud. Sie ist einem guten Dutzend weiterer Vornamen entgangen.

Hubertus und Viola, die beiden Kinder des Waldes, sind glücklich darüber, daß sie fortan Spiel und Arbeit mit den zwei Stadtkindern teilen können, allerdings gibt es mehr Arbeit als Spiel. Onkel Fuchs hält zwei Kühe, zwei Schweine, viel Geflügel, da sind ein Garten, ein Obstgarten und Feld. Onkel Fuchs besitzt auch zwei Hände, und man dürfte meinen, daß er sie gebraucht. Er könnte wohl, aber er ist darum besorgt, solch edles Werkzeug zu schonen. Er braucht seine Hände allzu sehr, um sein Glas zu heben, seine Pfeife zu stopfen, Formen polnischer Gräfinnen aus der Wojwodschaft Krakau in die Luft zu malen, Brustmieder aufzuknöpfen, Röcke zu heben, Widersacher zu ohrfeigen, Hirsche zu jagen und das Grammophon aufzuziehen. Alles in allem, die Beschäftigungen des Onkels sind herrschaftlicher Natur. Die Arbeit überläßt er den Knechten.

Diese aber, die Knechte, sind Tante Nini, Hubert, Viola und seit dem Morgen jenes Tages auch Schangala und Pierri. Schangala hat sogleich den Hof gekehrt, Unkraut im Garten gejätet, mit Hubert den Mist aus dem Stall gegabelt, und Viola hat ihm seine erste Lektion im Kuhmelken gegeben. Überzeugend war das nicht, die Kuh hat sehr wohl gespürt, daß hier ein Stallfremder murkste, sie hat den Eimer umgestoßen und dem Schangala mit dem Schwanz eine kräftige Backpfeife gegeben.

Zum Mittagessen sitzen sie alle um die dampfende Suppe. Die Teller glänzen, die Hände spielen nervös mit dem Besteck, Schangala würde ganz gern über die rosigen Radieschen herfallen, aber er spürt, daß es besser ist, wenn er sich still verhält. Sie warten nämlich alle auf den Herrn. Dieser erscheint, läßt sich herab, von jedem Kind einen Kuß zu empfangen, wischt sich mit Nachdruck die Wangen und setzt sich wortlos hin, worauf das Mahl beginnen kann. Tante Nini füllt die Gemüsesuppe auf, und man hört eine Zeitlang nur das hungrige Schlürfen der Knechte.

Schangala sieht verstohlen zum Herrn hin. Er erhofft ein Lächeln, ein Augenzwinkern, ein Zeichen, das an die verflossene Nacht erinnert samt den Gefahren, die sie gemeinsam überstanden, und den Freuden, die sie genossen haben, oder noch an Schangalas freiwillig übernommene Verpflichtung, an Onkel Fuchsens Grab das Waldhorn zu blasen. Nichts dergleichen geschieht. Der Herr sitzt mit regungslosem Gesicht. Er schaut seine Frau, seine Kinder und seine Neffen an, ohne sie überhaupt wahrzunehmen. Ab und zu trinkt er einen Schluck Wasser. Am Familientisch ist er von größter Mäßigkeit. Die Kinder bekommen zwei Finger hoch Rotwein eingeschenkt, weil ihnen das Kraft geben soll.

Onkel Fuchs sucht im Wein, so sagte es Schangalas Vater, nicht die Kraft, sondern die Wahrheit. Was aber ist die Wahrheit? Schangala weiß es nicht, jedoch muß es schon etwas Wichtiges sein, daß sie Onkel Fuchs so geflissentlich sucht. Für den Augenblick beliebt es ihm, im Irrtum zu verharren, er trinkt sein Wasser, kaut sein Fleisch, schaut über die Familie hinweg in die Ferne, und in Schangala steigt das Unbehagen wieder auf, das der nächtlichen Gemeinsamkeit im Abenteuer gewichen war.

Nach dem Essen dürfen die Knechte spielen gehen. Was gäbe es für die Söhne und Töchter ehemaliger, dem großen deutsch-französischen Massaker entkommener Frontkämpfer für Spiele, wenn nicht Kriegsspiele? In Audincourt stellt die Organisation der

Schlachten Probleme. Keiner will ‹Boche› sein, alle sind ‹Poilus›[1]. Man muß die Pickelhaube den Kindern der Gastarbeiter aufzwingen. Meist handelt es sich nur um einen umgestülpten Trichter, aber er lastet schwer auf den kleinen Häuptern; zur Unwürde, ein Polack oder ein Makkaroni zu sein, kommt die Demütigung hinzu, einen Deutschen spielen zu müssen.

In Dauvillers liegen die Dinge viel einfacher. Hubert hat keinerlei Hemmungen, Feldmarschall von Hindenburg zu sein, nicht einen Augenblick lang bestreitet er, daß ich selbst nur den französischen Oberkommandierenden, Marschall Foch, spielen kann. Leider aber verfügt die französische Streitmacht mit Pierri nur über einen Soldaten, wie auch der Kaiser nur Krankenschwester Viola ins Feld schicken kann. Der Kriegsablauf muß diesen Umständen angepaßt werden.

Hubert entwirft rasch den Schlachtplan: Also, der Pierri soll in den deutschen Linien verwundet werden, an die hundert Granatsplitter erhält er in den Leib, Schwester Viola wird seine Schmerzensschreie hören, sie eilt sofort herbei und pflegt ihn, die Splitter sollen mit der Zuckerzange wegoperiert werden, aber der Pierri wäre wie eine Gießkanne, sein Blut würde aus den hundert Löchern springen und, ‹*Vive le France*› schreiend, würde er sterben. Feldmarschall von Hindenburg käme gerade vorüber, er würde sagen: «Das war ein Held!» Marschall Foch würde davon gemeldet, seinerseits sagt er dann: «Also, dieser Hindenburg ist doch ein edler Mensch», er würde ‹Waffenstillstand› kommandieren, und die beiden Marschälle würden sich auf Pierris Grab aussöhnen.

Schangala findet das nicht sehr gut, die Deutschen haben den besten Teil, er hätte schon lieber, wenn man sie totschießen würde und daß der Krieg – wie es sein soll – mit dem Sieg Frankreichs über Deutschland zu Ende ginge. Sieger müßten Foch und Pierri sein.

Indessen, in Dauvillers kommandiert nicht Foch, die Entscheidungsgewalt haben die Waldkinder, und so wird also nach ihrem Szenarium gespielt. Pierri liegt im Gras, Schwester Viola konnte ihn nicht retten, er starb, indem er den Schrei des glücklichen Pa-

1 Poilus: die Bärtigen – Spitzname für die französischen Soldaten im Ersten Weltkrieg.

trioten ausstieß. Jetzt muß er begraben werden, und Foch und Hindenburg, denen es ihr Marschallsrang nicht verbietet, suchen nach einem geeigneten Sarg. Die Kiste, die sie finden, ist aber klein, um so besser, es wird eine Gurke aus dem Garten hineingelegt, und man gewinnt Pierri als Sargträger. Zuvor aber muß er einen Blumenstrauß pflücken, damit alles seine Richtigkeit hat, und die beiden Marschälle fertigen aus Haselgerten ein Kreuz an.

Jetzt steht alles bereit, die Gurke, d. h. der Held, liegt in der Kiste; er wird auf einen Schubkarren, d. h. auf eine Geschützlafette, gehoben, und gezogen wird diese durch die Pferde Viola und Pierri. Seite an Seite marschieren die beiden Oberkommandierenden. Ihre Gesichter sind ehern, Foch und Hindenburg sind sich des Ernstes der Stunde bewußt, nichts scheint durch von den Gefühlen, die in den Heldenbrüsten toben.

Onkel Fuchs, der zu einem ‹kleinen Geschäft› zum Misthaufen will, läßt sich die Sachlage erklären, wie Foch und Hindenburg hier einig am Sarg des Helden stehen und ausgesöhnt sind, scheint ihn zu interessieren. Während er den Misthaufen begießt, brummt er vor sich hin: «Man sollte die Kriegführung den Kindern überlassen.»

Der Leichenzug gelangt zur Gloriette neben dem Forsthaus, dort soll der Held ein letztes Mal die Ehrung der Völker empfangen. Der Sarg wird auf zwei Stühle gelegt, die Pferde werden wieder zu Soldat und Krankenschwester, es wird zur Würdigung, die die Marschälle dem einfachen, aber glorreichen Soldaten schuldig sind, «Stillgestanden» kommandiert. Indessen, die beiden sind sich nicht mehr einig. Hindenburg will, daß ‹*Ich hatt einen Kameraden*› gesungen werde, Foch fordert die ‹*Marseillaise*›. Bald liegen sich die Marschälle in den Haaren, und mit der deutsch-französischen Aussöhnung ist es Essig. Viola gibt ihre Demission, nimmt den Heldenkadaver aus dem Sarg und bringt ihn in die Küche. Am gleichen Abend noch wird er verspeist. Übrigens bleibt er uns im Magen liegen. Nichts ist schwerer zu verdauen als Gurkensalat.

Wenn in Dauvillers keine Schlachten ausgetragen werden, wird gearbeitet. Die Marschälle, das Heer und der Sanitätsdienst werden, jeder mit einem Eimer versehen, zum Himbeerenpflücken abkommandiert. Das wäre schon eine schöne Arbeit, wenn wir wüßten, daß aus den Früchten Marmelade gemacht werden sollte. Aber die Himbeeren sind nicht für unsere Naschmäuler. Sie sind für Onkel Fuchs, dessen Seele sie wärmen werden, wenn sie einmal gebrannt und in Flaschen abgefüllt sind. Welcher Saft, welcher Geist könnte ihm wohl besser die Wahrheit enthüllen, nach der er sucht, als der Himbeergeist, in welchem alle Düfte des Waldes konzentriert sind?

Übrigens wirkt sich der Zauber des Himbeergeistes nicht nur auf Onkel Fuchs aus. Meinem Vater schwinden fast die Sinne, wenn er auch nur sein Glas beriecht. Und ich, der Schangala, brauche nur einen Tropfen davon auf ein Stück Zucker, damit ich innerlich fast bis zur Weißglut entbrenne. Aber nicht nur die Himbeere ist solchermaßen zur Auffindung der Wahrheit geeignet. Auch die blaue Heidelbeere und die schwarze Brombeere bergen solchen Zauber. Auch ihr Geist ist Feuer und Licht zugleich. Und auch sie müssen wir pflücken, sobald wir mit den Himbeeren fertig sind. Unsere Eimer sind schwer, der Hang ist steil, die Brombeerranken dornenstarrend, die Mücken plagen uns, aber wir pflücken, wir ernten, wir fronen, damit Onkel Fuchs im Geist aus dem Wald die Wahrheit finde.

Fünf Hunde geben uns das Geleit. Sie sollen die Wildschweine fernhalten, die giftige Otter melden, unsern Trupp zum Lager zurückführen, sollten wir uns an den Dschungelhängen von Dauvillers verirren. Es sind aber keine gewöhnlichen Hunde. Da ist zum Beispiel die Linda, die immer an der Spitze marschiert. Es ist eine schöne, feste Wachtelhündin. Wenn Onkel Fuchs sie streichelt und ihren Namen murmelt, spürt man, wie er wehmütig an eine andere Linda zurückdenkt, die mit der Wachtelhündin wohl nur den sanften Blick und die festen Lenden gemeinsam hatte.

Linda bleibt ihm stets auf den Fersen. Daheim bringt sie ihm seine Pantoffeln und trägt die Stiefel weg. Beim Essen sitzt sie ihm zu Füßen, nachts schläft sie vor seinem Bett. Wenn er auf dem Misthaufen sein Wasser läßt, sieht sie respektvoll zu. Und wenn Onkel Fuchs sie leid ist, legt sie sich dort nieder, wo er sie kuschen heißt, und wartet, zur Statue eines Wachtelhundes erstarrt, bis ihr Tyrann oder ihr Gott erlaubt, daß sie sich wieder bewegt.

Eines Tages, auf einem Waldgang, läßt er sie unter einer Tanne verharren, während er mit Holzhauern zu verhandeln hat. Dann aber vergißt er die Hündin und geht nach Hause, allerdings mit einem Umweg über den Markstein, wo sich Hotelier Wolf im Rieslingtrinken mit ihm mißt. «*Wenn d'r Fuchs un d'r Wolf z'amma kumma*», heißt es im Tal, dann klingen die Fässer bald hohl. Also kommt er ziemlich angesäuselt im Forsthaus an, schläft den Schlaf des gerechten Mannes und denkt erst gegen Mittag beim Aufwachen wieder an den Hund, als er bemerkt, daß keine Linda wedelnd am Bett emporspringt. Linda hat trotz der kalten Oktobernacht brav unter ihrer Tanne ausgeharrt; sie würde eher verenden, als dem Herrn ungehorsam zu werden. Zwei Stunden braucht dieser bis zum Platz, wo er die treue Dienerin vergessen hat, dann winselt Linda vor Freude, springt an ihm hoch und leckt ihm das Gesicht und die Hände. Wenn er diese Geschichte erzählt, pflegt Onkel Fuchs hinzuzufügen: «Vergessen Sie, liebe Freunde, einmal Ihre Gemahlinnen im Wald! Was würden Sie dann zu hören bekommen! Die Liebe des Hundes zu seinem Herrn ist ein ebenso unergründliches Geheimnis wie die Liebe des Heiligen zu seinem Herrgott.»

Als sie an einem anderen Tag wieder miteinander über den Berg gehen, zieht Onkel Fuchs bei der Verschnaufpause seine Jacke aus, und seine Brieftasche aus grünem Leder fällt heraus. Onkel Fuchs bemerkt den Verlust erst, als er zu Hause seine Taschen leert. Linda versteht alles, er braucht ihr keinen Vortrag zu halten. «Such», sagt er, und Linda stiebt davon. Zwei Stunden später kehrt sie zurück, und bringt in ihrer Schnauze das Papier, in welches Onkel Fuchs sein Wurstbrot eingewickelt hatte. Da Wurst einen Geruch hat und Geld bekanntlich keinen, hat die Hündin keinen Augenblick gezögert. Es genügt aber, ihr eine andere Brieftasche zu zeigen, da eilt sie schon wieder davon. Sie begreift, daß die Menschen mehr Gewicht auf Geld als auf Wurst legen. Todmüde und überglücklich bringt sie nach zwei weiteren Stunden ihrem Herrn die grüne Brieftasche.

Die vier anderen Hunde sind Dackel mit langen Leibern auf krummen, kurzen Beinen. Der älteste nennt sich Farman, er ist 1908 geboren; in diesem Jahr hat der berühmte Flieger mit 52 Stundenkilometern den Weltgeschwindigkeitsrekord gebrochen. Kurz, Farman ist fast zwanzig Jahre alt, das wäre für einen

Menschen über hundert Jahre; er ist also kein Lausejunge mehr, eher schon ein alter Knabe, er schnauft und verliert sein Haar, die Zähne fallen ihm aus, doch er will noch nicht resignieren, er trottet hurtig mit der jungen Generation.

Offensichtlich ehren die drei noch nicht zweijährigen Naseweise sein hohes Alter, sie warten auf ihn, wo es bergauf geht, sie bremsen ihn, wenn der Weg steil abfällt. Die Fürsorge ist dem Alten eher lästig, er will nicht als alter Kracher gelten, ab und zu kommt eine blanke Wut über ihn, er beißt die andern mit dem einzigen Reißzahn, der ihm noch übrig ist. Sie machen sich jaulend davon, aber bald nähern sie sich wieder bewundernd und ehrfürchtig dem Senior. Übrigens: Mit neunzehn Jahren noch zog es diesen nach Linthal, vier Kilometer von Dauvillers entfernt, wo er einer jungen Dackeldame in kräftigster Weise seine Liebe bezeugte.

Die anderen drei Dackel heißen alle Waldi, wie das im Elsaß Tradition ist. Farman ist wahrscheinlich der einzige Dackel zwischen Vogesen und Rhein, der je einen anderen Namen trug. Wie aber soll man drei Hunde mit gleichem Namen voneinander unterscheiden? Jedoch, warum sollte man? Man braucht gar nicht. Sie bilden eine unauflösliche Dreieinigkeit. Man ruft ‹Waldi›, und da kommen zwölf Beinchen angerast, drei Schwänzchen wedeln im Takt, drei Schnauzen streben in die Höhe, und aus den sechs Augen kommt der gleiche Liebesblick.

Die drei Waldis fressen aus der gleichen Schüssel, schlafen in der gleichen Strohkiste und verschwinden gemeinsam, wenn immer nur möglich, in das ‹Sudatorium›, ihre Schwitzstube. Tante Ninis Küchenherd ist von riesigen Ausmaßen, er hat zwei Röhren, die obere für die Kuchen oder den Braten, die untere zum Holztrocknen. Diese ist das ‹Sudatorium›, denn die Waldis suchen die Wärme wie kleine Kätzchen und verkriechen sich in den Herd, sobald er offen steht. Es kommt vor, daß jemand das Trocken- und Schwitzfach mit dem Fuß zuschiebt; man vergißt die Waldis, und oben wird das Feuer geschürt. Nach einer Stunde winselt es im ‹Sudatorium›, das Trio beginnt zu schmoren. Sobald man dann die Tür öffnet, preschen die Waldis dampfend hervor und rasen zum Hirschbach. Kaum sind sie erfrischt, galoppieren sie kälteschlotternd zurück und bitten darum, man möchte ihnen die Schwitzstube wieder zur

Verfügung stellen, damit sie sich trocknen können. «Die reinsten Elsässer», sagt Onkel Fuchs, «wenn sie in der Wärme liegen, wünschen sie Kühle, wenn sie die Kühle haben, wollen sie wieder Wärme.»

Damit spielt der Lothringer, nicht ohne einen leicht hämischen Zug um den Mund, auf das berühmteste Lied des elsässischen Liederschatzes an, nämlich auf den ‹*Hans im Schnokeloch*›. Da heißt es:

D'r Hans im Schnokeloch
Hat alles, was 'r will.
Un was 'r will, das hat 'r nit,
Un was 'r hat, das will 'r nit,
D'r Hans im Schnokeloch
Hat alles, was 'r will!

D'r Hans im Schnokeloch
Sagt alles, was 'r will.
Und was 'r sagt, das dankt er nit.
Un was 'r dankt,
Das sagt 'r nit,
D'r Hans im Schnokeloch
Sagt alles, was 'r will.

So geht es an die zwanzig Strophen, ich will sie nicht alle aufsagen, schließlich würden sie ihn komisch finden, diesen Helden, der nicht weiß, was er hat, was er will, was er hofft. Aber alle Spezialisten werden Ihnen sagen, daß mit dem Hans im Schnokeloch der Elsässer gemeint ist. Wohl sind es nicht die Schnaken, die den Hans verrückt gemacht haben; es ist die Geschichte, die ihn auf ewig verunsichert hat. Ein Straßburger Schriftsteller hat ihn einer Psychoanalyse unterzogen[1]. Wir wollen die Thesen hier kurz zusammenfassen, zwar sagt sie uns nichts über die drei Waldis, aber man dürfte einiges erfahren zum besseren Verständnis des Schangala.

1 Frédéric Hoffet: ‹Psychoanalyse de l'Alsace› (Verl. Flammarion-Alsatia).

Der Elsässer wünscht sich eine hundertprozentig französische Seele und drängt also die gemeranischen Impulse zurück. So sehr er sich davon überzeugen möchte, daß er ein Franzose ist wie alle anderen, es genügt, ein Witz über seinen Namen, seinen Dialekt, seinen Akzent, wenn er Französisch spricht, um ihn daran zu erinnern, daß er eben doch anders ist. Seine Gefühle den ‹Innerfranzosen› gegenüber sind die des Adoptivsohnes gegenüber den ehelichen Kindern. Seinen Minderwertigkeitskomplex gleicht er deshalb durch überhöhten Patriotismus aus. Zurückdrängen und Kompensieren schaffen natürlich Seelenkonflikte, deren bildlicher Ausdruck der *‹Hans im Schnokeloch›* ist. Hans hat germanische Züge und will es nicht eingestehen, Hans wünscht sich eine integral französische Seele, und die kann er nicht haben ... Natürlich würde es genügen, wenn sich Hans mit dem zufriedengäbe, was er hat, nämlich seine Doppelnatur, sein Elsässertum, dann würde er dem Sumpfloch der Schnaken und Komplexe entweichen und hätte, was er eigentlich wünscht und braucht: Gleichgewicht und Seelenfriede. Es sei jedoch bemerkt, daß er das mehr und mehr selbst einsieht. Er beginnt heute zu begreifen, daß sein Anderssein ihn eigentlich nicht ärmer macht. Eine dreifache Kultur bedeutet zwar nicht unbedingt einen größeren kulturellen Reichtum, aber es läßt sich schon etwas daraus machen, es erschließen sich mehr Quellen. Dem alten Schangala ist beispielsweise die elsässische Kultur Mutter, die französische Eheweib und die deutsche Mätresse. Seine ‹kulturellen Modelle›, wie die Gescheiten sagen, sind diejenigen des durchschnittlichen Franzosen: Leute wie Corneille, Racine, Johanna von Arc und de Gaulle; Dinge wie das Schloß von Versailles und die Guillotine, Champagner und ‹Pommes frites›, der Regeln der Mittelwörter und Stolpersätze wie *‹Chasseurs, sachez chasser sans chien›* – soll es einer einmal auf Anhieb nachsagen. Aber da sind auch Goethe und Schiller, Heine und Jean Paul, Auerbachs Keller und das Heidelberger Faß, ‹der, des, dem, den› und andere Stolpersätze wie *‹In Ulm, um Ulm und um Ulm herum›*.

Indessen gehören noch dazu ein gewaltiger Vorrat an elsässischen Schimpfwörtern und ein unerhört reichhaltiges elsässisches Glossarium, das sich auf männliche und weibliche Genitalien bezieht. Dennoch: Der Schangala hat drei Viertel seines Lebens im

Schnakenloch verbracht, erst als er ein halbes Jahrhundert auf dem Buckel hat, wagt er sich heraus. Aber davon später.

Im Augenblick ist er noch ein achtjähriger Wicht, der hinter Linda, Farman und den drei Waldis auf Bergpfaden trottet. Die Kinder haben ihre Eimer mit Himbeeren, Heidelbeeren und Brombeeren gefüllt und tun sich schwer auf dem Heimweg. Wo der Wald den Blick auf das Tal freigibt, stellen sie ihre Last ab, klettern auf den nächsten Felsen und schicken dem Echo Unflätigkeiten zu, die ihnen postwendend zurückgegeben werden.

Schangalas Wortschatz ist noch französisch, also im Dialekt gering; er kennt nur einige ziemlich harmlose Schimpfwörter, die er gewöhnlich mit seinen Kameraden in Audincourt wechselt, über ‹Kretin› geht das nicht hinaus. Hubert dagegen verfügt schon über ein grandioses Vokabular. Es ist nun an die fünfzig Jahre her, daß die Schmähungen aus seinem Mund an den felsigen Berghängen des Lauchtales abprallten, und ich glaube sie noch heute zu hören: *«Hosaschisser! Arsch am Boda! Füler Spatz!»* Und dergleichen unendlich dergleichen!

Die ganze Truppe schwelgt in den Grobheiten, die Hunde machen mit, das Echo trägt unser Konzert hinab ins Tal bis zum Forsthaus. Eine Stunde später stellen wir ganz stolz unsere Eimer vor dem Herrn ab, dem wir Fron geleistet haben. Er schaut kaum die überreiche Ernte an, aus der er die herrlichsten Wässerchen brennen wird. Die Hunde schickt er zum Teufel, uns betrachtet er zunächst schweigend, mit flammendem Blick. Dann hören wir, wir hätten uns nicht anders als Trunkenbolde benommen, wir sollten doch wissen, daß er das verabscheut wie die Pest.

Am Brunnen waschen wir unsere von Brombeer- und Heidelbeersaft verschmierten Schnäuzchen, dann ist Abendessen. Dieser heimtückische Hund von Hubert hat seine Mutter gebeten, uns eine ‹*Papp*›, das ist ein Grießbrei, zu kochen. Die ‹*Papp*› wird mit Milch und Zucker aufgekocht, und vor Milch haben Pierri und ich einen Ekel, seitdem wir sahen, wie sie wie weißes ‹Pipi› aus den komischen Spätzchen herausspritzt, die die Kühe am Bauch tragen. Hubert liebt die ‹*Papp*› nicht sonderlich, er hat sie vor allem bestellt, weil er weiß, daß uns Grießbrei den Magen umdreht, und weil er sich dabei ergötzen will.

So kommt es auch. Unsere Mägen stülpen sich um, jedoch spaßt

Onkel Fuchs nicht mit der Disziplin, und sein Auge liegt auf uns. Schangala und Pierri stochern in ihrem weißen Brei herum, sie getrauen sich kaum, den Löffel zum Mund zu führen; die Süßspeise will einfach nicht hinunter. Hubert macht kleine Hüpfer vor Freude. Aber das Wunder geschieht: «Was bringt dich denn so zum Lachen?» fragt Onkel Fuchs seinen Sohn. «Nichts, Papa!» – «So, nichts? Dann bist du also schwachsinnig?» Hubert senkt den Kopf und sagt: «Ja, Papa.» Onkel Fuchs schlußfolgert: «Dann gehörst du eben nicht an diesen Tisch.» Hubert schleicht sich davon, er hat Tränen in den Augen, aber Lachtränen sind es nicht mehr. Und Onkel Fuchs wendet sich an Tante Nini: «Meine Neffen sind nun Männer. Ich möchte, daß man sie anders ernährt als die Jungferkel.» Die Förstersfrau erhebt zwar empörten Protest, aber eine Minute später sitzen Schangala und Pierri je einem großen Teller Speck gegenüber, in kleine Stücke ist er geschnitten und schmeckt genauso nach Haselnüssen wie der Speck, den Onkel Nicolas räuchert. Ich wende mich Onkel Fuchs zu, ich möchte ihm meinen Dank bezeugen, daß er uns vor dem Grießbrei gerettet hat wie aus den Gewitterfluten der vorigen Nacht, ihm sagen, daß er mehr denn je auf mich zählen könne mit dem Waldhornblasen auf seinem Grab. Aber Onkel Fuchsens Blick ist in weite Fernen gerückt, und das Glas Wasser, das er schlückchenweise zu sich nimmt, ist nicht dazu angetan, seinen Geist an den Abendtisch zurückzubringen.

Die Stunde schlägt, und wir gehen zu Bett. Wir klettern die Holztreppe hoch, jeder hat seine Kerze in der Hand. Hubert und ich schlafen im gleichen Bett. Flugs bringen wir das Nachtgebet hinter uns, und dann hebt das Schimpfkonzert wieder an, das wir auf den Bergrasten geprobt haben. Neben Huberts Grobheiten tönen die meinen wie Komplimente. Aber ich mache täglich Fortschritte und vervollkommne so meine elsässische Kultur.

Der Samstag ist für Pierri und Schangala ein Freudentag. Sie verbringen das Wochenende bei der Großmutter. Acht Kilometer zu Fuß sind schon einiges für die kleinen Beinchen, aber dahinter liegt das höchste Glück, zunächst Großmutters Augen, mit den vielen Fältchen darum, die sie zu kleinen Sonnen machen, noch sanfter als Mamas Blick; dann kommt der Empfang, den die Stammgäste den Söhnen der Barbara bereiten; sie halten Pierri und Schangala fast für exotische Wesen, in ihren Augen haben wir Gott weiß was für einen französisch-tonkinesischen Reiz.

Man gibt uns die Ehre – und sich selbst die Freude –, Französisch zu konversieren, das tun jene, die es können, nämlich der Bürgermeister, der Lehrer und die Postmamsell. Zwar poltert ihr Französisch in schweren Holzschuhen einher, das macht der elsässische Akzent, aber es erinnert uns – wuj, Mussieh, wuj, Mattamm! – an unsere Mutter, und deshalb finden wir die Konversation so elegant wie graziös.

Und dann ist da das ganze Dorf. Nach acht Tagen im Wald ist dieses Dorf wie ein Hafen, in welchem man vor Anker geht. Glücklich sind wir, wieder Häuser zu sehen, die Kirche, die Geschäfte, den Bahnhof. Und die Leute. Die Leute schätzen uns, so scheint es. «Schau da, Großmutter Herrgotts kleine Franzosen!» sagen sie, wenn wir über die Hauptstraße promenieren.

Sorgfältig pflegen wir unser Prestige. Mama läßt unsere Kleidung aus einem Pariser Großkaufhaus kommen, das gibt uns einen Schick, wie man ihn sonst in Lautenbach nicht sieht. Für diesen Sommer 1928 haben wir blaue Anzüge mit weißem Kragen und roten Knöpfen erhalten, sieht sehr nach ‹Quatorze Juillet› aus, wir tragen sie mit stolzgeschwellter Brust, und wenn Schangala hört, ‹schau da, die kleinen Franzosen›, fühlt er sich mehr denn je als Soldat und Sieger des Vierzehnerkrieges, mit einem Wort als Marschall Foch. Wir dürfen auch die jungen Herren spielen, denn Großmutter schenkt jedem einen Franc zum Ausgeben. Damit gehen wir zu den Mamsellen Epstein, das sind die Schwestern des ‹*Maidlaschmeckers*› Seppi. Wir legen unseren Batzen auf den Ladentisch und wollen dafür zwanzig Karamelbonbons. Aber, ich weiß nicht warum, ist es pure Hochherzigkeit, oder weil sie frankophil sind, oder weil wir so elegant dreinschauen, die Mamsellen Epstein tun das Geldstück wieder in die Karameltüte. *«Behaltet euer Geld, Mannala»,* sagen sie. Was uns erlaubt, desgleichen in der Bäckerei zu versuchen. Die Bäckersfrau ist nicht ganz so hochherzig oder franzosenfreundlich oder ästhetisch veranlagt, sie nimmt unser Geld an; immerhin schenkt sie uns ein Karamelbonbon umsonst, einundvierzig Karamelbonbons sind schon ein kleines Vermögen, und damit kann der Schangala bei den kleinen Meyer-Mädchen sein Glück versuchen.

In die kleinen Meyer-Mädchen ist die ganze männliche Jugend Lautenbachs verliebt, so blond sind sie nämlich und liebreizend, aber die Bengel wollen sich damit interessant machen, daß sie die Zwillinge an den Zöpfen reißen oder vor ihnen mit Grobheit protzen. Der Schangala aus Audincourt versucht es auf die andere Tour, nach den Regeln der französischen Verführungskunst. Galant tritt er vor die Blondköpfchen hin, ein Lächeln auf den Lippen und die Karameltüte in der Hand, und was passiert ihm dann manchmal? Es passiert, daß die Meyer-Mädchen die Bonbons überhaupt nicht haben wollen, aber sie nehmen ihn am Arm und führen ihn in ihren Hausflur, und dort erhält er von jeder ein Küßchen. Margrit küßt ihn rechts, Luzia auf das linke Ohr, was ihn kitzelt. Schangala wird ganz rot und erstickt bald vor Freude, sie lieben ihn, sie lieben ihn, und zwar nicht der Karamelbonbons wegen, sondern seinetwegen, allein seinetwegen. Dann weiß er nicht, wie er seiner Freude Ausdruck geben kann, er möchte in den blauen Himmel davonfliegen, er stürzt zur Kirche hin, steigt die Kirchturmtreppe hoch, steigt und steigt, da sind die Glocken, er möchte ein Festgeläute loslassen, aber dazu müßte man ja unten ziehen, und um die große Brummglocke in Bewegung zu bringen, braucht man zwei Männer; er steigt also auf ein Fenstergesimse, ganz drunten sieht er die kleinen Meyer-Mädchen, von blondem Glanz umgeben; vom Himmel her gesehen sind sie noch viel engelhafter als in der Dorfplatzperspektive; wie soll er ihnen die Gefühle bekunden, die in ihm helljauchzend auflodern? Schangala zieht seine Tüte aus der Tasche und läßt über die Meyer-Mädchen einen Regen von Karamelbonbons niedergehen.

Kaum hat ihn die Erde wieder, weiß Onkel Nicolas eine Arbeit für ihn. Es gilt, ein großes Faß von Trester und Weinstein zu säubern. Das muß der Schangala tun, weil das große Faß nur eine kleine Faßtür hat, nur ein Kind kann sich hindurchzwängen. Werkzeug sind eine Bürste, ein Holzhammer und ein Eimer Wasser, und, was wichtig ist, dabei muß man nackt sein, um so mehr als man jetzt im Sommer kaum einer Lungenentzündung ausgesetzt ist; eigentlich ist es eine ganz lustige Sache, und Schangala ahnt nichts von dem Streich, den ihm sogleich dieser Schweinehund von Schangi spielen wird. Was den Namen Schangi angeht, so erinnern Sie sich, er ist ein Diminutivum für Jean oder Johann,

Schangala ist kosend gemeint, Schangi ist die strengere Form; und dieser Schangi hier ist schon ein arger Schweinehund, sein Vater ist der Kewala, der im Krieg die Speicher- und Nüssefront gehalten hat; Schangi wäre indessen schon ein guter Spielkamerad, wenn er nicht wegen Schangalas Erfolg bei den Meyer-Mädchen so eifersüchtig wäre. Er hat eben gesehen, wie der nackte Popo des Don Juan aus Audincourt und Dauvillers im Faß verschwunden ist, und wähnt nun die Stunde gekommen, um Schangalas Ruhm bei den Lautenbachern und besonders den Meyer-Mädchen zunichte zu machen.

Also begibt er sich zu den Blondchen, die auf dem Dorfplatz spielen, und meldet ihnen: «Schangala erwartet euch, er will euch allerhand zeigen!» Die Mädchen folgen neugierig dem Schandkerl, und plötzlich steckt Margrit ihren Kopf in die Öffnung des Fasses, worin Schangala fleißig bürstet; ihr blondes Haar wirft einen lichten Schein, und daß der Schangala so ganz nackt ist, läßt ihre blauen Augen groß werden. Der Schangala schreit auf wie eine Jungfer, der es an die Tugend geht, er weiß tatsächlich nicht, wohin er sich verkriechen könnte; kehrt er den Veilchenaugen die Vorderfront zu, so sieht die Margrit sein Spätzchen, dreht er sich um, dann leuchtet ihr sein Popo entgegen, zeigt er sich im Profil, so hat sie einen allgemeinen Überblick. Französische Verführer sind nicht minder schamhaft als andere, Schangala schämt sich höllenheiß, er vergißt alle Liebe und Karamelbonbons, er streckt dem Engelsgesichtchen die Faust entgegen und schreit sie an mit einem im Faß schallenden: «Segel ab, du Sau», was sich lateinisch mit ‹vade retro› übersetzen läßt.

Margrit bricht in Tränen aus, ihre Schwester, das ‹Lüssala›, will auch wissen, was da los sei, steckt ebenfalls das Blondköpfchen in das Faß und wird ebenso davongejagt, und man hört nur noch das feiste Lachen dieses dicken ‹Arsch-am-Boda› von Schangi.

Nun aber steigt in Schangala eine Riesenwut auf. Er vergißt, daß er nackt ist, nimmt den Holzhammer zur Hand, mit welchem er den Weinstein abklopfte, schießt aus dem Faß, wie ein Blitz über den Hof und durch die Gaststube auf den Dorfplatz hinaus, kommt dem Verräter nahe, schickt sich an, ihm einen tödlichen Schlag mit dem Holzhammer zu versetzen; aber mit letzter Kraft hat sich der Schangi in sein Elternhaus geworfen und die Tür verriegelt.

Jetzt steht er da, der Schangala, schnaufend und nackt auf dem Dorfplatz, und schon eilen die Neugierigen herbei. Sie haben bestimmt auch schon geträumt, daß Sie im Hemd über die Straßen gehen oder während des Hochamtes im hohen Chor der Pfarrkirche stehen, und bestimmt war jedesmal Ihre Verlegenheit so groß, daß Sie davon erwachten. So wissen Sie also, wie dem Schangala zumute ist. Alle Welt besichtigt seine Anatomie, und auch die Meyer-Mädchen interessieren sich dafür. Die Scham brennt wie Feuer, Schangala versucht, seine Würde zurückzugewinnen, indem er den Holzhammer vor das Spätzchen hält, aber die Form des Werkzeuges ist so zweideutig, daß dadurch die Sache nur noch schlimmer und lächerlicher gemacht wird. Schangala läßt den Hammer fallen, er hält eine Hand vor sein Spätzchen, die andere über seinen Popo und begibt sich, den Kreis der höhnischen Gesichter durchbrechend, in sein Faß zurück. Daß er dieses nicht mit seinen Tränen anfüllt, verdankt er Onkel Nicolas. Der Onkel hat Erbarmen und kommandiert ihn zum Kirschenpflücken ab.

Schangala ist der Freund der Kirschbäume, wohl zunächst der Kirschen wegen, aber auch weil ihn sein Vater gelehrt hat, den Schöpfer zu loben und die Schöpfung zu verehren. Vater Joseph hat nämlich eine franziskanische Seele. Joseph und seine Kinder loben den Herrn für Schwester Sonne und Bruder Mond, für die Belchen, die Seen, die Störche, den Münsterkäse, das fette Schwein. Im Juli danken sie Gott für die goldene Ernte, im September für die saftige Weintraube, im Oktober für den riesigen Kohlkopf. Im April erhebt sich ihr Hymnus zum Dank für das Gänseblümchen, im Mai für den duftenden Flieder, im Juni für die Kirschbäume, von denen Papa sagt, sie gehörten mit der Katze, dem Pfau, der Rose, dem rosa Perlmutt der Muscheln im indochinesischen Meer, den Herrgott-Töchtern und Greta Garbo, zum Schönsten, was der Schöpfer erschaffen hat. Großvater Herrgott war es seinem Namen schuldig, auch an der Schöpfung etwas mitzuwirken, er hat in seinen Feldern im ‹Gaffenthal› sechs Kirschbäume gepflanzt …

Nun ist Schangala also in einen dieser Bäume geklettert. Er

könnte zwischen den prangenden Kirschensträußchen umherturnen, sich den Bauch oder seinen Korb füllen. Vorerst tut er das nicht. Er steht in einer Astgabel wie in einer Kapelle, die Sonne blinkt durch die Blätter wie durch Kirchenfenster. Schangala zieht es hier wie überall in die Höhe, er steigt auf den höchsten Ast, steckt den Kopf zwischen Blättern und Früchten hindurch und sieht ganz Lautenbach zu seinen Füßen, die rosarote Kirche, die blauen Schieferdächer, den dunklen Wald, die Lauch, ein sich schlängelnder Silberbach, die kleine Brücke, die einen runden Buckel macht, um den Weg besser zu tragen ... Schangala hört das Lachen der Kinder, den Ruf des Kuckucks und die hübsche und seltsame Musik der Mäher, die ihre Sensen im Takt wetzen. Es weht ein linder Hauch, der alle Düfte der Berge herbeiträgt. Es ist einer jener begnadeten Augenblicke, da die Dichter der Zeit Einhalt gebieten möchten.

Schangala lehnt den Kopf zurück und schaut in den tiefen Himmel, wo die Schwalben munter ihre Girlanden drehen. Das Blau ist so intensiv! In Schangala kommt die Vermutung auf, daß, wie Papa es sagt, Gott und seine Engel in ihren Fenstern liegen und gerade Lautenbach in seinem Tal betrachten. Allerdings muß er daran zweifeln. Wenn Leute von solcher Bedeutung, denen alle Schönheiten des Paradieses vor Augen stehen, sich davon abwenden, um Lautenbach zu beäugeln, dann muß ihnen wohl etwas zu ihrer Glückseligkeit fehlen, oder nicht! Oder sollte tatsächlich dieser Erdenwinkel noch anziehender sein als das Himmelreich? ...

Onkel Nicolas sitzt am Fuße des Kirschbaums. Er ruht sich aus und wartet, daß Schangala mit dem Pflücken fertig wird. Auf den Knien hat er eine Feldflasche voll Wein, an welchem er sich labt, wenn ihm der Mut schwindet. Er weiß manches, und Schangala schöpft schon gern aus des Onkels Wissen. «Onkel Nicolas, wie sieht eigentlich das Paradies aus?» Onkel Nicolas kratzt sich unter der Schirmmütze den Schädel: «Ich weiß es nicht», gibt er zu, «aber sicher ist es sehr schön» ... – «Schöner als Lautenbach?» Onkel Nicolas zögert immer noch, schöner als Lautenbach kann man sich das Paradies schlecht vorstellen, wenn auch der liebe Gott es vermag, sich selbst zu übertreffen. «Also, schöner als Lautenbach, kann man nicht sagen, sagen wir einmal, das Paradies ist anders, ja so ist es, anders.»

Schangala möchte wissen, ob es im Paradies auch Kirschen, Honig, Eiskuchen und andere irdische Genüsse gibt. Daran sei zu zweifeln, sagt Onkel Nicolas, und dem Schangala tut es auch für den Onkel etwas leid: «Ja, dann wird es im Paradies auch keinen Wein für dich geben?» Onkel Nicolas beschwichtigt ihn, er werde im Paradies eben Licht trinken. Aber wie es scheint, verdunkelt ihm diese Aussicht das Gemüt. Er zieht die Schirmmütze über die Ohren und brummt: «Wie Sylvaner wird es allerdings kaum schmecken.» Nicolas muß das Schicksal beschwören, er hebt die Feldflasche hoch und läßt den goldenen Strahl aus der Höhe in seinen weit aufgesperrten Mund fließen. Und dieser goldene, in der Sonne gleißende Strahl bringt Schangala plötzlich zur Einsicht, daß Elsässerwein und Sonnenlicht wie Zwillingsbrüder sind.

Der Onkel hat seine Feldflasche geleert, der Neffe hat Magen und Korb gefüllt, sie gehen ins Haus, und Großmutter versorgt die Kirschen im Keller, damit sie für den sonntäglichen Nachtisch frisch bleiben. Onkel Nicolas hat aber jetzt noch eine Arbeit für den Schangala, dieser soll den Dorfplatz vor dem Gasthof kehren. Im Elsaß ist es so, daß an den Samstagabenden alle Dörfer fein sauber gekehrt sind; wo Kinder sind, ist das ihre Arbeit, deshalb wirbt Onkel Nicolas auch Schangala an. Kaum aber hat dieser seinen Besen in der Hand, sieht er, wie sich Schangi, das dicke Schwein, aus seinem Schlupfwinkel hervorwagt, offenbar soll er die gleiche Arbeit leisten. Und nun sagen Sie sich, jetzt hat es geklingelt, jetzt gibt es ein Besenduell! Aber man würde Schangala schlecht kennen, wenn man dächte, er begehe jedesmal einen Mord, wenn er daran denkt, jemanden umzubringen, er wäre ja furchtbarer als der Vampir von Düsseldorf! Schangala vergibt leicht, was ihm angetan worden ist. Wenn er nun zum Schangi sagt: «Bisch wedder doo, dü Dracksäuj», so nur, um wieder mit ihm ins Gespräch zu kommen.

Übrigens kommt ihm ein Gedanke. Der Schangi hat ihn bei den Meyer-Mädchen in Ungnade gebracht, der Schangi soll es wieder ausbügeln. «Schangi», sagt er, «ich werde Großmutter um ein Körbchen Kirschen bitten. Und du wirst sie für mich dem Gretala und dem Lüssala bringen. Aber ich schlitze dir den Bauch auf, wenn du auch nur eine davon ißt oder wenn du den Meyer-Mädchen sagst, die Kirchen kämen von dir.» Großmutter lobt Schangala ob seines Großmuts und gibt dem Schangi in Körbchen Herzkirschen. Schangi ist glücklich, ohne weiteren Schaden davonzukommen, und verspricht alles, was man will. Er wird den Auftrag bestens erfüllen.

Schangala zieht sich derweil in die Gaststube zurück, und Schangi geht, den Meyer-Mädchen die Friedenskirschen zu überbringen. Eine halbe Stunde später meldet sich der Diplomat wieder, Schangala zittert vor lauter Hoffnung, er spitzt seine Ohren. Schangi flüstert geheimnisvoll: «Weißt du, was sie gesagt haben, die Meyer-Mädchen?» Schangala zittert jetzt vor Ungeduld; Schangi aber leicht hämisch: *«Sie hann g'sait, daß dü a scheen Spatzla hasch!»*

Der Schangala läuft dunkelrot an. Man würde sich irren, glaubte man, daß ihm die Würdigung angenehm sei. Seinen Charme, seinen Mut, seine Intelligenz, sein Französisch, der blaue Anzug mit dem weißen Kragen und den roten Knöpfen, ja die Friedenskirschen, das alles läßt er gelten, dafür mag er gerne gelobt sein. Aber daß er wegen seines Spätzchens Bewunderung erweckt, das mißfällt ihm zutiefst. Er grollt den engelsgleichen Meyer-Mädchen, daß sie so wenig engelhaft sind. Und es kommt ihm nicht in den Sinn, daß Schangi, das dicke Schwein, die Kirschen aufgefressen und das übrige, das sein Schamgefühl so arg verletzt, aus freien Stücken erfunden haben könnte.

Abends im Bett überdenkt er die Sachlage. Natürlich ist er noch immer darüber enttäuscht, daß die Meyer-Mädchen, die vielgeliebten, so wenig tugendhaft sind. Er selbst ist zwar kein Ausbund der Keuschheit. Wenn er mit Vetter Pauli und Güschtis Tochter Doktor spielt, dann ist er mit Freuden Assistent, und wenn der Maria der Blinddarm entfernt wird, schaut er sich ohne große Hemmungen ihren ‹Pfirsich› an, wie die Buben das nennen. Nur daß die Maria keine Schönheit ist, meist auch ungewaschen, und jedermann kann sie in die Scheune mitnehmen, um ihr den Blinddarm wegzuoperieren oder ihr Kinder zu machen. Von Engelhaftigkeit keine Spur. Die Meyer-Mädchen hingegen sind hübsch, man betrachtet sie mit solch reinen und fast religiösen Gefühlen, daß der Schangala manchmal woanders hinblickt, um ihre weißen Höschen nicht zu sehen, wenn sie Seil springen.

Nun, da es sich herausgestellt hat, daß sie eben doch keine Engel sind, wird Schangala sie auch nicht weiter verehren. Wenn sie Kinder wollen, sollen sie sie haben, wenn sie einen Chirurgen brauchen, nimmt er ihnen sogar den Blinddarm heraus. Nur wird er bei der Operation die Augen schließen, das nimmt sich der Schangala vor.

Lieblich ist die Juni-Nacht, würde Onkel Fuchs deklamieren. Draußen, unter dem offenen Fenster, plätschert der Brunnen, und ein leises Rauschen ist im Lindenbaum. Während ihn schon der Schlaf überkommt und das Geschehen des Tages verwischt, denkt Schangala noch schnell mit Rührung an sein Spätzchen. Auch für dieses war der Tag schwer, war es doch den Blicken des ganzen Dorfes ausgesetzt. Immerhin, er ist noch gut davongekommen, und schließlich ist es eigentlich tröstlich, daß die Meyer-Mädchen gesagt haben, es sei ein schönes Spätzchen. Schangala macht dem Spätzchen ein warmes Nest aus seiner Hand, und beide schlafen friedlich ein.

Frühmorgens weckt sie der englische Gruß, die bronzene Stimme der großen Glocke im Kirchturm füllt den Himmel und das Haus. Schangala ist ganz froh, der heutige Sonntag wird noch prächtiger sein als die anderen, das Dorf feiert nämlich den heiligen Johannes, seinen und des Schangala Schutzpatron. Einen märchenhaften Nachtisch wird es geben mit den Kirschenkuchen und den Eiskuchen, aber zuvor wird Männlicheres aufgetischt, wonach der Schangala nicht minder gelüstet.

Gestern abend hat Elisa die schönsten Hähne aus dem Hühnerhof geschlachtet, vielmehr, sie hat ihnen die Zunge abgeschnitten und sie in der Küche über dem Wasserstein aufgehängt, bis sie sich ihres ganzen Blutes entleert haben. Fasziniert hat Schangala ihren letzten Zuckungen beigewohnt, aber von Sadismus kann hier keine Rede sein; Elisa hat da keinen Mord begangen, sondern ein fast liturgisch zu nennendes Ritualopfer. Blut ist zwar immer Blut, aber Schangala macht keinen großen Unterschied zwischen dem Blut der Hähne und jenem der heiligen Märtyrer. Dann hat Elisa die großen Vögel gerupft, und Großmutter richtete derweil den Teig für die Nudeln, die Kirschenkuchen und die Kugelhopfe.

Am Sonntagmorgen sind die beiden Frauen schon bei Tagesgrauen aufgestanden, Hahn in Rieslingsoße muß nämlich lange schmoren. Während die Morgenglocke ihre harmonischen Töne niedergehen läßt, steigen aus der Küche die aromatischen Düfte, die sogleich Schandalas und Pierris Nasen alarmieren. Im Nu sind sie aus den Betten und stehen im Nachthemd in der Küchentür.

Elisa hebt die Arme zum Himmel, wie um eine Invasion zu beschwören, Großmutter aber heißt uns sitzen und bringt uns Milchkaffee und Kugelhopf. Soll man hier ein weiteres Mal den Kugelhopf rühmen? Er vollbringt das Wunder, zugleich festen und luftigen Teiges zu sein, er ist sozusagen germanisch und französisch zugleich. Die erste Bresche, die wir in das mit Puderzucker bestäubte Denkmal schlagen, macht Elisa besorgt, sie möchte unsere Zerstörungslust bremsen, hingegen Großmutter ermutigt uns, nach jedem Stück fragt sie, ob wir nicht noch eins haben möchten. Das möchten wir natürlich, doch die Höflichkeit gebietet uns abzulehnen; aber Großmutter kennt ihre Enkel zu gut und weiß, wie der Schein gewahrt werden kann: «Nur, um mir eine Freude zu machen, nur mir zuliebe», lächelt sie. Wir beiden kleinen Scheinheiligen legen die Hand auf das runde Bäuchlein, seufzen, es gehe wohl nicht mehr, und essen Großmutter zuliebe, um ihr eine Freude zu machen, den Kugelhopf bis zur letzten Rosine auf.

Um zehn Uhr springt und hopst der Schangala in seiner Pariser Dandy-Kluft am Glockenseil im Kirchturm. Die andere Glocke bedient der Schangi. Die Lautenbacher Kirche hat vier Glocken, die beiden großen können nur von Männern geläutet werden, aber die Familienväter hopsen nicht minder hurtig als die Kinder, die Seile ziehen uns lustig in die Höhe.

Nach diesem Turnen kommt dann die Stunde der Andacht. Regungslos sollten wir eigentlich während des Hochamtes auf unseren harten Kinderbänken verharren, eine wahre Marter für die Kniescheiben. Zum Glück knien jenseits des Mittelganges die Mädchen, und Schangala schaut die meiste Zeit hinüber. Da sind die Meyer-Mädchen, sie leuchten blendend blond in himmelblauen Kleidchen. Wie wenn aus einem Rosenstock die schönsten der Rosen hervorleuchten: Die anderen Mädchen gibt es für Schangala einfach nicht. Gewöhnlich erwidern die beiden Engelchen seinen Blick. Heute aber wird der Schangala ganz einfach und spröde geschnitten. Er sinnt nach den Gründen, wohl sind die beiden Mädchen verlegen, wegen des gestrigen Schauspiels, ja, so muß es sein, nun wird, mit Verlaub gesagt, ständig Schangalas Spätzchen zwischen ihm und den Meyer-Mädchen stehen, was es in Wahrheit noch gar nicht vermag.

Er ist nun selber gram, überhaupt ein Spätzchen zu besitzen, und noch mehr, es gezeigt zu haben. Aber schließlich ist der Schangi, das dicke Schwein, daran schuld, dieser kniet neben ihm und benimmt sich betont freundschaftlich, als wäre er nicht der Verräter, der er ist.

Plötzlich kommt Schangala die Erleuchtung. Kann ein Verräter damit aufhören zu verraten? Wenn der Schangi den Schangala verraten hat, indem er die Meyer-Mädchen vor das Faß lockte, hat er ganz sicher auch gelogen, als er ihm die zweifelhaften Komplimente über sein Spätzchen seitens der Meyer-Mädchen überbrachte. So ist es: Die Meyer-Mädchen schneiden den Schangala, weil sie von dem Körbchen mit Herzkirschen nicht einen Stiel gesehen haben, weil der Verräter die Kirschen selbst gefressen und überhaupt niemals die geringste Schlichtung unternommen hat.

Im Augenblick singt der Verräter das ‹*Gloria*› mit so spektakulärer Inbrunst, daß nur ein Virtuose der Scheinheiligkeit es ihm gleichtun könnte. Schangala aber rammt ihm den Ellbogen in die Lebergegend: «Was hast du mit meinen Kirschen getan?» Schangi spielt zunächst den Verwunderten, dann glaubt er, die Sache mit einem schalkhaften Lächeln abtun zu können. Aber da kneift ihm Schangala ins Hinterteil, und das ist sehr schmerzlich, wenn man dabei mit Daumen und Zeigefinger eine Drehung vollführt. Schangi läßt einen jaulenden Schrei aus, die ganze fromme Versammlung fährt zusammen, der Pfarrer selbst dreht sich am Altar um. Schangala hat sogleich mit dem Kneifen aufgehört, aber der Schangi, noch immer scheinheilig, winselt, um recht zu zeigen, wie er seinen unbändigen Schmerz verbeißt. Das stört, denn der Pfarrer liest gerade die Epistel, und so tritt der Dorfwaibel, das ist der Sheriff von Lautenbach, aus seiner Kirchenbank. Er will wissen, was geschehen ist. Der Schangi hält ihm sein tränenüberströmtes Gesicht entgegen und winselt: «Der Franzose hat mich in den Hintern gekniffen.»

Es ist jetzt weder die Zeit noch der Ort, eine eingehende Untersuchung zu eröffnen. Der Sheriff faßt den Kneifer am Ohr und läßt ihn im Mittelgang zur Pönitenz auf den Fliesen niederknien. Schangala spürt tausend Blicke in seinem Rücken, aber es sind zwei dabei, die besonders brennen: Jetzt können die Meyer-Mädchen nicht mehr tun, als sei er Luft, sie müssen wie die anderen seine Unwürde zur Kenntnis nehmen. Ein Riesenzorn steigt in ihm auf, er möchte sie ganz einfach mit Haut und Haar verschlingen oder zerreißen, den Schangi, den Dorfwaibel, die Elsässer überhaupt! Da legt sich eine schwarz behandschuhte Hand auf seine Schulter, Großmutters Gesicht beugt sich zu ihm nieder. Ihre Augen sind voller Liebe, und nie war ihr Lächeln milder. «Komm zu mir, Schangala», sagt sie und zieht ihn hoch.

In der Kirche von Lautenbach herrscht die absolute Trennung der Geschlechter. Männer, Frauen und Kinder über sechs Jahre knien nicht wahllos durcheinander. Aber Großmutter Herrgott ist jetzt von königlicher Bestimmtheit. Sie läßt den Schangala an ihrer Seite niedersitzen. Wer sollte da Kritik üben: Großmutter ist die erste Dame in Lautenbach und mit dem Allerhöchsten namensverwandt! Schangalas Herz, das vorher schwer wie ein Felsbrocken war, ist nun leichter als ein Wölkchen am Himmel. Auf den Mädchenbänken drehen sich dort die Meyer-Mädchen nach ihm um, sie suchen ihn mit dem blauen Blick, und dieser hebt Schangala von der Erde, aus der Kirche hoch, seine Seele schwebt der Sonne entgegen. Im gleichen Augenblick ist er von tosendem Orgelklang und jubilierenden Stimmen umgeben. Orgel, Kirchenchor und Gemeinde singen, so kräftig es nur geht, ein brausendes Halleluja!

Am Abend, als Onkel Fuchs sich meldete, um seine ‹Freischärler› wieder abzuholen, brach bei Schangala und Pierri die reinste Panik aus. Nach dem Hochamt, in dessen Verlauf Großmutter ihren Enkel öffentlich von jedem Tadel und Spätzchenzeigen reingewaschen hatte, war der Tag in wunderbarer Harmonie verlaufen. Man hatte das gute Essen genossen, nach Tisch hatte man sich mit den Vettern aus Gebweiler und Mülhausen, dem Pauli, dem André und dem Louis, mit Kirschen und Johannisbeeren die Bäuche vollgeschlagen. Dann war man auf den Dorfplatz gegangen, hatte den Schangi gefangengenommen und einen Gerichtshof gebildet, um das dicke Schwein abzuurteilen. Er war wegen Hochverrats zum

Tode verurteilt, in den Hühnerstall gesperrt und bei Morgengrauen geweckt worden. Worauf man ihn an den Lindenbaum gestellt und ihm zwölf Kugeln geschickt hatte, genau wie der Mata-Hari.

Als solchermaßen Sühne geleistet war, wurde Schangi zur Schlacht von Douaumont verpflichtet, allerdings mußte er den ‹*Schwob*› spielen, zusammen mit dem Pauli, der auch so eine Verräternatur war. Louis, André, Pierri und Schangala bildeten das französische Heer. Fünfzig Meter davon, vor dem Schulhaus, verfolgten die Meyer-Mädchen den Ablauf der Schlacht. Schangala gab dem Schangi eine neue Chance, seinen Verrat wettzumachen: «Geh hin und frage Gretala und Lüssala, ob sie unsere Krankenschwestern sein wollen.» Schangi trabte hin, die Mädchen waren einverstanden. Und sogleich verging dem Schangala jede Siegeslust, er wünschte sich nur noch eine möglichst schwere Verwundung; der Schangi benahm sich einmal anständig und schlug ihm mit dem Säbel das Bein zuschanden. Schangala hüpfte auf dem anderen Bein zum Hauptverbandsplatz, die Meyer-Mädchen hießen ihn, sich unter der Linde auszustrecken, und legten ihm aus ihren Taschentüchern einen Verband an. So selig war er, der Schangala, daß er nicht an die Front zurückkehren wollte, lieber lag er da in seinem heißen Glück, zwischen Gretala und Lüssala, und wartete auf den süßen Tod. Und dann hielt Onkel Fuchsens alter Renault vor dem Gasthaus.

Schangala fand sogleich die Gesundheit wieder, aber statt an die Front zu gehen, zog er sich in die Scheune zurück, und der Pierri hat die Gefahr auch gespürt, er tut ohne Zögern das gleiche. Schade für Douaumont und Frankreichs Endsieg, viel wichtiger ist es jetzt, dem Onkel Fuchs und der Rückkehr nach Dauvillers zu entgehen, dafür ist man zu allem bereit.

Die beiden verkriechen sich ins Heu und stellen sich taub, so sehr auch die Onkel, die Tanten, die Vetter und Basen nach ihnen suchen und rufen. Schangala bedauert, daß er den Schangi nicht ernsthafter erschossen hat, der Verräter wird wohl ahnen, wo sie sich verstecken, und wenn er einmal mehr seiner üblen Neigung nachgibt, wird es ihm eine Freude sein, die Familie aufzuklären. Aber anscheinend tut sich Schangi einen Zwang an, die Suche wird aufgegeben.

Nur Großmutters Stimme ist noch zu hören: «Kumma, Kinderla, kumma zue mir!» Es klingt traurig und sanft wie Musik, Schangala hält sich die Ohren zu, sonst müßte er sogleich hineilen. Dann aber hat sich auch Großmutter wieder entfernt, es ist nichts mehr zu hören.

Schangala taucht vorsichtig aus dem Heu auf, zwischen zwei Brettern hindurch blinzelt er in den Hof, dort steht Onkel Fuchs, mit einem Waldhorn unter dem Arm. Schangala kennt das Instrument, es liegt gewöhnlich auf dem Jagdschrank mit den Flinten. Jetzt blinkt das Horn in der Abendsonne, Onkel Fuchs setzt es majestätisch an den Mund und spielt ‹*Ich hatt einen Kameraden*›; prächtig tönt das Lied, fast ohne falschen Ton, und Schangala hört den Ruf, unter seinen Urahnen muß es einen Paladin gegeben haben, die Klänge machen ihn wie verrückt, er widersteht nicht mehr, er ruft dem Onkel zu, da sei er, der Kamerad, einen besseren fände er nicht, er komme gleich. Er reißt Pierri aus dem Heu, und die beiden purzeln die Leiter hinunter.

Onkel Fuchs hängt das Horn an die Schulter und sagt nichts weiter als: «Los geht's.» Bald darauf fahren sie zu dritt Dauvillers entgegen. Sie kommen dort gegen zwei Uhr morgens an. Und zwar zu Fuß wie das erste Mal. Onkel Fuchs hat bei Pavie in Lautenbach, bei Fischer in Lautenbach-Zell, bei Riethmüller in Linthal und bei Franck in Sengern Station gemacht. Darauf ist er am Steuer ein wenig eingeschlafen; als sie auf der Waldlichtung ankommen, kaum dreihundert Schritte vom Haus entfernt, kommt das Auto ein wenig von der Straße ab und legt sich auf die Seite.

Chauffeur und Fahrgäste würgen sich, so gut sie können, aus dem Wagen hervor. Als sie blutend und hinkend im Forsthaus ankommen, schreit Tante Nini wieder ganz gehörig. Onkel Fuchsens Stirn schillert tagelang amethystenfarben, das paßt sehr schön zu seinen goldenen Zähnen.

Was der Wald erzählt

Schangala denkt nicht ausgefallener als die anderen Jungen, aber manchmal kommen ihm tatsächlich verschrobene Gedanken, so als einmal ein Habicht Tante Klothilde in die Luft entführt. Um das Forsthaus picken und gackern an die dreißig Hühner von unterschiedlichen Farben und Rassen. Jedes von ihnen hat seinen eigenen Charakter, und jedes hat seinen Namen; wir haben sie zwar nicht nach illustren Vorbildern getauft, wie es Onkel Nicolas mit seinen Kaninchen tut; unsere Namensgebung beruft sich auf die Ähnlichkeiten, die wir bei den Hühnern mit unseren Tanten oder sonstigen uns bekannten Damen entdeckt haben. Tante Klothilde ist ein prächtiges Fleischhuhn mit schwarzem Gefieder. Ihr majestätisches Auftreten ruft unfehlbar die Erinnerung an Onkel Henris Gattin wach.

An jenem Nachmittag ist das Hühnervolk in Aufregung geraten. Ein Habicht kreist über der Waldlichtung. Die Hühner haben ihn mit ihren kleinen Augen sofort ausgemacht, und sie nehmen Deckung in der Scheune, nur Klothilde nicht, die einige hundert Meter entfernt wohl ein Würmervolk austilgt. Plötzlich wird sie sich der Gefahr bewußt, mit schlagenden Flügeln sucht sie den Schutz der Scheune, aber schon ist es zu spät! Der Habicht hat ihr die Fänge in das schwarze Gefieder geschlagen, und als Onkel Fuchs, durch unser und der Hühner Gekreisch alarmiert, aus dem Haus tritt, trägt der Raubvogel Tante Klothilde schon über den nächsten Bergkamm davon. «Der Gauner», sagt Onkel Fuchs, «wird sie wohl in Frankreich verspeisen.»

Tante Klothildes Entführung und was der Onkel eben gesagt hat, lassen in Schangalas Kopf fieberhafte Gedanken aufkommen. Er ist sich nie innegeworden, daß ‹Frankreich› so nahe liegt, just hinter den Bergen. Er will mehr wissen, Onkel Fuchs bestätigt, der Habicht sei bestimmt ein innerfranzösischer Räuber gewesen, es würde ihn nicht wundern, wenn das Biest aus der Gegend von

Plombières-les-Bains käme, dort würden wohl so zahlreiche Hühner zu Bouillon für die Kurgäste gekocht, daß für Habichte wahrscheinlich gar keine übrig blieben. Deswegen müßten sie auf die elsässischen Hühner zurückgreifen.

Immer verwirrter wird der Schangala, in Plombières ist doch die Mama zur Kur, und es liegt, wie Onkel Fuchs noch einmal bestätigt, gerade hinter dem Vogesenkamm. Schangala spinnt zügellos den Traum weiter, der ihm soeben gekommen ist: Morgen früh will er über die Vogesen gehen, Mama wird es wundern, wenn er plötzlich in der Halle ihres Hotels auftaucht. Die steilen Wege bis zum Kamm fürchtet er nicht. Natürlich hätte er gern Flügel wie der Habicht, aber er hat in Sturm und Nacht gezeigt, wie brav er zu marschieren vermag. Ebenso hat der Pierri seinen Heldenmut bezeugt, so schlägt ihm Schangala denn auch vor, zu zweit die Reise zu unternehmen. Die Aussicht, seine Mama wiederzufinden, ist für den Pierri himmlisch, und da er Tante Klothilde sehr liebt, möchte er auch ihren Entführer ausmachen, um ihm die sterblichen Überreste des unglücklichen Federviehs zu entreißen, damit es ordentlich bestattet werden kann; ein Waldbegräbnis würde es sein.

Am anderen Morgen sind die beiden Freigräfler mit Vetter Hubert und Base Viola eigentlich zum Stallreinigen abkommandiert, aber mir nichts, dir nichts verschwinden sie hinter den hohen Tannen. Niemand weiß von ihrem Plan und, daß sie beide große Abenteurer sind, die es nach Westen und hin zur Mutter drängt. Man denkt sich halt, sie wollten sich ein wenig von der Front fernhalten …

Lustig marschieren sie drauflos, der Schangala und der Pierri. Von Baum zu Baum steigen sie, wo der Himmel anfängt, muß der Wald aufhören und der Abstieg beginnen. Nach drei Stunden sind sie ziemlich erschöpft. Schangala ordnet eine Verschnaufpause an. Pierri sinkt zwischen zwei Steinbrocken nieder und beginnt sogleich zu schnarchen. Und Schangala wacht so geflissentlich über den Schlummer seines Bruders, daß er dabei ebenfalls einschläft.

Als sie erwachen, ist die Helle am Himmel, der sie nachgingen, verschwunden, und der Wald ist dunkel. Wohl nehmen sie ihren Marsch wieder auf, aber es ist ihnen weich in den Knien und mulmig im Herzen. Pierri stürzt schluchzend auf den Pfad nieder. Schangala wähnt, er höre in der Ferne die Wölfe heulen. Ob er wohl mit ihnen kämpfen muß, oder vielleicht begnügen sie sich damit, Pierri zu fressen? Was aber wird Mama sagen, wenn er in der Halle ihres Hotels auftaucht? Sie wird sagen: «Was hast du mit deinem Brüderchen getan?» Es wird sich schwierig zugeben lassen, daß die Wölfe ihn verdachst haben, den Pierri.

Zum Glück fällt dem Schangala etwas ein. In der Bibelstunde hat einmal Pfarrer Posty gesagt, sofern man einen genügend großen Glauben habe, könne man von einem Berg erreichen, daß er sich davonhebt, das habe Jesus selbst gelehrt. Also versucht es Schangala mit des Heilands und des Pfarrers Rezept. Er ruft den Berg an, zunächst sehr höflich, dann bestimmt und endlich mit den Füßen stampfend. Aber der Berg hebt sich nicht davon, er rührt sich so wenig wie die Hirschel, Onkel Fuchsens Kuh, wenn sie auf der Weide liegt und wiederkäut. Möglicherweise versteht aber der Berg kein Französisch? Schangala fordert ihn also elsässisch auf: *«Loss mi dura!»* Der Berg stellt sich taub. Schangala resigniert, und Pierri weint schon wieder.

Drunten im Forsthaus kommt die Sorge erst um die Mittagsstunde auf, als man merkt, daß noch nicht einmal der Hunger die Faulenzer aus dem Wald und an den Tisch treibt. Hubert und Viola gehen auf die Suche, aber ihren Rufen wird kein Echo geschenkt. Tante Nini verspricht dem heiligen Antonius von Padua ein blankes Zwanzig-Franken-Stück; übers Telefon sucht man Onkel Fuchs in allen Gaststätten des Tales. Man findet ihn bei Fischer in Lautenbach-Zell, wo er gerade eine seiner erotisch-poetischen Reden hält, die alle Augen zum Glänzen bringen. Seine Zuhörerschaft läßt er mit hängenden Zungen einfach stehen, und da er in den eigenen Wagen wenig Vertrauen setzt, bittet er Alisi, ihn nach Hause zu fahren.

Tante Nini empfängt ihn, laut weinend. Das Weinen sei verfrüht, sagt er, man solle damit warten, bis die Leichen gefunden sind. Dann nimmt er sich die vier Hunde, Linda und die Waldis voran, den senilen, aber höchst wackeren Farman auf den Fersen, und geht auf die Suche nach den verlorengegangenen Schrei-Bärle.

Längst ist die Nacht hereingebrochen, als Linda sie findet und weich mit der Zunge über Schangalas Gesicht fährt. Die drei Waldis machen sich ihrerseits über den Pierri her, und der hechelnde, todmüde Farman bekundet seine Freude, indem er an den nächstverfügbaren Baumstamm drei spärliche Tropfen pißt.

Onkel Fuchs hält seinen Neffen die Laterne unter die Nase: «Darf man wissen, was die Herren Brei-Quirler zu dieser Stunde hier im Wald für Geschäfte haben?» Mutig versucht Pierri, die Sachlage zu verbergen: «Wir suchen nach Tante Klothilde.» Aber Schangala sagt die Wahrheit. «Wir wollen nach Plombières», gesteht er und erwartet gesenkten Kopfes die Strafpredigt.

Indessen ist Onkel Fuchs innerlich erleichtert und froh, seine Neffen gefunden zu haben. «Schön», höhnt er. «Ihr seid auf dem richtigen Weg. Wenn alles gutgeht, nämlich wenn ihr den Wölfen, Bären, Wildschweinen und Ottern entkommt, wenn ihr in keine Abgründe fallt, wenn euch die Banditen nicht abschlachten und die Gendarmen nicht fassen, wenn ihr nicht durch einen schielenden Jäger angeschossen werdet, dann könnt ihr in etwa acht Tagen in Plombières sein. Natürlich unter der Bedingung, daß ihr unterwegs nicht Hungers sterbt! Alsdann, gute Reise, und grüßt eure Mama von mir!»

Sagt er, Onkel Fuchs, und Schangala ist vom Programm keineswegs begeistert, doch er hat seinen Stolz. Er dankt dem Onkel, faßt die Hand seines Bruders, und beide nehmen ihren Marsch nach Westen wieder auf. Die Hunde schauen zu Onkel Fuchs, sie wissen gar nicht mehr, was sie denken sollen. Auch Onkel Fuchs ist überrascht, aber eher angenehm, er weiß den Mut und die Entschlossenheit seiner Neffen zu schätzen. Schließlich gibt er der Hundeschar ein Zeichen. Sofort umringen sie die zwei Wanderer, aus ganzem Herzen bellend. Selbst Farman macht mit, obgleich seine alten Stimmbänder es höchstens noch zu einem fast unhörbaren Piepsen bringen. Dann macht Onkel Fuchs dem Tumult ein Ende: «Los jetzt, ihr Freigräfler, eure Ehre steht unversehrt, wir sagen einfach, die Hunde hätten euch daran gehindert weiterzumarschieren. Gehen wir jetzt schauen, ob Tante Nini euch was gekocht hat.»

Tante Nini wartet aber vorerst mit einer ganzen Schüssel von Vorwürfen und Wehklagen auf. Schangala und Pierri, enttäuscht ob ihres Mißerfolges und zugleich erleichtert, wieder unter dem Dach des Forsthauses zu sein, erhalten eine tüchtige Abreibung. Und als Onkel Fuchs nahelegt, die beiden seien vor lauter Hunger wohl taub und es wäre zum besseren Verständnis notwendig, ihnen etwas zu essen zu machen, geht das Gewitter über ihn nieder. Tante Nini haut mit dem Speck und den Eiern zu einem mächtigen

Omelett ganz einfach auch ihren Förstersgatten in die Pfanne. Was er doch für ein schlechter Mensch sei, ein Säufer, ein Weiberheld, ein unwürdiger Gatte und Vater, ein entmenschter Onkel, die Lobpreisungen prasseln mit dem Speck um die Wette. Onkel Fuchs läßt sie schimpfen; wenn ihm etwas zu grob vorkommt, verzieht sich sein Gesicht zu einem breiten Lächeln, man sieht alle Goldzähne gleißen. Was? Er lacht auch noch, der Wüstling? Will er vielleicht behaupten, sein gutes Beispiel sei es gewesen, das seine Neffen zu Landstreichern gemacht hat?

Onkel Fuchs läßt sie noch immer schimpfen. Er hat eine kleine Feile aus der Tasche geholt und poliert seine Weiberheldennägel. Dann öffnet er den Mund. «Nini», sagt er, «gib dir doch keine solche Mühe, mich schlechtzumachen. Der Schangala kennt mich besser als du.» –

Wahr ist, die spitzen Zungen haben in Onkel Fuchs schon immer ihr Opfer gefunden, und ginge Tante Nini der Vorrat an Lästerungen aus, könnte sie Schangala sogleich mit weiteren bedienen, allein das, was die Familie sagt, würde dazu reichen. Ein gottloser Kerl sei Onkel Fuchs, sagt die Familie, ein Grobian, ein Zyniker, ein Tyrann, mit einem Wort: ein Lothringer oder noch besser ein ‹*Schwob*›. Wollte man aber Schangala um seine Meinung fragen, dann würde dieser sagen: «Onkel Fuchs ist ganz in Ordnung, mir wäre es recht, wenn er mein Vater wäre ...» Ja, das würde er sagen, und gerade weil Tante Nini nun wieder über Schangala hergefallen ist und Onkel Fuchs sie zu beschwichtigen versucht. «Schangala ist schon in Ordnung», beteuert er, «mir wäre er als Sohn schon recht.»

So entsteht zwischen dem Förster und dem Kind eine seltsame Freundschaft. Am anderen Morgen sagt Onkel Fuchs: «Schangala, heute will ich dir meine Geliebte vorstellen.» Wie soll der Schangala das auffassen? Handelt es sich etwa um eine jener Damen, deren Hintern von Onkel Fuchs so überwältigend gelobt und in die Luft gezeichnet werden? Und soll er vielleicht selbst zugelassen werden, ein solches Wunder zu besichtigen? Schangalas Seele zieht sich zusammen, und selbst sein Spätzchen regt sich. Aber Onkel Fuchs läßt sie bald wieder zur Ruhe kommen. Seine einzige und wahre Geliebte ist der Wald. Ihn will er seinem Neffen einmal richtig zeigen. Und er führt ihn weit in das grüne Glück hinein. Schangala braucht nur Augen und Ohren weit aufzusperren.

Sie sitzen unter einem Baum und schweigen. Bald wird der Wald lebendig und gibt die verborgensten Geheimnisse preis. Eichhörnchen springen von Ast zu Ast. Ein Fasan im goldenen Kleid schreitet durch einen Sonnenstrahl. Eine Häsin und ihre drei Häslein hoppeln vorüber. Ganz nah bewegt sich eine graue Pelzkugel, es ist ein Siebenschläfer, der sich streckt und dehnt. Dann raschelt es im Unterholz, und Onkel Fuchs deutet mit dem Kinn in die Richtung: Es tritt ein Hirsch hervor, er trägt sein Geweih wie eine Krone, in der Morgenfrische bildet sein Atem ein silbernes Wölkchen. Der Hirsch schaut nach rechts, nach links, und dann sieht er die beiden groß an. «Er sieht uns an, Onkel Louis», flüstert Schangala, und Onkel Louis flüstert zurück: «Wir kennen uns gut, im Winter kommt er ans Haus, wenn er im Wald keine Nahrung mehr findet; wenn du nicht dabei wärst, würde er zur Begrüßung schon näher treten.»

Schangala erlebt noch weitere Wunder. Da setzen sich ein, zwei, drei Vögelein dem Förster auf die Schulter, auf die Hand, auf das Knie. Schangala möchte wissen, was für ein Zauber der Onkel, der gestern seinen Neffen noch solche Angst einflößte, auf die Tiere ausübt. «Ich gehöre so sehr zum Wald», erläutert der Förster das reizende Erlebnis, «daß sie mich für einen Baum halten.»

Der Onkel ist sehr stolz darauf. Er setzt dem Neffen auseinander, ein Baum sei besser als ein Mensch. Der Mensch schleppe sich am Boden hin, während der Baum herrlich zum Himmel strebe und dort frei seine Äste ausbreite. Der Wald sei nichts anderes als die große Mutter aller Lebewesen, vom Anfang bis ans Ende umsorge sie uns; aus dem Holz des Waldes werden unsere Wiegen, unsere Betten und unsere Särge gezimmert ...

Onkel Fuchs zeigt Schangala eine Eichel: «Schau mal, wie klein sie ist. Und doch enthält sie eine phantastische Energie. Wenn du sie in den Boden steckst, wächst daraus ein Riese des Waldes. Nun tue mal ein Kalbsschnitzel oder eine Schweinewurst unter die Erde, und du wirst schon sehen, was daraus wird!»

Schangala schwelgt in verzauberter Zufriedenheit. Sein Onkel spricht zu ihm nicht anders als zu den Freunden, die sich um ihn sammeln, wenn er in den Gastwirtschaften des Tales auch nur den Mund auftut. Seine Worte fallen in die Seele des Kindes und schaffen eine Wollust wie der Tropfen Kirsch oder Himbeergeist auf einem Stück Zucker. Die Seele schmilzt, die Seele brennt, die Augen werden groß und sehend, Schangala erblickt den Wald wie nie zuvor. Er sieht, wie die hohen Tannen ins Blaue streben, und er selbst fühlt sich wie aufgesaugt durch Natur und darüber gewölbtem Himmel.

Bei der Rückkehr bereitet ihm Onkel Fuchs noch ein gewaltiges Erlebnis. Er schließt sich mit Schangala in seine Schreibstube ein, legt eine Platte auf das Grammophon und betätigt die Kurbel: «Hör zu!» Es steigt eine seltsame Musik auf, wie die Bäume scheint sie aus den Tiefen der Erde zu kommen und sich in den Abgründen des Himmels zu verlieren. Sie fließt zunächst ins Ohr, dann aber verteilt sie sich über Adern und Nerven, der Schangala wird selbst zur Musik, vielmehr zum tönenden Instrument, der Zauber wirkt noch stärker, und Schangala wird zum Baum, zum Wald.

«Weißt du, wie diese Musik heißt?» fragt Onkel Fuchs, als er den Kasten wieder schließt. «Sie heißt ‹*Waldweben*›, und der Komponist, der sie geschrieben hat, heißt Richard Wagner. Es ist ein Deutscher.»

Also, dieser Wagner, dieser Deutsche, hat Schangala überwältigt. Er ist auf seinen Stuhl gehüpft, die Fingernägel hat er in die Schenkel gedrückt, mächtig stieg das Bedürfnis auf, Pipi zu machen. Er hält es jetzt nicht mehr aus und bittet Onkel Fuchs darum, zum Mist gehen zu dürfen. Onkel Fuchs scheint über den Gefühlsausbruch höchst befriedigt. «Geh mit Gott, Schangala», sagt er, «und erhole dich.»

Schangala ist, als er den Misthaufen besprengt, noch ganz benommen. Onkel Fuchs hatte ihn schon sehr erschüttert, damals in der Nacht, als er Lenaus ‹*Postillon*› hersagte. Und nun die Musik dieses Richard Wagner! Daß Onkel Fuchs solchen Umgang mit Deutschen hat, wundert Schangala nicht, er verdächtigt den Onkel ja, mit dem Teufel im Bund zu stehen. Wunderlicher ist schon, daß Lenau und Wagner anscheinend keine Pickelhauben besitzen und sich mit anderem beschäftigt haben als mit dem Abstechen von Franzosen!

Vielleicht fragen Sie sich jetzt, was inzwischen aus Pierri, Viola und Hubert geworden ist. Zum richtigen Verständnis des Waldes und Richard Wagners ist Pierri noch zu klein. Und die Fuchs-Kinder sind ihrerseits in der Schule in Sengern, es ist schon ein gutes Stück

Weg von Dauvillers dorthin. Nur donnerstags und sonntags haben sie Zeit zum Arbeiten in Haus und Hof oder zum Spiel mit den Vettern. Schangala könnte auch zur Schule gehen, ja, er sollte sogar, es ist nämlich Gesetz. Aber den ganzen Sommer über wird er gegen das Gesetz verstoßen, jedesmal, wenn sich Mama zur Kur begibt, und das geschieht jährlich. Sein Vater findet sich mit der Überlegung ab, daß die Beobachtung des Himmels, des Waldes und der Tiere in der Gesellschaft von Elsässern seinen Sprößling so viel lehre wie Zinsrechnungen oder Grammatik. Zwar ist Onkel Fuchs kein Elsässer, sondern ein deutschfreundlicher Heide, aber Papa denkt, daß Schangala mit bronzenem Gottglauben und stählerner Liebe zum französischen Vaterland gepanzert ist.

Übrigens findet Onkel Fuchsens Unglaube nur in einigen Lästerungen und den Millionen von Milliarden ‹*Gottverdammi*› seinen Ausdruck, die er in den Himmel schleudert, wenn seine Frau oder sein Auto ihn in Zorn geraten lassen. Wohl ließen sich die Unflätigkeiten hinzufügen, die er in den Gastwirtschaften von sich gibt oder bei Kommunions- und Hochzeitsessen sowie ‹Leichenimbsen›, aber er ist alles in allem mehr Poet als Schwein, und Schweinigeleien sind letzten Endes mehr dem gallischen Wesen als dem teutonischen Temperament zuzuordnen. Ansonsten hat Onkel Fuchs gar nichts dagegen, wenn seine Kinder ihre Gebete sagen, zur Kirche gehen und sich der Sünde enthalten.

Was seine Deutschfreundlichkeit angeht, so ist sie zutiefst literarischer und musikalischer Natur. Er sagt sogar Dinge, denen Papa nur beipflichten könnte, beispielsweise, daß es die Wanderlust, das Fernweh, die Sehnsucht nach blauem Himmel und warmen Meeresfluten seien, die der Deutschen Unglück ausmachten … Onkel Fuchs und Schangala durchstreifen den Wald, zwar nicht Hand in Hand, der Onkel hat diese Gewohnheit nicht, aber Herz an Herz, und der Förster sagt Verse wie: «Kennst du das Land, wo die Zitronen blühen?» Nein, das kennt Schangala nicht, auch nicht, wo die Goldorangen glühen, aber es muß schon ein schönes Land sein. «Klar ist es ein schönes Land», gibt Onkel Fuchs zu, «um so mehr, als dort auch Myrte und stolzer Lorbeer wachsen, aber sieh mal, Schangala, glaubst du, es sei wohl schöner als unsere Wälder, unsere Vogesenkämme, unsere Bergseen?»

Schangala hat insofern einen germanischen Zug, als er auch

Sehnsucht nach Goldorangen empfinden kann, und in Marseille soll das Meer so blau sein, er möchte Rom kennen mitsamt dem Papst, Afrika und die Negerinnen mit den granatenförmigen Brüsten, ja selbst Tonking und die Tiger, so diese der väterlichen Flinte entkommen sind. Aber Onkel Fuchs möchte eine andere Antwort haben. Da sagt Schangala: «Ja, ich denke genau wie Ihr, Onkel Fuchs, etwas Schöneres als den Wald gibt es nicht.»

Da lächelt Onkel Fuchs mit allen Goldzähnen, er genießt es, wenn man seine Geliebte so ehrt, er sagt, Schangala sei weise und die Deutschen seien von Sinnen; wären sie in ihren Wäldern geblieben, statt mit ihren Gewehren und Kanonen west- und südwärts zu ziehen, um Zitronen und Goldorangen zu suchen, dann würden viele von ihnen, die nun in den Massengräbern von Verdun vermodern, noch unter den sächsischen Eichen singen oder unter bayerischen Tannen jodeln. Was der Onkel Fuchs gesagt hätte, wenn er gewußt hätte, daß einmal die gefährlichen Wandervögel nach Tobruk und Stalingrad ziehen würden, das sei dahingestellt.

«Warum soll man denn in die Fremde wandern», überlegt Onkel Fuchs, «wandern etwa die Bäume in die Ferne? Die Bäume entfalten ihr Wesen dort, wo ihr Samen hinfällt, sie stoßen ihre Wurzeln in den Boden, ihre Äste in den Himmel; wir sollten es ihnen gleichtun, Schangala, ein Elsässer, der in den tonkinesischen Dschungel oder zwischen die Fabrikschlote von Audincourt verpflanzt wird, muß einfach krumm wachsen.»

Das war ein Stein in Papas Garten. Ich habe zwar sehr großen Respekt vor Onkel Fuchs, aber ich bewundere auch meinen Vater, weiland Tigerjäger und jetzt Direktor; es mißfällt mir, wenn man ironisch von ihm spricht, ich muß da abwehren, und Onkel Fuchs soll auch mal einen Dämpfer bekommen. So bemerke ich schüchtern: «Eines Tages werdet Ihr aber doch den Wald verlassen müssen.» Onkel Fuchs bleibt stehen, sieht mich groß an: «Du redest vom Tod, Junge?» – «Ich rede vom Paradies, Onkel Fuchs.» – «Und du denkst, daß es für einen heiligmäßigen Mann wie mich auf das gleiche hinausläuft?» Er lächelt vor sich hin: «Du hast ganz recht. Aber glaube mir, daß ich diese Stätten hier deswegen niemals verlassen werde. Ich werde Vorkehrungen treffen, damit man mich im Wald beerdigt. Du wirst also hierherkommen müssen, um mir das Waldhorn zu blasen. Und weißt du, wozu meine Seele den ewigen

Schlaf nützen wird? Sie wird von Dauvillers träumen, mein Junge, einzig und allein von Dauvillers.»

Zu Hause lädt Onkel Fuchs seinen Neffen wieder in Richard Wagners Wald ein. Schangala ist ein arger Schlemmer, er würde seine Seele für eine Portion Eiskuchen verschachern, aber einen ganzen Eiskuchen gäbe er für einige Takte aus dem ‹*Siegfried*› her. Da ist sie wieder, die Waldmusik, sie steigt dem Schangala heiß in die Wangen, feucht in die Augen, überwältigend süß fließt diese Musik in ihn hinein. Onkel Fuchs kehrt ihm die Seele vollends um, indem er den Trauermarsch aus der ‹*Götterdämmerung*› auflegt. Horn und Baßtrompete sind Rufe aus dem Jenseits, Schangala hat den Schlüssel zur jenseitigen Welt schon in der Hand. Da bringt ihn Onkel Fuchs mit einem Quartett auf die Erde zurück, auch wieder von einem Deutschen, er heißt Joseph Haydn. Vom Wagnerschen Trauermarsch könnte Schangala nicht sagen, ob es eine himmlische oder eine höllische Musik ist, so wunderbar schrecklich ist sie. Aber die Musik dieses Haydn kommt jedenfalls aus dem Paradies, dessen ist er sicher, und Besseres weiß er nicht zu tun, als in genüßliche Tränen auszubrechen.

Doch scheint ihm, er hätte das schon einmal gehört, ist es nicht einer dieser Choräle, die Papa morgens beim Rasieren singt? «Würde mich wundern», sagt Onkel Fuchs, «wenn dein Papa das sänge, es ist nämlich das ‹*Deutschland über alles*›.» Schangala beißt sich in die Lippen, nun erinnert er sich, er hat dieses ‹*Deutschland über alles*› bei seinem Vetter Pauli, Sohn des Onkels Eugen, gehört. Pauli ist vierzehn Jahre alt und ein großer, ja ein genialer Bastler, er hat sich ganz allein einen Radioapparat gebastelt, sein Zimmer ist vollgestopft mit allerhand Zeug, Drähten, Lampen, Kopfhörern und Lautsprechern, und aus dem schrecklichen Gewirr kommt manchmal Musik, oder irgendeiner hält in diesen Lautsprechern eine Rede. Da die Vogesen den Vetter daran hindern, die französischen Sender zu empfangen, nimmt er mit den deutschen fürlieb, und so klang eines Tages das ‹*Deutschland über alles*› durch die Wohnung. Papa und Onkel Eugen waren im Garten damit beschäftigt, einer Flasche Riesling den Garaus zu machen, Papa sprang ganz bleich auf und sagte: «Ist doch nicht zu glauben, wie frech diese Deutschen schon wieder geworden sind. Gestern zogen ihre Horden grölend durch das französische Land, jetzt provozieren sie uns bis unter das eigene Dach. Mein lieber Pauli, du wirst mir die Freude tun, ihnen die Schnauze zu stopfen, ich will von diesen Leuten nichts mehr hören!»

Paul und ich waren enttäuscht, Onkel Eugen wohl auch, eigentlich ist es eine ganz schöne Melodie, aber es war kein Gedanke daran, gegen Papas Redestrom schwimmen zu wollen. «Ich will es ihnen schon geben, diesen Herren Deutschen mit ihrem ‹über alles›», wetterte er weiter. «Wie können diese Wilden eine solche Überheblichkeit zeigen! Wenn es ein Land gibt, das über allen anderen steht, so ist es Frankreich, denn Frankreich ist die älteste Tochter der katholischen Kirche!» Schangala hat Papas Worte wieder im Ohr; wenn er das schändliche Lied nicht aus dem Quartett herausgehört hat, so weil die Instrumente ihre Stimmen so wunderbar verflechten; er versucht, die süßen Tränen hinunterzuschlucken. Was würde Papa sagen, wenn er erführe, daß sein Sohn beim ‹*Deutschland über alles*› vor Wonne heult?

Onkel Fuchs beschwichtigt den Schangala. Haydn hat seine Weise nicht extra für das ‹*Deutschlandlied*› komponiert, vielmehr habe sich der Textautor die Melodie angeeignet. Im übrigen gäbe es nur eines, das wirklich ‹über allem› stehe, das sei die Musik an sich. «Das wissen die Franzosen sehr wohl», fährt Onkel Fuchs fort, «als der alte Haydn verstarb, stand Napoleon mit seinem Heer in Wien. Er ordnete ein feierliches Begräbnis an. Die Gardegrenadiere mußten die Ehre erweisen, und den kaiserlichen Marschällen war befohlen worden, in großer Uniform beizuwohnen ...»

Schangala zerfließt wieder vor wunderbarer Rührung. Er will wissen, ob der Napi auch dabei war. Das weiß Onkel Fuchs nicht, er ist aber sicher, daß Napoleon die ruhmreichen deutschen Zeitgenossen schon zu schätzen wußte. Eines Tages war er mit dem großen Dichter Goethe zusammengetroffen, und sie hatten ein langes Gespräch gehabt. Und so erbaut war der Kaiser vom Dichter, daß er nach dem Besuch sagte: «Das ist ein Mann!» Schangala ist entzückt. Hat Onkel Fuchs von ihm nicht das gleiche gesagt nach der unvergessenen Nacht, in der sie zusammen Sturm und Sintflut getrotzt hatten? Bei Gelegenheit muß ihm Onkel Fuchs einige Verse von dem großen Dichter aufsagen. Schangala will wissen, ob dieser Goethe mit ihm geistesverwandt ist.

Joseph und seine Brüder

Mitten im Sommer ist Mama aus der Kur in Plombières zurückgekommen. Sie ist um einige Kilo rundlicher geworden, und ihr langes Haar ließ sie bei einem dortigen Künstler, der ihr die Pariser Frisur schnitt, welche man im Elsaß ‹Bubikepfla› nennt. Papa schien das zunächst als gewagt zu empfinden, man sah aber sehr wohl, daß er mit größter innerlicher Freude das ‹Bubikepfla› zur Kenntnis nahm. Um Mamas Genesung zu vollenden, verbringt die ganze Familie die Ferien in Lautenbach. Mama ruht sich im Liegestuhl unter den Obstbäumen aus, und Papa nimmt die Gelegenheit wahr, um seine Brüder und Schwäger in der Gegend zu besuchen. Da er gerne wandert und die Waldwege der Straße vorzieht, gehen Papa und ich über den Berg. Meist ist es gegen Mittag, wenn wir unser Ziel erreichen, aber Papa hat den Besuch immer vorher angekündigt, und so ist auch für uns jedesmal der Tisch gedeckt. Papas Appetit ist in der Familie genauso bekannt wie seine Tigerjagden, und so sind jeweils alle notwendigen Vorkehrungen getroffen.

Bei Onkel Edouard machen wir den Anfang. Er gehört natürlich dem edlen Stand der Mundschenke an und betreibt in Murbach eine Gastwirtschaft, die sich der ‹*Klosterkeller*› nennt. Vor den Fenstern steigen die beiden herrlichen Abteitürme aus rotem Sandstein aus dem dunklen Tannengrün. Der heilige Pirminius hat die Abtei anfangs des 8. Jahrhunderts gegründet. Kaum ein Jahrhundert später wurde sie durch die Ungarn zerstört, die Elsässer haben Anfang des 12. Jahrhunderts die wunderbare Kirche gebaut, die Brandschätzer des Dreißigjährigen Krieges haben das Kloster wieder verwüstet, aber die beiden Türme stehen noch immer und bezeugen, daß romanische Schönheit einfach unzerstörbar ist. Wir betreten die Kirche, beten einige ‹Gegrüßet seist du Maria›, dann übertragen wir der heiligen Gottesmutter die Sorge, für uns zu beten, jetzt und in der Stunde unseres Absterbens, und

Papa sagt, jetzt wäre es an der Zeit zu schauen, ob die schöne Margrit die Forellen schon siedet.

Die schöne Margrit, die Onkel Edouard vor kurzem geehelicht hat, ist tatsächlich eine adrette und raffinierte Person. Forellen sind ihre Spezialität, aber nicht die Forellen aus irgendeiner Fischkultur, nein, die wilden, die man mit der Hand aus den Bergbächen holen muß, die Forellen mit den roten Tupfen auf dem dunkelsilbernen Kleid, deren Fleisch so zart ist, daß man nur etwas zerlassene Butter dazu braucht, um die reinste Wonne zu verspeisen. Wenn Sie den alten Schangala bitten, Ihnen drei absolut perfekte Dinge zu zitieren, dann wird er Ihnen noch heute nennen die Verse des Jean Racine, die Musik des Wolfgang Amadeus Mozart und Tante Margrits Forellen. Natürlich ist der darauffolgende Hühnerbraten dem Niveau der Vorspeise angepaßt, und die Nachspeise krönt ebenbürtig das Mahl.

Zum Dank für die edle Nahrung erzählt Papa von seinen tonkinesischen Erlebnissen: «Eines Tages gehen wir, mein Freund Graff und ich, am Ufer des Roten Flusses spazieren, als plötzlich meine drei Hunde, Caesar, Hannibal und Scipio, vor einem Busch erstarren und vor Angst zu zittern beginnen. Ich werfe einen Stein ins Gebüsch, da höre ich ein wildes Zischen, und es schießt aus dem Bambusgestänge eine endlose Pythonschlange hervor, deren Kopf sich meterhoch über mir wiegt. Ich kenne die Gewohnheiten solcher Biester, in einer Sekunde wird die Schlange meinen Kopf zwischen ihre langen Fangzähne nehmen, dann ringelt sie sich um meinen Körper, und je mehr ich mich wehre, je fester erdrücken mich die Ringe. Erst wenn mein Herz nicht mehr schlägt – Pythonschlangen vermögen das sehr gut festzustellen –, läßt sie locker und beginnt, mich zu verspeisen. Die Pythonschlange ist eine Feinschmeckerin, sie beginnt mit dem Kopf, das Hirn ist ihr Lieblingshappen, dann verschwinde ich allmählich in dem riesigen Leib. Für den Augenblick denke ich an mein Seelenheil, die Anwesenheit eines Priesters wäre von Trost, aber es finden sich wenig Priester in der Nachbarschaft von Pythonschlangen. So überlasse ich der göttlichen Vorsehung das weitere, und die göttliche Vorsehung gibt meinem Freund Graff ein, sein Gewehr zu schultern und der Pythonschlange eine wohlgezielte Kugel zwischen die beiden Augen zu setzen. Ich entsinne mich, daß ich ja auch mein Gewehr zur Hand habe, und schieße die Schlange nochmals tot, doppelt genäht hält besser.» Papa hält sein Glas hoch, prostet der Gastgeberin zu und sagt: «Meine liebe Margrit, so wäre mir fast das herrliche Mahl entgangen, das Sie die Güte hatten, uns vorzusetzen.» Margrit aber ist die Bescheidenheit selbst: «Ich bin sicher», antwortet sie, «daß die Pythonschlange ein viel besseres Mahl verfehlt hat.»

Unser zweiter Besuch gilt Onkel Emil und Tante Eugenie. Sie wohnen ganz oben im Tal am Waldrand. Es gibt nichts Elsässischeres als das breite Gesicht und die gutmütigen Augen des Onkels, die Leibesfülle der Tante und das einfache und zugleich grandiose Gericht, das auf ihrem Tisch duftet. Den ganzen Weg entlang hat mich Papa auf das festliche Ereignis vorbereitet: «Schangala, deine Tante wird uns ihr außergewöhnlich gutes Sauerkrautgericht vorsetzen. Merke dir: Sauerkraut ist wie ein Konzert. Das Sauerkraut ist das Solo-Instrument, aber dazu gehört das Orchester. Was das Solo angeht, ist Tante Eugenie eine Virtuosin. Sie hat ihr Sauerkraut gestern schon gekocht, ja sie hat es ein wenig braun garen lassen, heute wärmt sie es auf, dadurch wird es nur besser, wir werden uns auf die Quintessenz eines Sauerkrautes vorbereiten müssen ... Was das Orchester angeht, kannst du Onkel Emil vertrauen, er schafft die Harmonie aus Schinken, Speck und allen möglichen Würsten, das ergibt die edelsten Akkorde. Wohl tut er auch etwas Blutwurst hinzu, Fanatiker betrachten das als eine Ketzerei, ich aber nicht. Blutwurst bei der Sauerkrautplatte ist wie das Cello beim Orchester, es bringt die Weichheit und Schmiegsamkeit. Schangala, ich zähle auf dich, wir müssen dem Kunstwerk deiner Tante die gebührende Ehre erweisen!»

Was Quintessenz und Ketzerei sind, weiß Schangala eigentlich nicht, und so entgeht ihm die Würze des väterlichen Kommentars. Er vertraut ihm aber, dem Papa, schließlich ist er jemand wie Onkel Fuchs und Richard Wagner, nur daß er statt des Waldes das Sauerkraut besingt. Schangala hat nach dem langen Anmarsch einen Riesenhunger. Jede Gabel voll bringt ihm neuen Genuß, Tante Eugenie hat mit dem Kochlöffel ein Gedicht geschrieben, und was Schangala mit höchster Wollust verschlingt, ist kein Sauerkraut mehr, sondern reinste Poesie.

Wieder macht Papa den Gastgebern die Freude und erzählt von Tonking: «Also, dieses Land hat sich seit Noah kaum verändert, es würde mich gar nicht wundern, wenn die Arche in der Nähe von Tuyen Quang vor Anker gegangen wäre. Dort habe ich fast alle Tiere der Schöpfung kennengelernt. Am ersten Morgen schon weckte mich ein höllisches Geschrei, alle Affen aus der Umgebung hatten sich auf dem Dach meiner Hütte versammelt. Wenn in einer elsässischen Gaststätte Sauerkraut auf den Tisch kommt oder im französischen Parlament heftig gestritten wird, vernimmt man, verglichen mit diesem Affenkonzert, kaum mehr als sanftes Gemurmel. Na ja, die Affen wohnen im dichten Bambuswald, und das Schreien ist ihr einziges Verbindungsmittel. Nichts ist reicher an Tierschreien als die tropische Nacht. Und ihr könnt euch gar nicht vorstellen, welche Gefühle der Tiger erweckt, wenn er auch nur leise knurrt ... Oder man liegt im Bett und sieht durch das Fenster die Millionen Sterne, wie sie am Himmel glitzern, da kommt plötzlich die Bescherung. Die Sterne sind wie ausgelöscht, im Zimmer wird es dunkler als im Bauch eines Büffels. Man steht auf, um zu sehen, was los ist, geht ans Fenster ... Ein riesiger Trompetenstoß wirft einen sprachlos aufs Bett zurück. Es war nur ein Elefant, der ins Zimmer blinzelte, und seine Riesenohren verdeckten den Himmel.»

Durchs Fenster hat aber auch Onkel Emils Ziege, die am Rain grast, den Schrei des Elefanten gehört, den Papa nachgemacht hat. Fühlt sie sich herausgefordert? Jedenfalls hört sich ihre Antwort ziemlich ironisch an: «Meeed!» Nun aber fühlt sich Papa provoziert: «Was? Sie glaubt mir nicht, eure Ziege, sie hat soeben ‹*Merde*› gesagt!» Onkel Emil und Tante Eugenie beschwichtigen, die Ziege habe nicht Französisch gelernt. Papa fährt in der Schilderung seiner Erlebnisse fort, aber jedesmal gibt das Ziegenvieh seinen Senf dazu. «Tonking hat wunderbare Wälder», sagt Papa. «Meeed», antwortet die Ziege. «Nächstens werde ich euch eine annamitische Reistafel zubereiten», sagt Papa. «Meeed», winkt die Ziege ab. Das geht so fünf- oder sechsmal, dann schlägt sich Papa auf die Schenkel: «Das Vieh hat recht! Im Elsaß und einem solchen Sauerkraut gegenüber soll man vom Elsaß sprechen und nicht von Tonking.»

Werden Sie mich der Lüge bezichtigen, wenn ich nun sage, daß die Ziege sofort mit ihren Bemerkungen aufgehört hat? Und doch ist es die reine Wahrheit. Statt höhnisch weiterzumeckern, steckt sie ihren Kopf durch das Fenster, und Schangala, der den Tieren aus den Augen zu lesen vermag, stellt bei diesem hier eitel innerlichen Triumph fest.

Die dritte Reise geht nach Gebweiler, wo Onkel Eugen wohnt. Er hat blaue Augen, ein rosiges Gesicht, einen unermüdlichen Appetit und eine erprobte Leber und ist also auch wieder das perfekte Muster eines Elsässers. Sein Haus liegt am Fuße des Rebhangs, er liebt es, durch die Reben zu gehen, bis zum Missionskreuz, das den Hügel krönt. Wenn ich bei Onkel Eugen einige Ferientage verbringe, darf ich ihn manchmal begleiten. Wenn nicht, setzen wir, die Tante und ich, uns in den Garten und sehen zu, wie er gemächlich seines Weges steigt.

Oben angekommen, wirft er sich vor dem Kreuz auf die Knie und verharrt lange im Gebet. Seine Stirn neigt sich dem Boden zu, dafür steigt sein Hinterquartier in die Höhe. Er hält es wie die Muselmanen, wenn sie ihren Allah anbeten. Man muß aber schon sagen, daß Onkel Eugen einen ganz gewaltigen Hintern spazierenführt. Im Sommer, wenn er seine enge weiße Hose trägt und die Abendsonne die Kontraste stärker zeichnet, könnte man glauben, der Mond gehe über den Reben auf. *«Das isch Eina!»* ruft dann meine Tante aus, was wohl besagen will, der mondgleiche Hintern des Onkels sei einzig in seiner Art.

Onkel Eugen ist kaum weniger redegewandt, wenn auch in anderen Registern, als Onkel Fuchs. Seine Stimme tönt durch Gebweilers Gassen. Wenn er auf ein Glas Bier in die Stadt geht, braucht die Tante nur aus dem Fenster zu horchen, um zu wissen, in welchem Gasthaus er eingekehrt ist. Onkel Eugen spricht nur Dialekt, höchstens, wenn ihm ein Wort fehlt, um einem allzu subtilen Begriff, einem allzu raffinierten Gefühl Ausdruck zu geben, greift er zum Hochdeutsch. Aber sogar die gewählten Vokabeln bekommen bei ihm sogleich einen elsässischen Klang. So stehen dem Schangala drei Modelle der Redekunst zur Verfügung: Papa, dessen französische Sätze hübsch und gewandt sind, als würden sie auf graziösen Füßen tanzen; Onkel Fuchs, dessen schwerere, sinnlichere Prosodie sozusagen aus den Lenden kommt, und Onkel Eugen, dessen Gespräch sich konkret und sicher aufbaut, als hätte es den festen Hintern zur Basis.

Aber Onkel Eugen ist auch Musiker. Er dirigiert den Gebweiler

Musikverein ‹Harmonie›. Gleichmäßig schlägt er den Takt zur Egmont-Ouvertüre, zum Schlittschuhläufer-Walzer oder zur Glühwürmchen-Gavotte. Gleichmäßig nimmt der Schangala die Musik in sich auf, nur daß Beethoven ihm in den Kopf steigt, während Waldteufel ihm in die Füße sinkt. Wie Onkel Fuchs besitzt auch Onkel Eugen ein Grammophon. Er liebt die schönen Frauenstimmen. Seine liebste Schallplatte ist die mit der großen Arie aus ‹*Rosine*›, die italienische Primadonna heißt Celestina Boninsegna, Onkel Eugen nennt sie aber nur ‹die Sau›.

Möglicherweise spielt er damit auf ihre hundert Kilo an, aber es ist freundlich gemeint. Allgemein hat der Elsässer zum Schwein eher freundschaftliche Beziehungen. Beispielsweise Papa: Er würdigt das Schwein bei jeder Gelegenheit, mit Wort und Gabel. «Gott hat den Menschen aus Erde geschaffen», sagt er, «und das Schwein holt seine und des Menschen Nahrung aus dem Kot. Von Kopf bis zum Schwanz ist am Schwein alles eßbar. Sein Speck wird zu unserem Fleisch, und seine Blutwurst zu unserem Blut ... Und noch etwas hat das Schwein mit uns gemein, wie der Mensch ist es zugleich eine üble Sau und ein herrliches Wesen, übel, wenn es im Dreck wühlt, herrlich, wenn es auf dem Tisch erscheint. Kurzum, es ist unser Bruder Schwein, und wir schulden ihm Dankbarkeit und Achtung!»

«Da, Seppi, lang zu», reicht Onkel Eugen meinem Vater die Schüssel, und Bruder Schwein liegt darin auf einem Bett von ‹Gelee› und Petersilie. «Dieses hier», fügt Eugen hinzu, «ist durch Vogelweiths Hände gegangen.»

Vogelweith ist der größte Dichter, den es in Gebweiler gibt. Er dichtet nicht mit Versen und Reimen, sondern mit Schweinefleisch und Gewürzen. So schmackhaft es ist, so schön wird es auch dargeboten. Wenn Papa von Lautenbach aus einen Marsch nach Gebweiler ankündigt, geht Onkel Eugen persönlich zum Vogelweith, um dort die schönsten aus dessen Schöpfungen auszuwählen. Sie sind immer zuerst eine Freude für das Auge, bevor sie Zunge und Magen bezaubern.

Papa lobt die Farben der verschiedenen Würste, den braungoldenen Ton der Gallerte, im Elsaß ‹Gelee› genannt. Dann geht er zu Tonking über. Er erzählt, daß die Affen, die auf dem Dach seiner Hütte umherturnten, ihm zutiefst feindselig gesinnt waren und es nie verfehlten, mit irgendwelchen Wurfgeschossen nach seinem Schädel zu zielen. Bis zu dem Tag, da er sie elsässisch anbrüllte, worauf der Schabernack aufhörte; Papa fand sogar Freunde unter dem Affenvolk. Dergleichen geschah mit anderen Buschbewohnern. Eines Tages entdeckte Papa ein Büffelkalb, das von seiner Mutter offenbar im Stich gelassen worden war. Er rief nach dem Tierchen: *«Kumm, Mannala, kumm!»* Und schon war das nach Liebe und Milch dürstende Kälbchen bei ihm, fast war es ihm an den Hals gesprungen. Papa baute ihm einen kleinen Stall, aber es zog vor, bei Papa in der Hütte zu wohnen; die Idylle dauerte fast neun Monate an. Wenn das ‹Mannala› das Geschirr kaputtgetrampelt oder den Tabakvorrat aufgefressen hatte, verschwand es für eine Weile im Dschungel, bis Papas Galle wieder abgekühlt war. Eines Tages steckte ein junges Büffelweibchen den Kopf durch das Fenster. ‹Mannala› verliebte sich und verschwand auf Nimmerwiedersehen. Die Stimme der Liebe war stärker als der Wohlklang des elsässischen Idioms!

Was, werden Sie sagen, haben wir ‹Wohlklang› gehört? Na ja, mag sein, daß Sie einen Oberelsässer bei einem Zornausbruch erlebt oder gerade zur Riesling-Pause eine Weinstube im elsässischen Rebland betreten haben. Wenn bei den Elsässern Wut oder Stimmung steigen, wähnt man sich eher beim Zirkus, im Löwenkäfig, als in einem Boudoir. Es sei zugegeben, daß der elsässische Dialekt mit gewissen Tierlauten schon eine Ähnlichkeit hat, woraus sich eben die Möglichkeit ergeben mag, damit Affen oder Büffel zu zähmen. Aber Sie müssen wissen, daß unsere niedrigen Brüder diesen Dialekt gerade deshalb verstehen, weil er, unvergleichlich besser als jede andere Sprache, Sympathie und Zärtlichkeit auszudrükken vermag. Das stellte ich jedesmal bei den Dackeln fest, die ja im Elsaß samt und sonders ‹*Waldi*› heißen. Sage ich zu einem Waldi: *«Kumm, Mannala, kumm»*, dann legt er sich auf den Rücken, damit ich ihn am Bauch kraule. Sag ich aber französisch: *«Viens, bonhomme, viens»*, was genau das gleiche bedeutet, bellt er mich an und fühlt sich beleidigt.

Den vierten Spaziergang machen wir nach Feldkirch zu Onkel ‹Schüll›, den die Deutschen Julius nannten. Sein Haus steht am Rand der elsässischen Ebene, die Vogesen im Rücken und davor die unendliche Weite. Bei Sonnenuntergang ist das Schauspiel herrlich, die Ebene wird einfach zu einem goldenen Teppich. Tante Marie spricht bescheiden von ihrer Kochkunst. Aber Bohnen, Tomaten und Salat aus ihrem Garten sind von frischem, erlesenem Geschmack, dazu gibt es gebratenen Feldhasen, den man sich beim Wilddieb im Dorf bestellen kann; das ergibt ein ganz prächtiges Essen, wofür sich Papa mit tonkinesischen Abenteuern bedankt.

Erwarten Sie etwa den Bericht einer jener Tigerjagden, die zum großen Teil Papas Prestige ausmachen? Lieber sage ich es Ihnen gleich: Die Tiger haben sich vor Papas Herausforderungen immer aus dem Staub gemacht. Nicht daß er sie nicht oft herausgefordert hätte. Bei Vollmond ging er mit seinem Freund Graff auf den Anstand, nachdem sie eine Ziege an einen Pflock gebunden hatten, aber das war immer vergebens. Entweder der Tiger verschmähte den Köder, oder aber er fraß die Ziege auf, ohne daß die Jäger es merkten. So hatte mein Vater nur einmal ein Abenteuer mit einem Tiger, nämlich, wie Sie sich erinnern werden, damals, auf dem Weg von Tuyen Quang nach Drang Da, mit der Laterne und dem ‹*Veni Creator*›. Im übrigen war damals mehr Kaltblütigkeit vonnöten, den Tiger zu verjagen, als man sonst zum Jagen schlechthin braucht. Darum wage ich die Behauptung, daß Papa der außergewöhnlichste Tigerjäger war, den der tonkinesische Busch je gesehen hat.

Von Feldkirch bis Lautenbach sind es fünfzehn Kilometer, und es ist, besonders in Anbetracht dessen, was Papa sich an Speise und Trank zu Gemüte geführt hat, keine Rede davon, zu Fuß heimzukehren. Onkel Schüll gibt uns bis zum Bahnhof von Bollweiler das Geleit. Er ist selbst Eisenbahner, sein Freund Kleiber (auch mit uns verwandt) ist Lokführer, ich darf deshalb auf die Lokomotive steigen. Und wenn Onkel Schüll mit der Trillerpfeife das Zeichen zur Abfahrt gibt, hebt mich Vater Kleiber hoch, und der Schangala ist es, ja, der Schangala, der den Schalthebel niederdrücken darf, welcher den Dampf in die Zylinder schickt! Die Lokomotive des Zuges von Bollweiler nach Lautenbach ist nun gerade keine Raketenlok, und der Schangala ist kein Koloß, er wiegt kaum an die dreißig Kilo, aber in ihm kommt ein riesiges Machtgefühl auf, und als der erste Dampfstrahl zischt und der Zug mit seinen vier Waggons und den dreißig Reisenden in Bewegung kommt, erlebt Schangala das überwältigendste Gefühl seines ganzen Lebens. Der Vater ließ im Busch den Tiger zurückweichen, der Sohn bewegt einen ganzen Eisenbahnzug vorwärts!

Da sind also ein Onkel, der den Wald beherrscht, ein Onkel, der eine Stadtmusik kommandiert, ein Onkel, der mit Lokomotiven auf du und du steht, ein Vater, der eine Fabrik leitet und Tiger verjagt, zwei weitere Onkel, die je einen Gasthof regieren (obschon der in Lautenbach eigentlich erst Thronfolger ist), und Schangala weiß manchmal gar nicht, wen er am meisten bewundert. Zwar steht Papa an der Spitze, wenn er diese Helden so in seinem Kopf Vorbeimarsch halten läßt. Papa steht dann auf einem Wagen, der von Tigern mit gesenkten Köpfen und eingezogenen Schwänzen gezogen wird. Dann kommt Onkel Fuchs, von Hirschen geleitet und von Vögelein umflogen, obwohl er mit den flammenden Augen, dem goldenen Gebiß und dem blauglänzenden Bart noch immer wie ein Kinderschreck und Menschenfresser aussieht. Aber Schangala bewundert und liebt ihn zugleich; der Wald, die Musik, der Hintern einer polnischen Gräfin aus der Wojwodschaft Krakau, die stürmische Nacht damals und der Teufel haben Onkel und Neffen zu Komplicen gemacht.

An dem Sonntag, an welchem das Dorffest stattfindet, hat Onkel Fuchs seine Familie nach Lautenbach zur Großmutter gebracht und ist daraufhin verschwunden, um in den verschiedenen Gaststätten der Umgebung seine Vorträge zu halten. Gegen Mitternacht holt er die Seinen wieder ab und möchte auch den Schangala mitnehmen. Schangala schläft, es schlafen auch bereits seine Eltern und die Großmutter. Allein Onkel Nicolas blieb auf, um den Wartenden, Tante Nini, Hubert und Viola, Gesellschaft zu leisten. Was soll das mit dem Schangala? Tante Nini schreit Zeter und Mordio, was soll das, es wäre doch die reinste Barbarei, ein Kind aus dem Schlaf zu wecken, nur weil es ein Trunkenbold so haben möchte, nie und nimmer will sie das zulassen! Aber Onkel Fuchs gibt nicht nach, es ist keine Laune von ihm, er braucht den Schangala, er muß ihm unbedingt einige Gedichte vortragen! Und Onkel Nicolas, der weiß, wie störrisch ein Zuviel an Riesling den festesten Trinker machen kann, führt Fuchs in Schangalas Schlafzimmer ...

Schangala träumt gerade davon, daß er die Lok des Eilzuges

Saigon–Tuyen Quang durch den Dschungel kurven läßt. Wohl kommt es ihm sonderbar vor, daß nun plötzlich der Gebweiler Kirchturm aus dem Busch ragt, aber es beruhigt ihn, daß im Storchennest ein mächtiger Gorilla hockt; leider aber springt der Gorilla auf die Lok, er rüttelt an Schangalas Schulter und ruft ihn beim Namen. Schangala fährt aus dem Schlaf, sieht hart vor seinen Augen eine haarige Fratze, stößt einen Schrei aus, aber Onkel Fuchs beruhigt ihn: «Schrei nicht, Schangala, ich bin dein Freund, ein rauher zwar, jedoch getreu ...!»

Rasch ist der Schlaf aus den Augen gewischt, werden Kleider und Schuhe angezogen, dann sitzt Schangala neben Onkel Fuchs auf dem Vordersitz des alten Renault, hinten dösen Hubert und Viola vor sich hin, sie hören Tante Nini schon gar nicht mehr, die ihrem Gatten ein weiteres Kapitel aus den gewohnten Leviten liest.

Der Wagen fährt durch die ‹Hölle›, ein Steinschlag ist auf die Straße niedergegangen. Onkel Fuchs muß rasch ausweichen, er bremst scharf, und schon dreht sich das rechte Vorderrad über dem Abgrund; wenn Schangala den Wagenschlag öffnen würde, fiele er tatsächlich in den Höllenschlund ...

Hubert ist rasch durch die linke Hintertür aus dem Auto gesprungen, man begreift den raschen Reflex, wenn man weiß, daß er sich jedesmal an Bord befand, wenn Onkel Fuchs mit seinem Auto gegen einen Baum fuhr, den Wagen in den Straßengraben lenkte oder ein Tauchmanöver in der Lauch ausführte. Auch Tante Nini steht schon auf der Straße; sie zwingt Viola, die die Kaltblütigkeit ihres Vaters geerbt hat und regungslos verharrte, ebenfalls zum Aussteigen. Rechts gähnt, wie gesagt, die ‹Hölle›. Wenn nun Onkel Fuchs wie sooft ersten Gang und Rückwärtsgang verwechselt, dann verbleibt dem Schangala nur die Zeitspanne des Sturzes, um zu bedauern, daß er sein Bett verlassen hat. Glauben Sie aber, der Schangala hätte Angst? Keineswegs. Er weiß, daß Gott ihn beschützt und daß der Teufel Onkel Fuchs immer zu Hilfe kommt, wenn es nottut. «Hast du keine Furcht», wundert sich der Förster, und Schangala antwortet: «Bei Euch nicht, Onkel Fuchs!» Der Onkel ergreift den Schalthebel, tritt auf das Gaspedal, ein krampfhaftes, kreischendes Lachen schüttelt den alten Renault, der sich langsam vom Abgrund wegbewegt. Onkel Fuchs blieb kaltblütig und gelassen. «Schangala», sagt er, «dein Glauben hat uns gerettet.»

Wie eine Berufung aufblühte und verging

Der Herbst hält Einzug, die Störche ziehen ab, und wir kehren zurück in die Franche-Comté, wo schon die winterlichen Nebel über dem Land liegen. Mama ist als vorläufig geheilt zu betrachten, und meiner harrt die Schule. Mit neuen Kameraden werde ich französische Lästerungen statt elsässische Grobheiten tauschen, der Lehrer wird mit dem Stock auf sein Pult klopfen und mich mit Namen rügen. A propos, ich heiße nicht Egen, sondern Egensperger. Als mich Paul Winkler, der 1982 verstorbene Direktor der Pariser Tageszeitung *France-Soir*, in seine Redaktion aufnahm, legte er mir nahe, unter einem Pseudonym zu schreiben. «Verstehen Sie, Wertester, Ihr Name ist für französische Zungen fast unaussprechlich, wer kann ihn schon im Gedächtnis behalten, und dann ist, Sie werden es begreifen, die Erinnerung an die Besetzung und die Nazis noch allzu frisch, erlauben Sie die Bemerkung, Ihr Name klingt eben etwas allzu deutsch.» Dagegen hätte ich protestieren sollen, schließlich hat mein Großvater diesen Namen in der Schlacht von Gravelotte unter französischer Uniform getragen, und mein Vater trug ihn als Zuave. Immerhin hatte Paul Winkler in einem recht, Egensperger klingt etwas schwerfällig, es war wohl besser, daß ich mir einen kürzeren Namen suchte. Ich schlug denjenigen meiner Mutter vor, er war einfach, gut klingend und frappant, ich konnte ja ganz einfach mit Herrgott signieren, ein bekannteres Pseudonym wäre wohl gar nicht zu finden. Aber der Direktor war selbst von der allmächtigen Gattung, fremde Götter konnte er schwerlich neben sich dulden. Er riet mir, meinen Namen einfach mitten durchzuschneiden, auf zwei Füßen gehe und schreibe es sich genausogut wie auf vieren. Mit der Abnahme der Hinterfüße war ich sogleich einverstanden, ja, ich fühlte mich direkt leichter. Ich muß Ihnen eingestehen, daß mein Name mir immer schon Ungemach gebracht hatte.

Er klingt zwar gut, es fehlt ihm nicht an Prestige, und philologisch fanden ihn sowohl Papa als auch Onkel Fuchs von Klasse, allerdings nicht aus den gleichen Gründen. Papa, der nicht eben deutschfreundlich war, berief sich auf lateinische Wurzeln. Durchs Elsaß waren die Barbaren und die Humanisten gezogen, aber letztere waren geblieben. Unsere Familie hat in Schlettstadt ihre Wiege wie der berühmte Beatus Rhenanus auch, man konnte also ‹Egens› als das lateinische Wort für ‹arm› nehmen, dazu das Imperativum ‹perge›, was die Aufforderung bedeutet, mutig auszuhalten (von ‹pergere›), das Ganze war wohl etwas an den Haaren herbeigezogen, aber Papa zog eben aus lauter Deutschenhaß. «Merke dir, Schangala, daß unser Urahn sicher ein Freund des großen Erasmus von Rotterdam war, sie haben wohl oft zusammen gegessen und getrunken», sagte er mit erhobenem Finger.

Onkel Fuchs hingegen fand, daß es keinen germanischeren Namen geben konnte. ‹*Egen*› heißt althochdeutsch eben ‹eigen›, dazu kam ‹*Sper*›, die Lanze, und noch einmal dazu ‹Ger›, der Wurfspeer. «Wie der Ritter sein Pferd zu eigen hatte, besaß dein Ahne seine Lanze und seinen Wurfspeer. Schangala, du stammst von einem Recken ab, direkt wagnerisch; daß du unter den Blitzen und in der ‹Hölle›, eigentlich Fafners Höhle, so mutig warst, überrascht mich nicht! Bist du damit zufrieden?»

Der Schangala kannte obenerwähnten Herrn aus Rotterdam nicht, er hoffte nur, da der Urahn arm war, daß der gewisse Erasmus für Essen und Wein gezahlt hatte. Und überhaupt war es ihm lieber, von einem schwertführenden Recken abzustammen als von einem Humanisten. Möglicherweise aber, und das war dumm, marschierte der Recke mit dem Schwert oder den beiden Speeren hinter Barbarossa her statt hinter dem heiligen Ludwig, König von Frankreich, und dann war der Recke eben ein Deutscher, was nicht gerade angenehm war.

Auch aus anderen Gründen war Schangala sein Name lästig. Im Elsaß gab es keine Probleme, aber in Audincourt hießen die kleinen Kameraden Folletête, Chamot oder Tavernier, und Schangala beneidete sie. Zum Waffenstillstandstag am 11. November brachte der Lehrer immer ein Grammophon mit in die Schule, und da war eine Schallplatte, die von den letzten Stunden des Ersten Weltkrieges erzählte. Da fiel dann auch der Name Erzberger, das war einer, der die deutsche Delegation bei den Verhandlungen in Rethondes geführt hatte. Jedesmal schossen die Blicke der ganzen Klasse wie Pfeile nach Schangala hin. Er fühlte sich mehr oder weniger angeklagt, die Kathedrale von Reims bombardiert oder die Pariser Saint-Gervais-Kirche gerade während des Karfreitagsgottesdienstes mit der ‹dicken Bertha› beschossen zu haben; fast wünschte er sich, die Hölle möge sich unter seinen Füßen auftun, besser das, als solcherart gedemütigt zu werden.

Am Ende hörte man dann auf der Schallplatte den Caporal Sellier aus dem freigräflichen Beaucourt, der am Morgen des 11. November das ‹Ende Feuer› geblasen hatte. Er erzählte, wie es damals war, und blies noch einmal das Signal. Nun richteten sich alle Köpfe nach dem kleinen Sellier aus dem freigräflichen Audincourt, er hieß genau wie der berühmte Clairon-Bläser. In der Pause wollte jeder mit ihm dick Freund sein, man klopfte ihm auf den Rücken und komplimentierte ihn, er erzählte, Caporal Sellier sei sein Vetter, einmal habe er selbst das berühmte Clairon an die Lippen nehmen dürfen. Dann zog sich Schangala still zurück. Er trug die Last seines Namens wie Erzberger die Bürde der Niederlage auf seinen gebeugten Schultern, und in ihm stiegen die bitteren Tränen der Verlierer hoch.

Alles versuchte er, wenn der schlimme Jahrestag wieder kam, um nicht in die Schule zu müssen. Er steckte sich den Finger in den Schlund, um sich zu erbrechen, er wand sich mit langgezogenem Stöhnen, er schloß sich ins Klo ein und zog mehrere Male die Wasserspülung. Jedoch vergebens: Papa verleugnete sein Humanistenblut, Papa fühlte sich plötzlich – man höre! – als germanischer Recke, Papa war unerbittlich, und Mama getraute sich nicht einzugreifen. Damit Schangala nur für einen Nachmittag frei bekam, dazu hätte es zumindest eines plötzlichen Hirnfiebers oder eines blitz- und bösartigen Blinddarmreizes bedurft. Nur im Elsaß durfte er der Schule fernbleiben, zwei Monate lang und mehr!

Sie werden mir sagen: «Der Schangala hätte ja alles erzählen und erklären können, sein Vater hätte ihn bestimmt verstanden, er hätte sich gewiß seiner eigenen Erlebnisse, der Leiden des jungen Seppala, erinnert...» Bitte: Gerade die Leiden des jungen Seppala waren es, die Papas Herz gepanzert haben. Richtig, Sie denken nur an den neunjährigen Waisenbuben zurück, der mit seinen Tränen die Suppe wässerte und die Kopfkissen näßte. Eben! Zehn Jahre Internat, Schlafsaal und Refektorium, zwei Jahre preußisches Gefängnis, ein Jahr als Artillerist im Krieg, ohne auch nur von den Begegnungen mit tonkinesischen Tigern und Pythonschlangen zu sprechen, hatten den Seppala gestählt und ihm beigebracht, wie relativ Schmerz und Gefühle sind, so daß ihm Schangalas Seelenzustände mehr Zorn als Mitleid eingeflößt hätten. In harten Worten hätte er ihm vorgeworfen, seinen Vatersnamen zu verleugnen und es hinzunehmen, daß seine Kameraden einen, zugegeben, verkannten Humanisten, der aber mit Erasmus von Rotterdam bei Speise und Trank gesessen habe, mit einem um den Waffenstillstand winselnden preußischen Kapitulanten verwechselten.

So ist er eben, mein Papa, sehr gut- und hochherzig, aber oft für sich und die Seinen härter als selbst der Onkel Fuchs. Weil wir schon von der Schule sprechen: Die Gemeindeschule befindet sich gerade unserem Haus gegenüber. Aber Papa bleibt der christlichen Schule und den guten Schulbrüdern treu, die ihn zehn Jahre lang hinter Gitter und Mauern gesperrt haben, und so werden wir in die katholische Schule geschickt, es sind zwei Kilometer dorthin. Viermal am Tag marschieren unsere kleinen Beinchen die Strecke ab, und im Winter, wenn uns der beißende Wind die Nasen blau anlaufen läßt und uns Schrunden in die Hände reißt – denn die Gegend von Audincourt weist oft Kälterekorde auf –, dann träumen wir manchmal von einem gottlosen Papa, der uns anstandslos in die Gemeindeschule, unserem Haus gegenüber, gehen lassen würde. Aber nicht Papa ist gottlos, sondern die Schule gegenüber. – Viele Freunde und Verwandte, darunter natürlich Onkel Fuchs, wundern sich, daß der sonst so offenherzige Papa eine so pfaffenhafte Engstirnigkeit zeigt, und selbst Mama läßt manchmal schüchtern durchklingen, die republikanische Schule sei vielleicht für die jungen Seelen nicht so gefährlich, wie man glaubt; was tut's?

Es gibt eben nichts Eigensinnigeres als einen Elsässer. Was sagen Sie? Ihnen scheint, ich hätte vorher das Gegenteil behauptet? Ja gewiß! Ich habe vom ‹Hans im Schnokeloch› gesprochen, der niemals weiß, was er will, und Symbolgestalt ist für den zwischen seinen zwei Seelen und drei Kulturen zerrissenen Elsässer. Das ist es ja gerade: Er schwankt von einem Extrem zum anderen, und gerade deshalb wird der verunsicherte und wankelmütige Hans, wenn es nötig ist, zum felsenfesten Helden, der Tigern Respekt einflößt, aufrecht im Sturm steht und sich weigert, weiterhin von der Geschichte gebeutelt zu werden. So ist eben unser Papa: ehern katholisch und stählern französisch.

Je mehr die Spötter ihn seines inbrünstigen Glaubens wegen verulken, je höher preist Papa Gottes Ruhm. Je mehr sie über seinen Patriotismus lachen, je mehr trägt er seine Liebe zu Frankreich zur Schau. Über meine Zukunft hat er schon verfügt: Je nachdem, ob sich meine Neigungen mehr zur militärischen Laufbahn oder zum geistigen Gipfelstürmen hin entwickeln, wird er mich auf die Offiziersschule von Saint-Cyr schicken oder der Gesellschaft Jesu überantworten. Natürlich ist Intelligenz in beiden Fällen unentbehrliche Grundlage. Papa ist überzeugt, daß ich intelligent bin. So bereite ich mich seelisch auf mein hehres Schicksal eines Jesuiten- oder Artillerie-Generals vor, vielleicht werde ich sogar Papst oder Marschall. Wie das vor sich geht, will ich Ihnen an Hand eines Beispiels aus dem Alltag erklären. Gestatten Sie, daß ich mir einen Wintertag aussuche, Sie werden den Schangala dann um so mehr bemitleiden.

Papa steht morgens um halb sechs auf, das hat er seit der Schulzeit in Reims her so gehalten. Eine Minute später singt er in der Küche das ‹*Veni Creator*›, und zwar jeden Morgen, den ihn Gott erleben läßt. Warum? «Um dem Heiligen Geist dafür zu danken, daß er mich vor dem Tiger errettet hat, und um ihn zu bitten, er möge mich vor allen lästigen Idioten schützen», erklärt Papa. Nach dem ‹*Veni Creator*› singt er übrigens noch andere Hymnen und Choräle, er hat immer ein sehr fröhliches Erwachen und Aufstehen.

Mir geht es leider anders. Ich bin Meßdiener und muß bei der Sechs-Uhr-Messe ministrieren. Schangala weiß, daß ihn sein Vater in den nächsten zwei Minuten rufen wird. Im Augenblick steckt er nur die Nase unter dem Federbett hervor, die Tempratur im Zimmer liegt unter Null, der Schleim in den Nasenhöhlen ist gefroren, man muß sich die Nase reiben, um ihn wieder flüssig zu machen. Er gewährt sich noch einen kleinen Augenblick des molligen Glükkes und träumt von der doppelten Lungenentzündung, die ihn von allen jetzt anstehenden Problemen befreien würde. Dann schöpft er Mut aus einigen großkalibrigen elsässischen Flüchen, springt aus dem warmen Bett in die eisige Hose und geht in die Küche, wo der Vater ihm unter den Klängen des ‹*Tantum ergo*› das Frühstück bereitet. Zum ‹*Magnificat*› schmiert er ihm die Butterbrote, diese werden mitsamt dem Milchkaffee eiligst verschlungen, und schon trottet der Schangala der Kirche entgegen, die Kälte verfluchend, die sich ihm in Gesicht, Ohren und Knien einbrennt – zu jener Zeit trug man in Audincourt kurze Hosen, und sibirische Zustände gibt es dort auch heute noch.

Schangala hat eigentlich nichts gegen das Ministrieren, er liebt die Majestät der liturgischen Handlung, den Duft der Kerzen und des Weihrauches. Nur bei der Wandlung ist da noch immer so etwas wie Verlegenheit, das liegt lange zurück. Er war damals drei oder vier Jahre alt, und wenn die Glöckchen ertönten und die Gläubigen zur Verehrung des zum Leib des Herrn gewandelten Brotes und Weines die Köpfe neigten, dann schaute Schangala verstohlen zum Altar hin; was erblickte er dort, der kleine Schweinigel? Er erblickte, wie die beiden Ministranten hüben und drüben des Pfarrers dessen Meßgewand anhoben, natürlich, damit er ungehindert das Knie beugen konnte; aber Schangala deutete das anders. Er glaubte, daß die Leute ihre Köpfe senkten, um nicht zu sehen, was die Ministranten ihnen zeigen wollten, nämlich des Pfarrers Unterwäsche. Schangala dachte sich, das sei wie bei den Damen, die hießen ihn auch immer wegsehen, wenn sie an Strumpfband oder Höschen zu nesteln hatten. Wie gesagt, Schangala war erst drei oder vier Jahre alt, aber heute, da er seine Jugenderinnerungen eines Elsässers niederschreibt, stellt er sich die Frage, ob ein junger ‹Innerfranzose› wohl auch auf solche Sachen gekommen wäre.

Dann geht die Messe zu Ende, der frierende Schangala setzt sich in Erwartung der Bibelstunde in eine Kirchenbank. Zähneklappernd birgt er die Hände in den Achselhöhlen und stampft er mit den Füßen, das Gotteshaus ist nämlich denkbar ungeheizt; nach und nach kommen jedoch die Kameraden herbei, man rückt eng zusammen, um warm zu werden.

Um sieben Uhr beginnt die Bibelstunde. Um zu begreifen, was die Religion in meiner Jugend war, müßte man Pfarrer Posty gehört haben, wenn er von der Hölle sprach. In aller Bescheidenheit bezog er seine Schilderungen von Dante Alighieri, und in unserem Katechismus war ein grauenhaftes Bild, auf dem wild gehörnte Teufel die Sünder mit großen, spitzen Gabeln in die Flammen stoßen. Indessen, Pfarrer Posty malte die ewige Pein im Detail aus, die Flammen sind eigentlich nur ein Aspekt, da sind alle teuflischen Variationen, denen die Verdammten preisgegeben sind; in dem einen Höllenbezirk müssen sie ewig in schmutzigem Fango baden, in einem anderen werden sie von Schlangen angeknabbert, manche braten in feurigen Gräbern, andere noch werden in großen Kesseln gesotten, die haben wenigstens warm; aber das Schlimmste sind wohl die eisigen Seen, in welchen die Verdammten mit den Zähnen klappern wie die Störche mit dem Schnabel. Schangala wird jedesmal vor Furcht gelähmt, solches steht nämlich auch ihm in Aussicht, weil da eine Sünde ist, die ihm wie Blei auf der Seele lastet.

Einmal, als der Pauli Güschtis Tochter den Blinddarm herausnehmen wollte, hat Schangala Assistenz geleistet und der Maria das Höschen ausgezogen. Das war an sich schon eine Todsünde, keine gewöhnliche, wie wenn man den Sonntagsgottesdienst schwänzte oder den Namen Gottes eitel anrief, solche Todsünden beichtete der Schangala unbeschwert, aber was er der Tochter des Güschti angetan hatte, das hat er dem Beichtiger verschwiegen, und das war eine viel schwerere Todsünde, für die es wohl in der Hölle nur das Braten, Sieden oder Tiefkühlen gab.

Man begreift, welche Ängste den Schangala manchmal befielen, nachts kam ihm der schrecklichste Alptraum, die Teufel bedrohten mit ihren spitzen Gabeln seinen Hintern, er rief dann Onkel Fuchs zu Hilfe, der ja zum teuflischen Milieu seine Beziehungen hatte; Onkel Fuchs stieg in seinen alten Renault, aber diesem drehten die Räder durch, und er kam nicht vorwärts. Onkel Fuchs stieg auf ein weißes Pferd um, das übrigens eine nackte Frau war, wohl eine Gräfin aus der Wojwodschaft Krakau, und die kam auch wieder nicht von der Stelle, schon spürte Schangala die spitzen Gabeln, in höchster Not erwachte er, warf sich auf die Bettvorlage, flehte kniend und aus ganzem Herzen, der Herr möge ihn nicht sterben lassen, bevor er Pfarrer Posty seine schreckliche Tat gebeichtet hätte.

Ansonsten war Pfarrer Posty die Güte selbst, eher zuversichtlich und erfüllt von Hoffnung. Man dürfe an Gott nie verzweifeln, sagte er, und doch gerade was er über die Hoffnung sagte, stürzte Schangala wieder in tiefste Verzweiflung und Niedergeschlagenheit. Der Pfarrer hatte von Thomas Manneken-Pis erzählt, der fromme Bücher geschrieben hat, darunter auch die ‹*Nachfolge Christi*›, dieses Buch habe dem Papst so gefallen, daß er den Urheber heiligsprechen wollte. Das Unglück war, daß man den Sarg des Thomas Maneken-Pis öffnete; man fand darin den heiligmäßigen Schreiber auf dem Bauch liegend, das Handgelenk zwischen den Zähnen, und warum? Wohl, weil er lebendig begraben worden war, er war im Grab erwacht, und die Bescherung hatte er nicht so ohne weiteres hingenommen, man kann ihm das nachfühlen. So schlußfolgerte der Papst, Thomas Manneken-Pis habe noch im Grab die Sünde der Verzweiflung begangen, und der Beweis sei, daß er sich den Vorderarm angenagt hatte. Und man konnte ihn also nicht heiligsprechen.

Als Schangala seinem Vater die Geschichte erzählte, hat dieser zunächst herzlich gelacht. Schangala hatte schlecht hingehört, der Mann hieß nicht Thomas Manneken-Pis, sondern Thomas a Kempis, und er war ein Deutscher. Zudem war gar nicht bewiesen, daß er die ‹*Nachfolge Christi*› geschrieben hat. «Es kommen wenigstens zwei mutmaßliche Autoren in Betracht, nämlich dieser Deutsche, den du für einen Belgier hieltest, und ein Franzose namens Gerson. Wenn es sich um ein gewöhnliches Buch handelte, würde ich keine Sekunde lang zögern, es dem Deutschen zuzuschreiben. Indessen handelt es sich um das schönste Buch, das je von Menschenhand geschrieben wurde, das Evangelium stammt nämlich aus Gottes Feder, und so kann nur ein Franzose der Urheber der wunderbaren Schrift sein.»

Immerhin hatte der Vater gemerkt, daß die Geschichte des Thomas a Kempis Schangala sehr beeindruckte, er versuchte, ihn zu beruhigen. Sicherlich hatte Thomas a Kempis letzten Endes seinen Verzweiflungsanfall überwunden und in Gott sein Vertrauen gesetzt, dieser hat ihm deshalb bestimmt verziehen. Aber dem Schangala war es weniger um die Ängste des Thomas a Kempis zu tun als um die eigenen; Braten, Sieden oder Tiefkühlen in der Hölle schienen ihm das geringere Übel gegenüber dem Lebendigbegrabensein; in der Nacht sprang er wieder aus dem Bett und kniete auf der Bettvorlage, dem Allerhöchsten gestehend, daß er die Verdammung dem Aufwachen im Sarg vorziehen würde.

Pfarrer Posty hatte eingeräumt, das Lebendigbegrabenwerden sei ziemlich selten, so daß ein Christenmensch auf diese Weise kaum der Sünde der Verzweiflung schuldig werden könnte; im übrigen dürfe man nie den Glauben an Gottes Barmherzigkeit verlieren. Allerdings gäbe es eine andere Sünde wider die Hoffnung, und sie bestehe darin, nur eben auf diese Barmherzigkeit zu bauen und selbst für sein Seelenheil nichts weiter zu tun. Das machte den Schangala äußerst perplex. Er wußte nicht mehr, ob er zu wenig Gott vertraute oder zu viel. Das war wieder so eine Situation wie bei dem ‹*Hans im Schnokeloch*›. Es schien dem Schangala, daß es genauso kompliziert sei, ein Katholik zu sein wie ein Elsässer.

Nach der Bibelstunde vergißt Schangala die unglücklichen Abenteuer des Thomas a Kempis und die Kreise der Hölle und rennt zur Schule. Aber auf dem Weg wartet anderes Unheil, geboren aus dem gegenseitigen Haß zwischen ‹Hammerschmieden› und ‹Dörflern›. Die ‹Hammerschmiede› sind die Schüler der konfessionellen Schule, die nahe den Schmiedewerken liegt, die Dörfler sind jene der Gemeindeschule, und diese befindet sich im sogenannten ‹Dorf›. Wo die beiden Stämme aufeinanderstoßen, geht es sogleich los, zunächst mit den Injurien ‹Hammerschmied, Dreck am Hut›, ‹Dörfler, Glotzer› und anderen Liebkosungen. Dann werden die Wurfgeschosse eingesetzt, je nach der Jahreszeit Steine, Kastanien oder Schneebälle. Wenn sich die Möglichkeit dazu ergibt, finden auch Nahkämpfe statt, es ist immer gut, den ‹Dörflern› blutige Nasen, blaue Augen und Beulen in die Dickköpfe zu schlagen. Leider aber kommt es auch vor, daß den ‹Hammerschmieden› genau das gleiche geschieht, und das hat Folgen, die nur in der Auswirkung anders sind. Pater Hintzy, der Lehrer, sieht nämlich sofort, wer sich mit den Dörflern herumgebalgt hat. Weil er für Gewaltlosigkeit ist, versetzt er sogleich den Streithähnen saftige Ohrfeigen.

Pater Hintzy ist ein äußerst strenger, aber guter Lehrer. Der Unterricht beginnt mit der Morgenandacht, das Hauptstück dabei ist die Litanei des Heiligen Herzen Jesu. (Man sieht: Messe, Betrachtung über Hölle und Hoffnung, fromme Exerzitien aller Arten, der

Schangala lebt bereits wie ein Mönch!) Um elf geht unser Schangala wieder nach Hause, er muß sich arg tummeln, um dreiviertel zwölf schenkt Mama die Suppe aus, er schreitet also hurtig, mit einem Auge schaut er in seine Lektionen, Geschichte und Geographie, mit dem anderen paßt er auf, daß ihm kein ‹Dörfler› in die Quere kommt. Das heißt, mit einem nimmt er es schon auf, mit zweien geht er auch noch das Risiko ein, wenn sich aber mehr zusammenrotten, dann nimmt er die Beine unter die Arme, im Rennen ist er unschlagbar. Nicht minder zwingt ihn das zu langen Umwegen, und dann schimpft der Papa, der es nicht duldet, daß man zu spät zur Suppe kommt.

Er verschlingt sein Essen und macht sich sogleich wieder auf den Weg, immer noch revidierend und auf die Gefahr lauernd. Den ‹Dörflern› mag er entkommen, aber nicht Pater Hintzy. Diktate, Rechnen und andere Übungen gehen bis vier Uhr, dann ist Abendandacht, und das Hauptstück ist die Muttergottes-Litanei. Dann läßt sich der Schangala nochmals für zwei Stunden auf seine Schulbank nieder, weil er die sogenannten Hausaufgaben in der Schule macht. Endlich macht er sich auf den Heimweg. Regen und Schnee mag er nicht leiden, doch hat der Winter schon seine Vorteile: Man entgeht den ‹Dörflern›, oder aber man fällt sie aus dem Hinterhalt an. Im Sommer hingegen hat man zu offenen Straßenschlachten genügend Zeit.

Oft hat es längst sieben Uhr geschlagen, wenn Schangala seine Schultasche im Hausflur niederlegt. Wenn notwendig, bepinselt Mama seine Wunden mit Jodtinktur, dann kehrt auch Papa heim, und man geht zu Tisch. Nach dem Essen beendet Schangala die Schulaufgaben, wenn er in der Schule nicht damit fertig geworden ist. Der Oktober ist Rosenkranzmonat, der März ist dem heiligen Joseph gewidmet, der Mai der lieben Muttergottes, und in diesen Monaten geht Schangala jeden Abend mit seinem Vater nochmals in die Kirche. Der Abendgottesdienst nimmt kein Ende, und Schangala fallen die Augen zu. Täglich acht Kilometer hin zur Schule und zurück, dazu zwölf bis dreizehn Stunden Messe, Bibelstunde, Gebet und Unterricht, das hält selbst der Sohn eines Zuaven und Tigerjägers nicht aus. Allerdings, in der Sechs-Uhr-Messe ministrieren muß der Schangala nur jede vierte Woche. In der übrigen Zeit steht er erst um halb sieben auf.

Man mag darüber staunen, daß der kleine Elsässer in der französischen Schule regelmäßig Klassenerster ist. Man sollte aber darüber nicht in Ekstase verfallen, das hat weniger damit zu tun, daß Schangala besonders begabt oder überdurchschnittlich fleißig wäre. Schangala ist gut, weil die meisten seiner Kameraden eher schlecht sind. Die Hammerschmiedschule wird ausschließlich durch die Schmiedewerke finanziert. Die Aktionäre, deren Glaube gleich groß ist wie ihr Reichtum, wollen, daß die Kinder ihrer Arbeiter christlich unterrichtet werden. Da aber viele dieser Arbeiter Immigranten sind, so wimmelt es in der Hammerschmiedschule von kleinen Polacken und Italienern, die nur mangelhaft Französisch sprechen und dementsprechend mäßig lernen. Schangala fühlt sich aus unklaren Gefühlen irgendwie solidarisch mit ihnen, er ist ihnen freundschaftlich gesinnt. Und doch gibt es da mächtige Unterschiede. Wenn Schangala einen seiner Kameraden nach Hause begleitet, wirken Armut und Traurigkeit der Arbeiterwohnung niederschmetternd auf ihn. Hingegen, wenn er die Kameraden zu sich einlädt, dann sind diese einfach geblendet von Glanz und Komfort der Direktorenzimmer.

Na ja, in einem Palast wohnt der Schangala nicht, aber die Leuchter gleißen an den Zimmerdecken, die Böden sind auf Hochglanz gebohnert, es gibt unzählige Verstecke, die Schränke stehen voll von Marmeladegläsern, der Speicher strotzt von Nüssen, der Keller ist angefüllt mit Einmachobst und auf Stroh gebreiteten Äpfeln und Birnen. Es gibt ein Badezimmer mit einem großen, kupfernen Kessel, unter dem freilich nur samstags Feuer angezündet wird, und es gibt vor allem ein großes, schweres Klavier. Dasselbe stand vordem in Onkel Edouards ‹*Klosterkeller*›, der Murbacher Gastwirtschaft gegenüber der Abtei aus rosa Sandstein. Papa hat es gekauft, weil Onkel Fuchs ihm dazu geraten hatte, der ja Schangalas Empfänglichkeit für die Musik als erster erkannt hatte.

Schangala nimmt seit zwei Jahren Klavierstunden, er klimpert ganz brav dieses oder jenes herunter. Mit den Hammerschmieden aus Masuren oder Neapel ist ihm ein überaus dankbares Publikum sicher. Sie sind von der Art, in der er die Ouvertüre zum ‹*Kalifen von Bagdad*› interpretiert, geradezu begeistert. Natürlich bleibt Schangala bei allem Applaus überaus bescheiden und von größter Schlichtheit. Aber sein Gesicht ist von Stolz überstrahlt, und der Blick, den er auf seine Bewunderer senkt, beweist, daß er geruht, von den Höhen niederzusteigen, auf welchen sich gewöhnlich die Herren Cortot, Rubinstein und Paderewski aufhalten. In einem solchen Augenblick kommt Emma, das Dienstmädchen, herein, das Papa aus dem Elsaß herbeigeholt hat, um Mama das Gröbste abzunehmen. Sie spricht Schangala elsässisch an, und die Augenbrauen der italienischen und polackischen Besucher heben sich: Was ist denn das für ein Kauderwelsch? Der Schangala tut, als verstehe er nicht und antwortet französisch. Sosnowski und Fracalaglio wundern sich noch mehr: Sollte ihr Schulkamerad etwa auch so etwas wie ein Immigrant sein? Schangala gerät in Wut und gebietet der Emma, sie solle ihn in Ruhe lassen. Nun aber greift Mama ein: «Schangala, gall, dü scham'sch di, Elsassisch zue reda!» Natürlich schämt er sich, Mama sollte das wissen, die Art und Weise, wie man in Audincourt den Dialekt verachtet, hat er schmerzlich genug erfahren. Wahrscheinlich aber will sie zu verstehen geben, daß Elsässisch so viel wert ist wie Polnisch oder Italienisch und daß Schangala ob seines Dialektes vor den Ausländern nicht zu erröten braucht. Er nimmt Anlauf zu einem verlegenen Protest: «Nein, Mama, ich ‹geniere› mich nicht!» Aber die Ausländer haben die Sachlage endgültig begriffen, es befriedigt sie in hohem Maße, daß Schangalas Mutter so ein Kauderwelsch spricht und daß also der Klassenerste und Direktorensohn eigentlich zu ihnen gehört.

Noch befriedigter sind sie, als Mama ihnen, um vollends ihre Sympathie zu gewinnen, dicke Butterbrote streicht und auf die Butter noch dazu Marmelade gibt. Über die Marmelade müssen sie direkt staunen, so seltsam rauh ist sie auf der Zunge und so lieblich im Geschmack, auch wieder eine jener typisch elsässischen Mischungen wie etwa der Münsterkäse am anderen Ende der gastronomischen Skala. Die Marmelade heißt im Elsaß ‹*Buttamüas*› und wird aus der Hagebutte, der Frucht der Hundsrose, gewonnen. Es kostet unsägliche Mühe, sie zu ernten, man muß sie dem dornigen Gebüsch entreißen, und wer daraus Marmelade machen will, muß sich mit Geduld wappnen, jedes ‹Männlein aus dem Walde› – ‹es hat von lauter Purpur ein Mäntlein um› – in der Mitte durchschneiden und die stachligen Härchen herausnehmen, aber das Endergebnis ist der Mühe wert, man sieht es bei Sosnowski und Fracalaglio, die sich Lippen und Finger schlecken.

Ein anderer Schulkamerad, dem sich Schangala sehr nahe fühlt, ist der lange Seigne. An jedem Montag nach der Morgenandacht heißt Pater Hintzy jene aufstehen, die die Sonntagsmesse geschwänzt haben, und sie müssen dafür eine plausible Erklärung abgeben. Bei Bauchweh oder plötzlichem Fieber werden die Schwänzer freigesprochen. Bei weniger befriedigender Sachlage werden sie dem allgemeinen Tadel preisgegeben und müssen hundertmal schreiben: «Ich darf der Sonntagsmesse nicht fernbleiben.» Jedesmal befindet sich unter den Bestraften als unheilbar rückfällig der lange Seigne, so genannt, weil es auch einen kleinen Seigne gibt. An jedem Montagmorgen steht der lange Seigne mit gesenktem Kopf auf, und er senkt den Kopf, weil er weiß, daß von ihm keinerlei Entschuldigung Gnade findet, ob Bauchweh, Leberkrise, kranke Mutter oder zu hütendes Schwesterlein. Jedermann weiß, daß der lange Seigne die Messe schwänzt, weil sein Vater ein Sozialist ist und vielleicht noch Schlimmeres: Der gefährliche Revolutionär, so sagt man, der am Sonntag mit dem Fahrrad die *Humanité*[1] verteilt, soll regelmäßig bei Vater Seigne Station machen. Warum aber wird Seigne von seinem Vater in die Christenschule geschickt? Wohl weil er ihr gerade gegenüber wohnt und er seinem Sohn die täglichen acht Kilometer bis zur Gemeindeschule und zurück ersparen will, die Schangalas Vater seinem Sprößling in umgekehrter Richtung eben nicht erspart!

Ist der lange Seigne bestraft, kann sich Pater Hintzy nicht beherrschen und bohrt weiter: Was Vater Seigne eigentlich so für Zeitungen lese? Schangala sieht, wie die Ohren des langen Seigne ganz rot werden. Er kann ihm die Demütigung nachfühlen, ihm ergeht es am 11. November bekanntlich nicht anders, wenn von Erzberger die Rede ist. Schangala überlegt, wie er dem langen Kameraden seine Sympathie bezeugen kann. Fast würde er sich zum Kommunisten erklären. Aber es ist schon schwierig genug, ein Elsässer zu sein.

Wenn Onkel Eugen nach Audincourt kommt, das ist der Onkel, der nur Dialekt spricht und dessen Stimme durch Gebweilers Gassen und Gaststuben tönt, dann sucht Schangala nach allerhand

1 Tageszeitung der französischen kommunistischen Partei.

Ausflüchten, um nicht mit ihm über die Straße gehen zu müssen. Leider promeniert der Onkel nur zu gern durch Audincourt, und es kommt vor, daß sein Neffe zu seiner Begleitung abkommandiert wird. Sobald sie das laute ‹Strohhacken› hören, drehen sich die Leute nach den beiden um, oder sie schauen aus den Fenstern. Man muß aber schon sagen: Einige hundert Enten, die aus vollen Hälsen schnattern, kämen an die Lautstärke von Onkel Eugen im Gespräch mit dem Schangala noch nicht einmal heran. Und Schangala wäre in geringerer Verlegenheit, wenn er seine Hose ausziehen oder sein Spätzchen zeigen müßte. Aber Onkel Eugen sieht sie einfach nicht, die Leute, die ihn begaffen oder belächeln, er betrachtet vielmehr die Bewohner von Audincourt mit dem Interesse eines Forschungsreisenden im Kaffernkral und scheint sich zu fragen, warum sie nicht mit dem Tam-Tam-Schlagen und den Ritualtänzen anheben. «Weißt du, Schangala», sagt er, «was den Franzosen am meisten fehlt? Das ist, daß sie nicht Elsässisch reden!»

Nach Audincourt wagt sich manchmal ein anderer Onkel, er heißt Schilling und kommt aus dem Unterelsaß. Deshalb trägt er der Hunspacher oder Seebacher Tradition gemäß eine runde Mütze aus Marderfell, was den Kameraden des Schangala überaus exotisch vorkommt. Wenn sie den Schangala fragen, woher der Onkel eigentlich komme, wagt er es nicht zuzugeben, daß es sich um einen unterelsässischen Bauersmann handelt, er setzt eine geheimnisvolle Miene auf und flüstert, es handle sich eigentlich um einen russischen Onkel. Das wundert niemand, die Russen tragen bekanntlich nur Pelzmützen. Und Rußland ist sehr in Mode, man möchte wissen, was sich dort eigentlich zuträgt, nämlich allerhand Schreckliches und Geheimnisvolles. «Mein Vater sagt, es wimmle von schlechten Russen, die die guten töten ...» – «Und mein Papa sagt, die russischen Aristokraten müßten sich nun von den Brotrinden ernähren, die sie in den Mülltonnen finden ...» – «Das ist gelogen, mein Papa weiß es genau, es sind dort die Arbeiter die Herren geworden, und die Fabrikanten müssen nun die Straßen kehren, das ist ganz gut so, jetzt sind die Kapitalisten mal dran!» Kurzum, so viele Papas da angeführt werden, so viele Meinungen gibt es. Eines möchte man jedoch erfahren: Warum der Onkel mit der Pelzmütze eigentlich Moskau verlassen hat! Etwa weil er in den Mülltonnen nicht genügend Brotrinden fand? Oder ist er einer jener nun zu Herren gewordenen Arbeiter, der nach Frankreich gekommen ist, um die Revolution vom Stapel zu lassen? Schangala möchte schon dem langen Seigne eine Freude bereiten, indem er ihm enthüllt, daß der Russenonkel ein enger Freund Stalins sei, aber was würde dann der kleine Gaulard denken, dem er offenbart hat, Onkel Eugen habe zum Hof des verewigten Zaren gehört und sei mit einer gestohlenen Lokomotive aus Rußland geflohen? Wie soll man sie alle zufriedenstellen, die Kameraden? Hätte er noch einmal die Wahl, würde ihnen Schangala einfach sagen, der Onkel sei ein Kanadier.

Aber Schangala hat noch andere Sorgen. Er wächst seinem zwölften Geburtstag entgegen und sieht die Zeit herannahmen, wo er zwischen der Kirche und der Kaserne zu wählen haben wird, also zwischen den beiden Laufbahnen, die sein Vater seinem Ehrgeiz öffnet. Es sei nicht verhohlen, daß Schangala den Degen dem Weihwasserwedel vorziehen würde, aber Mama, die an das Völkermorden von 1914–18 nur mit bitteren Gefühlen zurückdenkt, hätte lieber, wenn ihr Sohn Sakramente und Segen spenden würde, statt Flintenkugeln und Bajonettstiche zu erhalten. Was Papa angeht, so steigert sich von Jahr zu Jahr seine religiöse Inbrunst.

Seinem morgendlichen Repertoire hat er neue Hymnen und Choräle hinzugefügt, seinen abendlichen Andachten neue Psalmen. Er hat die katholische Tageszeitung *La Croix* abonniert und liest in der ‹*Nachfolge Christi*›. Denjenigen, die wie Onkel Fuchs einen Widerspruch zwischen den Neigungen seiner Seele und den Leistungen seines Magens feststellen wollen, antwortet Papa, Gott sei zu loben in allen Dingen, also auch in Sauerkraut und Riesling; den Spöttern führt er das Beispiel des großen Heiligen und Mystikers Franziskus von Assisi vor Augen, der in der Stunde seines Todes die Donna Frangipani, seine Freundin, von der man weiß, daß sie die Mandeltörtchen erfunden hat, darum bat, sie möge ihm ein letztes Mal davon zu kosten geben.

Es gebe für eine Familie keinen größeren Segen, sagt Papa oft zu seinem Sohn, als Gott einen Priester zu schenken. Und er erzählt auch vom heiligen Pfarrer von Ars, der einmal gesagt haben soll, wenn er auf der Straße einen Heiligen und einen Priester treffen würde, würde er letzteren zuerst grüßen. Das alles tut in Schangalas Geist schon seine Wirkung.

Eines Tages reist er mit seinen Eltern nach Straßburg. Er ist vom riesigen Münster überwältigt, noch mehr aber fasziniert ihn ein kleiner Laden, darin gibt es liturgisches Spielzeug, kleine Altäre mit dem Tabernakel, Kerzenleuchter, Kelche, Monstranzen, Weihrauchfässer und anderes Gerät, ja sogar Oblaten als Mini-Hostien. Die Mama kauft den Altar und das Wichtigste dazu, und zu Hause näht sie dem Schangala ein Chorhemd und ein Meßgewand. Tagelang stickt sie daran.

Als er alles zusammen hat, liest Schangala vor seinen Kameraden seine erste Messe. Natürlich hat er dazu den langen Seigne nicht eingeladen, sondern nur die mustergültigen Pfarrkinder Bébert Tirole und Charlot Mathis, das sind die Lieblinge von Pfarrer Posty. Er versucht, ernst zu bleiben und an heilige Dinge zu denken; als er sich aber zur Homilie seinen Schäfchen zukehrt und plötzlich daran denkt, wie es wäre, wenn statt den Herren Tirole und Mathis der Schangi und der Pauli hier knien würden, steigt ihm das helle Lachen in die Kehle. Er denkt an die unflätigen und lustigen Predigten, die sie von der Lautenbacher Kanzel herab gehalten haben; aber jetzt wäre Spaß fehl am Platze. Die Zwei-Mann-Gemeinde wartet gesammelt auf die Festigung im Glauben. Schangala malt also die schreckliche Pein aus, die die Hoffärtigen, die Geizigen und die Unkeuschen in der Hölle erwartet, er streckt dem Bébert und dem Charlot in fürchterlicher Mimik seinen Zeigefinger entgegen und schließt mit den Worten: «Ich will euch gewarnt haben, ihr Hundesöhne, Amen!» Worauf ihn das Spiel gleich weniger interessiert, er hat es eilig, das ‹*Ite, missa est*› zu singen, dann schlägt er vor, jetzt die Postkutsche aus Oklahoma anzugreifen und auszuplündern. Er hat nämlich im *Eden-Cinéma* Tom Mix und sein Pferd ‹Picratt› gesehen, er möchte nichts lieber, als es dem berühmten Cowboy gleichzutun.

Da ist aber noch ein anderer Held, der seine Träume nährt, nämlich der Flugzeugmechaniker Fifi, der in der ‹*Weltreise eines Pariser Gassenjungen*› ein Abenteuer nach dem anderen erlebt. Jeden Freitag bringt ein Kolporteur, der eine Lederjacke trägt wie ein Pilot, drei neue Folgen des spannenden Romans. Der Autor heißt

Arnould Galopin, er läßt ein gutes halbes Dutzend jener mit Segeltuch bespannten Hühnerkisten aus den ersten Tagen der Fliegerei um den Globus jagen. Technisch können die ehrwürdigen Dinger kaum die Strecke Straßburg–Mülhausen bewältigen, aber bei Galopin galoppiert eben die Einbildungskraft, und so fliegen die Kisten über höchstes Gebirge und tiefstes Meer.

Hoch über dem Atlantik kommt es zum Drama, als der französische Pilot Marcel Fournier über seinem Steuerknüppel einschläft. Der deutsche Konkurrent Hartmann hat ihm nämlich bei der Abschiedsfeier auf dem Pariser Flughafen Le Bourget ein kräftiges Narkotikum in den Ehren-Champagner getan. Das Flugzeug saust im Sturzflug den Wellen entgegen, aber da ist der kleine Fifi, der Pariser Gassenjunge, er kriecht auf den Pilotensitz vorn, er reißt den Steuerknüppel an sich und zieht das Flugzeug in der letzten Sekunde wieder hoch; sechzig Stunden später landen sie in New York, und der wieder wach gewordene Fournier schwört Fifi ewigen Dank.

Die beiden setzen in der nächsten Folge die Weltreise fort, müssen in der Prärie notlanden und dann noch einmal in ungastlichen Bergen und inmitten verschiedener Gefahren. Fifi kämpft gegen einen Adler, tötet Bären und Indianer, verjagt Banditen in Vancouver, wird am Amazonenstrom vom Fieber befallen; in den Anden gefrieren ihm mehrere Zehen, in Australien entgeht er gefräßigen Haifischen, bei den Kanaken wird er fast in einem großen Kessel gekocht und verspeist, aber er entkommt nach Kanton, wo gerade Revolution ist; folgerichtig wird er als Spion gefangengenommen, gebunden und vor eine Mauer geführt, an der abgeschlagene Köpfe aufgespießt sind, aber die Tochter des Henkers rettet ihn vor dem sicheren Tod; er entflieht in den birmanischen Dschungel, durchquert den indischen Subkontinent, wo er es mit Raubtieren und Schlangen zu tun hat, schnell fliegt er von Bombay nach Sansibar, und in Afrika warten noch schrecklichere Abenteuer auf ihn …

Wie man es sich denken kann, ist der üble Hartmann immer hinter ihm her. Und selbstverständlich ist dieser Deutsche ein Verräter, der Flug um die Welt ist nur ein Vorwand, um überall herumzuschnüffeln. Doch eines Tages fassen ihn die Offiziere des französischen Spionage-Abwehrdienstes, und er wird an der

Außenmauer einer marokkanischen Wüstenfestung erschossen. Endlich kommt der Tag, an dem Fifi wieder in Paris landet, reich an Ruhm und an Geld, er entzieht sich aber seinen Bewunderern und begibt sich sofort in die armselige Wohnung, wo ein blutarmes Schwesterchen und eine von der Arbeit als Putzfrau erschöpfte Mutter auf ihn warten.

Aus den Abenteuern mit Tom Mix und Fifi geht des Schangalas Berufung zum Priestertum nicht eben gestärkt hervor. Er träumt davon, deren Heldentaten nachzuahmen, aber er kann es sich schlecht vorstellen, daß er in Soutane und Birett auf einem weißen Hengst herumschwirrt oder durch die Luft rast. Das ganze priesterliche Geschäft mit Gottesdiensten, Predigten, Bibelstunden und Beerdigungen kommt ihm so langweilig vor, daß er unwiderstehlich gähnen muß. Als der Vater, der noch immer an die Berufung glaubt, ihn anspornt, vertraut ihm Schangala schüchtern an, wie sehr es ihn nach Taten und Abenteuern gelüstet.

«Abenteuer? Taten? Ja natürlich, Schangala, sie sollen das tägliche Brot der Jugend sein!» antwortet Papa, und sogleich fängt er an, ihm die großartigen Gefahren auszumalen, denen ein Missionar ausgesetzt ist, und er schildert ihm in hohen Tönen die gottesmutige Schar derjenigen, die von den Huronen skalpiert, von den Irokesen gebraten, von irgendwelchen Gelbhäuten zu Hackfleisch verwandelt und von Negern in scharfer Pfeffersoße verspeist worden sind. Schangala möge beruhigt sein! Es ist keine Rede davon, daß er in einem französischen Dorfpfarrhof verschimmelt, das weite Feld der Missionen steht ihm offen, man braucht Arbeiter in den Weingärten des Herrn, und diese liegen über die ganze ungläubige Welt verstreut, so daß Schangala die Wahl hat! Er kann nach Japan gehen, wo der heilige Franziskus von Xavier schon sechzigtausend Heiden bekehrt hat, nach China, wo Pater Ricci den Kaiser für sich einzunehmen wußte, nach Indien, wo Pater de Nobili die Brahmanen taufte und die Schlangen zähmte, und nach Afrika, wo es noch vorkommt, daß Missionare von unverbesserlichen Wilden auf das Menu gesetzt werden. Wenn es Schangala nach Taten und Abenteuern und vielleicht sogar nach der Krone der Märtyrer dürstet, wenn er solcherart Gott dienen will, dann gibt es nur eine Adresse: die Blotzheimer Missionsschule. Übrigens ist Pater Adolph Wach, der Superior, ein Freund Papas.

Damit sind Schangala alle Trümpfe aus der Hand geschlagen. Als er damals regungs- und furchtlos neben Onkel Fuchs sitzen geblieben war, wo sich doch das rechte Vorderrad des alten Renault über dem Felsenschlund der Linthaler Hölle drehte, hat er in der ganzen Familie den Ruf gewonnen, von größtem Mut zu sein. Dazu kommt, daß er der Sohn eines Mannes ist, der mit keinen anderen Waffen als einer Laterne und einem Choral den Tiger vertrieben hat. Das verpflichtet eben. Wenn Schangala nun vor den Speeren der Wilden oder den Kochkesseln der Kannibalen zurückwiche, würde man das im Familienkreis kaum begreifen.

Da denkt sich Schangala, um wieder Mut zum geistlichen Stand zu bekommen, seine mögliche Zukunft aus. Entweder: Er kehrt heil von der Missionsarbeit im feindseligen Afrika zurück, er trägt einen weißen Tropenhelm wie Stanley und Dr. Livingstone, auch die Soutane ist weiß, ein buschiger Missionsbart rahmt das sonnengebräunte Gesicht, und die inzwischen zu Familienvätern und Familienmüttern gewordenen Vettern, Kameraden und Meyer-Mädchen umstehen ihn mit größtem Respekt; höchste Bewunderung steht in ihren Augen; er aber nimmt das gar nicht wahr, er ist es gewöhnt, und er spricht mit größter Leutseligkeit zu ihnen.

Oder aber: Er wird eben durch die Kannibalen aufgefressen, der Papst spricht ihn heilig, in der ganzen Welt und in jeder Kirche steht sein Standbild, und die Meyer-Mädchen, die inzwischen Zwillinge bekommen haben, ganz die Mama, erzählen ihren blonden Kinderchen, wie der heilige Johannes der Afrikaner in seiner Jugend vom Kirchturm einen Karamelbonbon-Segen auf sie niederregnen ließ. Selbstverständlich haben die Meyer-Mädchen-Mamas die weniger glorreiche Spätzchen-Episode vergessen, mit einem solchen Requisit kann ein Heiliger ohnehin nichts anfangen.

Und so finden wir den Schangala an einem Herbstabend 1932 im großen Schlafsaal der Blotzheimer Missionsschule wieder. Er tut, was der Seppala vierzig Jahre früher in seinem Klostergefängnis von Reims auch getan hat: Still weint er in sein Kopfkissen hinein.

Die Blotzheimer Missionsschule hat es auch wieder in sich: Die Jungen werden nicht eben zart angefaßt. Das Programm heißt: Beten, Arbeiten, Schlafen. Die Arbeit mitsamt dem Gebet füllt den

Tag überreich an, dem Schlaf ist nur die allernötigste Zeit gewidmet. Das Wecken ist morgens um halb sechs, aber die Patres stehen zum ersten Gotteslob eine Stunde früher auf; Schangala hört den Pater Kustos, wie er in der Kapelle fuhrwerkt – diese liegt direkt neben dem Schlafsaal –, wie er hin und her stolpert, sich geräuschvoll die Nase putzt, hustet, ein Heidenspektakel vollführt; und dann steigen die ersten Psalmen zum Himmel ... Schangala schlüpft tief unter die Decke, es ist furchtbar, so auf die Glocke zu warten, die zum Wecken läuten muß, und wenn sie endlich ertönt, muß man dem ganzen molligen Glück entsagen, es ist, als fiele man aus einem Rosenbett auf das Nagelbrett eines Fakirs nieder, wer da noch einige Minuten zögern möchte, wird mit scharfer Rüge aus den Federn gefeuert; alle rennen zu den blechernen Waschtischen, man fährt rasch über Nase, Ohren und Hals, alles übrige bleibt wegen der Züchtigkeit ungewaschen ...

Um sechs sitzt man schon auf der Schulbank, manche arbeiten, Schangala träumt vor sich hin; um sieben ist die Messe, manche beten, der Schangala läßt seinen Geist in die Ferne schweifen. Um acht begibt sich die junge Schar in den Eßsaal, die Mägen knurren schon seit zwei Stunden, es ist aber kein ‹großes Frühstück›, es gibt nur Milchkaffee zu trockenem Brot. Wer Butter oder Konfitüre hat, bekommt sie von zu Hause geschickt; die Schätze werden in einem besonderen Schrank verwahrt. Der Schangala wird in dieser Beziehung von seiner Mama schon gut versorgt, er hat auch immer einen starken Hunger, aber trotzdem: Näpfe und Teller sind aus Zinkblech, sie haben einen Geruch, der das sensible Kind anwidert; wochenlang braucht es, bis es sich daran gewöhnt hat.

Dann geht es bis Mittag mit dem Lernen und Studieren, nur unterbrochen durch langes Beten und kurze Pausen. Während des Mittagessens leiert ein Lektor eintönig irgendeine ‹Vita› herunter. So ein Heiligenleben ist nicht sehr lustig, vielmehr traurig und ohne Geschmack, wie die Nudeln, in denen Schangala herumstochert. Da ist das Bärenjagen und Kanakentöten mit Fifi schon etwas anderes, heißa! Drei lange Jahre in der Wüste beten, wie der heilige Hieronymus, nein, danke! Selbst mit den Helden, den Märtyrern weiß der enttäuschte Schangala nichts mehr anzufangen, so lammfromm hört sich das an. Wenn ihnen die Irokesen die Zunge abschneiden wollen, halten sie sie von selbst hin: Also bitte, liebe Irokesen, schneidet nur! Wenn sie von den Abessiniern verbrannt werden sollen, legen sie sich von selbst in die Glut! Gott segne euch, liebe Abessinier, wir brennen ganz gern! Schangala ist solche Haltung unverständlich, er will nur dann Märtyrer werden, wenn ihm erlaubt wird, seinen Henkern tüchtig in die Schnauze zu hauen. Und je mehr er solch erbauende Berichte und fade Nudeln vorgesetzt bekommt, je öfter fragt er sich, was er eigentlich in dieser Klosterschule sucht.

Nachmittags in die Kapelle, von der Kapelle in den Studiensaal. Einzige Zwischenspiele sind zwei Pausen und eine halbe Stunde Arbeit auf dem Hof, Schangala ist zur Besengarde beordert worden. Nach dem Abendessen begibt man sich zum Nachtgebet ein letztes Mal in die Kapelle, dann finden sich alle im Hof wieder, dort sind Schränke mit kleinen Fächern, darinnen ein jeder seine Schuhe und Holzschuhe verwahrt. Es herrscht Schweigepflicht; eine Viertelstunde dauert das Schuhputzen, länger nicht.

Endlich gehen die Klosterschüler um neun Uhr zu Bett. Jetzt darf noch eine Weile geschwätzt werden, Schangala hat gar keine Lust dazu, und wenigstens in dieser Beziehung hat er Glück: Er liegt an der Wand, im Nachbarbett schläft der neunjährige Crétin, dieser ist der einzige, der einen französischen Namen trägt, auf welchen er übrigens gar nicht so stolz ist; der kleine Crétin ist von dem vierzehnstündigen ‹Ora et labora› so erschöpft, daß er ohne Verzug entschlummert. Nun kann Schangala ungestört in sein Flugzeug steigen und davonfliegen.

Er ist auf seiner Weltreise gerade zwischen Valparaiso und Neuseeland unterwegs, das Flugzeug heißt ‹Excelsior› und ist ein verbessertes Modell von Fifis Eindecker. Natürlich ist Schangala nicht allein an Bord. Er hat die Meyer-Mädchen und eine kleine Freundin aus Audincourt mitgenommen, sie heißt Giovanna und ist ein Italienerkind. Er liebt sie alle drei, die Meyer-Mädchen des blonden und blauäugigen Zaubers wegen, die schöne Giovanna wegen der Kohlenaugen und dem Rabenhaar; das will aber nicht besagen, daß er der Vielweiberei frönt und seinen Harem durch die Lüfte spazierenführt. Im Gegenteil, da sind auch zwei Kameraden, Stephan Wasser, ein Elsässer, und Jean-Pierre Bohin, einer aus dem Jura. Stephan bildet mit Margritla ein Paar, Jean-Pierre nimmt sich um das Lüssala an, Schangala hat sich Giovanna vorgehalten, er ist sich soeben inne geworden, daß er die Brünetten den Blondköpfen vorzieht, und dann ist Giovanna auch unendlich graziös in ihren Bewegungen. Scharfen Auges sieht Schangala, wie da ein Hai im Pazifik umherschwimmt, er sagt zu der Brünetten: «Schau, Giovanna, ein Hai», da bekommt sie solche Angst, daß sie Zuflucht an seiner Brust sucht, ihr Haar streicht ihm über das Gesicht, das ist so ein beglückendes Gefühl, daß er aus lauter Freude mehrere ‹Loopings› veranstaltet, was auch dem Stephan und dem Jean-Pierre Gelegenheit gibt, Margrit und Lüssala fester in die Arme zu nehmen.

Wohl empfindet Schangala das ganze Geschehen auch als irgendwie schockierend. Was würden die guten Patres wohl sagen, wenn sie erführen, daß hier zwei zukünftige Missionare mit drei Mamsellchen und einem Protestanten – der Jean-Pierre ist zu allem Unglück evangelisch getauft! – durch die Luft gondeln! Schangala teilt seine Träume mit niemandem. Er weiß sehr wohl, daß Träume Schäume sind und er niemals mit Giovanna und den Meyer-Mädchen davonfliegen wird. Selbst wenn er einmal Missionar ist und alle zehn Jahre auf Ferien nach Frankreich kommt, darf er sie nicht im Auto mitnehmen, ja, noch nicht einmal mit ihnen spazierengehen, sonst gäbe es sogleich Gerede und Getratsch! Nur eines wird ihm erlaubt sein, ihnen die Beichte abzunehmen, aber da ist dieses Gitter im Beichtstuhl, und so können sie ihre Köpfchen nicht an seine Brust lehnen, wie Giovanna das so natürlich im Flugzeug getan hat. Indessen hofft er, daß er, bevor ihn die afrikanischen Wilden martern, auch einigen Negerinnen die Beichte abnehmen und sich ihre dicken, granatförmigen Brüste aus der Nähe ansehen kann, die ihn jüngst in einem Missionsfilm stark erregt haben. Leider kann er auch da nicht anfassen, das verbietet sein heiliger Stand.

Nun aber muß schon gesagt werden, daß der Schangala seit einiger Zeit ganz gern anfassen möchte. Viola ist nämlich auf die Haushaltsschule geschickt worden, und darum hat Tante Nini jetzt eine kleine Magd aus dem Münstertal, vierzehn oder fünfzehnjährig, mit Vornamen heißt sie Anita, sie ist sanft und eigentlich naiv. Dem Hubert ist es, weil er der Sohn seines Vaters Fuchs ist, sofort eingefallen, Anita einige Kinder zu machen, und weil Schangala zu Ferien in Dauvillers weilt, schlägt ihm der Förstersohn vor, gemeinsam ans Werk zu gehen. Zunächst hat Schangala seine missionarische Zukunft vorgeschützt, die ihm solches nicht erlaubt, dann aber schaut er nach Anitas kleinen Brüsten, die keck aus dem Pullover stechen, und so läßt er sich halt überzeugen.

Abends, als Anita im Nebenzimmer zur Ruhe gegangen ist, machen sich die beiden Lausejungen auf den Weg, um deren Schätze zu erkunden! Die Kleine ist vor Müdigkeit gerade in den ersten Schlaf gesunken, als sie die vier tastenden Hände fühlt; sie schreit so schrill auf, daß der alte Farman, der an Schlaflosigkeit leidet, im Küchenherd gewissenhaft zu knurren beginnt. Die beiden Forscher fürchten, daß das ganze Haus wach wird, und lassen von ihrem Forschungsobjekt ab.

Mehr denn je drängt es sie aber, der Anita Kinder zu machen. Tags darauf ist Tante Nini nach Linthal gegangen, und Onkel Fuchs liest in seinem Büro. Hubert und der zukünftige Missionar nehmen sich die kleine Magd Anita vor und führen sie in den Heuschober. Sie ist nicht eben begeistert, obwohl sie dem Sohn der Herrschaft den Gefallen tun möchte; Hubert überredet sie, indem er dem Ereignis einen zugleich sportlichen und künstlerischen Charakter gibt. Er wird auf sie niederstoßen, so beschreibt er die kommenden Dinge, wie der Königsadler auf sein Adlerweibchen. Es wird ganz großartig sein!

Anita ist also bereit, ihr Höschen auszuziehen und folgt Huberts Regieanweisungen: Sie legt sich ins Heu und spreizt ihre hübschen weißen Schenkelchen. Darauf zieht auch Hubert die Hose aus, steigt in das getürmte Heu, zählt eins, zwei, drei und springt aus zwei Meter Höhe herab, ganz sicher, daß er sein Pfeilchen in die Zielscheibe bringt. Das geht ihm aber total daneben, und nur die beiden Köpfe treffen sich, allerdings so kräftig, daß der Königsadler links und das Adlerweibchen rechts ein blaues Auge haben. Beide fangen zu flennen an, und Schangala ist eigentlich enttäuscht. Königsadler oder Missionsschüler, Anita hat bestimmt keine Lust mehr, daß man ihr Kinder macht. Es wäre sogar sehr unschicklich, ihr das ein anderes Mal vorzuschlagen.

Onkel Fuchs nimmt einige Minuten darauf den Schaden zur

Kenntnis. Hubert und sein Opfer erläutern, sie seien an einem engen Plätzchen in der Eile zusammengestoßen. Schangala findet das Bild etwas anzüglich, aber er bestätigt.

Abends liegt er in seinem Bett, und die Frustration kommt ihm wieder, die er empfunden hat, als Anita nach dem mißglückten Adlerflug ihr Höschen anzog. Als Missionar wird er sein Leben lang der geheimnisvollen Lust entsagen müssen, Kinder zu machen. Nicht nur wird er ein Mädchen wie Giovanna nicht Wange an Wange in seinem Flugzeug mitnehmen können, es wird ihm auch verwehrt sein, mit einem Mädchen wie Anita in die Scheune zu gehen, um ihr unter den Rock zu greifen.

Weder süße Herzensregungen noch wilde Fleischeslust werden ihm erlaubt sein. Die ganze Zeit bis zu seinem Tod wird er in seine Soutane geschlossen sein wie eine Rauchwurst in die dicke Pelle; möglicherweise ergeht es ihm wie dem Seppi, dem ‹Maidlaschmecker›, der sich an Frühlingsabenden, wenn keine Maid da ist, um sein Verlangen zu stillen, die Faust in den Mund stecken muß, um nicht wie ein Hirsch zu röhren. Schangala hat gehört, wie Seppi solches Onkel Fuchs anvertraut hat. Alle Süße des Lebens wird er als Missionar entbehren.

Ohne auch nur von der immer möglichen Abschlachtung durch die Heiden zu sprechen! Schangala tut immer noch, als wünsche er brennend gern, als Märtyrer zu sterben, doch nur, um seinem Vater die Freude zu machen. Ehrlich gesagt, würde er es aber bedauern, am Spieß gebraten oder in der Kräutersuppe gekocht zu werden. Wenn Sie das harte und langweilige Leben in der Klosterschule mit den täglich fünfzehn Stunden Gebet und Zwangsarbeit in Betracht ziehen, werden Sie sicher begreifen, daß der Schangala die ganze Sache mit dem Heidenbekehren, Gegenwart und Zukunft in einem, ganz ordentlich, aber ganz ordentlich satt hat! In sein Kissen heult er hinein, na ja, es kommt vor, daß das Flugzeug eine Panne hat, dazu braucht nur der kleine Crétin im Bett nebenan anfangen zu schnarchen, weil er Polypen in der Nase hat, und dann: Ade, Valparaiso, Giovanna, Margrit und Lüssala, der Schangala landet wieder im Schlafsaal auf seinem harten Bett und sieht keinen anderen Horizont mehr vor den Augen als die endlose Reihe der Schultage in der Klosterschule, die ewige Zeit des Priesterseins. Dann denkt er an seine Großmutter, an seine Eltern, an den Pierri, an Onkel Fuchs, an alles, was das wahre Leben ausmacht, und seine Tränen werden noch bitterer und sein Kopfkissen wird noch nässer.

Der Schangala ist einfach nicht zum Gefangensein geschaffen. Mit jedem Tag verfinstert sich sein Gemüt, er betet nicht mehr, arbeitet kaum noch; eines Tages wird er von Pater Kieffer getadelt, den die Schüler mit Fug und Recht Barbarossa nennen. Schangala steht auf, ruft ‹*Alea jacta est*› und läßt sein Lateinbuch mitten in Barbarossas rotbärtigem Gesicht landen. Pater Kieffer blickt unbeschreiblich erstaunt, er denkt, Schangala ist irrsinnig geworden; dieser schmeißt noch einige Hefte, ja selbst den mit Wasser gefüllten Blechnapf auf dem Heizkörper hinterher und nimmt damit dem Pater auch den geringsten Zweifel daran.

Und nun stürzt der Rebell aus dem Klassenzimmer, stürmt zum Hochaltar in der Kapelle, reißt die Altartücher herunter, die Kandelaber fallen wie auf der Kegelbahn, er ergreift einen Kerzenleuchter und läßt ihn auf die geweihten Schädel niedergehen, die seiner Berserkerwut nahe kommen, springt durch das offene Fenster und sieht sich dem guten, dicken Pater Simon gegenüber; Schangala erinnert sich daran, wie der Seppala in Reims Bruder Barnabé in den Magen gerammt hat und wie er selbst als Kinderschüler in Audincourt den riesigen Frédéric so empfindlich mit dem Kopf in den Unterleib traf. Er hält der Tradition die Treue und rammt also desgleichen Pater Simon. Dieser ist davon wie betäubt, der Schangala aber nicht; jedem, der ihn fassen will, tritt er auf die Zehen und beißt ihn in die Finger, büschelweise fliegen die Haare der geheiligten Missionsbärte. Die Missionare müßten ihn eigentlich nun erwürgen oder erschlagen, sie tun es aber nicht, weil sie fromme alte Herren sind, sie behandeln den Schangala mit Nachsicht und Milde, beschwichtigen ihn und stecken ihn in ein Auto, das ihn sogleich ins Mülhauser Spital bringt, wo er bei den Nervenkranken landet.

Er wird bäuchlings auf einen Operationstisch gelegt; wenn ein Schaf erklären könnte, was es in dem Augenblick fühlt, da der Schlächter ihm das Messer in den Hals sticht, so würde es sagen: «Was der Schangala empfunden hat, als man ihm die Punktiernadel in die Wirbelsäule stieß.» Schangala hat sich lange gefragt, wie er sich eigentlich verhalten würde in der Stunde der Marter; nun weiß er Bescheid, die Märtyrerkrone weist er mit schrillen Lauten von sich. Pater Goepfert und Pater Bohn, die der Punktion beiwohnen, sind deswegen ganz aufgeregt. Es wird ihnen geantwortet, das sei die einzige Methode, um festzustellen, ob der Schangala wirklich verrückt geworden sei.

Tags darauf erhalten die Eltern, die ihren Sohn im Spital wiederfinden, den Bescheid, er sei völlig normal. Da begriff auch Papa, daß ich zum geistlichen Stand eben doch nicht berufen war.

Der Weiße Sonntag

An jenem Tag treten Papa und ich aus Onkel Fuchsens neuem ‹*Pissoir*›. (Denken Sie ja nicht, daß ich unbedingt trivial schreiben will, ‹Pissoir› ist ein französisches Wort, die Elsässer, ja selbst die Deutschen, haben es mit Recht übernommen, es klingt viel vornehmer als das englische ‹Lavatories› und viel weniger zweideutig als ‹Toilettes›.) Was die Novität auf Onkel Fuchsens Gerechtigkeit angeht, so ist das ‹Pissoir› im Hinblick auf die erste Kommunion seiner Tochter Viola gebaut worden; Onkel Fuchs weiß um die Wirkung, die elsässischer Wein auf Nieren und Blase ausübt.

Also, wir, Papa und ich, kommen gemeinsam vom Pissoir zurück, Papa schaut ganz glücklich in die blaue Luft, er legt mir die Hand auf die Schulter und sagt bewundernd: «Dein Onkel Fuchs ist ein wahrer Lukullus.»

Daß Onkel Fuchs ein lustiger Trinker, ein erschütternder Poet, ein stolzer Waldhornbläser, ein Sachverständiger in weiblichen Hintern, kurz ein Mann mit unzählbaren Eigenschaften und Fähigkeiten ist, das weiß ich; daß er ein Lukullus ist, wußte ich nicht, und was ist überhaupt ein Lukullus? «Dieser war», so belehrt mich Papa, «ein großer General der alten Römer und dazu ein brillanter Redner, aber als Gastronom lief er allen den Rang ab, seine Tafel war von unvergleichlicher Magnifizenz. Und ich meine damit die Gäste nicht minder als die Pracht der ihnen vorgesetzten Gerichte. Na, siehst du, Onkel Fuchsens heutige Tafel ist derjenigen des Lukullus ebenbürtig. Außer einigen Idioten, die der Familie wegen eingeladen worden sind, sind die Gäste so sorgfältig gewählt, wie die Speisen erlesen sind. Gehen wir also an den Tisch zurück, Schangala, dieser Weiße Sonntag wird uns in steter Erinnerung bleiben.»

Der Weiße Sonntag, ‹Dominica in albis› oder ‹Quasimodo geniti›, ist im Elsaß der Tag der feierlichen ersten Kommunion, und die erste Kommunion seiner Tochter Viola wollte Onkel Fuchs in grandioser Weise heiligen. Alle sind sie gekommen, Großmutter Herrgotts Söhne und Töchter, Schwiegersöhne und Schwiegertöchter, Enkel und Enkelinnen. Die Sippe Fuchs ist zahlenmäßig viel geringer, Onkel Fuchs hat nur eine Schwester, ein farbloses Wesen, wohl befürchtete sie ein Saufgelage, weswegen sie überhaupt nicht gekommen ist, und so ist Onkel Fuchs eigentlich der einzige Vertreter seines Stammes. Aber die Qualität übertrifft die Quantität. Zudem vertritt Onkel Fuchs nicht nur die Familie, er vertritt auch den Wald, die Poesie, den Durst und alle Philosophie des Genießens.

Wie ein Taubenflug sind die Gäste schon am Samstag auf der Waldmatte von Dauvillers niedergegangen. Unsere Familie kam als erste an, Papa ist bei solchen Treffen immer von beispielhafter Genauigkeit. Mama fühlt sich wohl, Festtage und deren Vigilien bekommen ihrer Gesundheit. Schangala und Pierri sind um so aufgeregter, als Vetter Hubert sie sogleich hinter die Kulissen führt. Er zeigt ihnen das schon gerupfte Geflügel, das in duftender Beize badende Fleisch, die Nudeln, die auf den hohen Federbetten trocknen, die mit der Hand aus dem Bach gefischten Forellen, welche im Brunnentrog auf ihre letzte Stunde warten.

Etwas später langt auch die von Freyming in Lothringen kommende Familie Schneider an. Onkel Kamill hat das Profil eines römischen Imperators und einen fast weihnachtlich zu nennenden ‹Dreikönigsbart›. Tante Marie hat üppige Formen und das Gesicht einer Madonna. Ihre drei Kinder gleichen den Eltern. Schangala sieht sie zum erstenmal. Vetter Kamill (junior) ist von betörender Schönheit, schwarz das Haar, die Augen von samtdunklem Braun, die Haut von leuchtendem Glanz, die ganze Gestalt von eleganten, feinen Maßen. Kaum angekommen, beginnt dieser Vetter zu laufen und zu springen, klettert auf die Bäume, setzt über den Bach, hüpft von einem Stein auf den anderen. Wenn er jetzt nicht fliegend in die Luft steigt, denkt Schangala, so weil er wohl nicht vor aller Welt seine Flügel breiten will. Kamill ist ebenso flink mit der Zunge, die Wörter kullern aus seinem Mund, und wenn ihm der Atem ausgeht, sinkt er lachend nieder wie ein Athlet, der glücklich darüber ist, einen Rekord gebrochen zu haben.

Schangala ist um so betörter, als er vom Redeschwall kein Wort versteht, das Idiom der Lothringer ist vom Oberelsässischen sehr verschieden. Schangala ist ganz froh darüber, einen kleinen Prinzen zum Vetter zu haben, und dankt dem Himmel, der diesen gerade in seine Familie gesetzt hat. Pierre Schneider, der zweite Sohn, der auch Piti genannt wird, ist von ganz anderem Wesen, er ist stets ernst und gesammelt. Der dritte, Robert, ist sechsjährig. Für uns, die Senioren, die wir fast doppelt so alt sind, zählt er gar nicht.

Gegen Abend kommen aus dem Unterelsaß auch die Schillings herbei, der Onkel mit der Pelzmütze und seinen drei Töchtern. Martha und Renée sind schon zu groß, als daß sie den Schangala interessieren könnten, aber Madeleine, das Madleenla, könnte die Schwester von Vetter Kamill sein, mit gleichem schwarzem Haar, mit gleichen dunklen und sanften Augen, mit derselben lilienhaften Gesichtsfarbe. Schangala ist schon wieder überwältigt. Nur daß das Madleenla niemals lacht, ihre Mutter, Großmutters älteste Tochter, ist verstorben; sie war krank auf der Brust, die Krankheit nennt man nicht gern.

Für die Gäste wird Quartier gemacht. Für uns sind keine Betten übrig, wir kommen ins Heu, und die fünfzehnjährige Anita soll uns bewachen. Sobald wir uns niedergelegt haben, Anita dort, wir, das sind Hubert, Kamill und der Schangala, auf der anderen Seite, wird die Atmosphäre gleich prickelnd. Hubert hat von seinem Adlersprung noch immer schmerzliche Erinnerungen, so schlägt er keine neuen Akrobatien vor. Vielmehr schlängelt er sich zu Anita hin, und als sie aufschreit, begreift der Schangala, daß Huberts Hand Anitas Schätzen schon nahe ist. Er möchte des Genusses auch teilhaftig werden und schlägt Vetter Kamill vor, daß sie sich auch dorthin bewegen, wo die Festung zu stürmen ist. Der kleine Prinz sagt ab, Händespiel ist Knechtespiel. Schangala überkommt die Scham, er möchte das ganze verfügbare Heu auffressen, nur damit ihn Vetter Kamill nicht für ein Schwein hält. Aber Kamill schläft bereits. Die Ohrfeige, die auf Huberts Gesicht niederklatscht, hört er schon gar nicht mehr.

Am Sonntagmorgen grüßen die überlebenden Hähne und Kamills Lachen den Tag; Schangala wird davon wach. Nach dem Waschen und dem Frühstücken umringen sie alle die mit Rosen gekrönte Viola, sie sieht in ihrem weißen Kleid wie ein Eiskuchen mit Schlagsahne aus.

Onkel Fuchs fährt mit der Viktoria-Chaise vor, von seinem

alten Renault hat er sich getrennt, weil er dessen Launen nicht mehr aushielt. Zuletzt war er in den Bach gefahren und so hart gegen die Windschutzscheibe geprallt, daß er beinahe seine Pfeife verschluckt hätte. Er mußte ins Spital, das Pfeifenrohr hatte ihm den Gaumen durchstoßen, fast wie damals im Krieg, als ein russischer Infanterist ihm das Gesicht mit dem Bajonett bearbeitet hatte ... So schenkte Onkel Fuchs das unerträglich heimtückische Auto einem Freund und schaffte sich statt dessen eine ‹Viktoria› und einen weißen Gaul namens Hansi an. Das Pferd ist sehr gescheit und zuverlässig. Nicht nur bringt es Onkel Fuchs jedesmal nach Hause, auch hat Hansi das Wesen seines neuen Herrn so gut begriffen, daß er eigenmächtig und spontan vor jeder Gaststätte haltmacht.

Viola sitzt in der Kutsche zwischen ihrer Mutter und meiner Mama, Onkel Fuchs hält die Zügel, Hubert und Schangala zu seinen beiden Seiten. Die übrige Familie wird mit den Gefährten der Brüder Trautmann nach Lautenbach gelangen. Diese haben zwei Taxidroschken und einen Lieferwagen, in den sie Stühle stellen, wodurch er zur Würde eines Autobusses erhoben wird.

Der Himmel ist blau, sanft wärmt die Sonne, die Luft ist so rein und köstlich, daß man sie wie Früchteeis genießt. Ein Schauer des Wohlbehagens geht über Land und Leute. Schade, daß Papa nicht in der Kutsche mitfahren konnte, kein anderer kann die Schönheit der elsässischen Jahreszeiten so besingen wie er, der Frühling gibt ihm die reinsten Lobgesänge ein. Onkel Fuchs merkt, daß Schangala jetzt Lyrik braucht und verabreicht ihm eine Portion Lenau: «*Frühlingskinder im bunten Gedränge ...*» Heiß erlebt der Schangala das Wunder der Natur, die aufgehenden Knospen, die linden Lüfte, das Atmen eines jeden Strauches am Weg. Die Frühlingskinder scheinen auch den guten Hansi zu betören, er trottet leichtfüßig wie ein Reh, seine Hinterbacken tänzeln, und ab und zu wiehert er freudig, als wäre ihm aufgetragen, dem festlichen Zug voran die Trompete zu blasen. Bei Riethmüllers, Pavie und anderen gewohnten Stationen verlangsamt er den Schritt, aber Onkel Fuchs braucht nur mit leichtem Tadel in der Stimme seinen Namen zu murmeln, und Hansi begreift, daß er nicht angespannt worden ist, damit Viola in den Fußstapfen ihres Vaters die Gaststätten abklopft.

Hansis Fell ist von silbrigem Weiß, Schangala ist davon wie geblendet. Er versteht, warum Weiß die Farbe dieses Sonntags ist. Weiß leuchtet der Firnschnee auf dem Bergkamm, weiß sind die Gänseblümchen auf den Wiesen, weiß haben sich Schlehdorn und Kirschbäume gekleidet, die ganze Natur ist wie mit Puderzucker übergossen. Selbst die Hühner auf den Höfen sind weiß, die grauen und schwarzen hat man an diesem Tag wohl in die Ställe gesperrt. Natürlich ist hie und da eine rosa Note, ein Magnolienbaum, ein früher Apfel- oder Pfirsichbaum, aber das betont die weiße Pracht nur noch stärker. Das ganze Elsaß hat sich zu Violas Ehre festlich in Unschuld gekleidet.

Als wir in Lautenbach einfahren, lassen auch die Glocken ihre Freude im Himmel und über das Land erklingen. Onkel Fuchs dreht sich nach Viola um, er hat ein Lächeln aufgesetzt, das ich an ihm bisher nie gesehen habe: «Hörst du», sagt er zum Töchterlein, «sie singen für dich.» Und Viola ist so beglückt, daß sie zu weinen anfängt.

Na, Sie kennen nun wohl den Schangala, oder nicht? Das Hochamt erscheint ihm von seltener Pracht, aber es dauert, es dauert ... Zunächst schwelgt er in dem vielen Weiß, das auch hier souverän vorherrscht, auf dem Altar, auf den Meßgewändern, dazu die Kerzen, die Blumen und die Kommunikanten, freilich gibt es eine grüne Konkurrenz, die Meyer-Mädchen tragen ihr Frühlingsgewand. Dann kommt der Hunger auf, Schangala muß den Magen damit täuschen, daß er sein Flugzeug aus der Halle holt; er läßt den Kamill einsteigen mitsamt den Meyer-Mädchen, eines davon schenkt er dem Vetter, die Margrit behält er für sich; mit gewohnter Geschicklichkeit hebt er die Kiste vom Boden, und ebenso geschickt landet er auf der Waldwiese von Dauvillers; die beiden Pärchen begeben sich ins Eßzimmer, aber noch bevor sie das Festmahl in Angriff nehmen, erklingt das ‹*Ite missa est*›, und damit wird das Schmausen um eine kleine Weile verschoben.

Auf dem Kirchplatz warten Hansi und das Gefährt sowie die Fahrzeuge der Firma Trautmann auf die Kommunikantin und die Gäste. Diese sind jetzt viel zahlreicher, es sind da der schon sehr durstige Onkel Nicolas, die drei Onkel Edouard, Schüll und Henri, die drei Tanten Margrit, Marie und Klothilde – es kreist kein Habicht über der Kirche –, die Vetter Edouard, Paul, André und Louis, die Basen Denise und Juliette und in einem Kinderwagen, weil er noch sehr klein ist, ein Vetter Gérard, das ist der Jüngste aus der Sippe der Herrgott. Von der weitläufigeren Verwandtschaft wollen wir gar nicht reden, aber es fehlt da auch die ganze Schar von Onkel Fuchsens Freunden; diese zählen sich zu Hunderten, jedoch Tante Nini schätzt sie nicht so sehr. Onkel Lukullus will sie später bei Gelegenheit bewirten.

Ich habe in diesem Buch nun schon so oft festliche Tische gedeckt, daß ich Ihnen keine weitere Beschreibung eines elsässischen Gastmahls zumuten möchte. Wissen Sie also nur, daß wir zwischen Mittag und abends sechs Uhr Fleischsuppe, Forellen, Geflügel, Hammelkeulen, Obsttorten und Eiskuchen genossen haben, das war das Mittagessen. Wir haben uns darauf im Wald etwas die Füße vertreten, was uns neuen Appetit schenkte, und Schlag sieben haben wir uns über die Pasteten, die Schweinshaxen, die Salate und die Nachspeisen des abendlichen Menus hergemacht. Im Laufe des Nachmittags hatten die Frauen und die Kinder eine Pause eingelegt, um die Kommunikantin zur Vesper zu begleiten. In ihrer Abwesenheit haben die Männer Bacchus einen Gottesdienst gehalten, mit dicken Witzen und gewagten Liedern, es war ein großartiger Tumult, wie man hörte, und prozessionsweise wurde des Onkels neue Einrichtung eingeweiht, die, wie man weiß, gebaut worden ist, weil der Elsässerwein auf Nieren und Blase seine Wirkung ausübt.

Das Fest ging am Montag weiter. Das Mittagessen war etwas leichter als am Vortag, und danach hieß uns Onkel Fuchs zu einem sonderbaren Ausflug in die Fahrzeuge der Gebrüder Trautmann steigen. Es ging zum Hartmannsweiler Kopf, einem Berg gleich hinter dem Großen Belchen, vom Krieg zerpflügt, versengt und kahlgefressen; Franzosen und Deutsche haben hier von 1914 bis 1918 gekämpft. Nun liegen sie alle unter den Hunderten von Kreuzen auf dem Militärfriedhof, der ‹Silberloch› heißt.

Onkel Fuchs hat dort Granatenbeschuß, Schlammlöcher, Ratten und andere Annehmlichkeiten erlebt, bevor er zum Ortskommandanten von Lautenbach befördert wurde. Er zeigt uns die Kasematte, in welcher er sich vor den Franzosen schützte, plötzlich ist er sehr ernst geworden, der Onkel Fuchs, dann gehen wir zum Militärfriedhof, er sucht ein Grab in den deutschen Feldern, darin liegt sein Kamerad. Lange steht er, die Hände hinter dem Rücken, bewegungslos wie ein Baum. Aber Schangala merkt sehr wohl, daß er innerlich das Waldhorn bläst.

Dann kehren wir in unser Tal zurück, es wird haltgemacht bei Welty, bei Pavie, bei Fischer, überall, wo sonst Onkel Fuchs vor Anker geht. Man stärkt sich an Würsten und Riesling; die Onkel treiben allerhand Schabernack mit den Tanten, die Vetter kneifen die Basen; Hubert, Schangala und Kamill halten sich in Freundschaft fest umschlungen, es geht wieder ein guter, ein schöner Tag zur Neige ...

Seltsam ist nur, daß Onkel Fuchs schweigend und versonnen sitzt. Wie üblich trinkt er seinen Wein, und zwar in den gewohnten Maßen, aber er blickt ins Leere. Schangala sagt sich, daß er an seinen Kameraden oben im Silberloch denkt, dieser hieß Friedmann, er war wohl wie der ‹Postillon› ‹*ein gar herzlieber Gesell*›.

Nun senkt sich Onkel Fuchsens Auge auf seine Kinder und seine Neffen, die so fröhlich lachen und singen. Er sollte eigentlich in ihr Glück einstimmen, aber sein Blick wird nur noch ernster und wissender. Schangala gerät in Angst, er möchte fragen: «Sag, Onkel Louis, was betrachtest du eigentlich, was siehst du?»

Was Onkel Fuchs damals gesehen oder vielmehr vorausgesehen hat, das weiß ich heute. Mehr oder weniger ist er mit dem Teufel im Bunde, und die Wahrheit, die er im Wein sucht, ist ihm auf dem Grunde seines Glases erschienen. Er weiß, daß diese unsere Geschichte wie alle elsässischen Geschichten ein schlechtes Ende nehmen wird. Der Leser wird mir entgegenhalten, daß im Elsaß wie in der Bretagne, in Flandern, in Grönland und Australien alle Geschichten auf die gleiche Weise zu Ende gehen, nämlich ‹mit weißen Haaren und dem letzten Gruß derjenigen, die man am meisten geliebt hat›, wie es das Schriftstellerpaar Erckmann und Chatrian so schön gesagt hat. Gewiß schon, aber was die Eigenheit der elsässischen Geschichte ausmacht, ist, daß sich die weißen Haare sehr oft verfrüht einstellen und daß auch die letzten Grüße etwas vorschnell bestellt werden. Bei uns ist das Unglück genau wie das Glück, nämlich raffiniert, und es dauert nur noch ein paar Jahre, dann sind, Schangala ausgenommen, die kleinen Elsässer, die sich unter dem sehenden Blick von Onkel Fuchs so treulich ergötzen, mit Unglück überreichlich bedacht.

Die schwarzen Jahre

Ja, Onkel Fuchs, ich habe es damals fast gewußt ... Wir sangen und lachten, und du, du sahst die Gefahren aufkommen, den Krieg ausbrechen. Du sahst, wie dein eigenes Kind, der Sohn des ehemaligen Leutnant Fuchs, ein schöner junger Mann von zwanzig Jahren, ins Feld zieht. Er trägt die französische Uniform, du siehst sie lieber als die deutsche. Du liebst das Deutschland der Dichter, Denker und Musiker, aber Hitler-Deutschland liebst du nicht, du kannst ihn nur hassen, den geifernden Eiferer mit dem viereckigen Schnurrbart, der kein Fleisch ißt, keinen Wein trinkt und nicht weiß, daß es ein viel begeisternderes Erlebnis ist, einer hübschen Maid unter die Röcke zu greifen, als fremde Länder zu erobern. Du verabscheust seine brüllenden Reden, du fürchtest seinen Wahn. Du weißt schon, daß Frankreich nicht standhalten wird, und es wundert dich kaum, als die französischen Divisionen hurtig in Richtung Pyrenäen marschieren ...

Dein Sohn Hubert wird gefangengenommen, das Elsaß wird ein neues Mal annektiert, die Nazis schlagen Plakate an, auf welchen der gallische Hahn von einem Besen davongetrieben wird, darüber steht zu lesen: «Raus mit dem welschen Plunder.» Du hast immer diesen Hahn für einfach lächerlich gehalten, aber nun ist er dir sympathisch geworden. Es ist wie mit dem Béret, der Baskenmütze: Seitdem sie verboten ist, weil sie eine ‹*Gehirnverdunkelungskappe*› sei, kommt dir die Lust, als Baske aufzutreten. Und so vergehen die Tage, von Hubert kommt keine Nachricht, die Postverbindungen zwischen dem Elsaß und Frankreich sind unterbrochen. Hubert müßte rasch heimkehren, so hoffst du, deine Tage sind gezählt, und zwar knapp, wegen der Schrumpfleber; darauf mußtest du gefaßt sein, du hast eben die Wahrheit zu sehr geliebt und im Glas gesucht, schon stehst du kaum noch auf den Beinen, dein Bett ließest du ans Fenster rücken, um die Straße zu sehen, auf der Hubert heimwärts schreiten wird; aber du siehst keinen Hubert kommen, Schmerzen und Leid werden mit jedem Tag größer; wenn schon Hubert nicht kommt, soll wenigstens der Tod kommen. Dieser kommt am Karfreitagnachmittag, du hast es nicht bewußt so gewollt, aber es liegt durchaus in deiner Art ...

Du wolltest, daß man dich im Wald begräbt, aber die Deutschen lassen es nicht zu; du kommst nach Lautenbach, ganz in die Nachbarschaft meiner Großmutter, du wirst am Auferstehungstag ins Grab gesenkt, es ist ein wunderschöner Ostersonntag, wieder steht das Tal in weißen Blüten, es trägt dein Leid auf seine Art, die ‹Frühlingskinder› sind da, die sprießenden Blumen, die linden Lüfte, das Leben! Und deine Freunde sind gekommen, die Durstigen, die du getränkt hast, die Träumenden, denen du Träume geschenkt hast; sie sind alle hinter deinem Sarg hergegangen, sie haben wohl an die wunderbare Haut der polnischen Gräfinnen gedacht, und nun werfen sie dir kleine Tannenzweige ins Grab, es sind die Tränen des Waldes ...

Tante Nini und Viola bleiben in Dauvillers. Viola heiratet den Förster Roman Schueller; dieser versucht, dich bei Bäumen und Tieren zu vertreten, bei den Freunden kann er dich nicht ersetzen, er trägt Sorge um seine Leber. Nini beweint dich; vom Hochzeitstisch bis zur Bahre habt ihr euch gezankt, sie weiß aber sehr wohl, wer du warst: nicht der liebenswürdigste, nicht der treueste, aber der außergewöhlichste aller Ehemänner.

Dein Sohn Hubert kehrt nicht zurück. Er lebt in Grenoble, arbeitet für die Forstverwaltung, stellt Holzkohle her für die Holzgasmotoren; er gehört auch zur ‹Résistance›. Eines Tages explodiert eine Retorte, er wird arg im Gesicht und an den Händen verbrannt, die Hitze war so groß, daß seine Goldplomben geschmolzen sind. Ein Jahr lang kämpft er gegen den Tod, dann steht er wieder auf, sein Gesicht ist gräßlich verwüstet, und was von seinen Händen übrig bleibt, verbirgt er unter schwarzen Handschuhen. Nun ist er geworden wie du, Onkel Fuchs, ein Kinderschreck und ein Weiberheld; die Frauen sind nämlich von ihm fasziniert, er ist wie ein vom Blitz getroffener Erzengel.

Er nimmt auch seinen Kampf gegen die Deutschen wieder auf. Kämpfen kann er mit seinen verkrüppelten Händen nicht mehr, er stellt sich also dem Nachrichtendienst der ‹Résistance› zur Verfügung; aber das rot und blau verbrannte Gesicht und die schwarzen

Handschuhe kennzeichnen ihn allzu deutlich, deshalb setzt er sich nach Audincourt ab, wohin auch ich zurückgekehrt bin. Wirklich, Onkel Fuchs, dein Sohn ist wie du, im Saufen und im Huren, er denkt nur an das Gelage, das wir steigen lassen, sobald das Elsaß wieder frei ist.

Eines Morgens, da wir über die Straße gehen, wird sein rotes Gesicht fast grün, er klagt über unausstehlichen Schmerz: «Es ist, als breche mir ein Bohrhammer den Schädel auf.» Der Bohrhammer ist aber ein Gehirntumor, in Belfort getraut man sich nicht, ihn zu operieren; Hubert wird nach Nancy gebracht. Ich schlage vor, ihn zu begleiten, er zieht die Gesellschaft einer Frau vor. Mit Lucie Jenny reist er ab, es hätte eine Hochzeitsreise sein können, ist aber nur die letzte Fahrt eines Todeskandidaten. In Nancy meißelt man ihm den Schädel auf, Bombenabwürfe stören die Operation, und er folgt seinem Vater in die Ewigkeit.

Einige Wochen später wird das Elsaß befreit. Nini wartet auf ihren Sohn mit noch größerer Ungeduld als du selbst vier Jahre zuvor; es sind nun fünfundfünfzig Monate, daß sie ihn nicht gesehen hat. Auch sie harrt am Fenster und beobachtet die Straße, sie verläßt ihren Posten nur, um nach dem Kugelhopf zu schauen, den sie fast täglich zur Feier der Heimkehr bäckt, und um nachzusehen, ob der Champagner noch immer kühl genug sei. Als in der Straßenschleife der Todesbote erscheint, erschrickt sie instinktmäßig: «*Was will denn der?*» Dann sieht sie des Boten Gesicht und begreift sogleich. Zunächst schreckt sie zurück, wer würde es bei solcher Nachricht nicht tun! Dann stürzt sie auf den Boten, packt ihn an beiden Armen, und schreit: «*Sage 's doch, sage 's doch!*» Er sagt, und sie fällt ohnmächtig nieder. Auf der Waldmatte von Dauvillers wurde die ‹Libération› nicht gefeiert.

Du, Onkel Fuchs, hast damals, als wir vom Hartmannsweiler Kopf so fröhlich heimkehrten, auch den schönen Vetter Kamill nachdenklich betrachtet, du hast dich wohl gefragt, welchem Menschenfresser das Wunderkind anheimfallen würde. Mit zwanzig ist Kamill so lebhaft und froh geblieben, wie er es mit zwölf war. Was er damals in der Scheune verweigerte, als ich mit ihm nach den eben sprießenden Rundungen der kleinen Magd Anita forschen wollte, das wird ihm heute gewährt, wenn er auch nur einen Blick dem Mädchen schickt, auf das er es abgesehen hat. Als 1942 die Nazis in Elsaß und Lothringen die Wehrpflicht einführen, läßt er sich zunächst von der Wehrmacht schnappen. Aber seine Natur ist jeder Uniform abhold, er zieht die feldgraue aus und verbirgt sich bei einer jungen Frau, die ebenfalls die Liebe dem Krieg vorzieht.

Eine hündische Seele zeigt ihn an; er wird in Haft gesetzt und zum Tod verurteilt. Sein Vater ist Förster eines Reviers in der Zaberner Gegend. Unter anderem muß er die Jagdpartien eines SS-Generals organisieren, die SS schlachten nicht nur Menschen ab, sie lieben es auch, die Tiere zu töten. Aber selbst der Teufel ist manchmal einer guten Regung fähig; welcher Vater würde sich ihm nicht verschreiben, um seinen Sohn zu retten? Der Förster nützt den Augenblick, als der SS-General einen Hirschen erstreckt hat, und spricht mit ihm über seinen zum Tod am Hinrichtungspfahl verurteilten Sohn. Der SS-Mann lächelt süffisant, dann sagt er: «Ich werde bei Himmler vorstellig werden.»

Das Unglaubliche geschieht: Die Todesstrafe wird zu lebenslänglicher Konzentrationshaft umgewandelt. Kamill wird nach Buchenwald geschickt. Er trotzt dem Hunger, der Kälte, den Schlägen, den unendlich dauernden Appellen. An den Wintertagen steht er achtzehn Stunden in der leichten, gestreiften Kluft, der Wind ist eisig kalt, rings um ihn herum brechen die Kameraden zusammen und sterben ... Das Schlimmste in diesem unsäglichen Elend wird wohl die Erinnerung an die schönen Tage gewesen sein. Wie oft hat Kamill wohl an den Weißen Sonntag in Lautenbach gedacht, als die ganze Familie ihn anhimmelte, selbst du, Onkel Fuchs, hast unter seinem Bann gestanden. Du sahst ihn an mit anderen Augen als uns, Hubert oder Schangala, er war ja auch soviel schöner als wir ...

1945, als er noch immer nicht heimkehrt, bitten mich seine Eltern, bei den Organisationen der ehemaligen KZ-Häftlinge Nachforschungen anzustellen. Man findet den Namen des Kamill Schneider in der Liste der aus dem Lager Buchenwald Entlassenen. Aber er bleibt unauffindbar. Ich setze meine Bemühungen fort, und einige Monate darauf besucht mich ein Pfarrer Loué. Er bringt mir eine kleine Blechbüchse, darin sind ein Rasierpinsel, eine Zahnbürste, ein Fläschchen Haarglanzmittel und ein kleines

Heft, das mit Zahlen und Notizen angefüllt ist. Es ist Kamills Nachlaß.

Als er von den Amerikanern befreit wurde, war er nur noch ein wandelndes, durchsichtiges, von der Tuberkulose ausgehöhltes Skelett. Man brachte ihn ins Spital von Regensburg, dort wirkte Pfarrer Loué, dem einen die Arznei, dem anderen die letzte Ölung spendend. Kamill war so schwach, daß er dem geistlichen Krankenwärter kaum seinen Namen zu sagen vermochte. Zur Angabe des Geburtstages reichte der Atem gerade noch, aber nicht mehr zur Nennung des Wohnortes. Deshalb hat es so lange gedauert, bis Pfarrer Loué mir die kleine Blechbüchse bringen konnte. Die Notizen im kleinen Heft habe ich gelesen. Sie erzählen vom Leben oder vielmehr vom Tod im KZ-Lager Buchenwald. Die Zahlen sind noch unheimlicher. Kamill zählte die Kameraden, die er täglich unter den Schlägen oder Schüssen der SS-Leute sterben sah. Das Brillantine-Fläschchen ist zu drei Viertel leer. Der Vetter hatte es wohl aufgespart, um sich für den Tag seiner Erlösung schön zu machen.

Am Tag, da er sein Leben aushauchte, weinten Millionen von Menschen vor Freude: Es war der 8. Mai 1945. Onkel Fuchs, ich weiß nicht, ob die Toten unter der Erde miteinander Verbindung aufnehmen können, aber ich kann dir Kamills Adresse geben: Katholischer Friedhof von Regensburg, Revier XV, Quadrat C, Grab Nummer 9.

Die Adresse von Kamills Bruder Pierre, den wir Piti nannten, kann ich dir nicht geben. Niemand kennt sie. Er wurde gleichzeitig mit Kamill zur Wehrmacht eingezogen. Einige Monate vor dem Ende der Völkerschlacht hat er die Chance, verwundet zu werden. Er verbringt Wochen im Lazarett, und kaum kann er wieder gehen, wird er erneut an die Front geschickt. Hitler dürstet mehr und mehr nach Menschenblut, es muß schon einer nur ein Bein oder nur einen Arm haben, damit der Führer auf seine Blutration verzichtet. Pierre kommt trotzdem zu einem Heimaturlaub und sieht noch einmal seine Frau und seinen kleinen Sohn Gérard. Die Befreier stehen schon vor den Toren des Elsasses, Pierre möchte, wie im Ersten Weltkrieg der Kewala-Schüll, den Krieg in einem Speicher beenden. Aber es genügt, daß in der Familie einer zum Tod verurteilt worden ist. Wenn ihn die Feldgendarmen fassen, muß auch seine Familie mit ihm büßen.

So verläßt er Ungersheim und findet sich den Russen in den pommerschen Sümpfen gegenüber. Da ihn sein Beinschuß behinderte, wurde er zum Sanitäter gemacht. Ein Landsmann aus Ensisheim trifft ihn in einem Unterstand nahe bei Königsberg. Die Wehrmacht steht in voller Auflösung, und Sanitäter Schneider muß das Blut der Verwundeten mit alten Zeitungen aufsaugen. Der Landsmann schlägt vor, sich gemeinsam nach Westen abzusetzen. Doch Pierre will seine Verwundeten nicht verlassen. Man wartet auf ein Schiff, das sie von der Front wegbringen soll. Der Ensisheimer setzt sich also allein ab. Er ist der letzte, der Pierre lebend gesehen hat. Er sagt, die Granaten seien wie Feuerhagel auf den Unterstand niedergegangen, und Pierre sei wohl im Stahlregen umgekommen. Oder aber, das Schiff kam, nahm die Verletzten auf samt dem Sanitäter, und die Russen haben es auf den Grund geschossen. Solch apokalyptisches Ende sei acht Schiffen von zehn beschieden gewesen. Kurz, man weiß nicht, ob des armen Pierres Knochen in den pommerschen Sümpfen oder auf baltischem Meeresgrund vermodern.

Der dritte Schneider-Sohn, Robert, den wir bei Violas Kommunion kaum beachteten, weil er noch so klein war, wurde mit siebzehn Jahren eingezogen. Seine Rekrutenschule leistete er in Carcassonne ab. Die Uniform der deutschen Wehrmacht zieht ihm die Haßblicke seiner französischen Landsleute zu. Wenn er mit ihnen ins Gespräch kommt, versucht er, ihnen klarzulegen, daß er unendlich mehr unterdrückt sei als sie, wurde er doch gezwungen, die Stiefel des Unterdrückers gegen seinen Willen zu tragen. Was ein Zwangseingezogener ist, scheint den Leuten in Carcassonne unverständlich zu sein. Sie lächeln nur: Hier will ihnen einer glaubhaft machen, daß ein Elsässer in deutscher Uniform trotzdem Franzose sei, das geht doch über alle Begriffe! Es ist genauso aussichtslos, dem Maulhelden, der großsprecherisch zur Desertion rät, verständlich zu machen, daß man keinen glühenderen Wunsch hätte und auf der Stelle die Freiheit wählen würde, wenn dann nicht der begnadigte Bruder Kamill letzten Endes doch hingerichtet und die ganze Familie deportiert würde. Wie könnte so ein Maulheld begreifen, daß man mehr Mut dazu braucht, die gehaßte Uniform zu tragen, als sie vom Leib zu reißen? Als Robert Schneider nach der Rekrutenschule nach Deutschland abgestellt wird, steigt in ihm fast Zufriedenheit auf, wenigstens wird er nicht von jedermann als Feind betrachtet. Er kommt zur Luftwaffe und wird Bordschütze. Er muß jedesmal aufsteigen, wenn die Alliierten die deutsche Hauptstadt bombardieren. Dann ist mitten im Himmel die Hölle los. Wohl könnte er in den Zwischenpausen darüber nachdenken, welch blutiger Witz darin liegt, daß er, der kleine Elsässer aus dem Zaberner Wald, dreitausend Meter hoch über Berlin gegen Engländer Krieg führen soll, aber er denkt nicht darüber nach, er ist noch zu jung und zu wenig Philosoph, um diesen blutigen Witz zu begreifen, er empfindet nur Entsetzen und eine so gräßliche Angst, daß eines Tages seine Nerven versagen.

So blutrünstig sind die Deutschen nicht, wie man es behauptet. Statt ihn wegen Feigheit vor dem Feind zu erschießen, kommt er zur Flak. So glänzend ist das auch wieder nicht, aber er steht lieber auf festem Boden im Bombenhagel, als daß er zwischen englischen Bombern umherkurvt. Gott sei Dank, so sagt er sich, steht die deutsche Niederlage bevor, und wenn der Tag kommt, wird er sich nur als Elsässer auszuweisen brauchen, um aus dem Lager der Verlierer in das der Gewinner überzusiedeln. Man würde doch an der Gerechtigkeit verzweifeln müssen, wenn er nicht sofort seinen Fahrschein nach Zabern erhielte!

Der Tag kommt, und er ergibt sich den Engländern. Von diesen kann man nicht verlangen, daß sie besser informiert sind als die Leute von Carcassonne. Wenn er versucht, ihnen seinen Fall zu erklären, antworten sie mit britischem Humor: «Einverstanden, Sir! Wenn wir de Gaulle treffen, werden wir ihm sagen, daß ihn hier ein Deutscher des Freien Frankreichs verlangt!» Zum Glück ist Robert nicht allein mit seinem Fall. Unter den zehntausend PW im englischen Lager sind an die siebenhundert Elsässer. Nach einigen Wochen wird diesen ein Sonderstatus gewährt; sie brauchen nicht zu arbeiten. In anderen Worten, es sind die Deutschen, die die Lagerpolizei bilden und auch die Arbeitskommandos, die auf die umliegenden Bauernhöfe geschickt werden. Abends sehen die bevorzugten Elsässer mit knurrendem Magen zu, wie die deutschen Gefangenen mit Speck und Kartoffelvorräten ins Lager zurückmarschieren. Es sollte aber nun reichlich bekannt sein: Der ‹Hans im Schnokeloch› hat nie, was er will.

Nach zwei Jahren deutscher Hölle und vier Monaten englischem Fegfeuer gelangt Robert endlich wieder ins elsässische Paradies zurück. Es ist ein gutes Dutzend solcher Heimkehrer, die am 15. August 1945 im Zaberner Bahnhof aus dem Zug steigen. Die Prozession zu Mariä Himmelfahrt wallt gerade in vollem Glanz durch die Stadt. Als die Gläubigen die Heimkehrer sehen, brechen sie aus den Reihen. Alle warten auf einen Sohn, einen Bruder, einen Gatten, einen Verlobten, sie schreien die Namen, sie betteln um Nachricht. Der Pfarrer steht verlassen und ratlos. Die Monstranz mit dem Allerheiligsten darf er nicht aus der Hand legen. Robert kommt über den Hügel, der hinter dem Forsthaus liegt. Seine Mutter arbeitet im Garten. Sein kleiner Hund Peki schläft im Schatten der Scheune. Robert genießt still dieses Bild des Glücks und des Friedens. Dann pfeift er leise. Peki spitzt die Ohren. Robert pfeift lauter, und der Hund stürzt sich auf ihn, er hat seinen Herrn zwar zwei Jahre lang nicht gesehen, doch er erkennt ihn sofort, japsend und winselnd springt er an ihm hoch und wäscht ihm mit großer, begeisterter Zunge den Reisestaub aus dem Gesicht. Schließlich kann das Hündchen nicht anders, es pißt Robert auf den Rock vor lauter Glückseligkeit.

Jetzt merkt auch Marie Schneider, geborene Marie Herrgott, was hier für ein Ereignis stattfindet, sie stürzt auf den Buben zu, fliegt schluchzend an seine Brust. Dem Heimkehrer fehlen nur noch die Arme des Vaters, damit die Freude vollkommen ist. Er ruft: «Papa! Papa! Wo bist du?» Mutter sagt schlicht und leise: «Er ist nicht da!» Ein Weinen läßt ihre Stimme erzittern: «Sie haben ihn verhaftet.» Robert steht fassungslos: «Wer hat ihn verhaftet? Die Deutschen?» Aus seiner Sicht können es natürlich nur die Deutschen sein, die Elsässer verhaften. Er denkt sogleich, man habe dem Vater schließlich für Kamill die Rechnung präsentiert und er sei deportiert worden. «Nein», sagt die Mutter, «es sind die Franzosen, die ihn nach Schirmeck[1] gebracht haben.» Das hört sich so unglaublich an, daß Robert zu lachen anfängt: «Du machst wohl einen Witz?»

1 Mit Struthof das einzige Konzentrationslager im Elsaß.

Leider nein! Einen Witz wollten sie nicht machen, die patriotischen Idioten – soll man von ‹Patridioten› sprechen? –, die Förster Kamill Schneider ins Konzentrationslager Schirmeck gebracht haben, das nach der Befreiung nicht aufgehoben worden ist. Er hatte ein Hitlerbild im Hause. Er wurde auf der Jagd mit einem SS-General gesehen. Er machte den sogenannten ‹deutschen Gruß›. Das französische Elsaß lechzt also nach der Verhaftung und Internierung des Kamill Schneider, wenn er nun auch wieder Camille heißt. So hatten die ‹Patridioten› den Fall dargelegt.

Camille hätte sich sehr wohl verteidigen können. Natürlich gab es das Hitlerbild in seinem Amtszimmer, aber er hatte es zwischen zwei ausgestopfte Wildschweinköpfe gehängt, und mehrere Male am Tag verfluchte er den Völkerhenker, wobei das Prädikat ‹Wilde Sau› noch das gelindeste unter seinen Schimpfwörtern war. Natürlich begleitete er den SS-General auf die Jagd, aber während die SS-Männer Rehe und Hasen schossen, machten sie nicht Jagd auf Elsässer. Wohl leistete er den ‹deutschen Gruß›, aber zu seinem ‹Heil Hitler› kam innerlich immer ein ‹Verreck doch, du Mistvieh!› Kurz: Er haßte die Folterer seines eigenen Sohnes vielleicht mehr als andere, aber er mußte das ganze Theater aufführen, um diesen Sohn vor dem Hinrichtungspfahl und dem KZ zu retten. Das alles hätte Camille Schneider den ‹Patridioten› sagen können, aber da sie so engstirnig und vernagelt sind wie andere Idioten auch, gab er die Hoffnung auf, sie zu überzeugen.

So kam es, daß, während ihr ältester Sohn im Lager Buchenwald mit jedem Tag dem Tod näher kam, ihr zweiter in den pommerschen Sümpfen zugrunde ging, ihr dritter im Himmel über Berlin zähneklappernd die Engländer bekämpfte und ihr Mann im Lager Schirmeck für seine Verbrechen büßte, Marie Schneider einsam und allein im Forsthaus geblieben war, die Nazis verfluchte, die ihr alle ihre Söhne geraubt hatten, und sich klagend fragte, warum ihr die Franzosen noch ihren Mann nahmen.

Robert bringt Himmel und Erde in Bewegung, um seinen Vater freizubekommen. Das gelingt ihm ziemlich rasch, denn die ‹Patridioten› sind eher dumm als böse. Und so war es dem Camille Schneider wenigstens beschieden, den Tod seiner beiden Ältesten daheim zu erfahren.

Zum Glück hat der große Sturm nicht alle Cherubine jenes Weißen Sonntags im Blumental davon und ins Verderben getrieben. Der Schangala wohnt ‹im Innern› und ist dadurch vor größerer Unbill relativ geschützt. Das heißt nicht, daß er aller Drangsal entgeht, die vom Schicksal den Elsässern vorbehalten ist. Aber aus den Irrungen und Wirrungen wird nie eine Tragödie, oft sind die Abenteuer eher komisch zu nennen; das betrübt den Schangala, er liebt das Epos mehr als die Treppenwitze der Geschichte; Beweis dafür ist, daß er sich bei Kriegsausbruch sofort freiwillig meldet, er will Frankreich für Gravelotte rächen und dem Vaterland einen neuen Sieg von Verdun schenken. Aber, bitte, nicht bei irgendwelchem Haufen und auch nicht im Schlamm der Schützengräben. Ein Schangala kriecht nicht am Boden hin, ein Schangala findet den Ruhm am Himmel, auf den Spuren der großen Fliegerhelden aus dem Ersten Weltkrieg, Guynemer und Fonck. Die französische Luftwaffe nimmt den heldenmütigen Elsässer also auf. Indessen besitzt sie nur wenig Flugzeuge und braucht dementsprechend wenig Flieger. So kommt es, daß Schangala von der erhofften ‹Potez›-Flugmaschine umsteigen muß auf eine ‹Underwood›, das ist eine Schreibmaschine und schon ziemlich alt.

Der Lehrgang findet im Pariser Luftfahrtministerium statt, wo eine hübsche Kursleiterin gut hundert Lehrern, Studenten, Schreibern und Gaskassierern, die von Schicksal und Kriegslogik zur Luftwaffe geschlagen worden sind, beibringt, wie man mit zwei Daumen und acht Fingern ‹Papa, Pipi, Popo› und anderes Anfängergestammel zu Papier klappert.

Dem Schangala haben die Klavierübungen flinke Finger verliehen, und so wird er rasch zum Liebling seiner Lehrerin. Brillant besteht er die Prüfung; er wird Sekretär in einer Abteilung des Nachrichtendienstes, ‹Deuxième Bureau› genannt. Das ermangelt nicht des Prestiges und erlaubt ihm, einen geheimnisvoll verschwiegenen Gesichtsausdruck einherzutragen. Die schwerwiegenden Geheimnisse, die ihm anvertraut werden, bestehen jedoch darin, für Papier und Farbband zu sorgen, die Aschenbecher zu leeren und ein- oder zweimal in der Woche irgendeine kurze Dienstanweisung zu tippen. Eines Tages wird er befördert. Die Deutschen nahen heran – man schreibt 1940 –, und das ‹2.

Büro› verbrennt seine Archive. Schangala wird zum Oberverbrenner ernannt.

Er speist seine Feuerchen mit allerhand Wichtigem, aber in der neugegebenen, allgemeinen Situation Hinfälligem; doch rettet er vor den Flammen – merken Sie sich das bitte, denn es wird noch seine Bedeutung haben – einige Luftaufnahmen von Neapel, die er besonders hübsch findet und sogleich in seinem Tornister unterbringt.

Die Deutschen rücken immer näher, die Soldaten des Luftfahrtministeriums setzen sich wie jedermann ab, und dann finden wir Schangala in einem westfranzösischen Kirschbaum wieder, er schlägt sich mit seinem Kollegen Demule den Bauch voll. Dann legen sie sich, weil die vielen von der Sonne gebratenen Kirschen ihnen fast einen Rausch geschenkt haben, zum Schlaf des Gerechten in den Schatten des Kirschbaumes. Die kurze Rast haben sie im höchsten Maße verdient.

Als sie erwachen, sind die Fahrzeuge des Ministeriums verschwunden. Nun stehen Schangala und Demule in vorderster Front und ganz allein der Wehrmacht gegenüber. Angreifen wäre unbedacht, in der ganzen Umgebung läßt sich kein Holz finden, aus welchem man eine Lanze oder einen Wurfspeer anfertigen könnte. Übrigens weiß man, daß die Waffe der Nachrichtendienste die Intelligenz ist. Intelligenz und Mitleid seitens der jungen Bäuerinnen in der Charente – Demule hat da den richtigen Dreh, immer fällt ihm eine feste Brust, ein rundes Ärschlein oder eine Banknote in die Hand, er braucht sie nur hinzuhalten –, also Intelligenz und manche Almosen seitens der weiblichen Zivilbevölkerung erlauben Schangala und Demule, zunächst ganz unbeschwert in der sommerlichen Landschaft umherzuzigeunern. Dann stoßen sie in Clermont-Ferrand wieder zu ihrer Einheit.

Allerdings ist da Oberst Ghilardelli, der in eine apokalyptische Wut ausbricht: «Ihr seid ganz erbärmliche, feige, in die Hosen scheißende Schweine. Sauhunden wie euch verdanken wir die Niederlage, aber da gibt es kein Pardon, ihr werdet bei Morgengrauen erschossen, einen Prozeß gibt es nicht, Desertion vor dem Feind heißt das, und das Kriegsrecht gibt mir das Recht, euch umzulegen, ihr Saukerle!»

Der Oberst tut, als schultere er ein Gewehr und schieße: «Peng,

peng, peng!» Dann zieht er eine nicht vorhandene Pistole aus dem unsichtbaren Etui, richtet den Lauf gegen den Boden und nochmals: «Peng.» Das ist der Gnadenschuß. Er ruft einen Unteroffizier herbei und befiehlt: «Bringen Sie die beiden Hunde in das Verlies, und benachrichtigen Sie den Regimentsgeistlichen.»

Im Verlies gibt Demule seine Meinung kund, hier liege nichts anderes vor als ein Einschüchterungsmanöver. Demule ist nämlich Pariser und deshalb mit allen Wassern gewaschen. Indessen Schangala ist Elsässer und also von der Allmacht höherer Dienstgrade wie dieses Oberst Ghilardelli überzeugt. Er fürchtet sehr, daß man sie beide erschießen wird. Er hat auch Angst, nicht ganz erschossen zu werden und das Schicksal des Thomas a Kempis zu erfahren, der sich, wie man weiß, noch im Grab das Handgelenk angeknabbert hat. Schangala liegt schlaflos und bebend auf dem Stroh. Als der Morgen kommt, hört er Schritte: Nun kommt seine letzte Stunde!

Die Tür geht auf, darunter steht der Unteroffizier von gestern, er brüllt die beiden Kämpfer ganz wild an: «Ihr könnt von Glück reden, ihr Schweinehunde! Ihr werdet für dieses Mal nicht erschossen. Das Ministerium braucht Schreibmaschinenkräfte!»

So kommt Schangala nach Vichy als Schreibkraft des Militärattachés des Luftfahrtministeriums, für welches das *Hotel Radio* requiriert worden ist.

Schangala findet dort ganz hübsche Kolleginnen, die den Korpsgeist bis auf nächtliche Kameradschaft im Bett ausdehnen. Er ißt, was die Offiziere essen, und Marschall Pétain ist fast sein direkter Nachbar. Abends promeniert er an den Ufern des Allier[1], bewundert den Sternenhimmel und murmelt vor sich hin wie die Mutter des ‹Napi›, Laetitia Buonaparte, bei der Krönung ihres Sohnes zum Kaiser: *«Pourvu que ça dure.»*[2]

Die Sterne hören es nicht, oder vielmehr hat das Schicksal für unseren Schangala wieder einen seiner typisch elsässischen Streiche programmiert. Eines schönen Tages wird er seines Amtes enthoben. Im Luftfahrtministerium und anderen Verwaltungen wird zur Zeit viel geflogen, aber nicht mit Flugzeugen, die gibt es so-

1 Nebenfluß der Loire.
2 «Hoffentlich ist es von Dauer».

wieso nicht. In Schangalas Dienststelle flog schon Bucquet, der ein Freimaurer ist, flog Geismann, der Jude, flog Le Troquer, Sohn eines sozialistischen Abgeordneten. Schangala, dem nichts Ähnliches vorzuwerfen ist, möchte gern wissen, warum auch er gefeuert wird, erhält aber keine Antwort. Schließlich mag es gekommen sein, weil er einen Namen mit deutschem Klang führt, mit anderen Worten, weil er Elsässer ist.

Jetzt kommt er in einem Militärlager außerhalb von Vichy zu einem neuen Amt: Er muß den Hof kehren. Schangala gehörte zur Elite-Truppe der Schreibstubenkräfte, den Abstieg verschmerzt er nicht ohne Mühe, und die Bitternis ist noch größer, wenn er an seine Fliegerlaufbahn denkt. Der Knüppel, den er in Händen hält, hat mit dem Steuerknüppel einer ‹Potez› nichts gemein. In Schangala kocht eine solche Wut, daß sein Besen nicht eben wirksam ist. Es kommt Major Barbieux über den Hof und erklärt ihm, falls er nicht besser kehre, werde er in den kommenden Tagen mit einer Zahnbürste das Pflaster säubern, das mache ihm sicher mehr Spaß! Schangalas Wut ist so groß, daß er den Besen mit beiden Händen hochreißt; im äußersten Augenblick gewinnt er wieder Gewalt über sich. Der Besen hat dem Major noch nicht einmal ein Härchen gestreift, aber die winzige Sekunde, in welcher das Reisigbündel über des Majors Kepi schwebte, genügt zum Tatbestand der Offiziersbeleidigung und Gehorsamsverweigerung. Diesmal hat Schangala keine Madame Accard vor sich und auch nicht irgendwelche Dickwänste aus Audincourt, Reims oder Blotzheim, sondern die französische Armee. Zwar ist sie besiegt, aber sie ist noch immer stolz und hat ihre Ehre. Mit einigen Hieben auf den Hintern oder einer Punktion in der Irrenabteilung eines Militärspitals kommt unser Held diesmal nicht davon.

Major Barbieux sorgt dafür, daß dem Schangala sofort Taschen und Tornister geleert werden. Es finden sich darin deutsch verfaßte Briefe, nämlich Mama schreibt Hochdeutsch immer noch leichter als Französisch, ferner Lenaus ‹*Waldlieder*›, ein Geschenk von Onkel Fuchs; Luftaufnahmen des Hafens von Neapel, auf der Rückseite tragen sie den Stempel des ‹Deuxième Bureau›, und endlich ein Foto von Paulette Tavernier, sie war das schönste Mädchen von ganz Audincourt. Major Barbieux ist von so penetranter Intelligenz, daß er die Sachlage sofort erkennt: Schangala ist ein

Spion. Mit dem Geld, das dieser Spion von Admiral Canaris bekommt, hält er die schöne Paulette aus, die einen verderblichen Einfluß auf seine schon an sich perversen Sinne ausübt.

Zwanzig Jahre nach Madame Accard sagt der Major: «Ich habe die Gewißheit, daß Sie ein ‹*Boche*› sind.» Schangala steht stramm vor dem Offizier und kann ihm deswegen nicht auf den Schoß pissen. So begnügt er sich, schlicht zu antworten: «Und meine Überzeugung ist, daß Sie ein Arschloch sind.» Er weiß sehr wohl, daß er besser täte, die Schnauze zu halten. Aber er weiß auch, was er seiner elsässischen Ehre schuldig ist. Na ja: Gehorsamsverweigerung in Kriegszeiten (das betrifft das Butterbrotpapier auf dem Hof), Beleidigung und Tätlichkeiten gegen einen Offizier! Dem Schangala winkt wohl nichts Geringeres als ein afrikanisches Strafbataillon.

Inzwischen wird er in das Gefängnis des 35. Infanterie-Regiments in Vichy gebracht. Der Lkw, in dem er sitzt, bleibt infolge einer Panne auf der Strecke liegen. Den Rest des Weges legt Schangala zu Fuß zurück, zu seinen beiden Seiten kriegerische Gestalten mit aufgepflanztem Bajonett. Die Leute schauen sich das an, und man hört sie murmeln: «Wahrscheinlich von der fünften Kolonne, der Bursche ... Ganz sicher ein Spion ... Müßte sofort erschossen werden ...» Schangala ist es plötzlich leid, ein Elsässer zu sein.

Als sich hinter ihm die Zellentür schließt, möchte er vor lauter aufgestauter Wut schreien. Er weiß sich zu beherrschen, bittet um Feder, Tinte und Papier und schreibt seinen Aufschrei nieder. Der Brief ist an Oberst Duhart, Chef seiner ehemaligen Abteilung im Luftfahrtministerium, gerichtet, dem er jeden Morgen den Aschenbecher leerte und der ihn ein- oder zweimal freundlich angeblickt hat. Schangala holt alle Glorie aus Verwandten- und Freundeskreis zuhilfe: seinen Großvater, Held von Gravelotte, seinen Vater, Zuave auf Frankreichs Außenposten in Tonking, seinen Onkel Schüll, der vor Verdun gekämpft hat, seinen Vetter Armbruster, Major der Reserve, General Gouraud, Freund seines Vaters. Letzterer hatte, als der General seinen rechten Arm verlor, einen bewundernden Brief an ihn gerichtet, und der General hatte ihm mit kurzem, linkshändig niedergeschriebenem Dank geantwortet.

Einige andere Figuren aus dem familiären Heldenkreis muß

Schangala natürlich mit Schweigen übergehen, angefangen mit Onkel Fuchs, was beweist, daß die Sache eines Elsässers nicht immer leicht zu vertreten ist. Macht aber nichts: Was da Schangala an Orden und Auszeichnungen mit dem zugrunde liegenden heldenhaften Benehmen aneinanderreiht, ist schon sehr ansehnlich, und den Schlußsatz seines Briefes findet er überhaupt herrlich: «Ich klage Major Barbieux an, in meiner Person mehrere Generationen tapferer Vollblutfranzosen beleidigt zu haben.» Das sitzt. Im Post-Scriptum und weil es nicht ganz in den vehementen Fluß seiner empört-lyrischen Epistel paßte, klärte er die Sache mit den Lenauschen Gedichten, den Luftaufnahmen von Neapel und dem Foto der schönen Paulette Tavernier kurz und bündig auf.

Tags darauf läßt Oberst Duhart den Schangala zu sich rufen. Er hält ihm eine beschwichtigende Rede: «Major Barbieux war im Unrecht, dich einen ‹*Boche*› zu nennen. Du bist kein ‹Boche›. Und du hattest noch mehr Unrecht, ihn ein Arschloch zu heißen. Er ist es nicht, was dadurch bewiesen wird, daß er seinen Strafantrag zurücknimmt.» In diesem Augenblick möchte Schangala sich den Spaß leisten zuzugeben, daß er eben doch ein ganz kleiner Germane sei, nur um mit Freuden zu hören, daß Major Barbieux seinerseits ein ganz großes Arschloch ist, aber schließlich kommt er noch gut davon, er ist gerne bereit zu vergessen, daß er beleidigt worden ist, er lächelt, in seinen Augen glänzt das milde Licht der Vergebung.

Jetzt wird er zur Luftbasis von Salon-de-Provence abgestellt. Seine Dienstleistungen im Maschinenschreiben und sein Prestige, dem ‹2. Büro› angehört zu haben, bringen ihm einen Vertrauensposten ein. Er wird damit beauftragt, die Rundschreiben zu vervielfältigen, die das Oberkommando herausgibt. Während er mit blauverschmierten Händen die Kurbel dreht, denkt er daran, wie Frankreich geschlagen wurde und wie ihm selbst der Ruhm an der Nase vorbeigegangen ist. Es gibt da wohl in London einen französischen General, der behauptet, der Krieg sei noch nicht beendet, aber es ist eben kein im Felde kommandierender General, wohl braucht er um sich herum mehr Schreibstubenhengste als Flugzeugpiloten. Schangala hat gar keine Lust, ein neues Mal kujoniert zu werden.

Größte Lust hätte er hingegen, die Seinen wiederzusehen, von welchen er seit der Niederlage ohne Nachricht ist. Sie befinden sich in der Besatzungszone, er hingegen in dem vorderhand noch freien Teil Frankreichs. Er bittet um einen einmonatigen Urlaub, um sich, wie er den Antrag begründet, bei den Mönchen eines Alpenklosters Exerzitien hinzugeben. Seine Freunde legen ihr bißchen Geld zusammen, weil sie sich wohl ausdenken, wo das Alpenkloster in Wirklichkeit liegt. Schangala bekommt zur Reise einen Laib Brot, einen Camembert, drei Francs, 50 Centimes und eine geflickte alte Zivilhose geschenkt. Er dankt gerührt und nimmt Kurs auf Audincourt.

Schangala schläft im Straßengraben, in Scheunen und Ställen, in Pfarrhäusern und Eisenbahnwagen, in der leerstehenden Villa des Monsieur Camille Chautemps, der vor wenigen Jahren einmal Regierungschef war, auf dem von Flöhen hüpfenden Lager eines Landstreichers und im Bett einer so untröstlichen Witwe, daß er sie mehrere Nächte lang trösten muß. Nach hundert mehr oder minder mißlichen Abenteuern – nicht zu vergessen, daß es des ganzen Geschicks eines Veteranen des ‹2. Büros› bedarf, um die Besatzungszone überhaupt nur zu betreten – langt er in Audincourt an, und am gleichen Tag läuft sein Urlaub ab. Es geht ihm nicht sehr gut, dem Schangala, er hat an die zehn Kilo abgenommen, er hustet wie die bleiche Heldin aus der ‹*Kameliendame*› oder aus ‹*La Traviata*›, er sieht so sehr einer Vogelscheuche ähnlich, daß er im Bahnhofsklo die Nacht abwartet, um die Kinder von Audincourt nicht zu erschrecken.

Als er vor dem Elternhaus den Finger hebt, um auf den Klingelknopf zu drücken, geht ihm blitzartig durch den Kopf, wie er sich vor einem Jahr geschworen hatte, nicht anders zurückzukehren als mit dem Pilotenabzeichen, den Offiziersschnüren, dem Kriegsverdienstkreuz und den Presseauszügen, die berichten, wie er die Messerschmitts vom Himmel schoß. Die Mutter wartet vielleicht auf einen Helden, und sogleich wird ein Landstreicher vor ihr stehen.

Die Mutter wartet auf niemanden als auf ihren Sohn, sie öffnet die Tür und nimmt ihn wortlos in die Arme. Dann muß sie Papa und Pierri rufen, der Held und Landstreicher ist nämlich bewußtlos auf den Fliesen gelandet, das machen die dreißig Tage Marsch und Fasten sowie die wenigen Nächte als Witwentröster. «Das erste ist», so Papa, «daß wir ihn waschen.» – «Das erste ist», sagt Mama, «daß wir ihm zu essen geben.»

Nicht ohne Furcht teilt Schangala seinem Vater mit, daß sein Urlaub am gleichen Tag abgelaufen ist und daß er binnen drei Tagen den Rückweg nach Salon-de-Provence hinter sich haben muß, wenn ihn nicht die Armee des Marschalls Pétain, der als Staatschef in Vichy regiert, zum Deserteur erklären soll. Vater Joseph hat vor dem Militärgesetz einen solchen Respekt, daß er durchaus fähig wäre, mit einem einzigen Fußtritt Schangala zu seiner Einheit in die sonnige Provence zurückzubefördern. Das geschieht aber mitnichten. «Die Vichy-Armee?» sagt Papa. «Ein Elsässer hat nichts mit einer Armee zu tun, die vor den Deutschen katzbuckelt. Ich weiß nur von einer französischen Armee, das ist diejenige des Generals Charles de Gaulle. Wenn es soweit ist, mein Sohn, wirst du in ihre Reihen treten.»

Da hier von einer Armee gesprochen wird und nicht nur von einem Schreibstubenregiment, wird Schangala auf der Stelle ein Gaullist.

Doch hat sich sein militärischer Ehrgeiz trotzdem etwas abgekühlt, und er überläßt es dem Pierri, in die Reihen der de Gaulleschen Truppen zu treten. Er selbst besinnt sich auf seine Fertigkeit auf der Schreibmaschine und wird Lokalredakteur bei der Zeitung *Le Petit Comtois*. Dann tritt der waghalsige Flieger Fifi als Modell ab, und das neue heißt Rastignac, dieser ist bei Honoré de Balzac geradezu das Musterbeispiel eines eleganten Arrivisten und Strebers. Schangala geht nach Paris, und, wie es sich gehört, fordert er die Lichterstadt von den Höhen des Père-Lachaise heraus. Die literarischen Salons schneiden ihn, so findet er Kontakt und Freunde unter den Brücken um Notre-Dame, wo die ‹Clochards›, die Gammler, immer bereit sind, eine Brotrinde, eine halbe Flasche Roten und eine Kippe mit noch Ärmeren zu teilen. Dann aber besinnt er sich darauf, daß ja eigentlich in der ‹Rue Balagny› ein Vetter väterlicherseits wohnt. Mit klopfendem Herzen steht er bald vor dessen Haustür. Und es muß hier sehr dick und deutlich unterstrichen werden: Keiner verdiente es je mehr als dieser Vetter Georg Herrgott, den Namen des Allerhöchsten zu tragen! Dem

Schangala gibt er Unterkunft, Brot, Wurst, Wein und schenkt ihm obendrein seine Freundschaft. So sehr freundlich und gastlich ist dieses Haus, daß Schangala, wenn er hinausschaut, sich manchmal wundert, daß vor dem Fenster nicht die Linden von Lautenbach stehen.

Also an Leib und Seele gestärkt, unternimmt der Schangala allerhand. Er studiert, arbeitet, schreibt Gedichte, macht Kinder und Blödsinn und glaubt, weil der Krieg jetzt gerade zu Ende gegangen ist, daß nun auch für ihn der Friede einkehrt. Indessen erfährt er im Juni 1946 seitens eines Vetters, der es in der Gendarmerie weitgebracht hat, daß gegen ihn ein militärischer Fahndungsbefehl vorliege, weil er von der Armee und von der Vervielfältigungsmaschine weg desertiert habe. Welches Militär? Welche Armee? Na doch, die französische, ob Vichy, ob de Gaulle, die Armee ist immer da und immer selbstsicher, das macht in der Niederlage wie im Sieg ihre Stärke aus und ihre letzten Endes ewige Unüberwindlichkeit. Der Schangala täte gut daran, so der Gendarmen-Häuptling, rasch nach Marseille zu gehen, um sich vor dem dortigen Militärgericht zu verantworten.

Schangala steigt in den nächsten Zug, und ohne einen Blick auf die Canebière [1] wird er im alten Festungswerk von St. Jean vorstellig. Der Hauptmann, der ihn empfängt, versteht sehr wohl, doch muß er dem Major referieren. Der Major versteht viel besser noch, doch muß er dem Obersten Rapport machen. Er geht ins Nebenzimmer und hört: «Mon Colonel, wir haben hier einen Elsässer, gegen den wir einen Fahndungsbefehl erlassen haben.» Und der Oberst antwortet: «Warum öden Sie mich damit an? Wenn er schon da ist, dann verhaften Sie das Individuum, oder nicht?»

Zwei Gendarmen führen Schangala in die unterirdischen Kasematten der Festung. In der dunklen Zelle sitzt schon jemand auf einer Holzpritsche. Schangala setzt sich auf die Holzpritsche gegenüber. Der andere betrachtet den Neuankömmling mit einem solch eisigen Blick, daß dem Schangala ein Schnupfen in die Nase steigt.

«Warum sind Sie eigentlich hier?» fragt der Eisige. «Und Sie?» fragt der Schangala dagegen, der es nicht liebt, wenn man zu neu-

1 Renommier-Straße von Marseille.

gierig ist. «Weil ich ein Deutscher bin», sagt der Eisgepanzerte und fügt hinzu: «Selbstverständlich lieben Sie als Franzose die Deutschen nicht?» Schangala: «Es kommt drauf an, ich liebe die deutschen Dichter, die Musiker ...» – «Wen besonders?» forscht der Polarmensch. Schangala zitiert den Namen, den ihm vom Himmel herab oder aus der Hölle herauf sofort Onkel Fuchs eingibt: «Lenau.» Und nun erwärmt sich der eisige Kerl um ein halbes Grad, er geht in der Zelle auf und ab. Schangala denkt, gleich wird der Eisbruder mit dem *‹Postillon›* kommen, und schon hört er es: *«Lieblich war die Maiennacht, Silberwölklein flogen ...»* Die Peitsche knallt, die Pferde fliegen unter dem Mond dahin, und es geht durch die schlafenden Dörfer, und jetzt hält diese Eistype genau vor dem Linthaler Friedhof und setzt das Waldhorn an die Lippen! Klar hat da Onkel Fuchs die Hand im Spiel. Vom Himmel herab oder von der Hölle herauf schickt er dem Schangala diesen eisigen Bruder zum Trost. Wäre der graue, kalte Blick nicht, Schangala würde den Zellenkameraden in die Arme schließen.

Die Tür geht auf, die Gendarmen holen die Gefangenen wieder ans Tageslicht. Der Eiskalte muß schon von Rang sein, denn die Schergen hofieren ihn. Einer der Gendarmen holt Handschellen hervor und koppelt die beiden zusammen, damit keine Eifersucht aufkomme. Ein Wagen bringt sie alle vier zum Baumettes-Gefängnis.

Schangala betrachtet die Hand neben der seinen, diese Hand hat starke und sehr lange Finger, es ist die Hand eines Würgers oder eines Klaviervirtuosen. Er fragt den Eisigen, ob er Klavier spiele, und dieser antwortet glashart, von allen Freuden, denen er im Gefängnis entsagen müsse, sei das Klavierspiel jene, die er am schmerzlichsten entbehre. Schangala schluckt die Frage hinunter, ob der Handschellen-Kamerad auch gerne Halswirbel zerdrückt.

Er hat es irgendwie gespürt! Einige Tage später, als er im Gefängnis etwas warm geworden ist, erfährt er, wer der Eisige ist, nämlich Dunker-Delage, Chef der Gestapo von Marseille. Er wäre längst erschossen worden, wären nicht seine Verbrechen so zahlreich, daß sich die Untersuchung endlos hinauszieht. Eben zu dieser Untersuchung wird er täglich vom ‹Fort Saint Jean› nach dem Baumettes-Gefängnis geführt. Ironisch-traurig überlegt sich der Schangala, daß die Elsässer die Deutschen einfach nicht loswerden; hat man gerade keinen Teutonen im Nacken sitzen, so bekommt man von den Franzosen einen an die Hand gehängt.

Inzwischen hat sich Papa bei christlich-sozialen Parteispitzen die Füße platt gelaufen, und so wird Schangala frei. Die Bastei neben dem alten Marseiller Hafen verläßt er mit den Ehren der Justiz, nämlich mit kahlgeschorenem Schädel und einem Papier, das besagt, es bestehe kein Anlaß zur gerichtlichen Verfolgung. Der Fall Schangala Egensperger wird ‹*ad acta*› gelegt.

Und jetzt, Onkel Fuchs, legen wir auch unsere Geschichte ‹*ad acta*›. Von jetzt ab ist die meine ohnehin uninteressant. Und so lustig war sie in den letzten Abschnitten auch nicht mehr. Wie traurig es gekommen ist, das hast du, ich bin mir dessen gewiß, im voraus gewußt. An jenem so friedlichen und fröhlichen Weißen Sonntag im Blumental bedurfte es deines etwas teuflischen Blikkes, um in der Ferne die herannahenden düsteren Wolken der schwarzen Jahre zu erkennen. Apropos Teufel, muß ich dir dafür Abbitte leisten, daß ich einen Augenblick lang geglaubt habe, du hättest mir den Eisigen geschickt, welcher mich mit dem ‹*Postillon*› fast gerührt hätte. Ich weiß sehr wohl, daß du immer nur mit anständigen Teufeln verkehrt hast, Gestapo-Teufel hättest du nie und nimmer in deiner Nähe geduldet.

Und was den ‹*Postillon*› angeht: Ich habe nie vergessen, was ich dir versprochen habe. Nur habe ich das Waldhornblasen bisher nicht gelernt. Da ist aber ein weitläufiger Vetter, der Enkel von Onkel Eugen, der in Münster Philosophie lehrt. Roland heißt er, ja, ausgerechnet Roland. Er übt auf einem Horn, das er bei einem Trödler gekauft hat. Wenn es nun Herbst wird und der Abend im Tal die Töne lauter erschallen läßt, bringe ich ihn zu deinem Grab, und er soll für dich das Horn blasen. Und wenn wir hören, wie das Echo von den Bergen widerhallt, dann wissen wir, Onkel Fuchs, daß der helle Gruß von dir kommt.

Inhalt

Lebensgeschichten

In loser Folge erscheint eine Reihe ganz besonderer Biographien bei rororo: Lebensgeschichten aus dem Alltag, in denen sich das Zeitgeschehen auf eindrucksvolle Weise widerspiegelt.

Helen Colijn
Paradise Road *Eine Geschichte vom Überleben*
(rororo 22146)

Friedrich Dönhoff / Jasper Barenberg
Ich war bestimmt kein Held *Die Lebensgeschichte von Tönnies Hellmann, Hafenarbeiter in Hamburg Mit einer Einleitung von Marion Gräfin Dönhoff*
(rororo 22245)
Seit Jahren korrespondieren Gräfin Dönhoff und Tönnies Hellmann miteinander. Denn so kraß der Klassenunterschied zwischen ihnen, so verbindend ist die Erfahrung des Widerstands gegen den Nationalsozialismus. Hellmann war Kommunist, Mitglied der Bästlein-Gruppe, wurde von der Gestapo verfolgt, war als Kriegsgefangener in Sibirien.

Anne Dorn
Geschichten aus tausendundzwei Jahren *Erinnerungen*
(rororo 13963)

Jean Egen
Die Linden von Lautenbach *Eine deutsch-französische Lebensgeschichte*
(rororo 15767)

Melissa Green
Glasherz *Eine Kindheit*
(rororo 22362)

rororo Biographien

Eva Jantzen / Merith Niehuss (Hg.)
Das Klassenbuch *Geschichte einer Frauengeneration*
(rororo 13967)
Fünfzehn Frauen aus Erfurt führten seit ihrem Abitur im Jahre 1932 ein Tagebuch, in das reihum jede von ihnen Erlebnisse und Gedanken über ihr Leben schrieb. Dieses «Klassenbuch» führt aus zeitgenössischer Perspektive durch die Kriegs- und die Nachkriegszeit des geteilten Deutschlands bis ins Jahr 1976 und schildert die sehr privaten, aber gleichzeitig auch typischen Frauenschicksale.

Tracy Thompson
Die Bestie *Überwindung einer Depression*
(rororo 22396)

Ein Gesamtverzeichnis aller bereits lieferbaren Titel dieser Reihe finden Sie in der *Rowohlt Revue*. Vierteljährlich neu. Kostenlos in Ihrer Buchhandlung.

Rowohlt im Internet:
http://www.rowohlt.de

Lebensläufe

Linde Salber
Tausendundeine Frau *Die Geschichte der Anaïs Nin*
(rororo 13921)
«Mit leiser Ironie, einem lebhaften Temperament und großem analytischen Feingefühl.» *FAZ*

Virginia Harrard
Sieben Jahre Fülle *Leben mit Chagall*
(rororo 12364)

Kenneth S. Lynn
Hemingway *Eine Biographie*
(rororo 13032)

Michael Jürgs
Der Fall Romy Schneider *Eine Biographie*
(rororo 13132)
»*Der Fall Romy Schneider* ist ein freundschaftliches Buch, aufrichtiger und interessanter als die meisten Biographien, die bei uns über Schauspieler geschrieben werden.» *Süddeutsche Zeitung*

Erika Mann
Mein Vater, der Zauberer
Herausgegeben von Irmela von der Lühe und Uwe Naumann
(rororo 22282)
Die Geschichte dieser außergewöhnlichen Vater-Tocher-Beziehung wird in diesem Band nachgezeichnet. Mit zahlreichen Essays, Interviews und Briefen.

Andrea Thain
Katharine Hepburn *Eine Biographie*
(rororo 13322)

rororo Biographien

Charlotte Chandler
Ich, Fellini *Mit einem Vorwort von Billy Wilder*
(rororo 13774)
«Ich habe nur ein Leben, und das habe ich dir erzählt. Dies ist mein Testament, denn mehr habe ich nicht zu sagen.» *F. Fellini zu C. Chandler*

Andrea Thain / Michael O. Huebner
Elisabeth Taylor
Hollywoods letzte Diva. Eine Biographie
(rororo 13512)
«Vor mehr als vierzig Jahren lehrte mich MGM, wie man ein Star ist. Und ich weiß bis heute nicht, wie ich etwas andere hätte sein können.» *Elisabeth Taylor*

Ein Gesamtverzeichnis aller lieferbaren Titel der *Rowohlt Verlage, Rowohlt Berlin, Wunderlich* und *Wunderlich Taschenbuch* finden Sie in der *Rowohlt Revue*. Vierteljährlich neu. Kostenlos in Ihrer Buchhandlung.

Rowohlt im Internet:
http://www.rowohlt.de

Paare

Himmlische Liebe, höllischer Hass. Lebensläufe berühmter Paare bei rororo:

Dagmar von Gersdorff
Königin Luise und Friedrich Wilhelm III.
(rororo 22532)

Carola Stern
Isadora Duncan und Sergej Jessenin
(rororo 22531)

Alan Poesener
John F. und Jacqueline Kennedy
(rororo 22538)
Jack und Jackie – das ungekrönte Königspaar im Weißen Haus, die perfekte Verbindung von Macht und Glamour. Kaum eine Präsidentschaft war so brillant in Szene gesetzt – und kaum eine Präsidentenehe. Für die Öffentlichkeit spielten sie die liebenden Gatten und fürsorglichen Eltern. Privat blieben sie einander fremd. Krisen und Affären hatten die Ehe längst ruiniert.

Joachim Köhler
Friedrich Nietzsche und Cosima Wagner
(rororo 22534)

Christa Maerker
Marilyn Monroe und Arthur Miller
(rororo 22533)
Mit der Hochzeit ging für beide ein Traum in Erfüllung. Viereinhalb Jahre später ist er ausgeträumt. Was ist Wahrheit und was Legende in diesem Drama?

Kyra Stromberg
Zelda und F. Scott Fitzgerald
(rororo 22539)

rororo

Helma Sanders-Brahms
Else Lasker-Schüler und Gottfried Benn
(rororo 22535)

James Woodall
John Lennon und Yoko Ono
(rororo 22536)
«Ich mußte mich entscheiden, mit den Beatles oder mit Yoko Ono verheiratet zu sein.» *John Lennon*

Friedrich Rothe
Arthur Schnitzler und Adele Sandrock
(rororo 22537)

Matthias Wegner
Klabund und Carola Neher
(rororo 22540)

Ein Gesamtverzeichnis aller lieferbaren Titel der *Rowohlt Verlage, Wunderlich* und *Wunderlich Taschenbuch* finden Sie in der *Rowohlt Revue.* Vierteljährlich neu. Kostenlos in Ihrer Buchhandlung.
Rowohlt im Internet:
www.rowohlt.de

3647/2